천일의
계약

천일의 계약 2

초판 1쇄 찍은 날 | 2015년 1월 22일
초판 2쇄 펴낸 날 | 2015년 02월 06일

지은이 | 김진영
펴낸이 | 서경석

편 집 장 | 권태완
편집책임 | 최고은
편　　집 | 나정희
디 자 인 | 신현아

펴낸곳 | 도서출판 청어람
등록번호 | 제387-1999-000006호
등록일자 | 1999. 5. 31
어람번호 | 제5-0399호

주소 | 경기도 부천시 원미구 부일로 483번길 40 서경B/D 3F (우) 420-822
전화 | 032-656-4452 팩스 | 032-656-4453
http://www.chungeoram.com
E-mail | chungeorambook@daum.net

ⓒ 김진영, 2015

ISBN 979-11-04-90064-8 04810
ISBN 979-11-04-90062-4 (SET)

2

천일의 계약

김진영 장편 소설

Chungeoram romance novel

도서출판
청어람

·목차·

1. 진실된 밤 (2)

현서는 다리의 힘을 잃고 무너졌다. 사하가 붙들지 않았다면 바닥으로 주저앉았을 정도로 받은 충격이 적지 않았다.

"현서 양, 괜찮아?"

"네, 괜찮아요."

말은 그렇게 했지만 두 다리에 아직 힘이 들어가지 않았다.

"그러지 말고 저기 소파에 가서 앉자. 응?"

"아뇨, 그 정돈 아니에요."

"그럼 나한테 기대고라도 있어. 잠깐이어도 훨씬 나을 거야."

그것까진 안 된다고 할 수 없어서 결국 사하의 품에 얼굴을 기대고 섰다.

아저씨가 뱀파이어라니? 어떻게 그럴 수가 있지?

눈앞이 아찔해지는 의문 앞에서 저도 모르게 눈을 감아버렸다. 시야가 까맣게 어두워지자 심장 뛰는 소리가 더욱 크게 들려왔다. 그리고 다른 이의 심장이 뛰는 소리도 함께 들렸다. 그것이 사하의 심장이 뛰는 소리라는 걸 알았을 때 묘하게 안도감이 느껴졌다. 이 놀라운 상황에 던져진 것이 비단 혼자만이 아니란 것이 그런 안도감을 주는 모양이었다.

이상해. 왜 거부감이 들지 않는 걸까?

판타지 영화의 소재가 될 법한 비현실적인 이야기를 들었음에도 그걸 사실이라고 순순히 받아들이는 제 모습이 오히려 신기했다.

그런 건 나중에 생각해도 돼. 지금은 아저씨를 돕는 게 우선이야.

현서는 호흡을 가다듬으며 얼른 눈을 떴다. 뒤숭숭해지려던 마음을 가라앉히자 다리에도 힘이 들어갔다.

"고마워요, 오빠. 이제 진짜 나아졌어요."

고맙다는 인사를 한 현서는 사하에게서 벗어나 동운을 바라보았다.

"제 피를 마시면 아저씨가 확실히 낫는 거죠? 그렇죠, 집사님?"

"예, 그렇습니다."

"그럼 바로 가면 될까요?"

"그전에 참고하실 게 있습니다. 주인님께 피를 나눠 드리는 일. 아가씨가 짐작한 것보다 훨씬 힘들고 고통스러울 수 있습니다."

"알겠어요. 아무리 힘들어도 열심히 참을게요."

현서가 차분하게 대답하자 동운도 더는 말을 하지 않았다. 현서의 눈동자에 담긴 결연한 의지와 주인을 걱정하는 순수한 마음이 그에게 남아 있던 의구심을 밀어냈다.

"이제 어떻게 하면 되죠?"

다시 콴의 공간을 찾은 현서는 곁에 선 이들에게 방법을 물었다.

"여기서 잠시만 기다려 줘."

두 사람에게 양해를 구한 사하는 콴이 누워 있는 침대 맡으로 빠르게 다가갔다.

"주인님, 저 사하입니다. 주인님을 도우려고 현서 양이 와 있습니다."

그 말에 무겁게 감겨 있던 콴의 눈이 찡그리듯 열렸다.

"……누가 뭘 도와?"

콴이 묻자 사하는 짧게 숨을 멈추었다. 고통으로 느른해져 있던 콴의 표정이 날카롭게 깨어난 걸 보았으니 그만 긴장이 된 것이다.

"현서 양이 주인님을 돕겠다고 와 있습니다."

콴은 아무 말 없이 누워 있던 몸을 일으켰다. 침대 헤드에 기대 앉는 간단한 동작을 하는데도 부상을 입은 흉부가 고통스럽게 뻐근했다.

"제 피가 필요하시다는 얘길 들었어요. 그래서 제가 하겠다고 했어요."

콴의 미간이 일그러지는 것을 목격한 현서는 마음을 졸이며 앞으로 나아갔다.

"쓸데없는 참견을 했구나, 사하."

콴은 현서를 보지 않고 사하를 질책했다. 현서는 어쩔 수 없이 걸음을 멈추었다.

"당장 현서를 데리고 나가."

"하지만 주인님."

"날 더는 자극하지 마라."

음산한 목소리가 공간을 울리자 침실의 온도가 한겨울 벌판처럼 싸늘하게 낮아졌다.

창백한 낯빛과 대조되었던 콴의 검은 눈동자가 루비처럼 선명한 붉은색으로 변하자 현서의 등줄기와 두 팔에 차가운 소름이 돋아났다. 너무도 낯설고 두려운 모습이라 몸이 저절로 움츠러들었지만 현서는 주먹을 꼭 움켜쥐며 마음을 다잡았다. 저로 인해 사하가 피해를 입어선 안 된다고 생각했기에 용기를 내 입을 열었다.

"사하 오빠는 아무것도 잘못한 게 없어요. 제가 아저씨를 돕고 싶다고 오빠한테 계속 부탁해서 어쩔 수 없이 알려준 것뿐이에요. 그러니까 야단을 치는 것도 화를 내시는 것도 저한테 해주세요."

그 말을 하며 앞으로 가려는데 걸음을 옮길 수 없었다. 눈에 보이지 않는 단단한 무언가가 앞을 가로막고 있었기 때문이다. 투명한 유리벽과 같은 방어막의 등장에 현서는 놀랐고 또 당황했다. 그러나 제 앞을 막아선 그 벽을 힘껏 두드리기 시작했다.

"하기 싫은 걸 억지로 하려는 게 아니에요. 아저씨가 도와주신 것처럼 저도 아저씨를 도와드리고 싶은 거예요. 그러니까 열어주세요!"

현서는 진심을 담아 콴을 설득하려 했다. 현서가 겁을 먹지도 물러나지도 않자 콴은 강력한 기운으로 현서를 공격했다. 억지로라도 포기를 하게 만드는 것이 현서를 지키는 것이라고 판단했기에 더욱 모질게 힘을 주었다.

파앗! 쾅!

붕 떠오른 현서가 뒤로 힘없이 나가떨어지자 사하가 사색이 되어 얼른 달려왔다.

"현서 양! 괘, 괜찮아?"

"네, 괜찮아요."

현서는 씩씩하게 대답했지만 사하는 울컥하여 현서를 나무랐다.

"현서 양이 어떻게 쓰러졌는지 내가 다 봤는데 날더러 그걸 믿으라고? 어디가 다쳤으면 다쳤다고 솔직하게 말을 해! 사람 속상하게 무조건 괜찮다고 하지 말고!"

"거짓말한 거 아니에요. 저 진짜로 안 다쳤어요."

현서는 사하의 도움 없이 스스로 일어나 그 말을 증명해 보였다. 그런데도 사하는 여전히 현서가 걱정인 얼굴이었다.

"오빠야말로 사람 말을 왜 안 믿어요? 다친 데가 있었으면 제가 이렇게 일어났겠어요?"

현서는 미소까지 지으며 사하를 안심시켰다. 물론 통증이 아주 없었던 건 아니었다. 단단한 벽에 어깨와 등이 부딪쳤을 땐 눈물이 찔끔 나올 정도로 아팠다. 그러나 참지 못할 정도로 심각한 수준은 아니었다. 콴의 속사정을 모른 채 이런 일을 겪었다면 통증이나 비참함이 더 크게 느껴졌을 터였다. 하지만 이제는 달랐다. 그가 쌀쌀하게 굴며 저를 밀쳐 내는 이유를 알게 되었다. 그래서인지 붉은 눈동자를 한 그의 모습이 더는 무섭지 않았다.

"현서 양 생각 잘 알았어. 그래도 그만하자. 여기서 더 다치기라도 하면."

"아저씨는 절 다치게 하실 분이 아니에요."

현서는 사하의 말을 부드럽게 자르고는 콴을 향해 다시 나아갔다. 콴은 바로 한 손을 들어 현서를 막았다. 보다 강력한 주문과 힘을 사용해 현서가 아예 움직이지 못하도록 만들었다. 그로 인해 심장의 부담이 가중되자 눈을 깊게 감으며 정신을 집중시켰다.

콴에게 심각한 부상을 입힌 건 차량이 폭발할 때 생겨난 날카로운 유리와 금속성의 파편들이었다. 예전과 같은 뱀파이어의 몸이었다면 그의 몸 깊숙이 파고든 파편들을 문제없이 제거했을 터였다. 그러나 인간화가 진행된 몸은 상처를 치유하고 회복시키는 능력이 전과 같지 않았다. 부상을 인지한 후 휴식을 취했더라면 문제가 커지지 않았을 수도 있었다.

하지만 회복이 되지 않은 상태로 공간이동을 하면서 몸에 무리가 왔고, 급기야 심장이 파열되어 버리는 끔찍한 지경에까지 이른 것이었다.

여느 사람이었다면 유명을 달리했을 위험한 상황.

콴에게 남아 있던 회복력과 치유력이 심장으로 집중되면서 죽어 있던 심장이 살아날 수 있었다. 그러나 완벽한 회복까지는 더 많은 힘과 시간이 필요했다. 흡혈을 하지 않고 회복을 해야 했기에 적어도 며칠은 죽음과 다름없는 고통을 견뎌야 했다.

"흐!"

콴은 다시 가슴께를 움켜쥐며 거친 숨을 내쉬었다. 치유에만 집중해도 모자란 힘을 다른 곳에 사용했으니 고통이 클 수밖에 없었다.

"아저씨!"

강하게 옭아매고 있던 힘이 느슨해지자 현서는 바로 몸을 움직였다. 그러나 사하에게 팔이 붙들려 앞으로 나아갈 수 없었다.

"그만해, 현서 양."

사하가 절박하게 만류하자 현서는 의아하게 그를 보았다. 아저씨를 적극적으로 도우려고 했던 태도가 급작스레 바뀐 것이 아무래도 이해가 되지 않았다.

"나도 알아. 내가 현서 양을 헷갈리게 만들고 있다는 거. 그래도 지금은 주인님 말씀을 따르는 게 맞는 것 같아. 여기서 주인님을 계속 자극하면 현서 양뿐 아니라 주인님도 같이 위험해질 수 있어."

콴의 회복을 위해 시작한 일이 예상치 못한 방향으로 전개되자 사하는 몹시 불안해졌다.

힘들게 되살아난 콴의 심장에 다른 문제가 생길까 봐, 제어되지 않는 콴의 힘에 의해 현서가 심하게 다치게 될까 봐 모든 것이 걱정이었다.

"내 말 이해하지? 응?"

"하지만 아저씨가……!"

현서는 말을 맺지 못하고 콴을 보았다. 고통에 겨워 힘들어하는 콴의 모습이 눈에 어리자 걱정으로 심장이 타버릴 것 같았다.

오빠 말을 들어야 해. 그래야 해.

머리로는 그렇게 생각했지만 몸은 머리의 생각과 다르게 움직였다. 사하가 팔을 붙잡은 채 문 쪽으로 돌아섰을 때 현서는 그 손을 힘껏 뿌리치며 콴의 앞으로 달려갔다.

"제발 아저씨를 돕게 해주세요."

손을 내밀면 닿을 수 있는 거리까지 한달음에 달려가 가장 먼저 그 말을 꺼냈다.

"그다음엔 아저씨가 하라는 대로 다 할게요."

"……."

"해남에 내려가라면 내려가고, 거기 계속 있으라고 하시면 그렇게 할게요."

안타까움이 묻어나는 목소리를 듣고만 있던 콴은 천천히 눈을 떴다. 서늘한 눈매에 담긴 콴의 눈동자는 여전히 붉은빛을 띠고 있었다. 하지만 현서는 무섭지 않았다. 콴의 몸을 감싸고 있는 붕대와 창백한 얼굴이 속상하고 안타까워서 심장이 옥죄이게 아플 뿐이었다.

"지금보다 공부도 열심히 하고, 어른들 말씀도 잘 들을게요. 그러니까 아저씨를 돕게 해주세요. 아저씨가 아프면, 계속 아프면……."

그 말을 하는데 후드득 눈물이 떨어졌다. 현서는 말을 잇지 못했고, 콴은 낮게 한숨을 내쉬었다. 현서가 우는 걸 보자 심장이 지끈하게 아팠다. 그 아픔은 부상이 주는 고통과 다른 것임을 알기에 마음이 더욱 착잡했다. 그런데 몸에선 변화가 일어났다. 뜨거운 불에 덴 것처럼 극심했던 통증이 견딜 만해지더니 불편했던 호흡까지 편안해지기 시작했다.

"네 호의는 고맙지만 그걸 받아줄 순 없구나."

콴의 목소리는 잔뜩 가라앉아 있었지만 현서를 응시하는 표정이 어딘가 평온했다.

손으로 얼른 눈가를 훔친 현서는 조심스레 이유를 물었다.

"네 피를 마시게 되면 난 인간이 될 기회를 잃게 돼."

"……!"

"완전한 인간이 되려면 금혈을 해야 하는데, 어떻게 네 피를 마시겠니?"

타이르듯 차분하게 대꾸하는 콴의 눈동자는 이제 평소처럼 검푸른색을 되찾았다.

"그래도 몸이 낫는 게 우선이라고 생각해요. 금혈은 아저씨가 건강해진 다음에 그때 해도 늦지 않을 거라고 생각해요."

"이건 신께서 허락하신 유일한 기회란다. 그러니 다음이란 기회는 존재하지 않아."

유일한 기회란 말에 현서의 눈망울이 흔들린 것처럼 뒤에서 경청하고 있던 동운과 사하도 동요하는 기색이 역력해졌다.

"이 기회를 놓쳐 버린다면 난 계속 뱀파이어로 살아가야 한다.

인간답게 살다 인간답게 죽고 싶은 바람을 끝내 이룰 수 없게 돼."

그 말을 하고 콴은 희미하게 미소 지었다. 현서는 그 미소에서 우수에 깃든 절망을 보았다. 희망과 기대보다 포기와 체념이 더 익숙한 눈빛. 죽음을 목전에 둔 노인처럼 서글픈 그림자가 마음에 걸려서 떨치듯 고개를 저었다.

"아니에요. 그렇지 않아요. 이 세상에 한 번뿐인 기회는 없어요. 마지막 기회라는 건, 세상에서 한 번뿐인 기회라는 건 사람들이 만들어놓은 변명 같은 거랬어요."

콴이 동의도 부정도 하지 않자 한층 절박하게 그를 설득했다.

"조금 전에 분명히 얘기하셨잖아요. 이건 신께서 허락하신 기회라고요. 신은 자비롭고 사랑이 많은 분이라서 인간을 끝까지 포기하지 않는다고 들었어요. 그런 분이 고작 한 번만 기회를 주실 리 없어요."

"한 번뿐인 기회를 허망하게 놓아버린다면 다른 기회를 허락하실까?"

대답하지 못하는 현서를 향해 콴은 따스한 미소를 지었다. 저를 걱정하며 눈물짓는 현서를 보았을 땐 심장이 지끈했지만 어떻게든 설득하려 애를 쓰는 모습엔 적잖은 위로를 받았다.

"나는 그동안 많은 피를 흘리면서 살아왔다. 바로 조금 전까지도……. 이런 내가 죽기까지 인내한다면 네가 말했던 기회를 허락하실지도 모르지."

콴은 그것으로 이야기를 끝냈다. 그리고 현서의 뒤에 서 있던 사하와 동운에게 현서를 데리고 나가라는 눈짓을 보냈다. 두 사람은 콴을 향해 고개를 숙였다. 주인의 상황과 생각을 확실히 알았으니 뜻을 따를 수밖에 없었다.

콴의 방을 나와 복도를 지나는 동안 세 사람은 별다른 얘기를 나누지 않았다. 각자 생각에 빠져 있느라 침묵이 유지된 것이다.

"주인님 걱정은 마시고 편히 올라가십시오, 아가씨."

2층으로 이어지는 중앙 계단에 다다랐을 때 동운이 먼저 말문을 열었다.

"그래, 현서 양. 여기 일은 우리한테 맡기고 올라가서 더 쉬어."

사하가 다정하게 권유했지만 현서는 그러겠다고 선뜻 대답하지 않았다.

"주인님의 안색이 나아진 걸 아가씨도 보셨잖습니까? 그건 중대한 고비를 넘기셨다는 확실한 증겁니다. 그러니 너무 마음 쓰지 않으셔도 됩니다."

"그 말씀 믿어도 되는 거겠죠?"

"물론입니다."

"알겠어요. 그럼 제 몫까지 잘 좀 부탁드릴게요."

"예, 알겠습니다."

현서는 동운과 사하에게 목례를 하고 계단을 올랐다. 그러나 몇 단을 올라가지 않아 움직임을 멈추었다.

"왜 그러십니까, 아가씨? 혹시 필요한 게 있으십니까?"

동운의 말에 현서가 무언가 결심한 듯 도로 계단을 내려왔다.

"아저씨께 드릴 말씀이 있었는데 그걸 깜빡했어요. 지금 가봐도 괜찮을까요?"

"시간이 오래 걸리는 얘기십니까?"

"아니요. 짧은 얘기라서 금방 끝날 거예요."

"알겠습니다. 그럼 늦기 전에 다녀오세요."

예상외로 쉽게 허락이 떨어지자 현서가 정말 가도 되느냐고 확인하듯 되물었다.

"금방 끝나는 얘기라고 하셔서 허락을 한 겁니다만."

"아, 네. 그럼 최대한 빨리 마치고 나올게요."

현서는 얼른 고맙다는 인사를 하고는 왔던 길을 돌려 서둘러 걸음을 옮겼다.

"그만해라, 천 실장."

멀어지는 현서를 초조하게 쳐다보고 있던 사하는 동운의 말에 발끈해 뒤를 돌아보았다.

"그만하긴 뭘 그만하란 거야? 내가 뭘 어쨌는데?"

"내가 뭐라고 하지 않았으면 금방이라도 쫓아갈 기세라 걱정이 돼 그랬다."

"현서 양이 가는 거 쳐다보기만 했지 쫓아간 거 아니거든?"

"그러냐?"

"아, 진짜. 그러는 영감님은 왜 이렇게 일관성이 없어? 아깐 주인님 얘길 꺼내지도 못하게 아주 난리더니, 현서 양 혼자 주인님을 보러 가는데도 말릴 생각도 안 하고."

"아가씨가 주인님과 가까이 있을 때 주인님 안색이 한결 나아지는 걸 너도 보았잖니?"

"그래서 영감님 말은 뭐야? 현서 양이 주인님한테 도움을 주는 것 같으니까 허락을 해준 거다, 그거야?"

"그것 말고 다른 뜻이 있어야 하냐?"

동운은 당연한 걸 왜 묻느냐는 얼굴로 사하를 보았다. 사하는 잠시 할 말을 잃었다. 삶의 모든 가치관이 콴에게로 집중되어 있는 동운의 일관성이 새삼스레 대단하다 여겨졌다.

그때 동운이 병해 있는 사하의 어깨를 격려하듯 툭툭 두드렸다.

"오늘 여러모로 고생 많았다. 주인님도 큰 고비를 넘기신 것 같으니까 너도 마음 그만 졸이고 잠시라도 쉬고 있어."

"내가 쉴 때 영감님은 뭐 하려고?"

"나야 아직 할 일이 남았으니 그것부터 마무리를 해야지."

"주인님 드실 음료, 그걸 만들려고?"

그렇다고 대답한 동운은 사하의 어깨를 한 번 더 두드려 준 뒤 주방으로 향했다.

로비에 혼자 남게 된 사하는 동운이 사라진 방향과 현서가 사라진 방향을 번갈아 쳐다보았다. 이곳에서 현서를 기다려야 하나 말아야 하나 갈등하며 계단 초입에 엉거주춤 걸터앉았다. 그러다 결국 일어나 동운이 걸어간 방향 쪽으로 시무룩하게 걸어갔다.

똑똑.

두어 번 노크를 한 현서는 조금 이따가 닫힌 방문을 열었다.

"드릴 말씀이 있어서 다시 왔어요……."

라고 말을 하다 말고 슬그머니 소리를 삼켰다. 콴이 침대 헤드에 기대앉은 자세 그대로 눈을 감고 있는 걸 보았기 때문이다.

납골당 얘기가 급한 게 아닌데. 난 왜 이렇게 생각이 짧을까?

그가 쉬는 걸 돕지는 못할망정 방해하려고 했다는 데 생각이 미치자 미안함과 민망함에 얼굴이 붉어졌다. 제 경솔함을 후회하며 현서는 얼른 뒤로 물러났다. 조용히 문을 닫고 사라지려는데 나직한 목소리가 현서를 붙잡았다.

"할 얘기가 있으면 하도록 해."

분명 허락이 떨어졌지만 안으로 흔쾌히 들어갈 수 없었다. 하여 조심스레 양해를 구했다.

"그게, 별로 급한 얘기가 아니라서……. 내일 다시 말씀드릴게요."

"이렇게 깨워놓고 내일 오겠다?"

"어, 그게 그러니까, 죄송해요."

현서가 꾸벅 사과를 하자 콴이 피식 웃음을 터뜨렸다.

"죄송하단 말을 듣자고 한 말이 아니라 뭐든 편하게 얘길 하라고 꺼낸 말이야."

동그랗게 커진 눈을 빠르게 깜빡였던 현서는 그제야 이해가 된 듯 안으로 들어갔다.

"그럼 금방 말씀드리고 갈게요."

그리고 걸어가는데 콴이 앉은 자리까지의 거리가 처음보다 멀게 느껴졌다. 방의 크기가 큰 것도 큰 것이지만 마음에 더해진 부담감에 발걸음이 무거워서였다.

"실은 해남에 가는 길에 납골당에 들른 적이 있었어요."

한 발 떨어진 거리에서 멈춰 선 현서는 바로 본론을 말했다.

"아버지를 모시고 있는 납골당에 간 거구나?"

"네. 선생님이랑 같이 갔었는데, 선생님은 주차장에 계셨고 저만 잠깐 올라갔다 왔었어요. 아빠 돌아가신 다음에 찾아뵌 적이 없어서 제대로 기억을 하고 있는지 걱정도 되고, 틀리지 않고 잘 찾은 거면 할아버지도 뵐 수 있으니까. 금방 들렀다 가는 거면 아무 문제도 없을 거라고 생각했어요."

콴은 말없이 고개만 주억거렸다. 갑작스럽게 돌아가신 아버지의 장례식을 치르느라 경황이 없었을 텐데, 그곳을 잊지 않고 기억하고 있는 현서의 모습이 기특하면서도 짠해서 다른 말을 하고 싶지 않았다.

"만약에 이런 일이 생길 줄 알았으면 절대로 안 갔을 거예요. 성년이 될 때까지 계속 참고 기다렸을 거예요."

"거기 들른 것 때문에 문제가 생겼다고 보는 거냐?"

"네."

"어쩌면 그 일이 영향을 주었을 수도 있겠지. 하지만 그게 전부는 아니야."

"정말 그렇게 생각하세요?"

"그래."

콴의 대답은 짧고 명확했다.

"오늘 일어난 사고는 그것 때문에 일어난 게 아니다. 그러니까 괜한 죄책감 가지지 마라."

"제가 멋대로 올라오지 않았다면 그 아저씨를 만나지 않았을 거예요. 그럼 아저씨가 다치는 일도 사하 오빠가 곤란해지는 일도 없었을 거고요."

현서는 콴이 해준 말을 순순히 믿고 싶었다. 그러나 저가 한 행동이 좋지 않은 영향을 끼쳤다는 생각에서 자유로울 수 없었다.

"그렇게 따지고 들면 나 역시 예외일 수 없어. 난 내 정체를 알리지 않은 채 널 이곳에 데리고 왔다. 할아버지의 유언에 따라 널 거둔 것이라고 했지만 엄밀히 말해 이곳에 가두고 있던 것과 마찬가지였지. 그런데도 넌 날 원망하지 않았다. 나와 약속했던 것들을 늘 성실하게 지키려고 했어. 네가 만약 모든 상황을 알았다면 넌 분명 다르게 생각하고, 다르게 움직였을 거야."

"어떻게 그렇게 확신하세요?"

콴에게 묻는 현서는 금방이라도 눈물을 쏟을 것 같았다.

"네가 어떤 아이인지 알고 있으니까."

"……."

"무엇을 견디고 참아왔는지 알고 있으니까."

목구멍이 따갑게 아프다 싶더니 결국 눈물이 뺨을 타고 흘러내렸다.

현서는 손으로 얼른 제 얼굴을 감쌌다. 이렇게 울고 싶지 않은데. 아저씨 앞에서 울기만 하는 모습을 보이는 게 너무 싫은데. 고장 난 수도꼭지처럼 눈물이 멈춰지지 않았다.

"오늘 사고는 절대로 네 탓이 아니다. 네가 몇 번을 물어도 내 대답은 늘 같을 거야. 알겠니?"

"……네."

현서는 겨우 대답하고 고개를 크게 끄덕였다. 콴은 현서의 정수리를 가만히 쓰다듬었다.

보살피듯 어루만지는 손길 아래서 현서의 눈물은 서서히 잦아들었다.

"자꾸 울어서 죄송해요."

눈물이 번진 눈가와 얼굴을 손으로 대충 닦고서 현서는 머쓱하게 웃었다.

"울고 싶을 땐 울어야지. 그걸 억지로 참을 필욘 없다. 다만 오늘 운 것만큼 자주 웃었으면 좋겠구나. 그게 어렵다고 해도."

"네, 노력할게요."

콴은 선선하게 대답하는 현서의 뺨을 기특하다는 듯 쓰다듬었다. 여느 사람보다 체온이 낮은 콴의 손이 얼굴에 닿았다가 멀어졌을 때 현서는 손을 동글게 말아 쥐었다. 심장이 갑작스레 두근거리면서 얼굴에 열이 오르는 듯하자 얼른 고개를 숙여 작별 인사를 했다.

"어, 그럼 전 가볼게요. 안녕히 주무세요, 아저씨."

콴은 그런 현서를 가늘어진 눈으로 바라보았다. 제대로 눈도 맞추지 않고 황급히 물러나려는 모습이 어딘가 부자연스러웠다.

"이현서."

이름을 부르는 소리를 들었는데도 현서는 다시 꾸벅 인사를 하고는 서둘러 돌아섰다. 심상치 않다고 여긴 콴은 재빨리 현서의 손목을 거머쥐었다.

"무슨 일이냐? 뭣 때문에 도망치듯이 달아나는 거지?"

하는 수 없이 돌아서게 된 현서는 저도 모르게 입술을 깨물었다. 콴이 계속 손목을 잡고 있었기에 이제 얼굴 전체가 화끈거렸다. 마지못해 고개를 들자 까만 눈동자가 속을 꿰뚫을 것처럼 저를 쳐다보고 있었다.

"아, 아무것도 아니에요. 아저씨가 쉬셔야 할 것 같아서, 그래서 그런 건데."

현서가 당황하여 말을 더듬자 콴은 현서의 손목을 엄지로 툭툭 건드리고는 곧 느슨하게 놓아주었다.

"그래도 날 보면서 인사를 했어야지. 내가 널 생각하지 않고 괜한 말을 한 게 아닌가."

콴의 말이 끝나기도 전에 현서의 얼굴이 갑자기 가깝게 다가왔다.

한쪽 뺨 위에 살포시 닿은 어떤 감촉에 콴은 멈칫 눈이 커졌다. 짧게 머물렀다 떠나간 부드러운 감촉이 아쉽다는 생각이 들었을 때 화들짝 놀란 현서의 얼굴이 그의 망막에 어렸다.

저가 한 행동에 몹시 놀란 듯 동그랗게 커진 눈과 온 얼굴이 사과처럼 붉어진 현서의 모습은 흡사 만화영화의 주인공처럼 아주 귀엽고 사랑스러웠다.

"죄, 죄송합니다!"

현서는 후다닥 사과를 하고 빠르게 뒤돌아섰다. 무안함과 창피함 때문이라도 이 자리를 얼른 벗어나고 싶었다. 그러나 그 바람은 이뤄지지 않았다. 콴이 염력을 이용해 끌어당긴 탓에 그의 품에 안기다시피 한 자세가 되어 더욱 가까이 마주 보게 된 것이다.

순식간에 벌어진 일에 어안이 벙벙해진 현서는 커다래진 눈만 빠르게 깜빡였다. 그러다 붕대가 감긴 콴의 가슴 부위에 제 손이 닿아 있다는 걸 알아차렸다.

"앗! 죄송해요, 아저씨!"

현서가 흠칫 놀라 몸을 빼려 하자 콴이 그녀의 뒷머리를 한 손으로 감싸 지그시 눌렀다.

"시끄러운 녀석."

콴의 품에 완전히 안기게 된 현서는 다시금 놀라 얼음처럼 굳어버렸다. 그때 콴의 심장 소리가 현서의 귓가를 울리기 시작했다. 규칙적으로 울려오는 박동을 듣고 있으니 긴장으로 굳어 있던 몸과 마음이 차츰 차분하게 진정되었다.

"걱정 마라. 난 죽지 않을 거야."

그 말을 듣는데 가슴이 묘하게 먹먹해졌다. 동심원을 그리듯 울려 퍼지는 심장 소리가 그가 살아 있음을 알리는 표식 같아서 괜스레 콧날이 시큰해졌다.

"……그 말 꼭 지키셔야 해요."

"그래."

콴의 대답을 듣고 현서는 눈을 감았다. 분명 기운이 나는 말을 들은 것 같은데, 왜 가슴이 미어지고, 슬픈 기분이 드는 것인지 도무지 알 수 없었다. 그래서 그 심장 소리에 더욱 귀를 기울였다.

"……아저씨가 좋아요."

마음속에 있던 말을 소리 내어 말하고는 현서는 그대로 눈을 감았다. 나중에 후회를 하게 된다고 해도 지금의 마음을 고백하지 않을 수 없었다.

"정말 좋아요."

연이은 고백을 듣고 콴은 쓱 눈썹을 올렸다. 하지만 아무런 대꾸도 하지 않았다. 다만 알아들었다는 듯 현서의 등을 토닥일 뿐이었다.

2. 또 다른 존재들

뉴욕시에 위치한 클라우스 가문의 펜트하우스.

최고급 호텔의 스위트룸을 연상케 하는 화려한 침실에서 모델처럼 늘씬한 한 쌍의 남녀가 키스를 나누고 있었다. 몸을 가리고 있던 아슬아슬한 옷가지들을 거침없이 벗어낸 둘은 실오라기 하나 걸치지 않은 나신이 되어 침대로 쓰러졌다.

묵직하게 체중을 실어오는 남자를 두 팔로 껴안으며 여자는 뭉근한 신음을 흘렸다. 남자가 주는 자극이 쾌감을 선사하자 구릿빛의 탄탄한 팔뚝을 움켜쥐며 보다 강렬한 자극을 원했다. 한 차례의 절정이 찾아오자 여자는 신음을 터뜨리며 힘껏 도리질을 했다.

그때 오만하게 잘생긴 남자의 얼굴에 불쾌한 기운이 서렸다. 매끄럽게 다듬어진 여자의 손톱이 팔뚝에 상처를 만들었기 때문이다. 남자의 외모를 돋보이게 만들었던 청회색 눈동자가 피처럼 붉은색으로 바뀌었지만 진득한 열기에 취한 여자는 아무것도 눈치채지 못했다.

[하아, 제발……!]

남자가 느릿하게 움직이는 것을 애달아하며 또 다른 상흔을 만들었다. 짜증이 난 남자는 완전히 멈춰 섰다. 여자는 남자의 목을 끌어안고 재촉하듯 키스를 퍼부었다.

[계속하길 원해?]

여자가 달뜬 얼굴로 고개를 끄덕이자 남자가 여자의 하얀 목을 어루만졌다. 여자는 다가올 열락을 기대하며 눈을 감았다. 그러나 그녀를 찾아온 건 목을 부러뜨릴 것처럼 죄어오는 드센 악력이었다.

[학!]

숨이 막혀 눈을 홉뜬 여자는 당혹스러움을 감추지 못했다. 쾌락을 부추기는 행위라고 보기엔 너무 엄청난 힘이라 남자를 쳐다보는 눈에 두려움이 어렸다. 왜 이러는 거냐고 묻고 싶었지만 한마디 말은커녕 숨을 쉬는 것조차 버거울 정도였다.

[사, 살려……!]

산소가 모자라 얼굴이 시뻘게진 여자는 괴로움에 버둥거렸다. 남자는 폭신한 베개를 이용해 여자의 얼굴을 완전히 덮어버렸다. 바위처럼 꿈쩍도 않는 남자의 힘과 체중에 짓눌린 여자는 차츰 몸부림이 잦아들었다.

경련을 일으키던 여자의 팔다리가 힘없이 늘어지자 남자는 목을 조이던 손을 풀었다. 여자가 숨을 거둔 것인지 확인을 할까 하다가 알몸 그대로 나와 욕실로 향했다.

남자는 미처 풀지 못한 욕망을 스스로 해결한 후 몸을 씻었다.

검정색 샤워가운을 대충 걸치고 거실로 나와선 미니바에 있는 냉장고를 열었다.

허기를 닮은 갈증을 해결할 수 있는 음료가 없다는 것이 못마땅했지만 얼음을 넣은 스카치위스키를 마시는 것으로 아쉬움을 달래기로 했다. 아무리 피가 궁하기로 제 손으로 살해한 여자의 목덜미에 송곳니를 박고 싶진 않았다.

위스키를 한 모금 마신 남자는 크리스털 잔을 든 채 휘파람을 불었다. 방금 전에 일어난 사건에 대해 조금도 가책을 느끼지 않는 그의 표정은 잔인하리만큼 해맑아 보였다. 커다란 통유리 너머로 펼쳐지고 있는 거대 도시의 야경을 감상하며 위스키를 더 마시려는데, 뒤통수가 따갑게 느껴졌다.

속으로 욕설을 내뱉은 남자는 멋대로 벌어진 가운 깃을 여미고 표정을 가다듬었다. 짧은 심호흡을 하고 돌아섰을 때, 아니나 다를까. 진회색 슈트를 입은 금발의 신사가 응접실 중앙 소파에 앉아 저를 지켜보고 있는 모습이 눈에 들어왔다.

남자는 크리스털 잔을 내려놓고 괜스레 머리카락을 쓸어 올렸다. 자신과 여자 외에 아무도 들이지 않은 사적인 공간을 아무렇지 않게 방문해 앉아 있는 슈트 차림의 신사는 클라우스 가문의 가주인 에릭 클라우스였다.

한낮의 햇살처럼 눈부신 금발에 지중해처럼 푸른색의 눈동자를 가진 에릭 클라우스는 콴의 비서였던 '대런 레이놀즈'의 역할을 했던 인물이자 샤워가운만 입고 있는 카일 클라우스의 친형이었다.

풍성한 흑발에 구릿빛 피부를 가진 카일이 자유롭고 관능적인 예술가의 모습을 연상시킨다면 자긍심과 명예를 중시하는 에릭의 외양은 품격이 높은 중세 귀족을 연상케 했다.

[카일 클라우스.]

에릭이 입을 열자 카일은 움찔 눈썹을 모았다. 형이 이름과 성을 함께 부른다는 것은 이어질 말이 결코 좋지 않다는 뜻이었다.

[더 이상의 살인은 안 된다고 경고했을 텐데.]

에릭의 목소리는 부드럽고 정중했지만 카일을 보는 눈길이 금방이라도 칼을 휘두를 것처럼 엄하고 매서웠다.

[알아. 알고 있다고.]

카일은 자신이 저지른 잘못을 순순히 인정했다. 그럼에도 에릭의 시선을 슬그머니 회피했다. 저를 향한 분노와 경멸이 가득한 시선을 당당히 바라보기란 애초부터 무리가 있었다.

[알고 있는데도 살인을 저질렀다는 거로구나.]

에릭의 말에 정신이 번쩍 든 카일은 곧바로 하소연을 시작했다.

[내가 뭐 그러고 싶어서 그런 줄 알아? 다 그럴 만한 이유가 있어서 그런 거라고.]

에릭 앞으로 다가간 카일은 여자가 상처 입힌 팔뚝을 보란 듯이 내보였다. 그러나 그의 팔뚝은 문제없이 깨끗했다. 상위 뱀파이어가 가지는 회복력이 상처를 이미 회복시켰기 때문이다.

[이런 젠장! 암튼 저 망할 인간 여자가 내 팔뚝을 아주 엉망으로

만들었어! 어찌나 세게 파고들던지 피가 철철 흐를 정도였다니깐!
아마 그런 일을 당했다면 형도 절대 가만있지 않았을걸?]

에릭은 짧게 한숨을 내쉬었다. 그런 걸 이유랍시고 둘러대고 있
는 동생이 죽이고 싶을 만큼 한심스러웠다.

[그 정도로 문제를 일으킬 거였다면 인간의 여자를 품지 말았어
야지.]

말이 끝남과 동시에 벼린 흉기처럼 섬뜩한 기운이 카일의 목을
조이기 시작했다.

[으윽! 에, 에릭!]

카일은 다급하게 에릭을 불렀다.

[넌 내가 정한 규칙을 정면으로 위반했어. 그러니 벌도 달게 받
아.]

에릭의 목소리는 더없이 엄격했고 차가운 푸른색 눈동자가 섬
뜩한 적색으로 달라졌다.

[잘못했어, 에릭! 다신 이런 실수 않을게!]

사태의 심각성을 깨달은 카일은 재빨리 용서를 구했다. 붉은 눈
에 담겨 있는 살의를 분명히 인지했기에 바로 무릎을 꿇고 몸을
낮추었다.

[허락 없인 인간의 여잔 품지 않을게! 함부로 키스도 않을게!]

[…….]

[형 말에 무조건 순종하고 무조건 복종할게! 다신 멋대로 굴지
않을 거니까 이번 한 번만 용서해 주라! 내가 또 이런 짓을 하면,
그땐 내 심장을 그냥 파괴해 버려!]

목이 조여오는 와중에도 간절히 읍소하는 카일을 에릭은 그저 가소롭게 바라보았다.

[그렇게 건 네 심장이 한두 개여야 말이지.]

[이번엔 진짜야! 내 피를 걸고 맹세하면 되잖아!]

에릭은 그 말에 코웃음을 쳤지만 적색으로 타오르던 눈동자가 푸른색으로 돌아와 있었다.

그걸 놓칠 리 없는 카일은 엄마 잃은 강아지 같은 얼굴을 하고서 더욱 적극적으로 용서를 빌었다.

[내가 약속을 어긴 건 충분히 반성할게. 앞으론 진짜 우리 종족하고만 어울리도록 노력할 거야. 그러니까 이번 한 번만 용서해 주라. 응? 응?]

거듭 용서를 빌며 진정 어린 다짐을 했는데도 에릭이 무정하게 반응하자 이번엔 카일이 못 견디겠다는 듯 자리에서 일어났다.

[날 벌주고 싶어서 안달이 난 모양인데, 좋아. 어디 형 마음대로 해봐!]

[……]

[이번 일로 참형을 당하게 되면 형은 문제가 없을 것 같아? 내가 살인을 저지른 게 처음이 아니란 걸 수뇌부에서 알아봐. 그럼 형이 아무리 높은 자리에 있다고 해도 그냥 유야무야 넘어가지 않을 거야. 그렇게 되면 형의 위신에도 타격이 올 거고, 형어 진행하는 사업에도 차질이 생길 거라고. 그런데도 상관이 없어?]

임기응변이라고 치부하기엔 꽤나 설득력 있는 말이라 에릭의 표정에도 변화가 일어났다.

[제법 머리를 쓸 줄도 아는구나.]

칭찬인지 비아냥인지 모호한 말을 하고 카일을 짓누르던 기를 완전히 거두었다.

선득한 고통에서 해방된 카일은 반색하여 에릭을 쳐다보았다.

[그럼 이제 용서해 주는 거야?]

[아주 생각 없이 사는 게 아닌 것 같아 한 번 더 기회를 주는 거야.]

에릭이 제 의견을 무시하지 않고 받아들이자 카일은 내심 쾌재를 불렀다.

[고마워, 형! 형은 진짜 좋은 형이야!]

저가 지은 살인의 죄가 제 목숨을 살리는 기회가 된 것을 기뻐하며 두 팔을 활짝 벌려 에릭을 안으려 했다. 그러나 에릭은 강력한 전류와도 같은 기운을 발산해 카일을 거부했다.

[으악! 갑자기 왜 그러는데!]

[착각하지 마라, 카일. 난 기회를 준다고 했지 완전히 용서한 게 아니야.]

[내가 다신 안 그런다고 했잖아! 왜 사람 말을 안 믿는 건데!]

[널 믿게 만들고 싶다면 내가 준 기회로 증명을 해.]

[증명? 무슨 증명? 한 며칠 금혈이라도 해?]

[한국에 가서 내가 지시한 일들을 문제없이 처리하고 와. 그걸 제대로 이행하면 오늘 저지른 사고 또한 문제없이 덮어주마.]

[한국에 가라고? 거기서 뭘 해야 되는데?]

[가서 마스터의 흔적을 찾아와.]

어떤 일을 하란 것인지 짐작이 되지 않아 난감했던 카일은 마지막 말에 놀라움을 감추지 못했다.

[하느님 맙소사! 루이스 경이 한국에 있단 거야?]

[그의 파동이 감지되었던 장소가 그곳이란 걸 알았을 뿐이지. 계속 머물고 있는지에 대해선 확신할 수 없어.]

[마스터의 파동이 확실하긴 한 거야? 형이 순간 착각을 했다거나.]

카일은 신중하게 질문을 던졌다. 다른 존재의 파동을 콴의 것으로 착각해 여러 번이나 허탕을 쳤던 일이 떠올랐다.

[시간이 긴 건 아니었지만 그건 그의 능력이 최대치로 발산될 때 만들어지는 파동이었어.]

[하긴 형이 그걸 착각할 리 없지. 우린 그의 피를 받고 살아난 존재들이고, 형은 마스터에게 가장 많은 영향을 받은 사람이니까.]

에릭이 단언하자 카일은 서서히 흥분했다. 청회색 눈동자에 붉은 기운이 일렁이는 것이 바로 그 증거였다.

콴이 그들의 곁을 떠난 건 벌써 수십 년 전의 일이었다. 에릭과 카일이 속한 무리들의 수장이었던 콴이 어떤 예고도 없이 떠나 버리자 에릭이 가장 충격을 받았다. 콴이 자신들과 다른 생각과 바람을 가진 존재라는 걸 알고 있었지만, 그렇게 급작스레 떠날 줄은 짐작하지 못한 것이다.

그때부터 콴을 찾는 일에 많은 공을 들였다. 자신이 가진 재력과 지위, 힘을 동원해 콴이 머물 법한 나라와 도시를 찾아다녔다.

하지만 이렇다 할 성과를 내지 못했다.

콴은 거의 완벽하게 자취를 감추었다. 어쩌다 그가 미처 지우지 못한 흔적을 찾아내는 것으론 에릭은 도저히 만족할 수 없었다. 그가 콴을 포기하지 못하는 건 콴이 살아 있다는 걸 어렴풋하게나마 느낄 수 있어서였다. 하지만 이십여 년이 가까운 시간 동안 아무런 반응이 감지되지 않아 콴이 소멸한 건 아닐까, 조심스러운 추측을 하던 중이었다.

그러던 차에 파동을 느끼게 되었다. 오랫동안 침묵했던 콴이 강력한 파동을 발산했다는 건 그의 신상에 크나큰 변화가 생겼다는 뜻이었다. 그러니 일을 서두를 수밖에 없었다.

[왜 하필 한국이지? 거긴 중국이나 일본에 비해 그다지 눈에 띄지 않는 나라잖아.]

[한국을 선택한 이유 같은 건 중요하지 않아. 그곳에서 파동이 감지되었다는 것, 그게 중요한 거지. 그러니 그의 흔적이 사라지기 전에 서둘러야 해.]

[그런데 진짜로 그를 만나게 되면 뭐라고 해야 돼? 너무 오랜만이라고 인사부터 해야 하는 거야?]

카일이 기대에 찬 질문을 하자 에릭은 외려 차갑게 주의를 주었다.

[그의 행방을 알게 되어도 섣불리 나서지 마. 여기 일을 마치는 대로 합류할 테니, 뭐든 내 지시를 받고 움직이도록 해.]

[알았어. 그렇게 할게. 그럼 언제 출발하는 거야? 내일? 아님 모레?]

[서둘러야 한다는 말을 그새 잊은 거냐? 곧 떠날 거니까 옷부터 챙겨 입어.]

[곧 떠난다고? 아니 그럼, 나 혼자 가란 거야?]

[입국 시 필요한 것들은 전용기 안에 마련해 두었다. 이 일엔 헤바가 동행하기로 했으니 헤바와 같이 공항으로 가.]

[그 헤바가 설마, 내가 알고 있는 하프 꼬맹이를 말하는 건 아니겠지?]

[네가 알고 있는 헤바 일리아나가 맞아.]

[형! 진심으로 하는 말이야?]

에릭은 침묵으로 대답을 대신했다.

[돌겠네, 진짜! 마스터를 찾는 일이 얼마나 중요한데! 왜 하필 그 꼬맹이를! 이 일을 맡길 사람이 그렇게 없어?]

카일이 뜨악해하며 머리를 쥐어뜯는데, 허스키한 여자의 목소리가 귓가를 자극했다.

[성년식을 치른 숙녀에게 꼬맹이라뇨? 너무 실례되는 말 아닌가요?]

카일은 두 손을 머리에 올린 채로 천천히 고개를 돌렸다.

[오랜만이에요, 카일님.]

카일과 눈이 마주친 헤바는 그를 향해 생긋 미소를 지었다. 헤바는 하나로 올린 머리에 몸매가 고스란히 드러나는 검정색 홀터넥 원피스를 입고 있었다.

동양인의 피가 흐르는 하프임을 나타내는 검정색 머리카락과 진갈색의 커다란 눈동자.

중키임에도 비율이 좋은 몸에 여성적인 관능미까지 더해진 매력적인 외양은 그녀를 '꼬맹이'라고 불렸던 게 미안할 정도였다.

1년 사이 완벽한 숙녀가 되어 등장한 헤바의 모습에 카일은 적잖은 놀라움을 느꼈다. 하지만 그런 감정을 무시한 채 아주 못마땅한 듯 이맛살을 찌푸렸다.

[성인식을 몇백 번 치렀어도 넌 나한테 꼬맹이일 뿐이야.]

[그거 잘됐네요. 카일님께서 쓸데없이 치근대면 어쩌나 걱정했었는데. 그렇게 생각하고 계신다니 안심이에요.]

[이거 누가 할 소릴 누가 하는 건지 모르겠네. 기대에 부응치 못해 미안하다만 너처럼 젖비린내 나는 애들은 내 취향이 아니라서.]

카일이 빈정거렸지만 헤바는 지지 않고 그 말을 맞받아쳤다.

[그렇게 확인해 주시니 더더욱 맘이 놓여요.]

[뭐야?]

[그런데 카일님은 처음 뵀을 때나 지금이나 변한 게 없으시네요?]

헤바의 눈이 침대로 향하자 카일은 입 모양으로 '망할!'을 외쳤다. 자신이 저지른 사고를 에릭이 알게 된 것도 부담이었는데, 헤바에게까지 들키게 되었으니 기분이 좋지 않았다.

[그룹 경영으로 눈코 뜰 새 없이 바쁜 에릭님을 사고 뒤치다꺼리나 하게 만드시는 거, 이제 그만둘 때가 되지 않았나요?]

그 말에 카일은 피식 웃음을 지었다. 저를 걱정하는 척 야단치는 모습이 어찌 보면 귀여웠지만 무작정 형을 편드는 것이 썩 맘에 들지 않았다. 아무래도 한마디 해줘야겠다고 생각한 카일은 헤바 쪽으로 성큼 다가가 눈높이에 맞춰 상체를 숙였다.

[그래, 헤바. 네 말이 전적으로 옳아.]

카일이 너그럽게 응수를 하자 헤바는 바로 의아함을 느꼈다. 자신의 말에 그가 불같이 화를 낼 거라고 생각했기 때문이다.

[하지만 그런 생각은 속으로 했어야지. 입 밖으로 함부로 내뱉으면 쓰나. 형이 널 예뻐한다고 해서 천지 분간도 못 하고 나서는 건 형 입장에서도 곤란하지 않겠어?]

카일의 눈은 평소와 같은 청회색으로 돌아와 있었고, 얼굴엔 유려한 미소가 번져 있었다.

그런데도 헤바는 긴장감을 느꼈다. 그에게서 흘러나오는 기묘한 기운에 주눅이 든 것처럼 심장이 조여들었다.

[너도 알고 있듯이 난 카일 클라우스야. 에릭 클라우스의 신변에 문제가 생겼을 때 그를 대신해 우리 가문을 이끌어야 하는 인물이란 뜻이지.]

카일이 말을 마치자 헤바는 예의를 갖춰 정중히 사과를 했다.

[제 무례를 용서해 주세요, 카일님. 에릭님이 힘드실 거란 생각이 앞선 나머지 너무 큰 실수를 범했습니다.]

[…….]

[그게 다 경험이 부족해서 그런 것이니 부디 너그럽게 이해를 해주세요.]

제대로 사과를 했건만 카일은 뭔가 불만스러운 듯 뚱한 표정을 지었다. 자신에게 사과를 하는 중에도 에릭을 먼저 고려하는 헤바의 태도가 상당히 못마땅했다.

[다행히 주제 파악은 하고 있구나. 너 같은 하프 따위가 하는 말이 내게 깃털만큼도 영향을 주지 않는다는 걸 말이야.]

[…….]

[오늘 내가 한 말을 고깝다고 생각지 말고 확실히 새겨둬. 상위 뱀파이어들의 심기를 거스르게 하는 한마디가 네 숨통을 끊어버리는 칼날이 될 수도 있다는 걸, 잊지 말아.]

가시가 박힌 것처럼 날카롭고 충분히 모욕적인 언사를 들었음에도 헤바는 달리 반박을 하지 않았다. 그러나 당당함을 유지하던 표정에 당혹스러운 균열이 생겼다.

자신의 숨통을 단번에 끊을 수 있다는 말에 위협을 느껴서가 아니었다. 그가 보여준 눈빛과 태도가 자신이 익히 알았던 것과 너무도 다르게 다가왔기 때문이다.

헤바가 규정해 온 카일은 에릭의 보호와 간섭 아래 유유자적하고 방탕한 삶을 살아가는 무능력한 인물일 뿐이었다. 그런데 오늘의 그는 클라우스 가문 특유의 카리스마를 발휘하며 그녀의 선입견을 뒤흔들었다.

[분에 넘치는 참견을 했다는 거 인정합니다. 하지만 아무리 천하고 나이 어린 사람의 말이라고 해도 새겨들어야 할 말은 새겨들어야 한다고 생각합니다.]

[네 목에 칼이 들어와도 할 말은 하는 성격이라 이거야?]

[다양한 의견을 듣고 판단하는 것이 앞으로 일을 하는 데도 도움이 될 거라고 믿으니까요.]

[그건 걱정 마. 양쪽 귀를 모두 막고 사는 건 아니니까.]

카일은 말을 마친 후에도 헤바의 눈을 뚫어져라 바라보았다. 그 눈길을 피하지 않고 응시하던 헤바는 결국 먼저 고개를 돌렸다. 당당하고 오만한 청회색 눈동자에 압도된 것도 싫은데 심장이 두근거리기까지 하자 무의식적으로 아랫입술을 깨물었다.

[당황하면 입술 깨무는 버릇은 여전하구나? 그러니까 꼬맹이라고 부를 수밖에.]

헤바는 저를 놀리는 카일을 노려보았다. 뺨이 복숭아 색으로 달아오른 헤바를 보고 카일은 키득 웃음을 터뜨렸다.

[둘 다 그쯤 해.]

에릭이 그 말을 하고 일어서자 헤바의 눈길이 곧장 에릭에게로 향했다. 그녀의 반응에 카일은 흥미로운 장난감을 빼앗긴 아이처럼 심통이 난 얼굴이 되었다.

[형이 내린 명령이라고 해도 따질 건 따져야겠어. 내가 저 꼬맹이랑 가야 하는 이유가 도대체 뭐야?]

[헤바는 아시아 쪽 나라들에 대해서 가장 많은 것을 알고 있어. 그리고 햇빛 아래서도 움직일 수 있는 자유로운 몸을 가지고 있고.]

[그건 하프들 대부분이 그렇지 않나?]

상위 계층에 속하는 뱀파이어들이 하나같이 햇빛에 취약한 반면 인간과 뱀파이어 사이에서 태어난 혼혈 뱀파이어들은 햇빛 아래서도 이동이 가능했다. 그렇다고 평범한 인간들처럼 완전히 자유로운 건 아니었다. 강렬한 햇빛은 고작해야 한두 시간을 버틸 수 있었고, 그렇게 움직인 후엔 반드시 흙이 있는 어둠 속에서 휴식을 취해야 했다.

[성인식을 치른 헤바에게서 전에 없던 능력들이 발견되었다는 것도 중요한 이유야.]

[전에 없던 능력들?]

카일은 '능력'이 아닌 '능력들'이란 단어에 곧바로 주목했다.

소위 초능력이라 불리는 특별한 능력을 모든 뱀파이어가 가지는 건 아니었다. 상위 계층의 뱀파이어들 중에서도 일부에게만 나타나는 것이라 다양하고 강력한 능력을 가진 존재만이 지배 계층이 되는 것이었다. 그러나 타고나는 능력의 종류와 세기가 갈수록 퇴화되는 양상을 띠고 있었다.

원로 뱀파이어들은 인간들과 공존의 길을 택하게 되면서 일어난 일종의 부작용이라고 해석했다. 인간들이 살아가는 환경과 삶의 방식이 인간의 피를 흡혈하는 뱀파이어에게도 영향을 끼친다고 여겼기에 강력한 능력과 완벽한 피를 가진 콴의 귀환을 강력하게 바라고 있었다.

[사물의 과거를 읽어내고, 인간의 생각을 조종할 수 있는 능력을 가지고 있어.]

[그래? 하프치곤 대단한 능력이군.]

카일은 진심으로 감탄했지만 헤바는 눈길조차 주지 않았다. 카일이 비아냥거린다고만 생각했기에 숫제 관심을 주지 않은 것이다.

[설명은 충분한 것 같으니 더는 이의를 제기하지 마라.]

[한국에서 우릴 돕는 사람은 따로 없어?]

[우리와 거래하는 기업들이 도움을 줄 거야. 너희가 세포치료제와 관련된 일로 방문하는 걸로 알고 있으니까 그 점 명심하고.]

[거기서 일을 도울 사람이 있다면 헤바와 굳이 동행할 필요 없잖아. 헤바는 필요한 정보를 알려주는 선에서.]

[카일, 마지막으로 말하마.]

에릭이 말허리를 자르자 카일은 마지못해 입을 다물었다.

[이 일을 주도하는 건 네가 아니라 헤바야. 다시 말해 헤바가 너의 상사란 뜻이지.]

[말도 안 되는 소리! 헤바가 왜!]

[헤바의 말을 듣지 않고 네 멋대로 움직였다는 보고가 들어오면, 그 즉시 대가를 치르게 될 거야.]

카일은 더는 억지를 부릴 수도 반박을 할 수도 없는 상황임을 확실히 깨달았다. 그럼에도 알겠다는 대답을 하지 않았다. 거친 욕설을 내뱉으며 씩씩대던 카일은 응접실을 가로질러 다른 방으로 가버렸다.

[붙잡지 않고 그냥 두시는 건가요?]

[당장은 툴툴거려도 곧 떠날 준비를 할 거야.]

[아마도 그렇겠죠?]

[일은 시작도 안 했는데 벌써부터 기가 죽은 거냐?]

[아니요. 그건 아닙니다.]

에릭은 헤바에게 다가가 그녀의 한쪽 어깨를 힘 있게 쥐었다.

[내가 합류하기 전까지 이 일의 책임자는 헤바, 너야. 내가 네 뒤에 있다는 걸 잊지 말고 소신 있게 움직여. 도움이 필요한 일이 있으면 언제든 연락을 하고.]

[예, 명심하겠습니다.]

[이번 일에 수뇌부의 관심이 지대하다는 걸 너도 알고 있을 거야. 네가 카일을 제대로 컨트롤하고, 좋은 성과까지 가져온다면 상위 서열에 진입하는 건 시간문제일 거야. 그렇다고 조급하게 서두르지 마라. 콴이 다시 자취를 감추면 우리가 추진하려는 일들이 그만큼 늦어진다는 걸 명심해.]

[알겠습니다. 언제든 신중하게 움직이겠습니다.]

헤바는 힘 있게 고개를 끄덕였다. 에릭은 흡족한 미소를 짓고 헤바의 어깨를 한 번 더 쥐었다 놓아주었다.

[이제 가서 카일이 준비하는 걸 도와줘.]

헤바는 깍듯하게 인사를 하고 카일이 사라진 방향으로 걸어갔다.

에릭은 휴대전화를 꺼내 누군가에게 전화를 걸었다. 통화를 마치고 잠시 후, 덩치가 큰 백인 사내가 검정색 가방을 들고 나타났다. 에릭에게 가방을 전달한 사내는 짧게 목례를 하고 시야에서 멀어졌다.

에릭은 한 손에 가방을 들고 여자가 누워 있는 침실로 향했다. 그리고 여자의 얼굴을 덮고 있던 베개를 한쪽으로 치웠다. 교살을 당한 여자의 얼굴을 무표정하게 바라본 그는 날카로워진 손톱을 이용해 제 손가락에 상처를 만들었다.

손가락 끝에서 떨어지는 붉은 피를 여자의 입안에 몇 방울 떨어뜨리고 나서 손을 치웠다. 손톱이 만든 상흔이 사라졌을 때 파리하게 식어 있던 여자의 몸이 따스해지기 시작했다. 하지만 그것은 진정한 의미의 소생이 아니었다. 이미 영혼이 떠나 버린 상태였기에 뇌사 상태에 가깝다고 할 수 있었다.

에릭은 여자의 목에 손을 대고 치유력을 불어넣었다. 여자의 몸에 남아 있는 타살의 흔적을 지우기 위해서였다. 여자의 몸에 생겨났던 상처와 멍이 사라지자 그녀에게서 손을 뗐다.

에릭은 사내가 가져온 가방을 열었다. 장방형의 케이스 안엔 다양한 의료 기구와 도구들이 말끔히 정리되어 있었다.

양손에 의료용 장갑을 낀 에릭은 일회용 주사기와 약물이 든 유리병을 꺼냈다.

지금 그가 처리해야 하는 여자는 한창 주가를 올리고 있는 전도유망한 신인 여배우였다.

그녀는 이제 과도한 약물복용으로 인한 심장마비로 사망하게 될 것이다. 그녀의 사망 소식이 전해지면 충격을 받는 이들이 적지 않을 터였다. 약물복용을 놓고 비난하는 이들도 있겠지만 젊은 나이에 세상을 떠난 여배우를 대부분은 안타깝게 여길 것이다.

살아서 더 많은 죄를 짓기보다 연민을 자아내는 죽음이 더 나은 법이지.

여자의 팔에 주삿바늘을 꽂는 에릭의 머릿속엔 그러한 생각이 자리하고 있었다.

3. 슬픔과 아픔 뒤에 오는 것 (1)

콴이 완쾌되어 일어나자 이번엔 현서가 앓아누웠다. 납치당했을 때 충격을 받은 데다 부상을 입은 콴을 보며 마음 졸였던 일들이 고스란히 병증으로 나타난 듯했다.

"그래도 잘 견디신다 싶었는데 이렇게 탈이 나시는군요."

약을 먹고 잠이 든 현서를 지켜보던 동운은 나직하게 한숨을 내쉬었다. 어린 현서가 감당하기 힘든 일을 연달아 겪고 호되게 앓고 있는 것이 그의 눈에도 애처로웠던 것이다.

"한데 걱정입니다."

동운의 말에 침대 옆 의자에 조용히 앉아 있던 콴이 눈길을 주었다.

"앞으로 뭔가 더 일이 있을 거란 예감이 든다고나 할까요."

"사하도 비슷한 얘길 꺼내던데 자네 생각도 그런가 보군."

"남궁혁의 일이 말끔하게 해결된 느낌이 아니라서 그런 것 같습니다. 그래도 이사장님께서 빨리 회복되셔서 걱정이 덜어지긴 합니다."

콴은 무슨 뜻인지 알겠다는 듯 고개를 주억거렸다.

"여기 좀 더 계시겠습니까?"

"그럴까 해."

"그럼 저 먼저 실례하겠습니다. 휴가를 마치고 다음 주에 올 직원들과 김 선생에게 따로 연락도 해야 하고, 이것저것 준비할 게 있어서요."

"그래, 알겠네."

동운은 깍듯하게 인사를 하고 현서의 방을 나갔다. 콴은 눈길을 돌려 현서가 누워 있는 방 안을 돌아보았다. 현서의 방엔 적당한 빛과 어둠, 시원한 기운이 담긴 침묵이 공존했다. 외부에 해가 떠 있는 시각이라 창문마다 커튼이 드리워졌고 한여름 더위에 실내 온도가 높아지지 않도록 에어컨을 켜놓았기 때문이다.

콴은 이제 현서를 바라보았다. 작고 하얀 손등 위에 링거 바늘을 꽂고 있는 현서의 모습은 애잔함을 자아냈다. 콴은 상체를 구부정하게 숙이고는 손을 하나로 모아 쥐었다.

현서가 이렇듯 앓고 있는 것이 자신의 탓이라 생각하니 마음이 못내 무거웠다.

단순히 몸이 아픈 것이라면 그의 치유력을 이용해 얼마든지 낫게 할 수 있었다. 그러나 현서는 마음이 힘들어 몸이 아픈 상태였다. 마음의 상처에서 비롯된 몸의 병은 아무리 강력한 치유력을 쏟아부어도 효과가 크지 않았다. 마음을 앓고 있는 사람이 낫고자 하는 의지를 가질 때에야 효력이 발휘될 수 있었다.

콴이 죄책감과 같은 무거움을 가지는 데엔 그럴 만한 이유가 있었다.

그가 병상에 있을 때 현서는 동운을 도와 그를 간호했다. 콴이 마실 붉은 과실의 음료를 챙기는 기본적인 것부터 상처 부위를 소독하고 붕대를 갈아주는 것처럼 손이 많이 가는 일까지, 무엇이든 성실하게 최선을 다했다. 상처를 소독하고 약을 바르는 일은 동운이 바쁠 때에만 한 것이지만 동운이 알려준 대로 차분하게 잘 처리를 해서 소질이 보인다는 칭찬까지 들을 정도였다.

어쩌다 콴과 단둘이 있는 시간이 되면 현서는 어린 참새처럼 수다를 떨었다. 콴에게 궁금한 것을 묻기도 하고 제 얘기를 들려주기도 하면서 즐거이 재잘거리곤 했다. 그러다 가끔 대화가 끊길 때가 있었다. 그럴 때면 그 침묵을 어찌해야 할지 몰라서 당황하는 모습을 보였다.

"할 얘기가 생각나지 않으면 억지로 하지 않아도 돼."

그런 모습을 몇 번이나 보았던 터라 콴은 편안하게 말을 꺼냈다. 현서는 다급히 고개를 저으며 억지로 하는 게 아니라고 말했다.

"정말이에요."

"그래?"

"네, 진짜로 아니에요."

"네가 아니라면 아닌 거겠지."

콴은 옅게 웃으며 맞은편 의자에 앉아 있는 현서의 머리를 쓰다듬었다. 진지한 얼굴로 거듭 강조하는 표정이 마냥 귀여워서 멋대로 손이 움직인 것이었다.

콴의 반응에 현서는 눈이 움찔 커졌다가 금세 뺨이 발그레해졌다. 고개를 숙이는 현서의 귓등이 붉어진 걸 보고 많이 쑥스러워하고 있다는 걸 어렵지 않게 알아챘다. 며칠 전 고백의 말까지 한 상황이니 콴이 하는 말과 행동들에 어쩔 수 없이 신경이 쓰이는 모양이었다.

콴은 고백에 대한 말을 굳이 하지 않았다. 일반적이라 할 수 없는 특수한 상황에서 일어난 해프닝이라 판단해 큰 의미를 두지 말자고 생각했다. 그렇다고 대수롭지 않은 것으로 여겨 무시하려는 건 아니었다. 그때를 떠올리면 심장이 저릿하게 아프면서도 달콤하게 간질거리는 상반된 감각을 느끼고 마는 자신의 모습이 적응되지 않을 만큼 낯설어서 피하려 한다는 게 정확했다.

"전에 그런 얘길 하셨잖아요. 할아버지 부탁을 받고 절 돌보시는 거라고요. 그럼 저희 할아버지와는 어떻게 만나신 거예요?"

"그게 궁금했니?"

현서는 궁금한 마음처럼 크게 고개를 끄덕였다. 일상적인 것에 대해 물을 때와 다른 종류의 문제였기에 콴은 잠시 대답을 고민했다. 현서의 입장에선 충분히 궁금한 얘기였지만 어디까지 설명해야 좋을지 먼저 판단을 해야만 했다.

콴은 영우를 처음 만났을 때의 이야기와 한국에서 다시 재회하게 된 이야기를 적절히 편집해 알아듣기 쉽도록 설명을 시작했다.

영우와 자신과의 사이에 맺어진 피의 계약에 대해선 당연히 말을 하지 않았다.

이야기를 듣는 동안 현서는 참으로 다양한 표정을 지었다. 할아버지와 콴의 인연이 신기하면서도 흥미로웠는지 잘 닦은 유리창처럼 맑은 눈을 반짝이며 이야기에 집중했다.

"그런데 여기 계속 앉아 계셔도 괜찮으세요?"

현서는 콴이 앉은 채로 계속 얘기를 하고 있는 것이 아무래도 신경 쓰인 모양이었다.

"힘이 들었다면 내가 먼저 침대로 가서 누웠겠지. 네가 간호를 잘해줘서 그런지 회복 속도가 생각했던 것보다 빠르구나. 조만간 자리를 털고 일어날 거니까 너무 걱정 안 해도 된다."

"정말요? 그런 거면 진짜 다행이에요."

콴은 옅게 웃고는 이번엔 뭐가 궁금하냐고 먼저 운을 뗐다.

"그럼 언제부터 뱀파이어가 된 거예요? 처음부터 뱀파이어였던 거예요? 아니면 나중에 된 거예요?"

질문에 답을 주자 또 다른 질문이 자연스레 뒤를 이었다. 어떤 것은 대답을 하기가 수월했지만 어떤 것은 마땅한 답을 찾기가 어렵기도 했다. 콴이 난감해하는 표정을 지으면 현서는 당장 답을 하기가 어려운 건 나중에 해주셔도 좋다고 어른스레 반응을 해주었다.

사실 현서에게 들려준 이야기는 콴의 전체가 아닌 작은 일부분에 속했다. 그러나 콴에게 속한 편린들은 누구에게도 쉽게 털어놓지 않았던 비밀과 진실을 담고 있었다. 때문에 그것을 공유하게 된 현서와의 사이에 친밀함과 유대감이 돈독해지고 있었다.

"내가 뱀파이어라는 걸 알았을 때 겁이 나지 않았어?"

"아니요. 그렇지 않았어요."

"붕대를 감고 누워 있는 걸 봤으니 겁이 나지 않았던 거겠지."

콴이 웃음 띤 얼굴로 대꾸를 하자 현서의 표정이 사뭇 진지해졌다.

"그래서가 아니에요. 아저씨가 절 싫어하지 않는다는 걸 알게 돼서 무섭지 않은 거였어요."

"내가 널 싫어하지 않는 것과 뱀파이어라는 건 문제가 다르다고 생각하는데?"

"저는 크게 차이가 없다고 생각해요."

"큰 차이가 없다고 생각한다고? 왜지?"

"전 아저씨가 절 부담스럽게만 여긴다고 생각했었거든요. 할아버지의 유언 때문에 마지못해 데리고 있는 거라서 저랑 얘기도 안 하시고, 얼굴도 잘 안 보여주시는 거라고요. 그런데 아저씨가 뱀파이어라는 걸 알게 됐을 때 그것 때문에 날 멀리했던 거구나 하는 생각이 들었어요. 아저씨가 금혈에 대해 얘기하셨을 때, 제 생각이 틀리지 않은 걸 알게 돼서 기쁘기도 했고요."

현서의 설명을 듣다가 문득 한 가지 궁금한 것이 떠올랐다.

"붉은 눈을 하고 널 공격했을 때는 어땠지? 그때도 무섭지 않았니?"

"그땐 좀 놀라긴 했었어요. 하지만 아저씨가 아파서 그런 거라고 생각하니까 걱정이 더 됐어요. 금혈 때문에 힘드신 걸 생각하면 제가 계속 방해만 되는 것 같아서 많이 죄송해요.”

“그게 무슨 말이냐. 넌 충분히 도움을 주고 있어.”

시무룩한 얼굴이었던 현서는 콴의 말에 이내 밝은 미소를 지었다.

“알겠어요. 아저씨가 그렇게 말씀하셨으니까 방해만 된다는 생각 안 할게요.”

“그래, 잘 생각한 거다.”

“그럼 아저씨도 제 말을 믿어주셔야 돼요.”

“어떤 걸 말이냐?”

“아저씨가 무섭지 않다는 제 말이요. 아저씨의 비밀을 알기 전에도 그걸 알고 난 다음에도 아저씨가 무서웠던 적은 없었어요. 괜스레 서운하고 속상했던 적은 많았지만요.”

드맑은 눈을 하고 진심을 강조하는 현서의 모습에 콴의 마음이 뭉클해졌다.

“침대로 가시게요?”

콴이 의자에서 일어나자 현서가 얼른 일어나 그를 부축하려고 다가갔다. 그때 높이 서 있던 콴이 낮게 상체를 숙였다. 무슨 일인가 싶어 의아하게 쳐다보는 현서에게 그대로 입을 맞추었다.

촉! 소리를 내며 떼어진 가벼운 입맞춤에 현서는 더럭 놀라 눈이 커다래졌다.

방금 전 무슨 일이 일어난 것인지 인식하지 못했던 현서는 그린 듯 아름다운 콴의 얼굴과 새까만 눈동자가 자신과 너무 가깝다는 생각을 했다. 그러다 그의 입술에 눈길이 머물렀다.

당황함과 민망함이 한꺼번에 밀려들자 현서는 반사적으로 입을 가렸다. 현서에게 집중하고 있던 콴의 눈매가 옆으로 더욱 길어졌다. 갑작스러운 입맞춤에 당황하여 그런 것이라고 이해하고 싶었지만 마치 저를 거부하는 것처럼 보인다는 것이 맘에 들지 않았다.

"내가 싫은 거냐?"

입을 맞춘 게 싫은 거냐고 물어야 했지만 콴의 말은 다르게 흘러나왔다. 싫다는 대답을 할 수 없는 비겁한 질문이란 걸 알면서도 끝내 바꾸지 않았다.

현서는 입을 가린 채로 고개를 가로저었다. 콴은 현서의 입을 가리고 있던 손을 붙잡아 아래로 내렸다. 현서의 눈동자가 흔들리는 걸 모른 체하며 작은 얼굴을 감싸며 다시 고개를 숙였다. 찔레나무 꽃처럼 은은한 향기가 흐르는 현서의 입술. 꽃잎처럼 보드라운 감촉과 달고 따스한 숨결을 샅샅이 맛보고픈 충동을 억누르며 더욱 느릿하게 입을 맞췄다.

⚜ ⚜ ⚜

현서를 깨운 건 갈증이었다. 침대에서 겨우 몸을 일으킨 현서는 동운이 챙겨놓은 자리끼로 목을 축였다. 바싹 말라 있던 입안과 목에 물이 들어가자 저절로 긴 한숨이 흘러나왔다.

남아 있던 물을 마저 마시고 다시 침대에 몸을 뉘었다. 모로 누워 이불을 끌어 올리다 손등에 붙어 있는 살색 반창고를 발견했다. 손등을 따갑게 만들었던 링거 바늘이 치워진 걸 보니 시간이 꽤 흐른 모양이었다.

잠결인지 꿈결인지 구분이 되지 않는 모호한 상황에서 아저씨를 본 것 같았다.

그때 자신이 깨어났을 때 아저씨가 계속 계시면 어쩌나 걱정을 했었다.

방금 전 눈을 떴을 때 다행히 아무도 보이지 않았다.

안도라고 할 수 있는 한숨을 짓고 나서 현서는 눈을 감았다. 몸을 움직였을 때 등 뒤가 땀에 젖었다는 걸 알았지만 옷을 갈아입지 않았다. 모든 것이 너무 귀찮아서 그저 자고 싶다는 생각만 들었다. 그런데 잠이 오지 않았다. 몸은 고된 노동을 마친 사람처럼 눅진하고 무거운데, 정신은 찬물을 마신 것처럼 점점 맑게 깨었다.

차라리 일어나자. 이렇게 누워만 있으면 점점 더 무기력해질 거야.

일어나면 뭐가 달라지는데? 달라지는 건 없어, 아무것도.

무기력한 생각이 들 때마다 팔다리가 물에 젖은 솜처럼 무거워지는 것 같았다.

그러지 말고 좋은 생각을 하자. 기운이 나는, 기분이 좋아지는 그런 생각을.

백 집사님이 만들어준 맛있는 음식이 상 위에 놓이는 것을 기다리는 시간이라든지.

땀을 잔뜩 흘리고 뛴 다음에 달고 시원한 물을 마실 때의 기분이라든지.

바람이 좋은 나무 그늘 아래서 낮잠을 자는 시간이라든지.

보고 있으면 덩달아 웃게 되는 사하 오빠의 미소라든지.

다정하게 정수리를 쓰다듬어 주는 아저씨의 손길이라든지.

몸을 따라 마음까지 까라지려는 것이 좋지 않은 것 같아 행복한 기분이 들게 했던 상황들을 떠올려 보았다. 그러다 입술을 만졌다. 메마른 입술 위 하얗게 일어난 각질이 걸리자 무심코 손을 움직였다.

"아."

각질을 잘못 떼는 바람에 입술이 따끔하게 아팠다. 상처가 생긴 자리에 피 맛이 느껴지자 입술을 깨물 듯 누르고 지혈을 시도했다. 그렇게 다시 입술을 매만지다 엊그제의 일이 떠올랐다.

처음엔 너무나 놀랐다가 정말 일어난 일이 맞을까, 의심을 할 정도로 믿어지지 않았던 입맞춤의 기억. 너무 당황스러워서 어찌할 바를 몰랐지만 결코 싫지 않았던 설렘과 두근거림.

몸 전체가 심장이 되어버린 것처럼 크게 울리고 머릿속이 온통 하얗게 바래 버려서 입맞춤이 끝나자마자 힘없이 의자에 앉아버렸던 그때.

어떤 말이든 시작을 해야 조금이라도 덜 민망할 것 같아서 꺼냈던 얘기가 감당하기 버거운 사실을 깨닫게 할 줄 알았다면, 아저씨를 믿으니 나 또한 믿어달라는 말을 꺼내지 않았을 것이었다.

"어, 그럼 전, 가볼게요."

의자에 앉아 심장을 겨우 진정시킨 현서는 그 말을 하고 일어나려 했다.

"아무것도 하지 않을 테니 거기 좀 더 앉아 있어."

자리에 선 채 현서를 보고 있던 콴은 현서를 안심시키려는 듯 맞은편 의자에 자리를 잡고 앉았다.

"더 멀리 가 있을까?"

"아뇨. 안 그러셔도 돼요."

현서의 말을 듣고 콴은 옅은 웃음을 지었다. 뭔가 멋쩍어하는 그 웃음 때문에 현서는 한층 더 맘이 진정되었다. 조금 전의 입맞춤을 저만 벅차하고 저만 당황하고 있는 것이 아니란 생각이 들어서였다.

"⋯⋯저어."

현서가 어색한 침묵을 깨고 운을 떼자 콴이 곧바로 현서를 보았다.

"갑자기 궁금한 게 있어서요."

"또 뭐가 궁금해진 거지?"

"절 납치했던 아저씨 이름이 남궁혁이라고 하셨죠?"

남궁혁의 이름이 나오자 웃음이 머물러 있던 콴의 눈매가 옆으로 가늘어졌다. 괜한 걸 물은 걸까, 순간 후회가 됐지만 이왕 말이 나왔으니 제대로 물어야 한다고 마음을 정했다.

"그 아저씨가 엄마 얘기는 안 했나 해서요. 저한테 분명히 엄마 소식을 알고 있다고 했었거든요."

"그건 널 꾀기 위해서 그가 만들어낸 거짓말이었을 거다."

"하지만 그 아저씬 돌아가신 아빠의 이름도 알고 있었어요. 사하 오빠나 청림재단에 대해서도 잘 아는 것 같았고요."

"널 찾으려고 고용됐던 사람이니 그 정도는 알고 있었겠지. 네가 납골당에 들르는 것까지 염두에 둔 걸 보면, 네가 어떤 말에 반응할지도 다 계산하고 있었을 거야."

틀린 말이 아니란 생각이 들었지만 마음 한편에 뭔가 석연치 않은 느낌이 고개를 들었다.

"그럼 아저씨는요? 아저씨도 아직 소식을 모르시는 건가요?"

"내가 답을 알고 있다고 생각하는 말투로구나."

콴의 말에 현서는 선선히 고개를 끄덕였다.

"솔직히 말씀드리면, 그래요. 아저씨는 왠지 엄마 소식을 알고 계실 것 같아요. 왜 그런 생각을 하는 거냐고 물으시면, 특별한 근거는 없어요. 그냥 그런 느낌이 들어서 얘기를 한 거니까요."

현서는 콴의 눈을 응시하며 차분하게 말을 이었다.

"이젠 아저씨가 어떤 얘기를 해주셔도 많이 안 놀랄 것 같거든요. 그래서 뭔가 알고 있는 게 있으시면 솔직하게 얘기해 주셨으면 좋겠어요."

콴이 즉답을 하지 않자 현서는 제 추측이 맞다는 확신이 생겼다.

"우리 엄마는 어디에 계세요? 여기 한국에 계신 건 맞나요?"

에두르지 않는 직설적인 질문에 콴은 미간을 좁혔다. 계속 회피할 수 없다고 판단이 된 것인지 현서를 바라보는 눈빛이 진중하게 깊어졌다.

"한국에 계신다고 하는 게 맞을 거야. 하지만 만나 볼 순 없을 거다."

"그게, 무슨 말씀이죠?"

현서는 애써 차분하게 이유를 물었다. 혹시 돌아가신 거냐고 물을 수도 있었지만 차마 그렇게는 입이 떨어지지 않았다.

"이미 돌아가셨으니까."

"……!"

현서는 충격으로 잠시 할 말을 잃었다.

언젠가 어렴풋하게 어머니에게 좋지 않은 일이 생겼을지도 모른다는 생각을 한 적이 있었다. 하지만 막연한 짐작과 확언을 듣는 것과는 너무나 큰 차이가 있었다. 자신의 병증을 감기몸살 정도로 알고 있던 환자가 말기 암 선고를 받은 것처럼 어마어마한 간극이었다.

"……그거, 확실한 거예요? 정말 확실히 알아보신 게, 맞는 거예요?"

갑자기 목이 꽉 잠기고 말아 현서는 띄엄띄엄 말을 해야만 했다.

"그래, 확실한 사실이다."

"우리 엄마는, 언제 돌아가신 거죠?"

"너와 연락이 끊기고 얼마 지나지 않아서."

그 말을 듣는데 갑자기 눈가가 뜨거워졌다.

"그 얘길 언제 들으신 거예요?"

"네가 이곳에 온 지 석 달이 지났을 때."

"하."

기가 막힌 나머지 한숨을 닮은 탄성이 흘러나왔다.

"그런데 왜 얘길 않으셨죠? 여기서 지낸 시간이 일 년이 지났는데, 왜요?"

콴은 즉답을 하지 않고 짤막한 한숨을 내쉬었다. 아마도 이유가 있을 거라고 짐작이 됐지만 현서는 체한 것처럼 가슴이 답답해졌다.

"절 생각해서란 얘긴 하지 마세요. 어떤 얘길 하셔도 지금은 납득이 안 될 것 같아요."

"너희 어머니가 널 두고 섬을 나온 건 널 살리기 위해서였다. 너와 연락을 끊은 건 네게 피해를 주지 않기 위해서였지."

그 말이 끝나기도 전에 현서는 강하게 고개를 저었다.

"아저씨가 무슨 말을 하시는 건지 하나도 모르겠어요. 그러니까 제가 알아들을 수 있게 설명을 해주세요."

현서의 눈은 어느새 붉게 충혈되었고 목소리에선 안타까운 떨림이 묻어났다.

콴의 말을 듣고 나자 가슴이 답답하다 못해 뜨겁게 타오를 것 같았다. 어머니의 일을 알고 있었음에도 어떤 말도 해주지 않았던 그에게 배신감과 원망의 감정이 생겨났다. 어머니가 저를 위해 희생한 것이라는 짐작이 되자 감당이 되지 않을 정도로 몸이 아프기 시작했다.

"엄마가 왜 그런 결정을 하셨죠? 누가 우리 엄마를 협박이라도 한 거예요? 아니면 그런 이유 말고 다른 이유가 있는 건가요? 그런데 아저씨는 그런 걸 어떻게 아시는 거죠?"

"다른 얘길 듣고 싶다면, 우선 진정부터 해."

현서는 들썩이는 감정을 애써 누르며 콴을 보았다.

"내가 자세한 말을 하지 않았던 건 네가 감당할 수 있는 감정이 아니라고 판단했기 때문이다. 좀 더 시간이 흘러서 네가 성인이 된 다음에 알려주는 게 나을 거라고 생각했기 때문에 그렇게 한 거야."

"하지만 방금 얘기하셨잖아요. 그러니까 정확한 얘길 들려주세요."

"어머니가 돌아가셨다는 얘기만으로도 넌 이미 감정적인 반응을 하고 있어. 이런 상황에선 넌 어떤 말도 제대로 못 들을 거다."

타이르듯 담담하게 대꾸하는 콴이 너무 무정하고 차갑게 느껴졌다.

"그럼 처음부터 모른다고 하셨어야죠. 제가 다른 생각을 할 수 없게, 그렇게요⋯⋯!"

"내가 어떤 말을 했어도 넌 날 원망했을 거다. 그게 거짓이든 거짓이 아니든. 어머니가 돌아가셨다는 사실은 달라지지 않으니까."

현서의 눈에서 눈물이 왈칵 쏟아지자 콴이 자리에서 일어났다. 현서 역시 곧장 일어나 자신에게 다가오는 콴을 피했다.

"현서야."

콴은 돌아서 나가려는 현서의 팔을 붙잡았다. 현서는 그의 손을 뿌리치며 거부감을 드러냈다. 그러나 콴은 현서를 다시 끌어안았다. 진저리를 치며 벗어나려는 그녀를 자신의 품에 가두듯 끌어안았다.

"이제 어른이 돼도 엄마를 볼 수 없어요. 다신 볼 수 없어요. 그런데도 난 편하게 웃고, 편하게 먹고, 편하게 잠을 잤어요. 엄마가 돌아가신 것도 모르고, 혼자만 편하게!"

현서는 엉엉 소리를 내며 울고 말았다. 끝까지 터뜨리지 못하고 눌러 왔던 아픔이, 참고 참아왔던 슬픔이 봇물 터지듯 한꺼번에 쏟아졌다. 콴은 울음을 그치라고 말하지 않았다.

현서의 눈에서 흘러내리는 뜨거운 눈물이 콴의 셔츠에 젖은 얼룩을 만들며 빠르게 번져 갔다.

✤ ✤ ✤

현서가 지난 생각에 잠겨 있는 동안 콴은 1층 서재와 가까운 응접실에 있었다.

그곳에선 사하와 동운, 민호진 변호사가 이야기를 나누고 있었다. 테이블 위엔 동운이 차려놓은 다과와 차가 놓여 있었다. 그러나 서로의 말에 집중하느라 손을 대는 사람이 거의 없었다.

"남궁혁과 관련된 얘기는 아직도 나온 게 없나?"

콴이 묻자 사하가 곧바로 보고를 시작했다.

"지역 신문에 폭발로 전소된 차량이 발견되었다는 기사가 실리긴 했지만 그 외에 다른 얘긴 아직 없었습니다."

"남궁혁의 신원을 확인하는 일이 시간이 걸린다 쳐도 주검에 대한 언급 자체가 없다는 게 아무래도 이상합니다."

동운이 찜찜하다는 얼굴로 의견을 피력하자 사하가 최 변호사 측에서 미리 손을 쓴 게 아니냐는 의견을 내놓았다. 동운은 이유를 물었다.

"그렇게 생각하는 이유가 있는 거냐?"

"사고가 있던 날 남궁혁이 그랬거든. 자기가 무영시에 온 것도, 청림재단에 대해 알아보고 있는 것도 윗선에서 모두 알고 있다고. 김윤경 선생님이랑 현서 양이 관련된 것까지 다 알고 있으니까 자길 해코지하면 분명히 곤란해질 거라고 장담했었어."

"남궁혁이란 사람의 말이 사실이라고 해도 폭발이 일어난 현장에 이사장님이나 현서를 연관시킬 증거들이 없다면, 그걸 쉽게 문제 삼을 순 없지."

동운과 사하에게 자신의 생각을 말한 사람은 재단 일을 도맡아 하고 있는 민호진 변호사였다. 그는 오십대의 나이에 키가 큰 편으로 전체적인 선이 둥글둥글해서 푸근하고 선하면서도 믿음이 가는 인상이었다.

"민 변호사님이 그렇게 말씀하시니까 걱정이 덜어지긴 하지만 솔직히 걸리는 게 더 있어요."

"뭐가 걸리는 건지 얘길 해봐요, 천 실장님."

"제가 그날 신호도 막 무시하고 남궁혁을 쫓아갔었거든요. 아마 그때 절 본 사람들이 분명히 있을 거예요. 남궁혁이 운전했던 갤로퍼에 현서 양이 타고 있는 걸 본 사람도 있을지 모르고요."

사하가 찜찜한 표정을 풀지 않자 옆자리에 있던 동운이 외려 사하의 편을 들었다.

"내가 너였어도 그렇게 했을 게야. 아가씨 상황이 위태로운데 다른 사람 눈을 신경 쓴다는 게 더 이상한 거지."

그러나 호진은 이번엔 조금 다른 의견을 내놓았다.

"별것 아닌 일로 지나간다면야 그것처럼 좋은 게 없지요. 그런데 남궁혁과 관련된 수사가 시작되면, 그날 있었던 추격전이 문제가 될 수도 있습니다. 현서 학생에 대해선 모르는 사람들이 대부분이지만 천 실장은 이래저래 얼굴을 아는 사람이 많으니까요. 남궁혁과 천 실장, 거기에 현서 학생을 연관 짓기 시작하면 골치 아픈 일이 생기지 않을 거라고 장담을 못 하는 상황이죠."

"변호사님이 걱정하는 일이 진짜로 발생하면 그땐 어쩌죠?"

뾰족한 수가 떠오르지 않았는지 호진도 선뜻 답을 하지 못했다.

"현서와 관련한 문제는 이제부터 정면 돌파할 생각이야."

콴이 단정하듯 말하자 사하를 비롯한 남자들이 일제히 콴을 쳐다보았다. 콴은 걱정과 불안이 드러난 그들의 표정에 개의치 않고 곧바로 말을 이었다.

"현서는 우리 상황과 입장을 모두 알고 있어. 현서를 납득시키기 위해 말을 꾸며내는 수고가 덜어진 셈이니 그들을 상대하는 게 더 수월할 거란 얘기야."

"그 말씀은 남궁혁이 현서를 납치하려고 했다는 걸 밝히시겠다는 겁니까?"

호진이 확인하듯 묻자 콴은 그렇다고 고개를 끄덕였다.

"우리가 현서를 데리고 있었던 이유가 현서를 보호하기 위한 목적이었다는 걸 밝히면 돼."

콴이 덧붙인 설명을 듣고 동운과 사하도 이해한 듯 고개를 빠르게 끄덕였다.

"그렇다면 그에 대비한 자료와 서류들을 미리 챙겨놔야겠군요. 이영우 회장이 현서를 부탁했다는 걸 증명할 수 있는 자료를 혹시 가지고 계십니까?"

"증명할 자료?"

"친필 편지든 육성 녹음이든 뭐든 좋습니다. 이사장님이 현서 학생을 보호하는 것 외에 다른 목적이 없다는 걸 뒷받침할 자료가 있다면 우리 쪽에서 먼저 수사를 의뢰할 수도 있거든요."

"아쉽게도 가진 게 없군."

말은 그렇게 했지만 콴의 표정에선 아쉬움이 느껴지지 않았다. 민호진이 맡은 바에 최선을 다할 거라는 믿음이 있어서였다. 그럼에도 예상치 못한 문제가 발생한다면 그땐 자신의 모든 것을 동원해 어떻게든 해결하겠다고 마음을 정했다.

"알겠습니다. 그런데 오늘 나눈 얘기 중에서 현서 학생이 알아야 할 얘기가 있을 것 같은데, 어떻게 할까요?"

"현서에겐 나중에 얘기를 하도록 하지. 지금은 회복이 우선이니까."

호진을 비롯한 남자들은 콴의 의견에 이의 없이 동조를 표했다.

4. 슬픔과 아픔 뒤에 오는 것 (2)

"사하 씨, 시간 좀 내줄 수 있어요?"

저녁 식사를 마치고 나오는 길, 사하에게 양해를 구한 사람은 2주 만에 저택으로 돌아온 윤경이었다.

"그야 당연히 내드릴 수 있죠."

사하는 상냥한 미소를 띤 얼굴로 대화를 흔쾌히 수락했다.

두 사람은 1층 로비를 나란히 지나 정원과 연결된 유리문을 나섰다. 여름 한가운데 와 있는 계절이라 그런지 해가 진 후에도 피부에 닿는 공기가 따스하다 느껴질 정도였다. 그래도 밤잠을 설칠 정도로 극심한 열대야에 시달리는 건 아니었다. 저택이 산 중턱에 자리한 데다 바람이 잘 통해서 늦은 밤과 새벽녘엔 얇게라도 이불을 덮어야 했다.

"무슨 일 때문에 보자고 하신 거예요?"

"바로 용건부터 묻는 거예요?"

"제가 쓸데없이 눈치가 빠르거든요."

사하는 가볍게 말을 받아 윤경이 말하기 편안한 분위기를 연출했다.

"다른 게 아니라, 내가 여기 없는 동안 집에 무슨 일이 있었나 해서요."

"지하층이랑 차고지 공사한 거 말고 다른 일는 없었는데요?"

"아뇨. 그런 공사 같은 거 말고, 한 집안사람들이 의견 차이로 심하게 다투는 것처럼 감정적으로 부딪치는 그런 일이요."

"그렇게 얘길 하시니까 전 더 모르겠는데요?"

윤경이 뭔가를 눈치챈 것일까 싶어 마음 한편이 뜨끔했지만, 사하는 정말 아무것도 모르는 것처럼 순박한 표정을 지었다.

"그래요? 진짜로 아무 일도 없었던 거예요?"

"그런 일은 당연히 없었죠. 선생님이 걱정하셔야 할 정도의 일이 있었으면 제가 먼저 귀띔을 했겠죠."

"듣고 보니 그러네요."

"그런데 그건 갑자기 왜?"

"현서가 안 하던 일을 하니까, 무슨 일이 있었나 걱정이 돼가지고."

"안 하던 일을 하다뇨? 그게 무슨."

"사하 씨는 출근하니까 아마 모를 거예요. 현서가 요즘 엄청 심하게 운동을 해요. 낼 모레 시합에 나가는 선수처럼 하루 종일 운동만 한다니까요."

"하루 종일 운동을 해요?"

"과장이 아니라 진짜로 하루 종일 그래요. 체력단련실인지 헬스장인지 거기 종일 틀어박혀 있질 않나, 탈진할 때까지 테니스를 치지 않나. 조금 전에도 저녁은 먹는 둥 마는 둥 하더니 바로 수영장에 가겠다고 하더라고요."

사하는 바로 동조하지 않고 다른 의견을 내보았다.

"운동은 평소에도 하는 편 아니었나요? 그러니까 제 말은 운동에 집중하는 게 꼭 나쁜 건 아니다, 그런 뜻으로요."

"운동을 안 하는 것보다 하는 게 좋긴 하죠. 그런데 이건 하고 안 하고의 문제가 아니라 너무 지나치게 한다는 게 문제예요."

"현서 양한테 이유는 물어보셨어요?"

"그건 아직이요. 사하 씨가 알고 있는 게 있지 않을까 싶어서 먼저 물어본 거예요."

"그럼 제가 현서 양한테 물어볼까요?"

윤경은 빠르게 손사래를 치며 굳이 그럴 필요 없다고 말했다.

"현서한텐 내가 나중에 물어볼게요. 사하 씨보단 아무래도 내가 더 편할 테니까."

"그렇죠. 저보다는 김 선생님이 물어보시는 게 훨씬 나을 거예요."

사하는 윤경이 다른 의심을 하지 않게 되어 다행이라고 일단 안심했다. 그러나 윤경의 속마음은 사하의 짐작과 많은 차이가 있었다.

사하 씨 표정을 보면 아무것도 모르는 얼굴인데, 현서가 아무 말도 안 한 건가?

그랬다. 윤경은 현서가 운동에 집중하는 이유를 실연의 후유증이라고 해석하고 있었다.

"현서 분위기가 휴가를 떠나기 전이랑 좀 다른 것 같은데. 나만 그렇게 느끼는 건가 싶기도 하고. 사하 씨가 볼 땐 어때요?"

혹시나 하는 마음에 윤경은 넌지시 질문을 던졌다.

"글쎄요. 전 그다지 모르겠는데요?"

"사하 씨가 볼 땐 평소랑 다를 게 없다, 그런 뜻인 거죠?"

"네, 뭐."

윤경은 현서가 어떤 고백도 하지 않았다는 결론을 내렸다. 그러자 어린 제자를 충동질해 마음을 힘들게 했다는 자책감이 들어 입맛이 씁쓸했다.

"선생님께서 걱정하시는 게 이해는 가는데요. 전 현서 양이 운동하는 거, 말리고 싶지 않습니다. 사람이 머리가 복잡할 땐 몸을 팍팍 움직여 줘야 스트레스가 확! 풀리거든요. 방송에서도 나온 얘기니까 크게 걱정 안 하셔도 될 겁니다."

"그래요. 사하 씨가 봤을 때 문제가 없다니까 당분간은 더 지켜볼게요."

"그래도 김 선생님이 오시니까 다르긴 하네요. 전 현서 양이 운동만 하고 있다는 걸 몰랐거든요. 암튼 선생님이 계셔서 엄청 든든합니다."

사실 사하도 윤경과 비슷한 걱정을 하고 있었다. 다만 일부러

다가가 아는 척을 하지 않았을 뿐이다. 그래서 자신은 하고 싶어도 할 수 없는 보살핌을 윤경이 대신해 주길 바랐다.

현서는 실외수영장의 물속에 몸을 담그고 있었다. 낮의 햇빛이 데워놓은 물은 차가움이 없이 포근해서 수영을 하기에 안성맞춤이었다.

자유형으로 수영장을 몇 번 오갔다가 이번엔 배영을 할 때처럼 물 위에 누워 있는 자세 그대로 두둥실 떠 있었다. 배영을 배우던 초기엔 코로 계속 물이 들어와서 무척이나 힘이 들었다. 그 고비를 넘기고 방법을 터득한 후엔 수영법 중 가장 좋아하게 되었다.

물 위에 누운 채 하늘을 쳐다볼 수 있다는 것이 과학적인 근거를 떠나 마냥 신기하고 또 재미있었다. 솜사탕처럼 폭신해 보이는 흰 구름이 떠 있는 푸른 하늘이나 지금처럼 맑고 깨끗한 느낌이 나는 밤하늘을 볼 때면 새삼 배워두길 잘했다는 생각이 들었다.

수채화로 그린 그림처럼 투명하게 어두운 밤하늘과 조명을 받은 보석처럼 선명하게 반짝이는 별들을 물 위에서 누워 보고 있으니 자신이 마치 무중력 상태의 우주를 떠다니는 우주인이 된 것 같았다.

사그락, 사그락, 사그락.

어디선가 불어온 바람을 따라 나뭇잎이 수런거리는 소리를 듣다가 현서는 눈을 감았다. 자신의 몸을 떠안고 있는 물이 자박자박 소리를 내며 산들산들 움직이는 것이, 아이를 어르는 엄마의 품처럼 다정하고 편안했다.

윤경과 사하가 저택 안으로 돌아간 후 정원의 한곳에서 콴이 모습을 드러냈다.

밤이 되면 으레 정원을 거닐었던 콴은 현서가 머물고 있는 실외 수영장으로 발길을 돌렸다. 아주 늦은 시각은 아니었지만 현서 혼자 수영을 하고 있다는 것이 계속 신경 쓰였다.

어머니의 부음을 들었던 날, 현서는 무척이나 울었다. 그리고 한 며칠을 심하게 앓았다. 누워 있던 자리를 훌훌 털고 일어난 다음엔 콴을 비롯한 사람들 앞에서 눈물을 보인 적이 한 번도 없었다.

저택의 일을 돕는 사람들과 김윤경 선생이 완벽하게 복귀하면서 저택의 일상은 여느 때와 다를 바 없이 평온하게 굴러갔다. 하지만 현서만은 원래의 페이스를 찾지 못했다.

아슬아슬 불안하고 위태로운 모습을 보였다면 차라리 나았을 것이다. 책임감이 강한 어른처럼 모든 것을 혼자서 삼키고 삭이려는 모습이었기에 콴을 비롯한 저택의 남자들은 그것이 외려 걱정이었다.

성년이 되어야 남은 이야기를 할 것이란 원칙을 내세웠기 때문인지 몰라도 현서는 어머니의 죽음에 대해 다른 언급을 하지 않았다. 어머니가 돌아가신 날짜와 숨을 거둔 장소가 어딘지에 대해 물은 것이 거의 마지막 질문이었다.

수영을 마친 현서는 천천히 수영장 밖으로 나왔다. 콴은 커다란 타월을 챙겨 현서 앞으로 걸어갔다. 선베드에 앉으려던 현서는 콴이 오는 걸 보고 잠시 어리둥절한 얼굴이 되었다.

쾬은 현서의 눈빛과 무관하게 가져온 타월을 그녀의 어깨에 둘러주었다.

"수영 더 할 생각이냐?"

쾬이 묻자 현서가 짧게 고개를 저었다.

"아뇨. 조금 앉아 있다가 들어가려고 했어요."

"그래?"

"네."

현서가 선베드에 앉자 쾬이 다른 수건을 챙겨 다시 다가왔다. 그리고 물이 뚝뚝 떨어지는 현서의 머리카락을 수건으로 닦아주었다.

"이건 제가 할게요."

쾬은 아무 말 없이 하던 일을 계속했다. 그에 현서도 더는 만류를 하지 않았다. 저를 챙겨주는 쾬의 마음이 싫지 않았기에 그 자리에 얌전히 앉아 있었다.

쾬의 손길이 몇 번 오가기도 전에 현서의 머리카락을 적셨던 물기가 감쪽같이 사라졌다. 그리고 물로 흥건했던 티셔츠와 반바지도 햇빛에 잘 말린 빨래처럼 뽀송뽀송하게 건조되었다.

"어? 옷이 벌써 다 말랐어요?"

티셔츠 자락을 만져 본 현서는 신기한 것을 발견한 것처럼 두 눈이 동그래졌다. 그러더니 뭔가 미심쩍은 듯 쾬을 쳐다보았다.

"아저씨가 뭔가 하신 거죠?"

"……."

"아저씨가 도와주신 거 맞죠? 그렇죠?"

현서가 확인하듯 물었기에 콴은 별수 없이 그렇다고 인정을 했다.

"아저씨."

"응?"

"계속 보고 계셨던 거예요?"

"그래."

"그렇게 신경 안 쓰셔도 되는데."

콴은 현서의 머리와 어깨에 둘러주었던 타월을 치워주고 맞은편 의자에 앉았다.

"정말이에요. 이제 걱정 안 하셔도 돼요."

"내가 걱정하는 건 알고 있었어?"

"네."

현서는 가만가만 끄덕이더니 차분히 속마음을 이야기했다.

"마음이 아무렇지도 않은 건 아닌데, 아무것도 못 할 정도로 아주 엉망이지도 않아요."

"……."

"그렇다고 저한테 일어난 일들이 다 이해되는 건 아니에요. 아저씨가 전에 얘기해 주셨던 것처럼, 나한테 문제가 있어서 일어난 일이 아니라고. 어떤 식으로든 일어났을 일이었다고. 그렇게 받아들이려고 최대한 노력하는 중이에요."

"그래, 그래야지."

콴은 살짝 헝클어진 현서의 정수리를 칭찬하듯 어루만졌다.

"그래도 무리하진 마라. 힘이 들면 아무것도 하지 말고 그냥 편히 쉬고 있어."

콴이 다독이던 손길을 거두자 현서가 작게 한숨을 내쉬었다.

"빨리 어른이 됐으면 좋겠어요."

"빨리 어른이 되고 싶어?"

"네. 어른이 되면 마냥 울고만 있지 않을 것 같아서요."

"눈물을 다스리는 법을 배울 순 있겠지. 하지만 그만큼 외로워질 거다."

"누군가 옆에 있어도요?"

"누군가 옆에 있다고 해도."

그 말에 현서의 눈이 서글프게 흔들렸다. 콴은 현서를 지그시 바라보다 말을 이었다.

"그래도 누군가 옆에 있어 준다면 확실히 힘이 나긴 하겠지."

"그럼 아저씨 옆엔 제가 있어드릴게요."

"응?"

"아직은 힘이 없어서 큰 도움은 못 되겠지만, 언제나 같은 편이 돼드릴게요."

담박하게 대답한 현서는 콴을 향해 새끼손가락을 펴 내밀었다.

"약속할게요."

콴은 현서의 손을 잠시 말없이 바라보았다.

"제가 아저씨 편이 되는 건, 역시 힘이 안 되나 봐요."

현서가 머쓱해하자 콴은 자신의 손가락을 거는 것으로 힘이 된다는 말을 대신했다.

약속의 증표처럼 단단하게 걸린 새끼손가락을 위아래로 흔들며 현서는 티 없이 맑은 미소를 지었다. 얽혀든 손가락의 체온처럼 따스하고 순수한 진심 앞에서 콴은 수줍은 소년처럼 심장이 뛰는 소리를 들었다.

"이사장님!"

현서는 사하의 목소리에 움찔 놀라 반사적으로 손을 놓았다. 콴은 순간 멀어진 현서의 손을 움키듯 붙잡아 단단히 거머쥐었다. 그리고 헐레벌떡 뛰어오는 사하에게 눈길을 주었다.

"무슨 일이지?"

콴이 물었으나 사하는 선뜻 대답을 하지 못했다. 분명 다급한 일이 생긴 것 같은데, 어떻게 시작을 하면 좋을지 모르는 난감한 얼굴이었다. 그때 현서가 다른 손으로 입을 가리고 크게 하품을 했다.

"아저씨, 저 먼저 일어나야겠어요. 자꾸 하품이 나오는 게 얼른 가서 자야 할 것 같아요."

현서가 피곤한 얼굴로 양해를 구하자 콴은 그러라며 잡은 손을 놓아주었다.

"그럼 저 먼저 올라갈게요."

콴과 사하에게 인사를 한 현서는 저택으로 발길을 옮겼다. 콴은 현서가 눈치껏 자리를 피해주었다는 걸 알고 있었다. 그래서 굳이 아는 체를 하지 않은 것이었다.

"그래, 이제 얘길 해봐."

"방금 말도 안 되는 일이 일어났습니다."

"말도 안 되는 일?"

"저택 대문 앞에 남궁혁이 와 있습니다."

콴이 눈을 가늘게 뜨자 사하가 바로 말을 이었다.

"보안 카메라에 비친 모습이었지만 죽을 뻔했다가 겨우 살아났다면서 너스레를 부리는 얼굴이며 목소리가 남궁혁이 확실했습니다."

자신이 처리했던 남궁혁이 살아서 나타났다는 말에 콴은 물론 놀랐다. 그러나 곧 평정심을 되찾았다. 남궁혁의 비범한 능력과 능청스러운 여유가 여느 사람과 다르다고 생각했기에 그가 되살아난 것이 그럴 만한 이유가 있는 것이라 짐작되었다. 그렇다면 어떤 방식으로 회생을 한 것인지, 남궁혁의 회생이 현서의 일에 어떤 영향을 끼칠 것인지에 대해 반드시 알아야 했다.

"그가 뭐라고 하던가?"

"이사장님을 뵙고 긴히 드릴 말씀이 있다면서 안으로 들여보내 달라고 부탁을 했습니다."

"안으로 들여보내 달라고 부탁을 했다?"

"예."

"제 발로 찾아온 손님을 매정히 내쳐선 안 되겠지."

콴이 턱을 매만지며 대꾸하자 사하가 호기심 어린 눈으로 이어질 말을 기다렸다.

"무슨 말을 하는지 들어봐야겠으니 작업실로 안내해."

사하는 잠시 자신의 귀를 의심했다. 콴이 말한 장소가 바로 작업실이었기 때문이다. 그곳은 동운조차도 들어가 본 적이 없는 주인만의 공간이라 확인을 위해서라도 되물을 수밖에 없었다.

"응접실이 아니라 작업실 말씀이십니까?"

"그래."

"예, 알겠습니다."

대답한 사하는 곧바로 물러났고, 콴은 천천히 몸을 일으켰다.

✢ ✢ ✢

사하는 남궁혁을 데리고 차고로 향했다. 현관으로 가지 않고 차고지로 향한 건 현서와 마주치는 일이 생기지 않도록 미연에 방지하기 위해서였다. 마음 같아선 저택의 내부뿐 아니라 지하층에도 발을 디디게 하고 싶지 않았다. 하지만 어디까지나 개인적인 감정이었다.

콴이 다른 이들을 들이지 않던 공간에 혁을 데리고 오라고 했다는 건 사안이 그만큼 중요하다는 뜻이었다. 그러니 남궁혁에 대한 불만이나 불쾌한 감정들은 얼마든지 참아낼 수 있었다.

차고지는 저택 현관에서 7, 8분 정도 떨어진 위치에 있었다. 그곳엔 콴의 차량들뿐 아니라 지하층과 연결되는 비밀 통로가 자리했다. 그 통로나 출입문에 대해 알고 있는 사람은 사하와 동운밖에 없었다.

오늘 일로 혁이 추가가 된 셈이었지만 콴의 판단에 따라 혁의 처분 또한 달라질 것이기에 크게 신경 쓰지 않기로 했다. 지하층은 주인의 기운이 가득한 곳이라 남궁혁이 의도적인 사고를 일으킨다고 해도 얼마든지 제어가 가능할 것이다. 그래서 마음이 놓이는 면도 없지 않았다.

"멀쩡한 집 놔두고 뭐 이리 칙칙한 곳으로 끌고 가시나?"

혁이 궁싯대는 소리를 들었지만 사하는 묵묵하게 걸음을 옮겼다.

"무지하게 잘 들리면서 못 들은 척하기는."

그렇게 몇 번을 찔러보아도 사하가 별 반응이 없자 혁도 입을 다문 채 뒤를 따랐다.

차고지의 비밀스러운 출입문을 지나, 지하층으로 이어진 가파른 돌계단을 내려가는 동안에도 두 남자는 이렇다 할 얘기를 나누지 않았다.

층수로 4, 5층 정도 구간의 계단을 내려온 사하와 혁은 폭이 좁은 평지를 한동안 걸었다.

평지 끝에 인방이 낮아 고개를 숙이고 통과해야 하는 돌로 된 출입구가 나타났다.

저택 아래에 제법 큰 공간이 숨겨져 있었네.

혁은 출입구를 지날 때만 해도 그 정도로만 생각을 가졌다. 그러나 아래로 숙였던 고개를 들었을 때 잠시 놀란 얼굴이 되었다. 사하를 따라 내려왔던 계단과 방금 전 걸어온 통로처럼 어둑하고 갑갑할 것이라고 여겼던 공간이 대번에 시선을 사로잡았기 때문이다.

차고지에서부터 걸어 내려왔던 계단 구간이 공간의 높이였는지 천장의 높이는 혁의 짐작 보다 꽤 높았다. 저택이 있는 자리보다 더 넓은 공간에 천장까지 높은 구조이기 때문인지 창문이 하나도 없는 지하임에도 갑갑하단 느낌이 들지 않았다.

사하도 혁과 비슷한 느낌을 받고 있었다. 지하층에 작업실을 만들 때 공사와 관련된 일로 몇 번 오간 적이 있긴 했었다. 하지만 그건 저택을 지을 무렵의 일로, 십여 년이 훨씬 넘은 오래전의 일이었다. 그러니 이곳을 제대로 보게 된 건 사하도 처음이라 할 수 있었다.

저택의 내외부와 콴이 주로 머무는 지하 1층이 공을 들여 지은 흔적이 역력했다면 작업실이 있는 지하 2층은 무언가를 꾸민 흔적이 거의 없다고 할 수 있었다.

마감 처리를 하지 않은 벽은 크고 작은 돌멩이들이 촘촘하게 박혀 있는 거친 흙벽이었고, 공간을 받치고 있는 돌기둥들의 표면 또한 매끄럽게 다듬은 흔적 없이 제멋대로 울퉁불퉁했다. 그런데도 부실하다거나 부족하단 느낌은 들지 않았다.

어두운 벽과 거친 돌기둥들에, 수령이 오랜 나무들의 굵은 뿌리와 잔뿌리들이 자연스레 어우러지고 얽혀들어 사람의 발길이 닿지 않은 원시림에 들어온 것처럼 신성하면서도 야만스러운 매력을 동시에 느낄 수 있었다.

공간의 주인과 어울리는 분위기란 생각을 하며 고개를 주억거린 사하는 가장 안쪽에 자리한 작업실을 향해 걸음을 옮겼다. 그러다 혹시나 하는 마음에 뒤를 돌아보았다.

아 놔. 저 인간이 그럼 그렇지.

한 기둥 앞에 아예 멈춰 서서 얽혀든 뿌리들을 감상하고 있는 혁을 발견한 사하는 결국 입을 열어 한 소리를 했다.

"이봐요, 남궁혁 씨! 여기 놀러 온 거 아니거든요?"

"아이고, 미안하게 됐소이다."

지청구를 들은 혁은 능청스레 사과하곤 성큼 걸음을 옮겼다.

콴의 작업실은 지하 2층의 가장 안쪽에 자리하고 있었다. 전체 공간의 크기에 비해 큰 자리를 차지하지 않아 나머지의 공간들이 하나의 거대한 회랑 같았다.

사하와 혁이 작업실 문 앞에 이르자 굳게 닫혀 있던 철문이 육중한 소리를 내며 천천히 열렸다. 문 안으로 들어가자 원탁이 있는 자리에 앉아 그들을 기다리고 있는 콴이 보였다.

사하는 혁을 콴이 앉은 자리의 오른편에 앉게 했다. 그리고 자신은 혁이 앉은 의자의 뒤편으로 가 자리를 잡고 섰다.

작업실의 내부는 사하와 혁이 걸어왔던 공간처럼 안온한 어둠과 따스한 습기가 존재했다.

나무로 만든 둥근 원탁과 의자, 묵직한 고서들이 꽂혀 있는 책꽂이와 커다란 책을 펼쳐 놓고 읽어볼 수 있는 독서대, 석조단과 촛대 등이 놓여 있긴 했지만 그 외 이렇다 할 소품이나 장식품 같은 건 일절 찾아볼 수 없었다. 검소한 수도사나 학자의 방처럼 단출하고 소박한 분위기라 내심 긴장하여 팽팽해졌던 신경을 느슨하게 풀어주는 듯했다.

"일전의 일은 죄송했습니다."

혁은 정중하게 사과를 하는 것으로 말문을 열었다.

"이렇게 대단한 분이란 걸 모르고 어떻게든 이겨먹겠다고 난리를 쳤으니, 제 어리석음과 무모함을 너그러이 용서해 주십시오."

혁이 고개를 숙였다 들었는데도 콴은 어떤 대꾸도 없이 혁을 응시하기만 했다.

꼴도 보기 싫어 죽겠다는 듯 쏘아보는 것도 아니요, 소름이 돋을 만큼 냉랭하게 바라보는 것도 아니었다. 감정이 배제되어 메마르게 느껴지는 눈빛인데도 혁은 바늘방석에 앉은 것처럼 불편함을 느꼈다. 그러나 속내를 드러내지 않고 언제나처럼 유들거리는 표정을 지었다.

"죽은 줄 알았던 인간이 멀쩡히 살아 돌아온 게 맘에 안 드시겠지만 형식적으로라도 인사는 받아주시지 그랬습니까?"

"마음에 들어 하지 않는다는 걸 알고 있다니, 그거 다행이로군."

콴의 말에 겸연쩍은 듯 혁은 허허로운 웃음을 터뜨렸다.

"역시 첫마디부터 까칠하시군요. 예, 제가 죽을죄를 지었다는 거 저도 알고 있습니다. 하지만 부활을 하자마자 여기부터 찾아온 건 좋게 인정을 해주셔야지요. 다른 사람 같았으면 이렇게 살아날 일도 없었겠지만. 아무튼 전, 이사장님 손에 죽었음에도 불구하고."

"자네의 검(劍)이 도움을 준 건가?"

콴이 말허리를 자르고 묻자 혁의 눈이 번쩍 커다래졌다.

"그걸 어떻게 아셨습니까?"

"자네가 어떻게 부활한 것인지 생각했을 때 문득 그 검이 떠오르더군. 평범한 검이 아닐 거라고 짐작은 했지만, 영혼까지 보호하고 있으리라곤 생각을 못 했지."

"거기까지 짐작하셨다면 검을 숫제 못 쓰게 만드셨겠죠. 제 몸 또한 살점 하나 남기지 않고 태웠을 테고요."

콴이 검의 비밀을 정확하게 간파하고 있자 혁 또한 진지하게 말을 받았다. 이미 모든 것을 알고 있는 사람 앞에서 억지 논리를 펼치거나 거짓된 감정을 꾸밀 필요가 없다는 걸 깨달은 것이다.

"영혼을 분리해 보호시키고 그걸 소환해 회생하는 것까지 아는 걸 보면, 자네 역시 평범한 인간은 아니로군."

"예, 맞습니다."

혁은 선선히 인정하고 자신의 정체를 밝혔다.

"어떤 의미에선 류 이사장님과 동류라고 할 수 있습니다. 저 하늘에서 땅에 사는 인간을 그리워했던 천사의 피가 흐르고 있으니까요."

"말도 안 되는 소리 그만하시지!"

혁의 말에 즉각적으로 반발한 건, 혁의 뒤통수를 노려보고 있던 사하였다.

"당신처럼 무례하고 뻔뻔한 작자가 주인님과 동류라고? 그걸 지금 믿으란 거야?"

사하는 혁의 앞으로 나아가 그의 얼굴을 똑바로 바라보았다. 혁은 뚫어질 것처럼 바라보는 사하의 시선을 피하지 않고 여봐란 듯 턱을 들어 올렸다. 영락없이 잘난 체하는 것으로 보이는 모습이라 사하는 욱하여 주먹을 꽉 움켜쥐었다.

"당신이 어딜 봐서 천사란 거야? 술, 담배에 잔뜩 쩐 얼굴이 영락없이 꼬질꼬질한 노인네구만!"

좋게 봐도 사기꾼에 날건달인 인간이 감히 주인님과 같은 천사라고 운운하다니!

험한 욕설을 퍼붓고 싶은 걸 참느라 사하의 입가가 부르르 떨렸다.

"천사들이 모두 자네 주인님처럼 생겼을 거란 편견을 버려. 우리 중엔 사람의 외양이 아니라 빛과 진동처럼 구체적인 신체가 없는 천사들도 존재해."

"구체적인 신체가 없는 천사? 그럼 당신한텐 천사의 날개 같은 것도 없다는 거잖아?"

"나도 맘 같아선 내 등 뒤에 있던 날개를 활짝 펴 보이고 싶어. 그럼 드럽게 의심 많은 자네가 당황하고 무안해서 어쩔 줄 몰라 할 테니까. 그런데 그 귀한 걸 내 손으로 잘라 버렸으니, 보여주고 싶어도 보여줄 수가 없네그려."

"하!"

사하는 기가 막힌 나머지 말이 아닌 헛웃음을 터뜨렸다. 혁은 사하가 그러거나 말거나 아랑곳하지 않고 콴에게로 고개를 돌렸다. 당신은 내 말을 믿을 것이라는 간절한 눈으로 콴을 바라보았다.

콴은 투시를 통해 혁의 가슴과 등에 새겨진 큼직한 만다라 문양의 문신을 보았다. 팔과 다리, 갈빗대 등의 뼈에 새겨져 있는 룬문자로 이루어진 주술도 확인을 했다. 혁이 몸에 지니고 있는 표식은 일탈천사들이 추적자들의 감시망을 피할 수 있도록 도와주는 고난도의 안전장치이자 일종의 보호막이었다.

천사의 율령을 어기고 인간계로 내려온 혁과 같은 이들을 '일탈천사'라 정의했다.

일탈천사 중 날개가 있는 이들은 가장 먼저 그 날개를 잘라야 했다. 그래야만 폐로 숨을 쉴 수 있고, 인간이 먹는 음식을 섭취하면서 살 수 있었다.

날개를 자르는 일은 혹독한 고통과 소멸의 위험이 따랐다. 천사의 날개를 잘못 자를 경우 천사의 생명이 위독해져 하늘로 소환이 되거나 강한 빛과 함께 흔적도 없이 사라질 수도 있었다. 천사의 날개는 천사의 힘을 증폭시키는 강점인 동시에 그들을 완전히 소멸시킬 수 있는 치명적인 약점이기도 했다.

일탈천사가 날개를 잘라내는 고비를 넘겼다고 해서 완벽한 자유를 얻는 건 아니었다. 인간의 삶에 적응해 사는 동안에도 그들을 체포하려는 하늘천사들과 어둠의 편으로 포섭하려는 타락천사들의 추적을 요령껏 피해야만 했다.

추적의 위험을 피할 수 있는 가장 안전한 방법은 천상에서의 기억과 천사로서의 능력을 완전히 지우는 것이었다. 인간 세상에서 천사의 능력을 사용하는 것은 추적자들의 레이더망에 자신의 위치가 어디인지를 명확하게 드러내는 것과 진배없었다.

"인간의 모습으로 살아간 세월이 얼마나 되었나?"

콴이 묻자 혁은 미미한 미소를 지었다. 그가 저의 말을 믿고 있는 것이 안심이 되었지만 왠지 모를 쓸쓸함이 느껴지기도 해 그런 미소가 떠올랐다.

"적어도 이십여 년은 넘었을 겁니다."

"그런데 이상하군. 자네와 처음 대면했을 때 자넨 특별한 능력을 가진 인간으로밖에 보이지 않았어. 그건 천사의 능력과 기억을 삭제해야만 가능한 일인데, 자넨 그렇지 않잖나?"

"인간으로 살겠다고 결심했을 때 제게 필요한 능력과 기억만을 남겨두고 나머진 모두 삭제해 버렸습니다. 그리고 제가 남겨둔 능력과 기억들은 저의 몸과 검에 나누어 봉인을 시켰지요. 제가 죽임을 당하는 경우가 아니라면 어떤 것도 기억할 수 없도록 잠금장치를 해놓았기 때문에 제게서 아무것도 느끼지 못했던 걸 겁니다."

콴은 그 말을 통해 혁이 추적자의 일을 했던 천사였다는 걸 짐작할 수 있었다. 스스로 날개를 잘랐다는 말을 들었을 때 그런 짐작을 했었지만 이어지는 설명을 들으며 더욱 확신을 가지게 된 것이다.

천사들 중엔 날개를 가지지 않은 이들도 상당수 존재했다. 그런데 한 쌍 이상의 날개를 가지고 일탈천사를 추적하는 역할까지 수행했다는 건, 혁이 계급이 낮은 천사가 아니라는 뜻이었다.

"자네 얘길 들으니 더더욱 이해가 되지 않아. 그렇게 어렵사리 되살아났으면서 왜 날 찾은 건가? 자네에게 일을 의뢰했던 사람을 찾는 것이 더 나았을 텐데 말이야."

"이유는 간단합니다. 이사장님의 능력이 저완 비교가 되지 않을 정도로 강하다는 걸 알게 되었기 때문에 이곳을 찾은 겁니다. 언제고 절 배신할 수 있는 나약한 인간보다 자신의 편을 끝까지 챙길 줄 아는 이사장님의 편에 서는 것이 훨씬 유리하고 안전할 테니까요."

혁은 사하를 되살리기 위해 힘을 쏟던 콴의 모습을 잊지 않고 있었다. 게다가 콴이 천사의 피가 흐르는 뱀파이어라는 걸 알게 되었으니 그와 적이 되는 것보다 같은 편이 되는 것이 나을 거란 판단을 할 수밖에 없었다.

"애석하게도 난 자넬 받아줄 생각이 없어."

"물론 쉽지 않을 거라고 생각은 했습니다. 하지만 절 적으로 두는 것보다 같은 편에 두고 이용하는 것이 여러모로 쓸모가 있다고 판단하시게 될 겁니다."

"글쎄, 그런 필요를 별로 느끼지 못할 것 같군."

콴의 대꾸에 혁은 날카로운 것에 찔린 것처럼 뜨끔한 얼굴이 되었다. 예상보다 무심한 반응에 마음이 다급해져 서둘러 다른 카드를 꺼내야 했다.

"현서가 안전해지길 바라신다면 절 현서의 경호원으로 고용하셔야 합니다."

인내심을 발휘해 혁의 얘기를 듣고 있던 사하는 현서의 이름이 나오자 바로 불쾌감을 드러냈다.

"갑자기 현서 양은 왜 끌고 들어가는데? 당신이 무슨 짓을 했는지 그새 잊은 거야?"

"아무렴 그걸 잊었을까? 다 그럴 만한 이유가 있어서 하는 말이니까 사람 얘길 끝까지 들어보라고."

사하는 반박을 하기에 앞서 콴에게 눈길을 주었다. 사하의 마음을 읽은 콴은 눈짓으로 허락을 해주었다. 사하는 다시 혁을 응시하며 본격적인 포문을 열었다.

"백보천보 양보해서 주인님께서 당신을 고용한다고 치자. 하지만 문제는 현서 양이야. 우리 현서 양, 그때 받은 충격으로 아주 심하게 앓기까지 했어. 그런데 당신을 경호원으로 고용하겠다고 하면 그걸 받아들일 것 같아?"

"그러니까 현서를 잘 설득해야지. 내가 현서 옆에 있으면 최 변호사 쪽에서도 쉽게 움직이지 못할 거란 얘기도 반드시 해주고."

"그래, 바로 그거야. 당신은 최 변호사한테 고용돼서 현서 양을 납치까지 했던 사람이야. 그런 사람한테 어떻게 경호를 맡기란 거야? 대체 뭘 믿고?"

"내가 뒤로 엉뚱한 짓을 할 거였으면 내 속사정을 시시콜콜 다 밝혔겠어?"

"그건 말 그대로 당신 속사정이지. 주인님은 어떠실지 몰라도 난 당신, 안 믿어. 아니, 못 믿어. 그러니까 뺀지르르한 말로 홀릴 생각 마. 당신이 한 일을 생각하면 콩으로 메주를 쑨다고 해도 관심이 안 가니까."

"사하."

콴이 나직하게 이름을 부르자 사하가 뒤로 한발 물러나 호흡을 가다듬었다.

"죄송합니다. 제 목소리가 너무 컸습니다."

고개를 숙여 사과하는 사하에게 콴은 괜찮다는 듯 고개를 끄덕여 주었다.

"현서에게 다른 일이 일어나지 않도록 할 수 있는 사람은 바로 이현서 양입니다."

혁이 그 점을 강조하자 콴의 눈길이 그에게 향했다. 혁은 그 기회를 놓치지 않기 위해 바로 말을 이었다.

"최 변호사 측에서 현서를 찾으려고 혈안이었던 이유가 뭐였습니까? 그게 다 현서가 받게 될 유산 때문이 아니었습니까? 현서가 그 유산을 받지 않겠다고 하면, 이 엿 같은 상황은 간단히 종료될 겁니다."

5. 슬픔과 아픔 뒤에 오는 것 (3)

콴은 작업실에 홀로 앉아 원탁 위에 놓인 물건을 바라보고 있었다.

그것은 남궁혁이 콴에게 양도한 보위나이프였다. 주인이었던 혁의 영혼을 보호했다가 극적으로 소생시킨 영물은 이제 주인의 충성을 증명하는 담보가 되어 콴의 앞에 놓여 있었다.

"이 검엔 제 모든 게 들어 있습니다. 제가 배신하지 않을 것이란 말을 증명하기에 이것만큼 확실한 건 없지 싶습니다."

혁은 말만으로 저를 믿어달라고 요구할 수 없다는 걸 알고 있었다. 그럼에도 보위나이프를 넘긴 행동은 꽤나 과감한 결정이었다.

하지만 그렇다고 해서 그가 현서에게 했던 행동들이 정당화되는
건 아니었다.

남궁혁이 했던 행동들은 그가 인간으로 살아가는 것에 제대로
적응하고 있다는 하나의 예일 수 있었다. 인간은 누구나 유한하고
공평한 시간의 지배를 받는 존재이자 충족되지 않는 욕망과 유혹
에 시달리는 고단한 삶을 살다 죽어가는 존재였다.

그 사실을 질리도록 알고 있음에도 콴은 인간이 되고 싶었다.
인간이라면 반드시 거쳐야 하는 죽음을 통해 그 어떤 것에도 지배
받지 않는 영혼의 자유를 얻고 싶었다.

생각에 잠겨 있는 콴의 손가락이 칼날을 어루만지자 검푸른빛
을 띠는 검기가 서늘하게 발산되었다. 그 빛에 눈을 가늘게 떴던
콴은 보위나이프의 손잡이를 들고 일어났다.

콴이 검을 들고 걸어간 곳은 작업실의 가장 안쪽에 자리한 석조
단이었다. 상아색을 띠는 거친 돌로 만들어진 단의 상단엔 그가
권품천사(權品天使, Principalities)와 대결을 벌였을 때 두 동강 났
던 양손검이 놓여 있었다.

콴은 양손검의 아래에 보위나이프를 내려놓았다. 혁의 검은 지
잉― 소리를 내며 울더니 용융 과정에 다다른 금속처럼 형태가 점
점 일그러졌다. 되직한 반유동체처럼 녹아내린 물질은 양손검의
칼날과 칼날 사이에 생겨난 공간을 찾아 스르르 움직였다.

접착제처럼 스며든 그것은 부러져 있던 양손검의 칼날을 온전
한 하나로 연결시켰다. 어떤 노력을 기울여도 복구가 될 수 없었
던 그 검이 단련 공정을 바로 끝낸 것처럼 단단하고 아름다운 칼

날을 가지게 된 것이었다.

콴은 칼자루를 붙잡아 칼끝을 위로 향해 들어 올렸다. 주인의 손에 들려진 묵직한 신검(神劍)은 명징한 소리를 내며 울더니, 맑고 푸른빛의 검기를 한껏 발산하였다.

오랫동안 잠들어 있던 무관의 본능이 고개를 들자 검을 이용해 먼저 가볍게 몸을 풀었다. 상대를 베고 찌르는 기본적인 동작을 시작으로 자신만의 검술을 하나둘 선보였다.

웬만한 성인 남자는 두 손으로 들기조차 버거운 양손검은 콴의 의지에 따라 얽매임 없이 자유로운 춤을 추었다. 묵직함과 날렵함, 강함과 부드러움이 조화를 이룬 그의 검술엔 수많은 전투를 승리로 이끈 무장의 위엄과 강자의 여유가 함께 느껴졌다.

모처럼 검과 하나가 되었던 시간을 보낸 콴은 다소 빨라진 호흡을 가다듬었다.

검이 놓여 있던 단 위에 그것을 내려놓고 돌아서는데, 어떤 환영이 시야를 빠르게 채우고 사라졌다. 너무도 짧아 마치 찰나처럼 느껴졌던 시간. 콴은 강렬한 불꽃에 휩싸였다 백색의 빛으로 산화되는 자신을 보았다. 심장이 관통된 것 같은 충격을 받은 콴은 그대로 동작을 멈추었다. 잠시 후, 천천히 돌아서는 그의 손에서 이전에 느끼지 못했던 기묘한 전율이 감지되었다.

⚜ ⚜ ⚜

"남궁혁 아저씨 말대로 하는 게 좋을 것 같아요."

현서의 말을 듣고 사하는 뜨악한 얼굴이 되었다. 현서에게 혁이 했던 말을 전하면 싫다는 말이 나올 것이라 예상했다. 그런데 반대가 아닌 동조를 하고 있으니 배신감과 비슷한 충격을 받은 참이었다.

"현서 양이 받는 유산을 포기할 수 있다고? 그거 진심으로 하는 말이야?"

"……네."

현서의 대답은 간결했지만 사하를 바라보는 눈빛이 더없이 침착하고 진중했다.

"실은 얼마 전부터 비슷한 생각을 하고 있었어요. 그래서 아저씨께 여쭤봐야겠다고 맘을 먹고 있었거든요."

"현서 양은 억울하지도 않아? 그 유산인지 뭔지 때문에 얼마나 고생을 했는데. 그런데 그걸 포기하고 넘겨주겠다고? 어떻게 그럴 수가 있어?"

"오빠는 제가 그런 결정을 내린 게 이해가 안 돼요?"

"그래, 솔직히 이해가 안 돼. 내가 현서 양이었으면 어떻게든 기를 쓰고 받아내서 그 사람들이 속 뒤집어지는 꼴을 꼭 봤을 거라고."

속엣말을 쏟아냈는데도 열이 가라앉지 않자 사하는 앉았던 자리에서 벌떡 일어났다.

현서는 사하의 맘을 읽기라도 한 것처럼 식탁 한쪽에 있던 주전자를 챙겨 컵에 물을 따랐다.

"오빠, 이거."

"어, 고마워."

현서가 내민 컵을 받은 사하는 그 물을 들이붓듯 모두 마시고 손등으로 입술을 닦았다.

"저도 처음엔 오빠 같은 생각을 많이 했어요."

"거봐. 그게 정상적인 반응이라고."

"하지만 유산을 받게 되면 서울 집에 살면서 거기 사는 어른들을 봐야 하잖아요."

"거기 사는 어른들을 보기 싫으면 안 보면 그만이야. 그리고 집도 그래. 왜 꼭 서울 집에서 살아야 하는데? 현서 양이 싫으면 집도 다른 곳으로 옮기면 되는 거잖아."

"마음이 불편해서 그런 건지, 겁이 나서 그러는 건지 그것까진 잘 모르겠어요. 그런데 시간이 지나면 지날수록 거기 어른들과 얽히고 싶지 않다는 생각이 강해졌어요."

조곤조곤하게 이야기하는 현서를 보고 있던 사하는 들리지 않게 한숨을 내쉬었다.

"오빠가 답답해하는 게 당연해요. 하지만 그 생각을 했을 때 마음이 제일 편했어요. 할아버지가 저한테 남겨주신 유산이 어느 정돈지 솔직히 하나도 몰라요. 그냥 상상도 못 하게 많은 금액이겠지, 그렇게 짐작은 하지만요. 유산이 많지 않았다면 섬에 갇혀 있지도 않았을 거고, 엄마랑 헤어지는 일도 없었을 거예요. 아저씨나 오빠가 다치는 일도 없었을 거고요."

"그러니까 더 기를 쓰고 받아야지. 현서 양을 힘들게 했던 사람들을 다 찾아내서 시원하게 복수도 해주고."

"오빠."

"왜?"

"전에 아저씨가 얘기해 주셨는데요. 우리 할아버지는 제가 돈이랑 상관없이 살아가길 바라셨대요."

"헐! 진짜?"

"네. 사람이 돈을 너무 많이 갖게 되면 자기도 모르는 사이에 돈의 지배를 받게 돼서 돈밖에 모르는 불쌍한 사람이 된다고 걱정을 많이 하셨대요."

"그럼 돈의 지배를 안 받게 정신을 차리면 되잖아."

"그런데 그게 진짜진짜 많이 어려운 거래요. 할아버지도 그게 힘들어서 실패를 하셨다면서 저는 그렇게 안 살았으면 좋겠다고 바라셨대요."

심사숙고 후에 하는 말이라 그런지 현서의 표정은 내내 의연하고 침착했다. 하지만 사하는 제 것을 억울하게 빼앗긴 것처럼 답답한 맘이 가시지 않았다.

"아니, 할아버지는 왜 그런 말씀을 남기셔가지고, 현서 양이 갈등을 하게 만드시냐?"

혼잣말 같은 사하의 말을 듣고 현서는 푸시시 옅은 웃음을 지었다. 현서가 웃자 사하는 그 말이 그렇게 웃기냐며 괜스레 퉁퉁거렸다.

"아저씨나 오빠가 제 옆에 없었으면 그런 생각 절대로 못 했을 거예요. 저 혼자 계속 있었으면 그게 싫어서라도 거기 가서 살았을 거예요. 절 진짜로 아껴주는 사람들이 있는지 없는지도 모르는 곳에서 하루하루 불행하게요."

"······현서 양."

"과장이 아니라 진짜 사실이 그래요."

사하는 현서의 말을 너무 부정적이라고 반박할 수 없었다. 양친을 모두 잃은 현서가 할아버지의 유산을 상속받아 엄청난 부자가 되면, 그런 부와 상관없이 현서를 순수하게 아끼고 돌봐주는 이들을 만날 확률이 거의 없을 것이 자명했다.

"내가 평범한 이현서가 되면 오빠는 날 귀찮아할 거예요?"

"현서 양을 귀찮아하다니! 그게 무슨 섭섭한 말이야? 현서 양이 어떤 상황이든 현서 양을 아끼는 내 맘은 절대로 안 변한다고!"

주먹까지 불끈 쥐며 강조하는 사하를 보다가 현서는 쿡, 웃음을 터뜨렸다.

"아, 뭐야. 그 말이 그렇게 웃겼어?"

"아니요. 하나도 안 웃겼어요."

"아, 진짜. 하나도 안 웃기다면서 왜 자꾸 웃는 건데?"

"그러니까요. 저도 왜 웃음이 나는 건지 모르겠어요."

현서가 웃음을 멈추지 못하고 계속해서 쿡쿡거리자 민망함에 얼굴을 붉혔던 사하도 결국 덩달아 소리를 내 웃어버리고 말았다. 참으로 오랜만에 보게 된 현서의 웃음. 그늘 없이 밝고 환한 웃음소리에 기분이 좋으면서도 가슴 한편이 묘하게 서걱거려서 찡해진 콧등을 괜스레 쓱 문질렀다.

✤　✤　✤

현서가 서울로 향하는 차 안엔 사하와 민호진 변호사, 남궁혁이 동행을 했다.

남궁혁으로부터 미리 연락을 받은 최영찬은 건물 입구에 나와서 현서 일행을 맞이했다.

"집무실엔 저와 민 변호사님, 그리고 현서 양만 있었으면 합니다."

최영찬의 말에 현서는 알았다고 고개를 끄덕였다. 사하와 남궁혁은 입구에서 멀지 않은 대기석에서 현서와 호진을 기다리기로 했다.

"생각했던 것보다 훨씬 몰상식하고 몰염치한 분들이군요."

최영찬의 안내를 받아 집무실로 들어간 호진은 소파에 앉자마자 그 말을 꺼냈다.

만남의 장소를 최영찬의 집무실로 정한 건 바로 호진이었다. 평창동 집에서 사람을 만나는 걸 현서가 불편해할까 싶어서 그렇게 조치를 한 것이었다. 그런데 처음부터 불쾌한 기색을 드러낸 건 현서의 친인척이란 어른들의 행태가 기가 막혀서였다.

"잃어버린 줄 알았던 강아지가 집을 찾아와도 눈물을 흘리며 반기는 게 인지상정입니다. 그런데 지금은 어떤 상황입니까? 몇 년 동안 행방불명이었던 조카가 아무 사고 없이 무사히 돌아온 감격적인 상황 아닙니까? 그렇다면 응당 조카를 만나러 왔어야지요. 조카가 유산과 상속권을 깨끗이 포기하겠다고 하니까 더는 볼일이 없다, 그겁니까?"

호진은 웬만해선 큰 소리를 내지 않는 사람이었다. 그런데 지금 상황에 대해선 말을 하지 않으려야 않을 수 없었다. 현서의 할아버지와 부모님이 안 계신 상황에서 현서와 가장 가까운 친인척은 바로 당숙과 당숙모였다.

그들은 현서를 친어머니와 헤어지게 만들고 섬에 감금시킨 일에 직간접적으로 관여했을 것이었다. 현서가 인연을 끊는 것으로 마음을 정해 물증을 찾진 않았지만, 그간의 정황과 오늘 보여준 행태만으로 심증을 굳힐 수 있었다.

"그쪽에서 현서를 대하는 태도를 보고 있자니 현서의 결정을 바꿔야 한다는 생각이 간절해집니다."

"민 변호사님. 그건 전적인 오해십니다. 그분들이 참석을 하지 못한 건 그럴 만한 사정이 있어서 그런 겁니다."

그들이 내세운 대리인인 최영찬은 상체를 앞으로 숙이며 적극적인 해명을 시작했다.

"현서의 당숙 되시는 이중성 이사님은 업무 때문에 해외 출장 중이십니다. 이중성 이사님의 아내 되시는 허성혜 여사님은 아드님인 진욱 군이 교통사고를 당하는 바람에 간병차 미국에 머물고 계시는 중이고요. 모든 일이 민 변호사님의 연락을 받기 며칠 전에 일어난 일이라 부득이하게 동석을 못 하신 겁니다."

이런 상황에 대비해 미리 준비를 한 것인지 최영찬의 말은 물 흐르듯 막힘이 없었다.

"그럴싸한 이유를 잘도 둘러대시는군요."

"그럴싸한 이유가 아니라 사실을 말씀드린 겁니다."

"그러니 의심 같은 건 하지도 말고 무조건 믿으라 이겁니까?"

호진이 따져 묻자 영찬은 그런 뜻으로 한 말이 아니라면서 한발 물러났다.

"민 변호사님, 전 괜찮으니까 너무 신경 쓰지 마세요."

옆자리에 앉아 있던 현서가 그 말을 꺼내자 호진은 "현서 양은 어떤지 몰라도 난 별로 괜찮지가 않아요"라고 분명한 생각을 말했다.

맞은편에서 현서와 호진이 대화하는 모습을 주시하고 있던 영찬은 설핏 미간을 좁혔다.

오십대의 어른인 호진이 한참이나 나이 어린 현서를 존중하여 대하는 것이며, 현서가 호진에게 편안함을 느끼는 모습을 어떻게 해석해야 할지 은근히 신경이 곤두섰다.

한동안 연락이 끊겼던 남궁혁이 현서를 찾아냈다는 연락을 해왔을 때 영찬은 그다지 놀라지 않았다. 남궁혁의 특이한 능력이 결국 일을 해냈구나, 하는 생각이 들었을 뿐이다.

그런데 현서가 변호사를 대동해 나타날 것이란 말을 들었을 땐 놀라움을 감출 수 없었다.

탈출을 감행하기 어려웠던 섬에서 홀연히 사라졌던 아이가 갑자기 불쑥 나타난 것도 모자라 제 몫의 유산과 상속권을 모두 포기하겠다는 말을 했다고 하니, 말속에 담긴 진의와 함정을 파악하느라 골머리를 앓아야 했다.

현서를 대면하기 전 현서의 변호사라는 호진과 먼저 통화를 했음에도 의심과 불안은 해소되지 않았다. 그리고 자신의 눈으로 모든 것을 관찰하고 비밀리에 녹취를 하고 있는 이 순간에도 현서의 생각이 바뀌면 어쩌나 하는 조바심이 남아 있었다.

현서가 남해의 섬을 벗어난 것부터 그럴싸한 변호사를 대동해 나타난 일까지.

정답이 궁금해지는 의문거리가 한두 가지가 아니었다. 하지만 영찬은 그런 질문들을 할 수 없었다. 현서의 어머니인 희연을 심정적으로 물질적으로 도와주는 척하며, 교묘하게 불안감을 조성해 본가를 떠나도록 만든 장본인이 바로 자신이기 때문이었다.

영찬이 관여하고 개입한 일은 그것만이 아니었다. 모녀를 남해의 외딴 섬으로 보냈다가 서로 떨어지게 만든 일에도, 잘못된 판단과 선택으로 인해 딸의 인생을 힘들게 만들었다는 자책감에서 벗어나지 못한 희연이 끝내 자살을 택하게 된 배후에도 확실한 관련이 있었다.

실수로라도 입을 잘못 놀렸다간 일련의 사건들과 관련된 치부와 죄악이 드러날 수 있었기에 자신은 그런 것과 무관한 척, 아무런 책임도 없는 척 시치미를 떼야 했다.

"저는 어른들을 뵙지 않는 게 더 마음이 편해요. 제가 가장 궁금했고, 그래서 가장 만나고 싶었던 사람은 여기 계시지 않는 어른들이 아니라 제 앞에 앉아 계신 최 변호사 아저씨세요."

현서의 말에 영찬의 가슴 한가운데가 정확히 찔렸다. 저를 쳐다보는 현서의 눈망울에서 그리움이 아닌 원망을 보았기에 현서가 저를 불쌍하게 생각할 수 있는 이유를 서둘러 떠올렸다.

"현서는 내가 많이 원망스러웠던 모양이구나."

"네, 맞아요. 아주 정확하게 보셨어요."

천천히 강조하는 현서를 보며 영찬은 잠시 어색한 웃음을 지었다.

"네가 날 원망하는 것도 무리가 아닐 거야. 하지만 아저씨한테도 어쩔 수 없는 한계라는 게 있었단다. 내가 할아버지 일을 하는 변호사라고 하니까 대단한 힘을 가진 것처럼 보이겠지만 실상은 그렇지가 않아. 아저씬 그저 윗선에서 시키는 일을 꾸역꾸역 해야 하는 월급쟁이에 불과해. 오늘 일만 해도 그렇잖니?"

"윗선에서 시키는 일은 그게 어떤 일이든 무조건 하시는 거예요? 그게 사람을 다치게 하는 일이라고 해도 상관이 없으신 거예요?"

현서가 묻자 영찬은 흠흠, 헛기침을 하고서 안경을 추켜올렸다.

"아저씨는 아저씨가 하신 일을 가족과 친구들에게 떳떳하게 밝히실 수 있으세요?"

여기서 아무 책임이 없다는 말을 강조하면 되레 반감이 커질 거란 판단이 들자 영찬은 무조건적인 사과와 인정을 하는 것으로 말을 바꾸기로 했다.

"이 상황에서 내가 무슨 말을 해도 변명으로밖에 들리지 않을 테니까 아무 변명도 하지 않으마. 어쨌든 나 때문에 네 마음이 힘들었다면 아저씨가 사과를 하마."

영찬은 현서에게 거듭 미안하다고 사과를 했지만 그에 대한 구체적인 설명은 생략했다. 모든 것이 자신의 잘못이라고, 그래서 면목이 없다는 사과를 몇 번이나 되풀이했다.

콴으로부터 영찬에 대한 얘기를 듣지 않았다면 현서는 영찬이 보여주는 안쓰러운 모습에 감쪽같이 속아 동정심을 느꼈을 수도 있었다. 그러나 불편한 상황을 넘기기 위해 그렇게 나온다는 걸 알기에 공감이 아닌 한숨이 흘러나왔다.

"그건 우리 엄마가 돌아가신 일에 아저씨 책임도 있다는 말인가요?"

"어머니가 돌아가셨다니? 그게 무슨 말이야?"

영찬은 무척이나 놀란 얼굴을 하고 현서에게 되물었다. 희연이 목숨을 끊었다는 건 이미 알고 있는 일이었다. 그런데도 처음 들은 얘기인 양 과장되게 반응을 하며 자신이 그 일과 무관하다는 걸 드러내려 했다.

"그걸 정말 모르고 계셨어요?"

"당연히 몰랐지. 내가 그걸 알고 있었으면 그 얘기부터 꺼내지 않았겠어?"

"그래도 아저씨가 엄마의 안부에 대해 묻지 않은 건 아무래도 이상해요. 아저씬 우리 엄마를 잘 챙겨주셨고 친하신 편이었어요. 평창동 집에 있을 때 두 분이 따로 얘기 나누신 걸 자주 봤을 정도로요."

영찬은 흠, 한숨을 지으며 괜스레 이마를 매만졌다. 겉으로 보기엔 별다른 모습이 아니었으나 그의 머릿속은 현서를 납득시킬 만한 이유를 생각하느라 열이 오를 만큼 분주했다.

"그건, 아저씨 능력이 전적으로 부족해서 그런 거야."

"그게 무슨 말씀이죠?"

"오늘 필요한 서류를 준비하고, 이 자리에 참석하지 못한 분들에게 보고를 하고, 다른 차질이 생기지 않도록 고민하느라 다른 생각을 할 겨를이 없었단다. 그러니까 괜한 오해는 하지 않았으면 좋겠구나. 그래도 어머니 일은 진심으로 유감이야."

영찬은 이번에도 그럴싸한 대답을 내놓았다. 그럼에도 당혹스러운 감정을 완전히 숨기지 못했다. 우선 저를 똑바로 응시하고 있는 현서가 제 말을 믿고 있는지에 대한 확신이 서지 않았다. 어떤 얘기가 어디로 튈지 모르는 형국이라 이 얘기가 속히 마무리되기를 바랐다.

"아저씬 네 어머니가 의도적으로 연락을 끊은 거라고 생각했단다. 만약에 무슨 문제가 있었다면 나나 여기 사무실로 연락이 올 거라고 생각했지. 네 말을 듣기 전만 해도 그런 변고가 있을 줄은 꿈에도 몰랐구나. 무소식이 희소식이란 말이 있는 것처럼 어디선가 잘살고 있겠거니, 그렇게만 짐작했어."

거짓말을 마치 진실인 양 말하고 있는 영찬의 모습에서 현서는 뜨거운 분노와 서글픈 아픔을 느꼈다. 저 입에서 흘러나온 허탄한 말을 전적으로 의지했을 가여운 엄마. 돌아가신 엄마에 대해 떠올리는 것만으로도 마음이 먹먹해져 눈시울이 금방 달아올랐다.

"최 변호사님의 얘기가 진짜 진심이었으면 합니다."

그 말을 꺼낸 사람은 현서의 곁에 있던 호진이었다. 현서를 계속 지켜보고 있던 호진은 현서가 울 것 같은 얼굴이 되자 현서의 팔을 가만히 붙잡으며 그 말을 한 것이다.

"그야 당연히 진심입니다."

영찬은 호진을 향해서도 영혼이 담긴 거짓말을 늘어놓았다.

"이제껏 했던 얘기가 현서의 서명을 받기 위한 거짓말이라면 현서와 현서 어머니가 받았던 고통은 최 변호사님에게 고스란히 돌아갈 겁니다. 세상은 보이지 않는 끈으로 모두 연결이 돼 있어서, 누군가 무심코 한 행동이든 어떤 의도를 가지고 한 행동이든 서로에게 영향을 주게 되어 있어요. 그러니 다른 사람 가슴에 피멍이 들지 않게 조심 또 조심하면서 사세요."

곤혹스러운 상황에서 저를 건져 주었다고 여겼던 호진이 그런 말을 하자 영찬은 움찔 눈썹을 올렸다. 어투와 표정은 더없이 정중한데 안에 담긴 내용이 위협적인 경고처럼 껄끄럽기 그지없었다.

"어쨌든 어머니 일은 다시 한 번 유감이다."

영찬의 말에 현서는 아무런 말도 하지 않고 눈길도 주지 않았다. 이곳을 찾은 이유, 그 하나만을 생각하며 끝까지 자리를 지켰다.

"이제 끝난 거야?"

현서가 걱정이 돼 입구 앞에 서 있던 사하는 현서와 호진이 계단을 내려오자 그리로 얼른 다가갔다.

"네, 지금 끝났어요."

현서는 그 말을 하고 옅게 웃었다. 한마디로 정의할 수 없는 복잡한 감정이 느껴지는 현서의 눈동자가 그저 애틋해 사하는 다른 말 없이 현서의 어깨를 다독여 주었다.

운전석에 앉아 대기 중이었던 혁은 세 사람의 모습이 보이자 그리로 차를 가져갔다.

사하는 뒷좌석의 문을 열어 현서와 호진이 차에 오르는 것을 도왔다. 뒷문을 닫은 사하가 보조석에 오르자 혁이 봉안당을 목적지로 해 차를 출발시켰다.

현서 일행이 봉안당으로 간 것은 현서의 아버지인 이정민의 유골함을 받기 위해서였다.

최영찬으로부터 미리 연락을 받은 관리자는 보자기에 싼 유골함을 현서에게 전달했다.

현서는 상속권을 포함한 일체의 권리를 미련 없이 넘기기에 앞서 아버지의 유골함을 가져가겠다는 조건을 달았다. 어머니가 돌아가셨다는 걸 알게 되었을 때 시신을 찾아 매장을 할 수 없는 상황이라는 것까지 알게 되었다. 그래서 어머니의 넋이 깃든 장소에 아버지의 분골을 뿌려 드려야겠다는 생각을 갖게 되었다.

살아생전 금슬이 좋았던 분들이 급작스러운 이별을 맞이하게 된 것도 구슬픈데, 서로의 곁에 눕지 못하는 상황이 되어버린 것이 너무도 마음이 아팠다. 아마도 저 하늘나라에서 반가운 재회를 하셨겠지만 어머니가 홀로 죽음을 맞이할 때에 겪었을 괴로움과 고통, 누구에게도 풀지 못했을 억울한 심정을 그렇게라도 위로해 드리는 것이 마땅한 것 같았다.

'할아버지, 아빠랑 엄마랑은 따로 떨어져 지내는 걸 바라지 않으실 것 같았어요. 앞으론 제가 아빠, 엄마 몫까지 자주자주 인사 드리러 올게요. 그러니까 많이 서운해하지 않으셨으면 좋겠어요.

그럼 오늘은 이만 가볼게요. 다음에 인사드리러 올 때까지 안녕히 계세요.'

현서는 할아버지의 사진을 향해 속마음을 털어놓고 고개 숙여 인사를 했다. 기분 탓인지 몰라도 사진 속 할아버지의 얼굴이 크게 서운해하지 않을 테니 걱정 말라는 말을 해주시는 것 같았다.

"……고맙습니다, 할아버지."

소리 내어 인사를 한 현서는 아버지의 유골함을 안고 그곳을 천천히 걸어 나왔다.

6. 슬픔과 아픔 뒤에 오는 것 (4)

힘없이 터덜터덜 계단을 올라온 현서는 마지막 단을 오른 후에야 후우, 한숨을 내쉬었다.

"현서, 어서 와라."

방문 앞에서 기다리고 있던 윤경과 눈이 마주치자 다녀왔다는 인사를 하며 꾸벅 고개를 숙였다. 윤경은 현서에게 다가가 어깨를 끌어안으며 등을 다독였다.

"……고생 많았다, 우리 현서."

현서는 아버지의 분골을 바다에 뿌리고 돌아오는 길에도 눈물을 보이지 않았다. 그런데 그 말을 듣자마자 눈물이 핑 돌았다. 하지만 꿋꿋하게 눈물을 참아냈다. 슬픔에 겨워 울기만 하는 일은 오늘만큼은 하고 싶지 않았다.

측량할 수 없는 슬픔과 아픔, 원망, 허탈함······.

오늘 하루 극과 극을 달리는 감정들을 한꺼번에 겪어야 했다. 그것들은 쉽게 감당할 수 있는 감정들이 아니었다. 너무 버거워서 외면하고 싶은 자극이자 짐이었다.

윤경은 현서를 안고 있던 팔을 풀고 현서를 보았다. 눈가만 붉힌 채 울지 않는 현서의 뺨을 어루만져 주며 다정하게 이름을 불렀다.

"현서야."

"네."

"선생님이랑 맥주 한잔할까?"

의외의 말에 눈이 동그래졌던 현서는 곧 "아니요"라며 고개를 저었다.

"맥주가 싫으면 차를 마셔도 좋고."

"선생님."

"응."

"저 괜찮아요."

윤경은 현서의 눈을 보며 정말 괜찮은 거냐고 다시 물었다.

"네."

"진짜로?"

"네."

현서가 옅은 미소를 머금은 채 대답했지만 윤경은 그 말을 믿지 않았다. 하지만 마지못해 고개를 끄덕였다. 아마도 혼자만의 시간을 가지고 싶어서 그런가 보다고, 마음이 힘들면 그런 시간을 가지는 것도 나쁘지 않을 거라 생각하면서 이해해 주기로 했다.

"알았어. 그래도 마음 바뀌면 언제든 호출해야 한다."

"네."

"선생님 방, 네 방 바로 옆인 거 알지? 밤이든 새벽이든 상관없으니까 필요하면 꼭 부르는 거야. 알았지?"

"네, 그럴게요."

"빈말이 아니라 진짜로 그렇게 하는 거야, 꼭?"

"네, 꼭 그럴게요."

선선히 대답한 현서는 이번엔 저가 윤경을 안아주었다.

"선생님, 감사해요."

"감사는 무슨. 내가 뭘 한 게 있다고."

"제가 부르면 바로 달려오겠다고 하셨잖아요. 그러니까 당연히 감사하죠."

"아무튼 넌."

윤경은 흐지부지 말을 흐리고는 현서를 다시 끌어안았다. 훌쩍 커진 키처럼 씩씩한 모습을 보이는 현서가 기특하면서도 안쓰러워서 마음을 다해 꼭 안아주었다.

"영감님."

"오냐."

"영감님은 현서 양 맘이 이해가 돼?"

1층 주방의 식탁, 조리대에서 화채를 만들고 있는 동운에게 사하가 질문을 던졌다.

"난 아직도 이해가 잘 안 되거든."

사하는 현서가 걱정이 돼 뒤를 쫓아 올라갔다가 윤경이 현서를 안아주고 있는 걸 보았다.

맞다. 김 선생님이 계셨지.

그래서 다행이란 생각을 하며 슬그머니 발길을 돌렸다. 그렇다고 현서에 대한 걱정이 사라진 건 아니었다. 좋지 않은 기억과 감정만을 안겨준 친척들과 인연을 끊는 것으로 모든 것을 정리한 현서의 결정을 사하는 완전히 이해하지 못했다. 누군가에게 의도적으로 피해를 준 이들에겐 어떻게든 앙갚음을 해야 한다고 생각해 왔던 터라 현서의 설명을 듣고 난 뒤에도 마음이 개운치 않았다.

"내가 거죽만 사람이라서 이해를 못 하는 걸까?"

동운은 질문에 대한 답을 하는 대신 향긋한 꿀과 배가 들어간 오미자화채를 챙겨주었다. 큼직한 유리잔에 담긴 붉은색의 음료는 빛깔과 향기가 봄 직하고 먹음직스러웠다. 달달한 향기에 단맛을 기대하고 마셨던 사하는 생각지 않은 신맛이 나자 얼굴을 찌푸렸다.

"우이 씨, 이거 맛이 왜 이래?"

"오미자 때문에 신맛이 좀 날 게야. 그래도 피로 회복에 좋은 거니 구시렁대지 말고 마셔둬."

"그럼 시다고 말을 해줬어야지."

"누가 들으면 식초 마신 줄 알겠다. 꿀이랑 배가 잔뜩 들어갔는데, 엄살은."

"엄살 아니거든. 마시자마자 신맛부터 느껴졌거든?"

"그래도 참고 마셔둬. 자꾸 마시다 보면 신맛도 참을 만할 게야."

"근데 이거 꼭 마셔야 해?"

"인석아, 마시라면 그냥 마셔. 내가 언제 먹지도 못 할 걸 권하든?"

"아니, 뭐, 그런 적은 없었지만."

사하는 미리 인상을 쓴 채 마지못해 컵을 들었다. 미리 각오를 하고 마셔서 그런지 꿀과 배가 어우러진 달고 시원한 맛이 한결 강하게 느껴졌다.

"거 봐라. 계속 마시면 괜찮을 거라고 했지?"

사하가 깨끗하게 비워진 잔을 내려놓자 동운은 아주 흡족한 얼굴이 되었다.

"영감님 말대로 다 마셨으니까 아까 내가 물었던 것도 빨리 대답해 줘."

"그 말은 뭐냐? 내 대답이 듣고 싶어서 어쩔 수 없이 마셨다, 그거냐?"

"그런 거 일일이 따지지 말고 대답부터 해주면 안 돼? 난 영감님 생각이 진짜 궁금하다고."

동운은 옅게 웃더니 "글쎄다"라고 운을 뗐다.

"아가씨 마음도 마음이지만 주인님이나 우리가 아가씨 일로 불편해지는 걸 바라지 않아서 더 그런 게 아닐까 싶구나."

"주인님이랑 우리가 불편해질까 봐 그렇게 한 거라고?"

"아가씨가 섬에서 사라진 일이며, 주인님이 아가씨를 보호하고 있던 일이며, 그쪽에서 주인님이 일을 꾸민 거다 어쩐 거다 말을 만들어서 꼬투리라도 잡고 늘어져 봐라. 그럼 그 시시비비를 가리는 일에 사람들 관심이 쏠릴 거 아니냐. 그럼 일이 해결될 때까지 최소 수개월에서 수년을 시끄러운 난리 속에서 살아가야 돼."

"그 정도 불편해지는 게 뭐 대수라고. 그쪽이 시비를 걸어오면 떳떳한 거 하나 없는 그쪽이 불리하지 우리 쪽은 불리할 게 없다고."

"넌 그렇게 생각할지 몰라도 아가씨 입장에선 쉽지 않을 게야."

"현서 양이 왜? 뭣 때문에?"

"그 사람들이 어떤 사람들이냐. 아가씨가 받을 유산을 가로채려고 사람이 해선 안 될 짓을 거리낌 없이 했던 사람들 아니냐? 까딱 잘못하면 자기들이 저지른 죄가 만천하에 드러날 텐데, 그걸 그냥 보고 있겠냐?"

"하지만 우리 주인님이 평범한 분이 아니잖아. 그 인간들이 무슨 짓을 할지 그 생각까지 꿰뚫어 보는 분인데 뭐가 문제야?"

"그래. 우리 주인님께선 대단한 능력을 가지셨다. 헌데 그런 분이 평범한 인간이 되려고 목숨까지 걸 만큼 노력 중이시잖니. 주인님의 간절함을 잘 아는 아가씨가 주인님이 곤란해질 상황을 만들려고 하겠니?"

"그러니까 영감님 말은 현서 양이 주인님을 걱정해서 자기 걸 다 포기한 거다, 그거야?"

"비단 주인님만이 아니라 너와 날 모두 포함해서 그렇게 한 거란 얘기야."

사하는 양손으로 이마를 짚으며 끙 소리를 냈다. 동운과 얘기하는 동안 골이 지끈거리게 아프다 싶더니 결국 그런 소리가 흘러나왔다.

"아니, 현서 양은 사람이 뭐 그러냐. 나이는 나보다 훨씬 어리면서 생각은 완전 호호백발 노인네잖아."

"실은 나도 비슷한 질문을 했다. 그 사람들을 그냥 놔두는 게 억울하거나 분하지 않느냐고 물었지."

"그랬더니 현서 양이 뭐라고 해?"

"자기 때문에 자기 옆에 있는 사람들을 힘들게 하는 일은 하고 싶지 않다고 하더구나. 만약 어머니가 돌아가시지 않고 살아 계셨다면 다른 생각을 할 수도 있었겠지만, 지금은 자기 옆에 있어주는 사람들이 제일 소중하다면서 웃는데, 맘이 참 짠하더라."

동운의 설명을 모두 들은 사하는 입을 다문 채 가만히 있다가 하, 한숨을 쉬었다.

"영감님. 나, 술 마셔야겠어."

사하가 자리에서 일어나려 하자 동운이 곧장 앉아 있으라는 말을 꺼냈다.

"영감님이 안 마신다고 나까지 마시지 말라고 하지 마. 내가 오늘은 기필코."

"머루주 담은 거 가져올 테니까 거기 그냥 앉아 있어."

"뭐야? 나 안 말리는 거야?"

여느 때 같았으면 술은 무슨 술이냐고 했을 동운이 과실주를 가지러 가는 걸 보고 사하도 술 잔 두 개를 챙겨 다시 자리에 앉았다.

✤   ✤   ✤

방으로 들어온 현서는 불을 켜야 한다는 것도 잊은 채 침대까지 걸어갔다.

옷도 갈아입고 세수도 해야 하는데.

하는 생각이 잠깐 들었지만, 몸과 마음이 너무 곤해 엎드려 누운 그대로 잠이 들었다.

그렇게 삼십여 분이 지났을까.

낯빛이 차츰 창백해지더니 이마와 콧등 위에 식은땀이 맺히기 시작했다.

무영으로 돌아오는 길. 현서 일행은 휴게소에 잠시 들렀다.

마침 식사 시간이라 간단히 저녁을 먹었다. 다른 어른들이 음식을 먹는데 혼자만 먹지 않겠다고 유난을 떨고 싶지 않아서 현서도 억지로 수저를 들었다. 컨디션이 좋지 않은 상태에서 꾸역꾸역 밥을 먹었더니 그게 소화가 되지 않고 단단히 체한 모양이었다.

속이 답답하게 아프다 싶더니 머리가 어질어질하며 지끈거렸다. 구토를 해서 속을 비우든 약을 먹든 해야 하는데 몸이 아스팔트 바닥에 눌러 붙은 껌처럼 꿈쩍도 하지 않았다.

안 되겠어. 선생님께 전화를 하자.

그 생각을 하며 겨우겨우 몸을 일으키는데 이젠 팔다리까지 욱신거리며 아파왔다. 이 정도로 몸이 아픈 걸 보면 체하기만 한 게 아니라 장염까지 온 모양이었다. 구급약 상자에서 약을 찾아 먹어야 할 것 같아서 침대 밖으로 나가려는데 어디선가 서늘한 바람이 불어왔다.

"현서야, 일어나지 말고 누워 있어."

나직한 목소리가 들려옴과 동시에 검은 옷을 입은 콴이 눈앞에 나타났다.

현서는 주춤 놀라 제 앞에 서 있는 콴을 쳐다보았다. 몸이 계속 아픈 걸 보면 꿈은 아닌 것 같은데. 그래도 실감이 나지 않아 눈만 계속 깜빡거렸다. 콴은 현서에게 다가와 그녀를 다시 침대에 눕게 만들었다. 그제야 실제라는 실감이 나서 현서가 겨우 목소리를 냈다.

"아저씨, 저 몸이 안 좋아요."

"너무 걱정 마라. 이제 곧 나아질 거야."

콴은 의자에 앉아 모로 누운 현서의 손을 붙잡았다. 손아귀에 들어온 작은 손을 강하게 쥐었다 풀어주는 동작을 반복하면서 현서의 표정을 차분히 주시했다. 체온이 낮은 콴의 손이 제 손을 만져 주자 아프고 불편했던 속이 차츰 편안하게 가라앉았다. 무겁게 욱신거리던 팔다리가 거짓말처럼 가볍게 느껴지자 현서가 바로 콴을 찾았다.

"아저씨, 이상해요."

"뭐가 이상하다는 거냐?"

"제 몸이요. 조금 전까지 너무 아팠는데 지금은 하나도 안 아파서요."

콴에게 말을 하는 현서의 표정은 진심으로 얼떨떨해 보였다.

"약을 먹은 것도 아닌데, 진짜 신기해요. 아저씨 손이 약손인가 봐요."

현서의 얼굴에 건강한 혈색이 돌아온 걸 확인한 콴은 옅은 미소를 지었다.

"나았다니 다행이구나."

콴은 손수건을 꺼내 현서의 얼굴에 맺혀 있던 땀을 닦아주었다. 그러면서 목이 마르거나 하지는 않은지 묻는 것도 잊지 않았다.

"그 말을 들으니까 조금 마른 것도 같아요."

고개를 끄덕인 콴은 자리에서 일어나 현서가 마실 물을 컵에 챙겨왔다. 콴이 준 컵을 받아 달게 물을 마신 현서는 그가 시키는 대로 다시 침대에 누웠다. 콴은 현서의 이불을 잘 덮어주고 헝클어지듯 흘러내린 머리카락을 단정히 넘겨주었다.

서늘한 손가락이 얼굴에 닿는 것이 시원하게 기분이 좋아서 현서는 조용히 눈만 깜빡였다. 체증이 사라지고 몸이 개운해졌다 싶었더니 이번엔 기다린 것처럼 졸음이 몰려왔다.

"아저씨."

현서가 부르자 콴은 다정하게 눈길을 주었다.

"몸은 안 아픈데, 자꾸 잠이 오려고 해요."

"잠이 오면 자야지. 지금 잠을 자는 시간대라서 더 그런 거야."

"그래도 자기 싫어요. 아저씨랑 좀 더 얘기하다가 자고 싶은데."

하지만 현서의 눈엔 벌써 졸음이 무겁게 담겨 있었다. 눈이 자꾸 감기는 것이 싫었는지 이마를 살짝 찡그리며 손으로 눈을 비비 댔다. 콴은 찡그려진 이마 위에 짧게 입을 맞추고는 눈가를 매만 지는 현서의 손을 붙잡아 아래로 내렸다. 잠투정을 하는 아이처럼 칭얼거리는 현서가 안쓰러우면서도 귀여워서 잘 자라는 굿나잇 키스를 해준 것이었다.

"얘기는 나중에 하면 되니까 어서 자둬."

"그럼 제가 잠들 때까지 옆에 계셔야 해요."

"그래."

"꼭 그러셔야 해요, 꼭이요."

"그래, 약속하마."

약속을 받아낸 것이 안심이 되었는지 현서는 스르르 눈을 감았 다.

콴은 현서가 잠이 들 때까지 어깨를 자장자장 토닥였다. 모로 누운 현서에게서 새근새근 숨소리가 흘러나오자 콴은 토닥임을 멈추었다. 현서의 어깨에 손을 올린 채 눈을 감으니 현서가 오늘 겪은 일들이 선명히 떠오르기 시작했다.

서울 모처에서 최영찬을 만났던 일과 봉안당에 들러 유골함을 받았던 일. 아버지의 분골을 바다에 뿌린 일들이 현서가 느꼈던 감정을 타고 파노라마처럼 펼쳐졌다 사라졌다.

눈을 뜬 콴은 어깨에 올렸던 손을 가만히 내렸다. 현서가 보여 준 사려 깊은 행동들은 웬만한 어른들도 쉽게 따라 할 수 없는 귀 한 것이었다. 그에 대견하다는 칭찬을 해야 마땅했지만 애련의 감 정이 생기는 것 또한 막을 수 없었다.

바로 그런 감정 때문인지 몰라도 현서의 몸이 나아진 걸 확인했음에도 가슴 한쪽이 찌르르하니 뭉클했다. 자신의 치유력이 현서의 마음 깊은 곳에 자리한 아픔을 완치할 수 없다는 걸 알기에 더더욱 그러했다.

네가 다른 사람들 때문에 힘들어지는 일이 없도록 계속 지켜보고 도와주마.

콴은 현서의 손 위에 맹세하듯 입을 맞추고 조용히 일어났다.

자신의 공간으로 돌아가기 위해 일어섰지만 현서에게 머문 눈길이 쉽게 떼어지지 않았다.

입을 맞추었던 손을 동그랗게 말아 쥐는 현서를 보자 심하게 다쳤던 현서를 선실로 데려와 치료해 주던 때의 일이 떠올랐다. 그의 손가락 하나를 꼭 쥐고서 까무룩 잠이 들었던 현서. 그 손을 떨쳐 낼 수 없어서 포근한 곰인형을 대신 안겨주었던 기억이 이어졌다. 그러자 적어도 오늘만큼은 현서를 혼자 두고 가선 안 된다는 생각이 들었다.

콴이 침대에 몸을 뉘었을 때 현서가 그가 누운 쪽으로 꼼지락 몸을 움직였다. 무의식적인 행동이 분명한데도 그저 안쓰러운 마음이 들어 한 팔로 현서를 보듬어 안아주었다.

날렵하게 아름다운 턱 아래에 현서의 이마가 와 닿자 건강한 땀냄새와 따스한 살 냄새, 향긋한 피 냄새가 후각을 자극했다. 그러나 초조함이나 불쾌함 같은 불편한 감정이 느껴지지는 않았다.

그렇다고 흡혈의 유혹에서까지 자유로워진 건 아니었다. 손등에 닿은 현서의 머리카락이 부드럽다는 걸 인식할 수 있을 정도로 마음의 여유가 생겼다는 것이 전과는 다르다고 할 수 있었다. 현서와 거리를 두어야 할 정도로 그를 괴롭혔던 감각과 자극들이 이젠 현서를 현서로 규정짓는 유일한 표식이자 특별한 의미가 된 것이었다.

⚜ ⚜ ⚜

아득하게 잠겨 있던 잠에서 서서히 깨어난 현서는 숨을 깊이 들이마셨다 길게 내쉬었다. 들이마시는 숨에서 서늘하고 청쾌한 향기가 맡아지자 기분 좋은 미소가 입가에 피어났다.

"……엄청 좋은 냄새다."

혼잣말을 중얼거린 현서는 눈을 감은 채 부스스 일어나 앉았다. 앉은 자세 그대로 마른세수를 하고 손을 내리는데, 잠기운이 달아난 시야로 어딘가 낯익은 검정색 셔츠가 들어왔다. 바느질이 잘되어 있는 동그란 모양의 단추를 눈으로 세어보던 현서는 순간 두 눈이 화등잔만 하게 커져 뒤로 물러났다.

더욱 넓게 확보된 시야에 모로 누워 있는 사람의 얼굴을 확인하고 현서는 빠르게 두 눈을 깜빡였다. 저가 혼자 잠든 게 아니란 것이 확실해지자 작고 하얀 얼굴이 더욱 하얗게 질렸다.

"그럼 제가 잠들 때까지 옆에 계셔야 해요."

"그래."

"꼭 그러셔야 해요. 꼭이요."

"그래, 약속하마."

잠결에 나누었던 얘기가 새록새록 떠오르자 현서의 얼굴은 완연히 붉어졌다. 잠에서 깨기 전까지 아저씨와 마주 보는 자세를 하고 누워 있었다는 것이 창피하고 민망해서 이젠 금방이라도 울 것 같은 얼굴이 되어버렸다.

어떡해!

속으로 외친 현서는 두 손으로 얼굴을 감싸 쥐었다. 부디 꿈이었으면 좋겠다는 바람을 안고 눈을 감았지만 절대 꿈일 리가 없다는 깨달음 때문에 고개가 좌우로만 빠르게 저어졌다.

하느님, 도와주세요! 제발 꿈이게 해주세요!

간절히 바란 후 살며시 눈을 떠보았다. 그러나 콴은 사라지지 않고 그대로 있었다.

현서는 고개를 돌려 벽에 걸린 시계를 쳐다보았다. 시간은 새벽 2시를 넘어가고 있었다. 꽤 오래 잔 것 같은데 시간이 그 정도밖에 되지 않은 것이 의아했다. 하지만 영 이해가 안 가는 건 아니었다. 해가 진 후 도착해 바로 잠이 들었으니 시간이 더디 흐른 듯했다.

잠이 완전히 깨어버린 상황에서 도로 잠을 청할 수도 없고, 그렇다고 침대 밖으로 나갈 수 있는 상황도 아니었다. 침대 한쪽이 벽과 붙어 있어서 밖으로 나가려면 어떻게든 콴을 지나쳐야만 했다. 그래도 방법을 떠올려 보려고 골똘히 입술을 깨물었다.

그때 현서의 눈에 잠든 콴의 얼굴이 찾아들었다. 시야가 어둠에 익숙해진 데다 창을 통해 들어온 달빛이 어둡지 않고 환해서 불을 켜지 않았는데도 그의 얼굴이 제대로 잘 보였다.

사람이 잠을 자는 일은 밥을 먹고 옷을 입는 일처럼 그다지 특별할 것 없는 일상이었다. 그런데 현서의 눈에 비친 콴의 모습은 평이한 일상의 모습들과 사뭇 달랐다. 한쪽 팔을 베개 삼아 잠든 모습이 흐트러짐 없이 단정한 데다 매우 기려해서 그림을 그리는 손재주가 없음에도 그를 그려보고 싶다는 생각이 들 정도였다.

음영이 드리워진 아름다운 이목구비와 자로 잰 것처럼 날렵하게 떨어지는 얼굴선.

멀찍이 떨어진 허공 위에서 손끝을 이용한 가공의 그림을 그리는데도 행여 잠을 깨우게 될까 움직임이 가만가만 조심스러웠다. 반듯하고 짙은 눈썹과 오똑하게 솟은 콧날, 깊고 서늘한 눈매와 기다란 속눈썹을 따라 그리는데 콴이 설핏 미간을 찌푸렸다. 저가 건드려서 그런 게 아닌데도 현서는 움찔 놀라 손을 확 오므리며 숨을 참았다.

이제 괜찮겠지?

그러면서 참았던 숨을 겨우 내쉬는데 닫혀 있던 콴의 눈이 스르르 열렸다.

어쩔 수 없이 긴장했던 현서는 어느 순간 헉, 소리 나게 숨을 들이켰다. 콴이 다시 잠드는 게 아니라 한쪽 손에 턱을 괴는 자세를 취하고 있어서였다. 이런 상황엔 무슨 말을 해야 하는 건지 몰라서 입술만 달싹이는데, 고맙게도 콴이 먼저 말을 걸었다.

"잘 잤어?"

"예에. 아저씨는, 안녕히 주무셨어요?"

"네 덕분에 나도 잘 잤다."

"음, 그럼 저는, 샤워를 해야겠어요. 세수도 안 하고 잤더니 몸이 꿉꿉해요."

콴은 그렇게 하라고 고개를 끄덕여 주곤 완전히 일어나 침대 밖으로 나갔다. 바로 뒤를 따라 나온 현서가 옷장 앞으로 걸어가는 걸 보고 작게 손가락을 튕겼다. 그러자 방 안의 불이 모두 환하게 켜졌다.

"앗! 고맙습니다."

콴에게 인사를 한 현서는 손에 잡히는 옷을 대충 챙겨 도망치듯 욕실로 향했다.

현서가 욕실 안으로 사라지자 콴은 창가로 발길을 돌렸다. 반쯤 열려 있던 창문을 활짝 열고 발코니의 난간이 있는 자리까지 성큼 걸음을 옮겼다. 달큰한 꽃 냄새와 짙은 풀 내음이 녹아든 바람이 코끝을 간질이자 여름이 한창 무르익었다는 걸 알 수 있었다.

난간두겁대에 두 손을 올리고서 은은한 조명이 켜진 정원을 내려다보았다. 초록색 이파리가 무성한 정원의 나무들과 저택의 주변 건물들은 어둠을 비추고 있는 조명들로 인해 포근하고 따스한 운치를 자아내고 있었다.

내가 정말로 잠이 들었다니.

그 생각을 하는데 웃음이 흘러나왔다. 여전히 뱀파이어의 속성이 강한 자신이 현서의 곁에서 숙면을 취했다는 것이 믿어지지 않을 만큼 놀라웠다. 금혈로 인한 갈증과 흡혈의 갈망이 사라진 것이 아닌데도 그렇게 잠들 수 있었다는 것이, 제법 인간다운 휴식을 취한 것에 대해 모처럼 흡족한 기분이 되었다.

"어? 아직 안 가셨네요?"
옷을 갈아입고 욕실을 나온 현서는 콴이 절 기다리고 있는 걸 확인하곤 기분 좋은 마음을 숨길 수 없었다.
"현서야."
"네?"
"같이 바람 쐬러 가지 않을래?"
"지금이요?"
"그래, 지금."
지금이란 말에 두 눈이 동그래졌던 현서는 곧 선선히 고개를 끄덕였다.
"네, 좋아요."
콴은 부드러운 미소를 짓고서 현서를 향해 한 손을 내밀었다.
"자, 이리로 와."
현서는 콴에게 다가가 그가 내민 손 위에 제 손을 올렸다.
"이제 눈을 감고 아주 천천히 셋을 세는 거야. 그리고 눈을 뜨면 아마도 놀랄 일이 있을 거야."
현서는 콴의 요구대로 눈을 감았고, 이어지는 얘기에 귀를 기울였다.
"그래도 겁먹을 필욘 없어, 내가 같이 있을 거니까."
"겁먹을 정도로 무서운 거면 계속 감고 있을래요."

"그래서 안 세겠다고?"

미간을 움찔 좁힌 현서는 천천히 수를 세기 시작했다.

"하나. 두울. 셋."

천천히 눈을 뜨자마자 몸이 아래로 툭 떨어지는 느낌이 들었다.

"으앗!"

소리를 지른 현서는 얼결에 주변을 바라보았다. 자신의 몸이 하늘 한가운데 떠 있다는 걸 깨달은 현서는 다시 소리를 지르며 질끈 눈을 감았다. 콴의 손이 어깨와 등허리를 감싸 단단히 받쳐 주고 두 발이 콴의 발등을 디디고 선 자세라는 걸 인식하긴 했지만 몸을 휘감아 스치는 바람과 그 바람이 만들어내는 소리들에 몸이 움츠러드는 걸 막을 순 없었다.

"으으!"

감당이 되지 않는 두려움에 눈엔 눈물이 맺히고 콴을 붙잡고 있는 손가락과 어깨에 아플 정도로 힘이 들어갔다.

"현서야."

콴이 이름을 불렀기에 현서는 겨우 "……네"라고 대답했다.

"넌 지금 하늘을 날고 있는 거야."

"그건, 저도, 알고 있어요."

덜덜 떨리는 목소리로 대답을 하는데, 콴이 낮게 웃는 소리가 들렸다.

"아저씨 나빠요!"

아저씬 재밌는지 몰라도 난 하나도 안 재밌어요! 그냥 무섭기만 하단 말예요!

콴은 떨고 있는 현서를 꼭 안으며 그녀의 정수리에 작게 입을 맞추었다.

"난 널 놓치지 않을 거다. 네가 안전하게 끝까지 붙잡고 있을 거야. 날 믿고 조금만 용기를 내."

마음을 어루만지는 목소리에 용기를 얻은 현서는 가까스로 감았던 눈을 떴다. 다시 밝아진 현서의 시야에 조금 전까지 발견하지 못했던 커다란 깃 날개가 들어왔다. 언젠가 정원에서 보았던 날개처럼 검고 아름다운 깃 날개는 콴의 등 뒤쪽에서 아주 우아하게 움직이고 있었다.

"저 날개, 혹시 아저씨 거예요?"

"그래."

현서는 두 눈이 휘둥그레져 콴을 보았다.

"우와! 정말요?"

"응."

콴의 대답에 두려움만 가득했던 현서의 눈동자에 호기심과 놀라움이 일렁이듯 반짝였다.

부드러운 미소를 지은 콴은 정중하게 현서의 의견을 물었다.

"그럼 제대로 날아봐도 괜찮겠습니까?"

"……어, 네."

"그럼 날 꽉 붙잡아."

현서는 가녀린 두 팔로 콴의 허리를 단단히 끌어안았다. 착실한 학생처럼 반응하는 현서의 모습에 씩 미소를 지은 콴은 아주 힘찬 날갯짓을 해 하늘 위로 높이 솟구쳐 올랐다.

콴이 추락하지 않을 거란 걸 알지만 난생처음으로 하늘을 날게 된 현서는 심장이 가슴을 뚫고 나올 것처럼 아주 거세게 뛰었다.

그가 아래로 하강을 할 땐 등락 폭이 큰 롤러코스터를 탔을 때처럼 두렵고도 아찔해 정신이 잠시 혼미해지기도 했다. 그러나 그 느낌에 차츰 적응을 하게 되자 두 발 아래 펼쳐진 세상을 보며 하늘을 나는 일에 짜릿하고 시원한 쾌감을 느끼기 시작했다.

7. 야간 비행

"아저씨."

콴을 부른 현서가 그의 날개를 가리키며 조심스레 물었다.

"만져 봐도 돼요?"

"물론."

선선히 허락을 받았건만 현서는 선뜻 손을 내밀지 못했다. 그때 콴의 한쪽 날개가 악수를 청하듯 가까이 다가왔다. 먹빛처럼 빈틈 없는 검은색의 날개가 코앞까지 다가온 것을 보고 현서의 눈망울은 빠르게 흔들렸다.

"괜찮아."

주저함을 알아챈 콴이 그렇게 말하자 현서가 손을 들어 날개를 만졌다. 현서의 손에 닿은 날개의 감촉은 실크처럼 부드럽고 솜사

탕처럼 포근한 기운이 느껴졌다.

"와아……! 진짜 부드러워요."

현서는 감탄하며 날개를 천천히 어루만졌다. 콴을 자유로이 날아가게 할 만큼 강력한 힘을 지녔으면서도 이토록 부드러운 감촉을 가졌다는 것이 그저 놀랍고 신기했다.

콴과 현서가 이야기를 나누고 있는 곳은 도시의 야경이 한눈에 내려다보이는 가파른 언덕 위, 호젓한 위치에 자리한 작은 망루였다. 언덕의 높이가 수십 층에 해당하는 고층 건물과 비슷해 시야가 훤하게 트인 만큼 불어오는 바람이 제법 거셌다. 혼자였다면 오래 서 있기가 힘들었을 테지만, 현서는 그런 불편함을 느끼지 못했다. 콴이 바람의 힘을 제어해 현서를 보호하고 있어서였다.

"날개가 마음에 든 모양이구나."

"네."

현서는 활짝 웃으며 크게 고개를 끄덕였다. 그러자 검은 날개의 표면에 무지개를 닮은 빛이 은은하게 발산되었다.

"아, 예뻐라."

황홀한 빛에 눈이 동그래졌던 현서는 다시 감탄하며 칭찬하듯 날개를 쓰다듬었다.

"이런 말을 하는 게 좀 이상한데요. 얘는 또 다른 자아를 가진 생명체 같아요."

현서의 해석에 콴의 눈썹이 위로 쓱 올라갔다. 따로 설명을 해 주지 않았는데도 현서가 정확한 것을 느끼고 있어서 그에 놀랐던 것이다.

천사의 날개는 천사의 몸에 속한 일부이면서 천사가 가진 권세와 능력을 담고 있는 또 다른 객체였다. 천사와 연결된 날개는 힘에 의해 억지로 분리되거나 훼손이 되면 천사의 몸에 치명적인 위험이 되었다. 그러나 어떤 천사의 날개는 천사의 소멸과 무관하게 생명과 능력을 유지하기도 했다. 하여 타락천사들 중엔 자신이 괴멸시킨 천사의 날개를 전리품처럼 취합해 자신의 권능을 강화시키는 도구로 이용하는 이들도 있었다.

"예전에 정원에 내려갔다가 이 날개랑 비슷한 날개를 본 적이 있어요."

그 말을 하다가 현서는 멈칫 뭔가 깨달은 얼굴이 되었다.

"혹시 그때 봤던 날개가 이 날개였어요?"

"그래, 맞아."

콴은 솔직히 시인을 했고, 현서는 그때 풀리지 않았던 의문을 콴에게 물었다.

"그때 아저씨가 화가 난 얼굴이었던 게, 제가 날개를 봐서 그런 거였어요?"

"화가 났다기보다 당황했다는 게 맞을 거야. 네게 날개를 보인 것 때문에 신경이 날카로워진 데다 바람이 불어오는 방향에서 맡아지던 네 피 냄새가 지독하게 자극적이었거든."

"전 그런 줄도 모르고……. 죄송해요, 아저씨."

현서가 사과를 해오자 콴의 미간이 좁혀졌다.

"이미 지난 일을 왜 다시 사과하는 거냐? 금혈 때문에 생겼던 오해는 다 풀린 것으로 알았는데, 그게 아니었어?"

"그건 아저씨 말씀이 맞아요. 하지만 제 피가 고약한 냄새가 나서, 그래서 아저씨를 힘들게 한 거면, 그게 죄송하단 얘기였어요."

콴은 그제야 현서가 시무룩해하는 이유를 이해했다. '피 냄새가 자극적'이란 표현을 고약한 냄새로 해석한 현서의 모습이 엉뚱하면서도 현서답게 귀여웠다.

"이현서."

"네."

"넌 아마 바보일 거다."

"네?"

그게 무슨 말이냐고 덧붙이려던 현서는 멈칫 눈이 커졌다. 콴의 커다란 손이 얼굴을 감싸온다 싶더니 곧바로 입을 맞춰왔기 때문이다. 가볍게 머물렀다 떼어졌던 입술이 제자리를 찾듯 다시 다가오자 현서는 수줍음에 얼른 눈을 감았다.

그런데 콴의 입술이 이전과 다르게 다가왔다. 그의 입술이 아랫입술을 지그시 깨무는 것 같더니 매끈하고 부드러운 혀가 미끄러지듯 입안으로 밀려든 것이다.

낯선 온도와 감촉에 움찔 놀란 현서는 눈을 번쩍 뜨며 고개를 뒤로 뺐다. 그러나 뒷머리를 감싸오는 콴의 손에 의해 뜻하는 바를 이룰 수 없었다. 콴은 현서의 등허리를 끌어안고서 천천히 키스를 이어갔다.

부드러우면서도 단단한 품에 꼼짝 없이 갇혀 버린 현서는 무엇을 어찌해야 할지 몰라 몹시 당황했다. 영화나 책을 보았을 때 상상했던 것과 전혀 다른 생경한 감각과 그로 인한 충격 때문에 심장이 너무나 급격히 뛰었다.

그때 눈을 감고 있는 콴의 얼굴이 들어왔다. 자신에게 집중하고 있는 콴을 보자 불안하게만 느껴지던 심장 소리가 두근거림과 닮은 떨림이란 생각이 들기 시작했다.

현서는 다시 눈을 감으며 자신에게 온 낯선 감각들을 조금씩 받아들였다. 부드럽게 맞물리는 서로의 입술과 촉촉하게 섞슬리는 혀의 감촉이 상대를 느낄 수 있는 또 다른 방법이란 생각이 들었다.

짙은 키스에 대한 거부감은 줄어들었지만 그 행위가 전하는 자극들은 쉽게 적응이 되지 않았다. 무릎 아래에 힘이 들어가지 않았기에 현서는 콴에게 의지한 채 거듭되는 키스를 받아들였다. 찌릿하면서도 간질간질한 전류가 몸 안의 피를 덥히고 심장의 박동이 현기증을 느낄 만큼 빨라졌을 때, 길고 길었던 키스가 멈추어졌다.

"괜찮으냐?"

콴이 물었을 때 현서는 그저 고개만 끄덕였다. 왜인지 부끄럽고 어색해 소리를 내어 말을 하는 것도 그와 눈을 마주치는 것도 쉽지가 않았다. 그와 한 키스가 싫어서가 아니었다. 함량 초과의 감각들이 여전히 버겁고 어려워서였다.

"난 별로 괜찮지가 않다."

그 말에 고개를 들었던 현서는 저를 응시하고 있는 까만 눈동자와 제대로 마주쳤다.

어둠과 빛, 차가움과 뜨거움이 공존하는 검은색의 눈동자는 현서를 단단히 얽어매 오직 그에게만 집중을 하게 했다.

"네 입술은 달고 향긋해서 네 피를 마시고 싶은 욕심을 간절하게 해."

콴이 설명을 덧붙이자 커다래진 현서의 눈이 빠르게 흔들렸다.

"이런 말을 했는데도 엉뚱한 오해를 한다면 넌 진짜 바보인 거야."

"다, 다행이에요. 제 피가 불쾌한 게 아니라서."

얼결에 대꾸를 한 현서는 그예 머쓱해져 고개를 숙였다.

곤란한 듯 입술을 깨무는 현서를 지켜보며 콴은 잔잔한 물결처럼 온화한 미소를 지었다. 그리고 고개를 숙인 현서의 머리를 다정하게 쓰다듬었다.

잠시 이성의 끈을 놓쳐 현서가 부담을 느낄 수밖에 없는 행동을 했다는 걸 깨달았다. 하지만 그런 키스를 해서 미안하다는 사과는 하고 싶지 않았다. 현서의 피에 홀려서가 아니라 현서를 좋아하는 감정을 제어하지 못해 일어난 사고라는 걸 알기 때문이었다.

"사하나 백 집사도 이 날개를 본 적이 있어."

콴이 날개에 대한 말을 꺼내자 현서가 살며시 고개를 들었다. 현서가 부담을 덜고 다시 편안하게 이야기를 할 수 있도록 하려는 콴의 시도가 보기 좋게 적중하는 순간이었다.

"하지만 민 변호사는 한 번도 본 적이 없었지."

"어? 왜요?"

"내가 날개를 이용해야 할 상황이 딱히 없었으니까."

"그럼 그동안은 날개를 사용하지 않은 거예요?"

궁금한 것을 묻는 현서의 표정이 한결 부드러워진 걸 확인하고 콴은 자연스럽게 말을 이었다.

"꼭 필요한 상황이 아니라면 거의 사용하지 않았다. 하지만 이 날개를 만진 건 네가 유일해."

그 말에 현서의 눈이 동그랗게 커졌다.

"정말이요?"

콴은 천천히 고개를 끄덕였다.

"우와……!"

현서는 다시 감탄하며 콴의 날개를 바라보았다.

"그런데 진짜 신기해요. 이렇게 큰 날개가 평소엔 전혀 안 보이는 게."

"날개를 감추는 건 어렵지 않아. 날개를 밖으로 드러내 자랑하고 싶은 마음을 누르는 것이 훨씬 더 어려운 것이지."

"천사들도 자기가 가진 걸 자랑하고 싶은 마음이 있는 거예요?"

"천사나 요정들도 사람들이 느끼는 감정과 비슷한 걸 느낄 수 있어. 다만 절대자의 존재를 인식하고 우주 질서에 순응하면서 명령에 따라 움직인다는 것이 자유의지를 가진 인간과 다르다고 할 수 있지."

"그 자유의지라는 건 사람에게만 있는 거예요?"

"천사들 중에도 자유의지를 가진 천사들이 존재해. 하지만 그들은……"

콴은 자상한 선생님처럼 설명을 덧붙였다. 자신이 들려주는 얘기에 귀를 기울이는 현서를 보고 있으면 현서의 손을 잡고 입을 맞출 때처럼 기분 좋은 미소를 지을 수 있었다.

"완전한 인간이 되면 아저씨의 날개도 사라지겠죠?"

"그렇지."

"제가 아저씨라면 너무 아쉬울 것 같아요."

"그래, 아마도 시원섭섭할 거다."

"혹시 날개 때문에 불편했던 일이 많으셨어요?"

"아주 없었다고는 못 하겠구나. 까마귀처럼 검은색을 띠는 게 보기 거북했거든."

"다른 날개는 본 적이 없어서 모르겠지만, 제가 본 아저씨 날개는 진짜 멋있고 아름다워요. 강하면서도 우아한 느낌이 나서 아저씨랑 진짜진짜 잘 어울리거든요. 이건 아저씨가 듣기 좋으라고 하는 얘기가 아니라 진짜로 그렇게 느껴서 얘기한 거예요."

현서는 콴이 검은색 날개를 부담스러워한다는 걸 느낀 듯했다. 그의 입으로 불편하다는 말을 한 것이 아닌데도 그것을 파악하고 있는 현서가 콴은 더더욱 특별하게 느껴졌다.

"이 날개는 아저씨의 일부잖아요. 아저씨가 어떤 마음을 가지고 있는지 얘도 분명히 알고 있을 거예요. 그러니까 싫어하지 않는다고, 소중하게 생각하고 있다고 얘기해 주셔야 돼요."

콴은 검은색으로 변해 버린 날개를 보는 것이 괴로웠다. 먹물을 풀어놓은 것처럼 시커먼 검은빛이 자신에게 덧씌워진 저주이자 죽음을 상징하는 굴레처럼 인식되어서였다.

그래서 한때 날개를 잘라 버리자는 생각까지 했었다. 그런데 현서는 그의 날개가 아름답다고 칭찬을 해주었다. 당신의 일부이니 소중하게 대해주라는 당부도 잊지 않았다.

"……그래, 그러마."

만족스러운 대답이었는지 현서는 기쁘게 고개를 주억거렸다. 콴이 저의 말을 허투루 넘기지 않은 것이 기뻐서 눈매가 반달 모양으로 예쁘게 휘었다.

콴은 현서의 관자놀이에 짧게 입을 맞추었다. 현서에게서 느껴지는 맑고 건강한 빛과 생명력이 지극히 사랑스러워서 그렇게 할 수밖에 없었다. 현서는 움찔 놀라는가 싶더니 잘 익은 복숭아처럼 얼굴이 붉어졌다.

"이제 돌아가야겠다."

"네."

현서가 고개를 끄덕이자 콴이 현서의 어깨와 등허리를 감싸 안았다. 현서가 허리를 꼭 붙들자 막 피어난 꽃봉오리처럼 향기로운 체향이 콴의 후각을 자극했다.

콴은 그 향기를 억지로 거부하지 않았다. 호흡을 따라 자연스레 들이마시곤 등 뒤의 날개를 완전히 활짝 펼쳤다. 강하고 아름다운 그의 날개가 거센 바람을 일으키며 하늘 위로 다시 비상했다. 현서를 안고 허공을 가르는 콴의 날갯짓이 한층 힘차고 자유로웠다.

✤ ✤ ✤

콴과 현서의 야간 비행은 이튿날에도 다음 날에도 계속하여 이어졌다. 차가운 공기를 가르며 하늘을 날 때마다 콴과 현서 사이에 자리한 유대감과 친밀감은 한층 따스하게 깊어졌다.

어두운 하늘과 투명한 바람과 빛나는 달과 별들. 차가움과 따스함을 오가는 바람의 온도와 세기.

자신들이 날고 있는 자리가 어디쯤인지 알려주는 다양한 종류의 냄새와 소리들.

현서는 바람 소리만 가득한 높은 하늘을 날 때와 어두운 땅을 밝히는 화려한 건축물들과 그들이 만들어낸 인공적인 빛의 향연을 보게 되었을 때의 감탄과 감격을 제 것으로 차곡차곡 받아들였다.

"오늘은 저기로 가볼까?"

콴이 가리킨 곳은 하절기에 맞춰 야간개장을 하고 있는 서울 외곽의 놀이공원이었다. 너른 대지를 밝히는 알록달록한 불빛들이 달콤한 사탕을 떠올리게 만드는 모습이라 처음 호기심을 느꼈던 현서는 곧 천천히 고개를 가로저었다.

"네 마음엔 안 드는 거냐?"

"아뇨, 마음에 들어요. 그런데 저기 가려면 입장권이 있어야 하잖아요."

콴은 후후, 웃었지만 현서는 표정이 제법 심각했다.

"입장권 없이 들어갔다가 문제가 생기면 어떡해요."

"염려 마라, 문제가 되지 않게 할 거니까."

"설마 몰래 들어가는 건 아니겠죠?"

콴이 대답을 하지 않자 현서는 걱정스러운 얼굴이 되었다.

"안 돼요, 아저씨. 그렇게 들어가는 건 전 반대예요."

콴은 현서의 의견에 아랑곳하지 않고 인적이 드문 한적한 자리에 사뿐히 안착했다.

두 사람을 지켜보는 사람들이 하나도 없는 안전한 위치였지만 현서는 죄책감 때문에 마음이 불안해 주변에 계속 눈길을 주었다.

"현서야."

"네?"

부르니 대답은 하면서도 현서의 눈길은 여전히 주변에 머물렀다.

"자, 여기 있다."

현서에게 가벼운 장난을 치려고 했던 콴은 현서가 다른 것에만 신경 쓰자 사하를 통해 챙겨놓았던 티켓을 내 보였다.

"그럼 이제 괜찮은 거지?"

"어? 이건 언제 준비하신 거예요?"

대답 대신 미소를 지은 콴은 한 발 떨어져 있는 현서의 손을 붙잡고서 앞으로 걸음을 옮겼다.

"정당한 값을 지불하고 구한 거야. 그러니 괜한 걱정 말도록."

속마음을 들여다본 것 같은 콴의 말에 현서는 움찔 눈이 커졌다. 저보다 반보 앞서 가고 있는 콴의 뒷모습을 쳐다보다가 이곳에 들르게 된 것이 우연이 아니었다는 걸 깨달았다.

"아저씨, 고맙습니다."

그 말에 싱긋 미소를 지은 콴은 현서와 보폭을 맞춰 걷기 시작했다.

한여름 밤의 추억 만들기에 여념이 없는 사람들 속에 합류한 두 사람은 눈길을 끄는 볼거리를 따라 발길을 옮겼다. 길을 오가는 사람들이 점점 많아지자 콴은 현서를 바짝 끌어당겼다. 현서가 다른 사람과 부딪치는 일이 없도록 하기 위해 거리를 좁힌 것이다.

"아저씨."

"응?"

"아저씨 진짜 이름은 뭐예요?"

"내 진짜 이름?"

"네."

"그게 왜 궁금한 거지?"

콴이 묻자 현서는 주변을 다시 둘러보았다. 그리고 사람들이 몰려 있지 않은 갓길로 콴의 손을 이끌었다.

"전에 아저씨가 아저씨 얘기를 잠깐 해주셨잖아요."

"내가 치료를 받고 있을 때, 그때를 말하는 거구나."

"네. 그때 아저씨가 한국 사람이 아니라는 걸 알고 속으로 많이 놀랐어요. 그 말을 듣게 되니까 아저씨의 진짜 이름이 뭔지 궁금했어요."

"그래?"

"네."

하지만 콴은 곧바로 답을 주지 않았다.

"제가 실례되는 질문을 한 거예요?"

"그렇다고 하면 궁금해하지 않을 거냐?"

콴의 말에 현서는 진지하게 고개를 끄덕였다. 자신의 답을 기다리는 현서를 바라보던 콴은 후후, 웃음을 터뜨렸다.

"아저씨?"

생각지 않은 웃음이었기에 현서는 의아한 눈으로 콴을 쳐다보았다.

오늘따라 그가 웃는 모습을 자주 목격하게 된 것이 기분 좋으면서도 어떤 의미의 웃음인지 파악이 되지 않아서 무작정 따라 웃을 순 없었다. 짧은 웃음을 그친 콴은 맞잡고 있던 현서의 손을 느슨히 풀어 완전히 놓았다. 콴이 그렇게 손을 놓아버리자 현서는 절대로 물어선 안 되는 걸 물었구나, 하는 후회와 미안함에 표정이 흐려졌다.

"제 질문이 무례한 거였으면 죄송해요. 잘 몰라서 그런 거니까 너무."

조심스레 설명을 하는데 콴이 한쪽 어깨에 손을 올리더니 현서쪽으로 상체를 숙였다. 눈높이가 비슷해졌다는 느낌을 받았을 때 콴의 목소리가 현서의 귓가로 나직하게 흘러들었다.

"콴 그레고리 루이스."

"콴. 그레고리. 루이스."

현서는 콴이 알려준 이름을 천천히 되뇌었다.

들은 대로 가만히 되뇌었을 뿐인데 심장이 묘하게 떨려왔다. 흔들림 없이 들여다보는 까만 눈동자를 다시 마주한 현서는 그 떨림이 행복한 설렘이라는 걸 알게 되었다.

그즈음 화려한 차림을 한 공연자들의 퍼레이드 행렬이 두 사람과 멀지 않은 거리를 지나가기 시작했다. 떠들썩하고 흥겨운 음악과 다양한 사람들의 목소리가 들려왔지만 현서는 그쪽으론 전혀 눈길이 가지 않았다. 지금 이 순간은 어떤 음악과 어떤 소음이 들린다고 해도 별다른 관심이 가지 않을 것 같았다.

"콴은 넓다, 광활하다, 관대하다, 라는 뜻을 가지고 있어."

"뜻을 궁금해하는 건 어떻게 아셨어요?"

"네 얼굴에 쓰여 있으니까."

"으, 정말요?"

현서는 민망해하며 두 손으로 제 얼굴을 감쌌다. 콴은 그런 현서가 귀여워 싱긋 눈초리를 휘었다. 콴이 웃는 걸 보고 이번엔 현서도 빙그레 미소를 지었다. 이름에 담긴 뜻을 알게 된 것뿐인데, 그만의 비밀을 알게 되었을 때처럼 한층 더 가까워진 것 같았다.

"아저씨 이름, 아저씨랑 정말 잘 어울리는 것 같아요."

"그래?"

"네."

현서는 힘주어 고개를 끄덕였다.

"네 이름도 너와 아주 잘 어울린다."

"제 이름의 뜻도 알고 계셨어요?"

"너희 할아버지가 네 이름에 담긴 뜻까지 알려주셨지."

그 말에 현서의 눈이 동그랗게 커졌다. 콴이 한자를 보고 뜻을 풀이한 것이라고만 생각했기 때문이다.

"널 보면서 그런 생각을 했다. 네 이름과 그 뜻이 너와 무척 어울린다고 말이야."

"제가 말할 땐 몰랐는데, 아저씨가 얘기하는 걸 들으니까 엄청 쑥스러워요."

현서는 얼굴을 살짝 붉히며 콧등을 찡긋거렸다.

콴은 머쓱해하는 현서의 손을 다시 제대로 붙잡고 걷기 시작했다.

두 사람은 조경과 조명이 아름다운 정원 길을 거닐며 이런저런 이야기를 나누었다.

현서가 이야기를 할 때면 콴은 당연한 것처럼 귀를 기울였고 얼굴엔 은은한 미소가 떠나지 않았다. 서늘한 손아귀에 쏙 들어오는 현서의 손. 보드랍고 따스한 감촉과 체온을 가진 자그마한 손을 붙잡은 것뿐인데 진귀한 보물을 소유한 것처럼 뿌듯하고 만족스러운 기분을 느꼈다.

하지만 그 기분은 길게 이어지지 않았다. 길을 오가는 사람들의 눈길이 현서에게 자주 머문다는 걸 인식하게 되면서부터 불쾌하고 사나운 감정이 스멀스멀 고개를 들었다.

위아래 검정색 옷을 입은 콴과 흰색의 반팔 티셔츠에 청바지를 입은 현서의 옷차림은 어느 하나 튀는 것 없이 지극히 평범했다. 그러나 두 사람의 외모는 사람들의 이목을 사로잡고도 남음이 있었다. 여느 사람들과 확연히 구분되는 훤칠한 키와 수려한 용모는 물론이거니와 그에게서 흘러나오는 오연한 오라가 그만의 고귀한 존재감을 저절로 각인시켰다.

처음 콴에게 눈길을 주었던 사람들은 그의 옆에 있는 현서에게도 눈길이 머물렀다.

단정하고 깨끗한 새하얀 얼굴에 총명함과 청순함이 조화를 이룬 사랑스러운 이목구비.

여성스러운 아름다움과 아련한 우수가 절묘하게 어우러진 현서만의 분위기는 그녀가 나이 어린 소녀임에도 불구하고 콴의 곁에 선 동반자로 부족함이 없어 보였다.

　대부분의 시선들이 호의적인 관심과 부러움을 담고 있음에도 콴은 그것이 조금도 기껍지 않았다. 현서와의 시간이 타인의 방해를 받고 있다는 느낌을 지울 수 없었다. 하여 강력한 조처를 취하기로 마음을 정했다. 사람들이 더는 관심을 가지지 않도록 자신과 현서가 발산하는 기운을 완벽하게 차단시키기로 한 것이다.

　그 일로 인해 앞으로 벌어지게 될 사고들을 예상치 못한 채, 자신의 심장을 뛰게 한 상대에게 모든 것을 완벽히 집중했다.

8. 어느 비 오는 날 (1)

　방으로 돌아온 현서는 머리맡 스탠드의 불을 끄고 침대에 누웠다.

　야간 비행과 산책을 마치고 귀가한 시각은 새벽 2시.

　생각보다 늦은 시각은 아니었지만 아침 기상과 하루의 일정을 생각하면 곧바로 수면을 취해야 했다. 현서의 취침 시각은 대개 밤 10시에서 11시 사이였다. 대부분의 수업은 저녁을 먹기 전까지 진행되었고, 저녁을 먹은 후엔 틀에 얽매이지 않는 자유로운 시간을 보냈다.

　예전엔 그날의 과제나 운동을 하고, 서재에서 가져온 책을 읽기도 했다. 윤경이 집에 머물게 된 다음엔 1층에 있는 시청각실에서 함께 영화를 보거나 정원을 산책하기도 했다.

그러나 콴과 외출을 하게 된 후론 윤경과 따로 시간을 갖지 못했다. 몸이 피곤해서 일찍 자는 거라고 얘길 했지만 언제까지 그 핑계를 댈 수 있을지 자신이 없었다.

그렇다고 모든 상황을 설명하고 양해를 구할 수도 없었다. 자신은 콴의 입장과 형편을 거부감 없이 받아들였지만 다른 사람에게까지 같은 이해를 바랄 순 없었다.

같은 사건을 두고도 그걸 완전히 다르게 해석하거나 의심을 가지고 믿지 않는 사람들은 어디에나 존재했다. 평범한 사람들의 일에 있어서도 그렇듯 다양한 반응이 나오는데 현서가 이해를 구해야 하는 존재는 영화나 소설에서나 등장하는 상상의 인물들이었다.

현서가 뱀파이어나 천사가 허구가 아닌 실재의 존재라고 얘기한다면 그 말을 의심치 않고 믿어주는 사람은 아주 극소수일 것이다. 아마도 대다수의 사람들은 그런 주장을 하는 현서를 지나치게 순진한 아이이거나 모자란 아이쯤으로 판단할 것이 분명했다.

난 선생님 한 분만 생각해도 머리가 복잡한데, 아저씬 그동안 어떤 마음이었을까?

윤경에 대한 걱정이 콴에 대한 걱정으로 이어지자 쉽게 잠이 오지 않았다. 꼬리에 꼬리를 물고 이어지는 생각으로 계속 몸을 뒤척이다 하늘이 어슴푸레 밝아오는 걸 보고 겨우 잠이 들었다.

삐비빅. 삐비빅. 삐비빅.

알람 소리에 잠이 깬 현서는 부스스 일어나 탁상시계의 알람을 껐다.

찬물로 세수를 하고 옷을 갈아입은 후엔 발코니와 연결된 창문을 열어 환기를 시켰다. 아침부터 물큰한 풀 냄새가 느껴지는 것이 오늘도 꽤 더울 거란 생각이 들었다.

머리를 하나로 묶고 방을 나서려는데 똑똑 노크 소리가 들렸다.

"네."

짧게 대답한 현서는 닫아놓았던 방문을 열었다. 김윤경 선생님이나 사하일 거라고 짐작했는데 예상외의 인물이 문 앞에 서 있었다.

"현서 학생, 굿모닝?"

"아, 네. 안녕히 주무셨어요?"

현서가 깍듯하게 인사를 하자 혁이 멋쩍게 웃으며 인사를 받았다.

"나야 뭐, 잠은 늘 편하게 자는 편이지."

"편하게 주무셨다니 다행이에요. 그런데 무슨 일로?"

"내가 긴히 할 얘기가 있는데, 시간 좀 내줬으면 해서."

"지금요?"

"어, 지금. 오래 걸리는 거 아니니까 부담은 갖지 말고."

알았다고 고개를 끄덕인 현서는 2층 한쪽에 마련된 응접실로 혁을 안내했다.

두 사람이 서로를 대하는 모습은 겉보기엔 문제가 없어 보였다. 하지만 현서를 마주할 때에 혁의 속마음은 사포를 문지를 때처럼 껄끄러움이 있었다. 현서에게 지은 죄가 있으니 그런 불편함을 느끼는 것이 어찌 보면 당연했다. 하지만 그 불편함은 죄책감에 의해서만 형성된 것이 아니었다. 이 저택에서 가장 나이가 어린 현서에게서 쉽게 범접할 수 없는 기운을 느껴 그런 면도 없지 않았다.

사례비를 받기 위해 어떻게든 붙잡으려 했을 때에 만났던 현서와 무영의 저택에서 만난 현서는 확실한 차이가 있었다. 그것은 장소와 상황이 다른 데서 오는 차이가 아니었다. 며칠 사이 훌쩍 자란 대나무를 보는 것처럼 현서가 부쩍 성장해 다른 면모를 보이는 데서 오는 차이라 할 수 있었다.

고결한 외모에 상대를 매료시키는 분위기만 따지자면 현서에겐 새하얀 목련이나 백합꽃이 더 어울렸다. 그러나 가녀린 몸피에도 마냥 나약하게 느껴지지 않는 기운이 푸른 대나무나 어린 송어처럼 생명력이 넘치는 존재를 연상케 했다.

혁은 현서의 뒤를 따라 응접실로 들어가 그녀의 맞은편에 앉았다. 장방형의 나무 탁자를 사이에 두고 서로를 마주하고 있자니 어색함이 더 분명하게 느껴졌다.

"무슨 얘기인데요?"

현서가 말을 꺼내자 혁은 준비해 간 것들을 탁자 위에 놓았다. 은행 통장과 입출금 카드가 들어 있는 투명한 비닐 케이스를 보고 현서는 의아한 얼굴이 되었다.

"이게 다 뭐예요?"

"그거 현서 학생 몫으로 만든 거야. 그러니까 잘 받아둬."

"제 몫이라뇨? 그게 무슨 말씀이세요?"

"덕분에 5억이란 큰돈이 생겼는데 혼자 꿀꺽하면 탈이 나지 싶어서."

현서는 혁이 장만했다는 통장과 카드를 물끄러미 바라보았다.

"거기 내가 받은 현찰의 십 퍼센트가 들어 있어."

혁이 설명을 곁들였는데도 현서는 통장에 손을 대지 않았다. "그럼 5천만 원이 들어 있다는 거네요"라고 혼잣말을 중얼거렸다.

"그렇지."

혁이 추임새를 넣자 현서가 눈을 들어 혁을 보았다. 백분율로 따지면 큰 수치가 아니었으나 5천만 원이란 돈은 결코 적은 액수가 아니었다.

"사례비 절반은 이혼한 마누라한테 보냈어. 마누라 혼자 살고 있으면 한 푼도 안 보냈을 건데, 내 새끼 건사하느라 힘들게 산다는 말을 들었거든. 그 녀석은 내가 세상에 없는 줄로 알지만, 어쩌겠어. 태어나게 만든 이상 책임은 져야지."

"결혼을 하셨던 거예요?"

"한 번 했지."

혁의 대답은 간단했지만 그 안엔 적잖은 사연과 감정들이 다분히 내포되어 있었다.

"그렇구나."

현서는 조용히 그 말을 중얼거렸다. 혁이 원래는 천사이며 천사의 날개를 잘라가면서까지 지상에 머물려던 이유가 한 여자를 사랑했기 때문이라는 얘기를 사하로부터 들었다.

그러나 누군가에게 이야기를 전해 들었을 때와 당사자를 대면

해 듣는 것은 감정적인 면에서 상당한 차이가 있었다. 혁의 입에서 흘러나온 이혼, 마누라, 내 새끼라는 단어들은 현서가 혁에게 가지고 있던 거부감과 불편함을 줄어들게 만들었다.

반사회성 성격장애(Psycho—path)가 의심될 만큼 자신의 이익에만 충실해 보였던 그가 다른 이를 생각하고 있구나, 하는 면모를 보았기 때문이다. 그렇다고 해서 그가 했던 모든 행동들을 타당한 것으로 이해하는 건 아니었다.

"비밀번호는 일공공사. 쉽게 말해 천사야."

"……."

"그걸로 국을 끓여 먹든, 볶아 먹든 알아서 해. 아무튼 내가 하려던 얘기는 이걸로 끝."

이야기를 마친 혁은 바로 일어나더니 부리나케 응접실을 나갔다. 현서는 혁이 놓고 간 물건을 보며 조그맣게 한숨을 짓다가 천천히 자리에서 일어났다.

"현서 양!"

현서가 응접실을 나오는데 사하가 현서를 부르는 소리가 들렸다. 현서가 돌아보자 계단 중간까지 올라와 있던 사하가 반갑게 손을 흔들었다.

"아침 준비 다 됐다고 얼른 내려오래."

"네. 선생님이랑 같이 내려갈게요."

"윤경 쌤은 벌써 내려와 계셔."

"네? 벌써요?"

"어. 주방에서 오이냉국이랑 두부전을 만들고 계시더라고."

"알았어요, 오빠. 곧 내려갈 거니까 먼저 가 있으세요."

"오케이. 늦지 말고 빨랑 와!"

사하는 발길을 돌려 올라왔던 계단을 내려갔다.

"천 실장님, 아침 먹으란 얘긴 왜 현서한테만 하십니까?"

사하와 현서가 이야기를 나누고 있던 계단 위쪽엔 현서와 이야기를 마치고 나온 혁이 엄연히 자리를 차지하고 있었다. 하지만 사하는 혁을 본체만체하고 그냥 계단을 내려간 것이다.

"남궁혁 씨가 아침을 굶든 말든 제 관심 밖이라서요."

"오호, 그러셨습니까? 그래서 멀쩡한 사람을 투명인간 취급하셨다?"

"잘생긴 것도 아니고 반가운 것도 아닌 사람을 내가 뭐 하러 아는 척합니까?"

"그래도 꼬박꼬박 말대꾸를 하는 걸 보면 아주 관심이 없는 건 아닌데 말이지."

그 말에 우뚝 걸음을 멈춘 사하는 진짜 못 들어주겠다는 듯 뒤에 선 혁을 돌아보았다.

"이보세요, 남궁혁 씨."

"오가는 사람들 귀도 있는데, 이보세요, 남궁혁 씨가 뭐냐? 남궁혁 씨가? 나도 엄연한 직함이 있어. 그러니까 정확하게 남궁 팀장님이라고 부르시라고."

사하는 욱했지만 어금니를 앙다무는 것으로 감정을 눌렀다. 혁에게 '팀장'이란 직위를 준 사람은 다름 아닌 콴이었다. 현서의 경호를 전담해 책임지는 만큼 적합한 자리와 직함을 준 것이었지만, 사하는 혁이 경호원 일을 한다는 것이 영 마뜩잖았다.

콴이 내린 결정에 불만이 있는 게 아니라 남궁혁이란 인간 자체에게 불만이 있는 것이라 지금처럼 부딪치는 일이 없도록 제 쪽에서 먼저 피하는 중이었다.

"내가 말이야, 이 집에서 유일하게 편안한 사람이 천 실장님이야. 그러니까 너무 야박하게 굴지 마시라고."

"내가 제일 만만하니까 제일 편안하게 느끼는 거겠죠."

"저런! 어쩌다 그런 오해를 하셨나?"

"오해가 아니라 사실을 말한 거거든요!"

사하가 발끈하여 따지자 혁은 나이 차가 많은 손위 형처럼 자상한 표정을 지었다.

"에구, 저런. 나한테 섭섭했던 게 무지 많았나 보네. 알았어. 이제부터 천 실장님이 오해하지 않게 전심을 다해 아껴줄게."

"됐거든요. 그딴 배려 필요 없으니까 제발 관심 꺼주세요."

"훗. 사내자식이 앙탈은."

혁은 사하의 정수리를 친근하게 헝클어뜨리고는 사하보다 먼저 계단을 내려갔다.

사하는 두 손을 머리 위로 모아 올리며 "으으! 싫어! 진짜 싫어!"를 외쳤다.

혁은 괴로워 어쩔 줄 몰라 하는 사하를 보며 후후, 웃음을 터뜨렸다. 뭐가 그리 분한지 발까지 동동 구르면서도 다른 사람들이 들을까 봐 소리 죽여 외치는 모습이 어린아이처럼 귀여워서 자꾸만 웃음이 났다.

기분 좋은 포만감을 안고 방으로 돌아온 혁은 서랍 속 담배를 찾아 입에 물었다.

저택에 상주하는 인물들이 하나같이 비흡연자라 담배를 피우기 위해선 자신의 방으로 와야만 했다. 저택 내부는 물론이요, 주변을 둘러싼 정원에서도 금연이 당연시되어 어쩔 수가 없었다.

1층 현관과 가까운 거리에 있는 방을 배정받았을 때 동운에게 흡연에 대한 고민을 털어놓았다. 동운은 방에서만 피우겠다는 약속을 지킨다면 다른 말을 하지 않겠다고 대답했다. 저택 전체를 관리하는 동운이 무조건 금연을 하라는 말을 할까 봐 내심 걱정이었던 혁은 그의 융통성 있는 답변에 감명을 받기까지 했다.

그나저나 백동운의 정체를 아직도 모르겠단 말이지.

동운과 함께 있는 자리에서 그의 냄새를 집중해서 맡아보았지만 정확한 답이 보이지 않았다. 사하처럼 본체가 동물인 것은 확실한데, 날짐승인지 길짐승인지조차 가늠이 되지 않는 게 아무래도 이상했다.

콴에게 검을 넘긴 이후 후각이 둔해져서 그런 걸 수도 있고, 동운이 사하보다 능숙하게 실체를 감추고 있어서 그런 것일 수도 있다.

백동운의 실체가 날개 달린 조류면 어떻고, 바닥을 기는 파충류면 또 어떠랴.

정갈한 식탁에 앉아 그가 만든 음식을 기꺼이 기다리게 만들었으니 팔다리가 무수히 많은 다족류이거나 팔다리가 전무한 뱀이라고 해도 크게 상관이 없을 것 같았다.

성냥으로 불붙인 담배를 깊게 빨아들이며 맛을 보고 있는데 누군가 방문을 두드렸다.

"잠시만 기다리쇼."

방문을 향해 대꾸한 혁은 몇 모금 피우지도 못한 담배를 재떨이에 비벼 껐다. 아까움에 입맛을 쩝 다시며 창가로 걸어가 우선 닫혀 있는 창문을 활짝 열었다. 담배 연기와 담배 냄새를 없애기 위해 방 한구석에 있던 공기청정기의 전원을 켰다.

부산한 움직임에 이마에 땀이 나자 손등으로 닦으며 한숨을 내쉬었다. 그러다 주춤 동작을 멈추었다. 도둑처럼 숨어 피우는 것도 아니고 관리자의 양해를 받고 피우는 것인데, 뭐 하러 허둥거렸나 싶어 실소가 터져 나왔다.

이참에 금연을 해버려?

그 생각을 하다가 피식 웃었다. 담배는 지상에서 지내게 된 이후로 하루도 떨어져 본 적이 없는 물건이었다. 끔찍한 통증에 시달리거나 지독한 실의에 빠져 허우적거리고 있을 때, 느긋한 흡족함이나 지루하게 무료한 시간을 보낼 때에도 손가락 사이엔 늘 담배가 걸려 있었다. 오랜 기간을 함께해 온 담배와 작별을 하려면 날개를 잘라낼 정도로 간절한 마음과 각오가 있어야 했다. 그렇지 않다면 중독이나 다름없는 습관과의 이별은 절대 불가능했다.

"이게 아니면 다른 낙이 없으니 원."

혁은 구시렁대며 문가로 향했다. 방문을 열고 기다리고 있던 사

람과 눈이 마주친 혁은 바로 의아한 얼굴이 되었다. 조금 전 함께
아침을 먹었던 현서가 거기 있었기 때문이다.

"여긴 무슨 일이야?"

"이거 돌려 드리려고요."

현서가 내민 건 오늘 아침 혁이 건넸던 통장이었다.

"그러니까 이걸 왜? 혹시 액수가 마음에 안 들었나?"

"네, 안 들었어요."

농담을 하듯 가볍게 말을 던졌던 혁은 현서의 대구에 눈썹을 올
렸다.

"그래? 얼마를 예상했는데?"

"그 얘길 여기서 해도 될까요?"

"어? 어어, 그건 아니지. 어떡할래? 잠깐 들어올래?"

"네, 그럼 실례하겠습니다."

현서가 주저함 없이 방으로 들어오자 혁이 외려 당황해 몸을 옆
으로 비켰다.

"공기가 탁할 거야. 좀 전에 담배를 피웠거든."

"아, 네."

"냉장고에 음료수 있는데 하나 줄까?"

"아니요. 괜찮아요."

"하긴 아침 먹은 지 얼마 안 됐으니까 생각이 없을 거야."

혁은 머쓱하게 웃고는 현서에게 의자를 권했다.

"간단하게 끝날 얘기라서요. 그냥 서서 말씀드릴게요."

"그래, 편할 대로 해."

혁은 그 말을 하고 통장을 바라보았다. 그리고 다시 눈을 들어 앞에 선 현서를 보았다. 현서의 표정을 보아하니 액수가 맘에 안 들어서 찾아온 게 아니었다. 그렇다면 뭐가 문젤까? 짧게 한숨을 지은 혁은 현서에게 물었다.

"이걸 돌려주는 진짜 이유가 뭐야?"

"그걸 받으면 아저씨 마음이 너무 편해지실 것 같아서요."

"뭐?"

"아저씨가 돈을 주시는 걸로 면피를 하시는 것 같아서 받고 싶지 않았어요. 제 말이 버릇없게 들리신다고 해도 어쩔 수 없어요."

혁은 흠흠 헛기침을 했다. 그건 아니라고 부정을 할 수 없는 데다 변명할 말도 딱히 떠오르지 않아 헛기침밖에 할 게 없었다.

"아저씨가 여기 계신 건 절 경호하는 일 때문에 계신 거잖아요. 그럼 그 일에 최선을 다해주세요. 저뿐 아니라 백 집사님이나 사하 오빠, 저희 선생님이나 민 변호사님이 도움이 필요한 일이 생기면 그때도 도움을 주셨으면 좋겠어요."

"돈으로 때울 생각 말고 몸으로 확실하게 때워라, 그런 뜻이야?"

"네, 정확하게 이해하셨어요."

현서의 대답에 혁은 훗, 웃음을 터뜨렸다. 맹랑한 태도라 기분이 상해야 마땅한데 강단 있는 모습으로 느껴져 그만 웃음이 난 것이다.

"내가 하는 일에 대해선 걱정을 말아. 여기서 지내는 동안은 최선을 다해 모실 테니까. 어쨌든 이 돈은 네 몫으로 남긴 돈이니까

그냥 가져가. 당장 쓸 일이 없으면 나중에 쓸 수 있게 예금을 하던
가 하고."

"아뇨. 별로 그러고 싶지 않아요. 가지고 있으면 계속 부담만 될
것 같아서 싫어요."

"거참, 고집 있는 학생이네. 좋아. 그럼 내가 딱 일주일만 보관
하고 있을게. 그때 가서도 마음이 달라지지 않으면 다시 얘길 해
보자고."

"그때 가서도 달라지지 않을 거예요."

"그렇다면 나야 땡큐지. 그래도 사람 일은 모르는 거니까 미리
장담하지 마시고."

혁의 말이 끝나기도 전에 현서가 답답한 듯 한숨을 내쉬었다.
이건 또 무슨 반응인가 싶어 바라보자 현서가 말을 이었다.

"이건 즉흥적인 감정으로 내린 결정이 아니라 제 나름대로 진
지하게 고민해서 내린 결론이에요. 그런데 왜 그 결정이 달라질
거라고 얘기하시는지 모르겠어요."

"사람이 살다 보면 자신이 내린 결정을 번복하는 경우가 종종
있거든. 자의든 타의든 한입으로 두말을 해야 할 때도 있고, 필요
와 상관없이 거짓말을 할 때도 있고."

"모든 사람들이 다 그런 건 아니잖아요."

"모든 사람들이 다 그렇다곤 단정 못 하지. 그래도 그 비율이 절
반은 더 넘을걸? 멀리 가서 찾을 게 뭐 있어? 현서 학생 앞에 서
있는 나 같은 인간이 그 본보기잖아."

"앞으론 그렇게 안 하실 거잖아요."

"으응?"

"그럼 전이랑 똑같이 행동하신다는 거예요?"

"아니, 뭐, 그건 아니지만."

"거보세요. 지금 아니라고 하시잖아요."

왠지 겸연쩍은 기분이 된 혁은 손끝으로 이마를 긁적였다.

"저한테 주시려고 했던 돈은 아저씨를 더 멋지게 만드는 데 사용하셨으면 해요."

"날 멋지게 만드는 데 사용을 하라?"

잘못 들은 건가 싶어 되묻자 현서가 그렇다고 고개를 끄덕였다.

"아저씨 첫인상이요, 아주 나쁜 건 아니었거든요. 수염이랑 머리카락만 단정하게 다듬어도 지금보다 훨씬 젊어 보이실 거예요. 옷도 칙칙한 점퍼 말고 단정하고 깨끗한 것으로 장만하시면 더 좋을 거고요."

"아니, 뭘 그렇게 구체적으로. 암튼 내가 하고 다니는 모양새가 마음에 안 들었다는 얘긴데, 알았어. 앞으론 신경을 쓰지, 뭐."

"사람을 외모로 판단하면 안 되지만 처음부터 마음을 보라고 할 순 없는 거랬어요. 그래서 호감을 주고 싶은 상대방이 있으면 그만큼 노력해야 한다고 들었어요."

무슨 말인지 알았다며 고개를 끄덕였지만 혁은 솔직히 피곤하단 생각이 들었다. 의뢰인이나 마찬가지인 현서가 하는 말이라 허투루 흘려들을 순 없겠지만 워낙에 관심이 없던 분야라 당분간 골치가 아프겠구나 싶은 것이다.

"약속하신 거니까 꼭 실천해 주세요. 우리 선생님한테 더 좋은 점수를 받고 싶으시면요."

"응?"

혁이 되물었지만 현서는 다른 말을 하지 않고 혁을 향해 꾸벅 인사를 했다.

방을 나가는 현서의 뒷모습을 멀뚱히 바라보던 혁은 현서가 했던 말들을 찬찬히 되짚어보았다. 그러다 멈칫 닫힌 문을 바라보았다. 자신이 윤경에 대해 호감을 가지고 있다는 걸 현서가 파악하고 있다는 것이 적이나 놀라웠다.

혁은 현서와 윤경이 외출을 할 때 운전기사 겸 보디가드로 동행을 했다. 윤경과는 연령대가 비슷한 데다 현서를 챙겨야 하는 일을 맡고 있다는 공통점이 있어서 말이 잘 통했다.

대화를 나누는 시간이 긴 건 아니었지만, 한 식탁에서 밥을 먹으며 생겨난 정이 돈독함을 전해준 것도 있었다. 그렇듯 편안함을 느끼게 되자 이혼 후 자녀와 떨어져 지낸다는 얘기도 자연스레 털어놓게 되었다. 윤경도 이혼을 하고 아이와도 만날 수 없는 상황이라 혁의 고충을 자신의 일처럼 이해해 주었다.

각자 전혀 다른 삶의 궤적을 밟아왔음에도 둘 사이엔 교차되는 접점들이 이처럼 적지 않았다. 그러면서 윤경을 바라보는 혁의 눈길이 달라진 모양이었다. 비슷한 아픔을 겪은 사람에게 가지는 동지애랄 수도 있었지만 외출을 할 때도 거울을 보는 법이 없던 자신이 이젠 방을 나가기 전 거울을 쓱 보고 나간다는 걸 깨달은 것이다.

성격까지 좋은 공주님 때문에 고민거리가 자꾸 느누만.

혁은 픽 웃음을 짓고는 억지로 껐던 담배를 다시 입에 물었다. 하지만 불은 붙이지 않은 채 담배 필터를 껌인 양 질겅질겅 씹으며 의자에 등을 기대앉았다. 두 손을 머리 뒤로 보내 깍지를 낀 혁은 두 다리를 앞으로 길게 뻗으며 잠시 골똘한 얼굴이 되었다.

그동안은 흥신소 일을 해결하는 것으로 시간을 보냈다. 의뢰인의 문제가 곧 그의 문제였으므로 다른 고민을 애써 할 필요가 없었다. 그런데 지금은 상황이 달라졌다. 당장 생계를 걱정하지 않아도 될 만큼 넉넉한 돈과 적어도 일 년은 꼬박꼬박 월급을 받을 수 있는 일터가 생긴 것이었다. 그렇다고 속이 마냥 태평한 건 아니었다. 여기에서의 일을 끝내고 밖으로 나가야 할 때, 남은 삶을 어떻게 살아갈 것인가에 대한 고민은 여전히 남아 있었다.

"현서, 오늘도 일찍 잘 거니?"

오전 수업을 마치고 가지는 휴식 시간, 윤경이 묻는 말에 현서는 "아마도요"라고 대답했다.

"너무한다, 류현서. 지난주까진 하루 종일 운동하는 걸로 시간을 보내더니. 요즘은 저녁 먹자마자 자기 방으로 가선 밖으로 한 발짝도 안 나오잖아."

"제가 그랬나요?"

현서는 난감함을 감추고 모르는 척 시치미를 뗐다. 그러나 마음 한쪽이 무거워지는 건 어쩔 수 없었다.

"그래, 너 요즘 계속 그랬어."

"그건, 진심으로 너무 죄송해요."

서운함이 물씬 느껴지는 윤경의 모습에서 현서는 미안했던 마음이 더더욱 무거워졌다.

　평일 저녁 시간은 현서만이 아니라 윤경에게도 매우 중요한 시간이었다. 업무 공간과 휴식 공간이 일치한다는 특수성을 무시할 순 없었지만, 저녁 식사 이후의 시간은 윤경이 자유롭게 사용할 수 있는 그녀만의 개인적인 시간이었다. 그런데 그 귀한 시간까지 현서를 위해 할애하려는 것이었다.

　한 지붕 아래서 매일 얼굴을 보는 재택가정교사와 제자라는 관계. 형식적인 틀만 고수한다고 해도 뭐라 할 사람 하나 없는데, 늘 애정 어린 눈길로 보아주고 마음을 써주는 윤경이 새삼 고마워서 가슴이 뭉클해졌다.

　"네가 바로 죄송하단 말을 하니까, 확실히 실감이 난다."

　"무슨 실감이요?"

　"선생님에 대한 너의 애정이 확실히 식었다는 실감."

　"네? 아니에요, 선생님. 그건 진짜 오해세요."

　"그거 오해인 거 확실해? 넌 하나도 변한 게 없는데 선생님이 괜히 서운해하는 거야?"

　"아니요. 저도 제가 오해할 만한 행동을 했다고 생각해요. 하지만 그건 선생님이랑 문제가 있어서가 아니라 제가 혼자 있을 시간이 필요해서 그런 거거든요. 그래도 제가 잘못한 건 맞아요. 선생님한테 솔직한 얘기를 못 한 건 사실이니까요."

　실제 이야기를 할 수 없는 상황이 분명 답답했지만 현서는 윤경이 서운함과 걱정을 가지게 만들었던 자신의 행동을 잘못이라 인정했다.

"네가 일부러 그런 게 아니라는 거 선생님도 잘 알았어. 그럼 오늘 저녁은 선생님이랑 같이 즐겁게 노는 거다. 알았지?"

다른 때였다면 당장 고개를 끄덕였겠지만 콴과의 일이 어떻게 될지 몰라서 현서는 선뜻 대답을 못 했다.

"오늘도 안 된다고 하기만 해. 그럼 선생님, 일주일 내내 삐쳐 있을 거야."

윤경의 협박에도 현서는 푸핫 웃음을 터뜨렸다. 또래 친구처럼 친근하게 구는 윤경의 모습에 마음이 편안해져 저절로 웃음이 나왔다.

"선생님은 노는 걸 왜 그렇게 좋아하세요?"

"그러는 넌? 무슨 학생이 놀자는 걸 거부하냐?"

"알겠습니다. 선생님 말씀대로 열심히 놀겠습니다."

"그래, 잘 생각했어."

윤경이 어떤 계획을 세웠는지 알려주자 현서가 고개를 끄덕이며 맞장구를 쳤다. 오랜만에 이야기를 나눈 것임에도 둘의 얼굴은 죽과 장이 잘 맞는 친구처럼 아주 편안하고 즐거웠다.

쿠르르르, 콰앙!

조용히 문제집을 풀고 있던 현서와 윤경은 갑작스러운 천둥소리에 놀라 고개를 들었다. 소리가 났던 창으로 눈길을 주는데 하늘이 크게 우는 소리가 다시금 공간을 흔들었다.

"엄마야! 날씨가 갑자기 왜 이런다니?"

푸르렀던 하늘에 시커먼 먹장구름이 몰려들자 주위의 모든 것이 삽시간에 어두워졌다.

현서가 공부방의 불을 켜는 사이 굵은 빗방울이 유리창을 두드리기 시작했다. 조명이 환하게 켜지자 창밖으로 보이는 풍경들이 한밤중처럼 더욱 컴컴하게 가라앉았다. 윤경이 모든 창문을 닫기가 무섭게 세찬 빗줄기가 된 빗방울들이 창밖의 세상을 빠르게 적셨다.

세찬 비를 퍼붓는 시커먼 하늘과 폭탄이 터진 것처럼 커다란 천둥소리.

그 하늘을 쪼갤 것처럼 번쩍이는 번개의 빛과 강하게 휘몰아치는 황량한 바람 소리.

여름이면 흔히 목격할 수 있는 기상 현상일 뿐인데 불가항력의 천재지변을 목도한 것처럼 두려움이 엄습해 팔과 등에 소름이 돋았다.

"참 별일이네. 오늘 비 온다는 얘기 없었는데?"

윤경이 휴대전화로 날씨를 검색하는 동안 현서는 소름이 돋은 팔을 계속 쓸어내렸다.

"어머, 그새 바뀌었네? 비 올 확률이 바로 백퍼센트가 됐어?"

"오늘 계속 오는 거래요?"

"어디 보자. 어, 자정까지 온다고 하는데? 지나가는 소나긴 줄 알았더니 아니었나 봐."

시간을 한 번 더 확인한 윤경은 심란한 얼굴이 되어 창가로 다가갔다. 윤경을 따라 창가로 향했던 현서는 비가 그칠 기미가 보이지 않는 어두운 하늘을 바라보다 무언가 떠오르는 듯 두 눈이 커졌다.

"저어, 선생님."

"응?"

윤경이 눈길을 주자 현서가 한 박자 쉬었다가 말을 이었다.

"오늘 수업 땡땡이쳐도 될까요?"

"뭐?"

"하늘은 어둡고, 비는 쏟아지고. 마음이 싱숭생숭해서 집중이 안 될 것 같아요."

윤경은 대구를 하지 않고 현서의 표정을 잠시 주시했다. 가벼운 장난이라 하기엔 현서의 눈빛이 지나치게 진지했다.

"오늘 날씨가 좀 유난스럽긴 하지. 그래도 이런 경우가 아주 없던 건 아니잖니?"

"그래도 아주 흔한 것도 아니에요."

"그래서, 필히 땡땡이를 치겠다고?"

"네."

윤경이 가볍게 대구를 해도 현서의 표정은 계속 진지했다. 그에 윤경의 말투와 표정도 덩달아 진지해졌다.

"얘 좀 봐. 내가 안 된다고 하면 어쩌려고 그러니?"

"그러니까 꼭 허락을 해주세요."

"끝까지 안 된다고 하면 어떡하려고?"

"……."

"표정만 보면 탈출까지 할 기세다?"

"아마도요."

너무나 솔직해서 당황스러운 대답에 윤경의 눈썹이 팔(八) 자로 모아졌다.

수업을 할 때 엉뚱한 면이 있긴 해도 수업 시간을 빼먹거나 허투루 넘기는 법이 없던 현서였다. 그런 아이가 땡땡이를 언급했다는 건—그것이 어떤 동기이든— 그럴 만한 이유가 있다는 뜻이었다. 그렇다고 순순히 허락하기엔 무언가 찜찜함이 느껴지니, 이를 어쩐다?

"……그 땡땡이 선생님이랑 같이 하자."

"선생님이랑 같이 하는 건, 땡땡이가 아니잖아요."

"나랑 같이 안 나가면 여길 어떻게 나가려고? 너 외출할 때 남궁 팀장님이랑 동행해야 되는 거 아니었어?"

"네, 그건 그렇지만……."

"선생님이 어찌어찌해서 그 팀장님 눈을 돌린다고 하자. 현관에서 대문 앞까지는 어떻게 갈 건데? 여기서 거기 가는 길이 좀 머니? 날씨라도 좋으면 상관없지만 비가 이렇게 퍼붓는데 널 어떻게 혼자 보내?"

"비는, 우비를 입거나 우산을 쓰면 되지 않을까요?"

"그래, 그렇게 해서 대문까지 간다고 치자. 그다음은 어떻게 할 건데? 택시든 버스든 차를 타려면 밖으로 또 한참을 걸어야 되잖아. 그것까지 생각은 한 거니?"

윤경이 묻자 현서는 아랫입술을 잘근 깨물었다. 표정을 보아하니 거기까진 계산을 못 한 듯했다.

하이고, 저럴 때 보면 영락없는 애라니까.

하지만 그 생각을 굳이 밝히진 않았다. 질풍노도를 달리는 청소년의 시기임에도 불구하고 속을 크게 썩이는 법 없었던 사랑스러운 제자를 괜한 말로 자극하고 싶지 않았다.

"땡땡이를 치든 합법적인 외출을 하든 팀장님이 협조를 해줘야 가능할 것 같으니까, 선생님이 일단 얘기를 해볼게."

그 말에 풀이 죽어 있던 현서의 얼굴에 생기가 떠올랐다.

"수업 빼먹고 땡땡이치겠다는 녀석 도와주는 게 잘하는 짓인지 모르겠다만."

"고맙습니다, 선생님! 정말 감사해요!"

윤경의 푸념이 끝나기도 전에 현서가 와락 윤경을 끌어안았다. 그런 현서를 가볍게 흘겨본 윤경은 못 말리겠다는 듯 웃으며 현서의 등을 토닥였다.

9. 어느 비 오는 날 (2)

콴은 지하 공간에서 정원으로 나갈 수 있는 출입구에 서 있었다.

빛으로 밝아야 할 하늘이 동이 트기 전의 하늘처럼 어둑해진 것을 알았을 때, 당연한 것처럼 이곳까지 나왔다. 많은 비로 인해 주변의 모든 것에서 축축하고 차가운 습기가 느껴졌지만 그저 눈을 감은 채 느긋하게 호흡을 반복했다.

많은 사람에게 두려움을 주어 안으로 숨어들게 하는 자연현상은 태양이 머무는 때의 외출을 고대하는 그에게 다른 감정을 느끼게 만들었다.

비에 젖어 더욱 짙고 무거워진 생명의 향기와 기운들은 어둠의 공간과 빛의 공간이 만나는 자리에 서 있는 콴의 옷자락과 머리카락을 더없이 부드럽게 어루만졌다.

　그 상냥한 어루만짐을 만끽하고 있는 그의 귓가로 작은 벌레의 울음을 닮을 진동 소리가 끼어들었다. 콴은 눈을 떠 고개를 돌렸다. 까만 동굴처럼 어두운 지하, 그곳으로 한 팔을 길게 뻗자 아무것도 들려 있지 않던 그의 손에 검정색 휴대전화가 모습을 드러냈다.

　—아저씨, 혹시 깨어 계세요?

　현서에게서 문자가 와 있는 걸 확인한 콴은 짧게 답문을 보냈다.

　—그래.
　—그럼 비가 오는 것도 아시겠네요?
　—응.
　—아저씨한테 드릴 말씀이 있는데, 전화드려도 될까요?

　의아함에 눈썹을 올렸다가 현서에게 전화를 걸었다. 잠깐의 신호음 후 익숙한 목소리가 전해졌다.
　〈아저씨!〉
　단 한 마디를 들었을 뿐인데, 콴의 얼굴이 환하게 밝아졌다.
　〈선생님이 오늘 하루 종일 비가 올 거라고 알려주셨거든요. 그래서 말인데, 같이 외출 안 하실래요?〉

"같이 외출을 하자고?"

〈네. 저랑 같이, 지금 당장이요!〉

"지금 당장?"

〈네!〉

현서는 기다렸다는 듯 빠르게 대답했다.

밝은 목소리만큼이나 명쾌한 대답을 듣고 콴은 미간을 좁혔다. 현서가 무슨 뜻으로 그런 말을 한 건지 이해가 되지 않았다. 그가 낮엔 자유로이 움직일 수 없다는 걸 현서도 알고 있었다. 그런데 당장 나가자고 하니 의아할 수밖에 없었다. 콴의 의아함은 곧 해결되었다. 이어지는 말을 듣게 되자 갑작스러운 외출을 제안한 이유를 알 수 있었다.

〈지금 하늘이요, 구름이 잔뜩 끼어서 해가 보이지도 않거든요. 한밤중처럼 어두운 건 아니지만 그래도 눈이 부시거나 하지 않아요. 이런 날씨면 아저씨가 움직이는 데 지장이 없을 것 같아서요. 전에 그러셨잖아요, 이른 새벽이나 해 질 무렵처럼 빛이 약할 때 움직이는 건 괜찮다고요. 그럼 오늘 같은 날도 괜찮지 않을까요? 계속 외부에 있자는 건 절대 아니고요, 차를 타고 이동해서 실내 공원이나 극장 같은 곳에 가면 될 것 같은데. 햇빛이 들어오지 않는 실내면 나중에 날이 개어도 지장이 없는 거잖아요.〉

단순히 충동적인 생각이 아니었는지 현서의 말은 꽤나 설득력이 있었다.

〈해볼 만하다는 생각이 들어서 그런 건데.〉

"……."

〈제가 뭘 모르고 하는 말인 거면, 안 된다고 말해주세요.〉

활기가 넘쳤던 현서의 목소리는 이제 주저함이 묻어났다. 콴의 상황을 잘못 이해하고 무모한 말을 꺼낸 것이 아닌가 걱정이 되었기 때문이다.

"그래, 해보자."

〈네?〉

"비 오는 낮의 외출 한 번 해보자고."

〈진짜로 가실 거예요? 정말로요?〉

"김 선생님에게 허락은 받았고?"

〈네. 허락은 받았는데, 아저씨랑 같이 외출할 거라곤 말씀 안 드렸어요.〉

그 말에 콴은 옅게 웃었다. 콴의 입장을 생각하는 현서의 모습이 기특하고 또 고마웠다.

"차고에서 기다리고 있을 테니 그리로 내려와."

〈네! 바로 내려갈게요. 그런데요, 아저씨.〉

"응?"

〈그래도 혹시 모르니까요. 밖에 나갔을 때 몸이 조금이라도 이상하면 바로 얘길 하셔야 돼요. 힘든데 억지로 참고 그러시면 안 돼요. 절대로요.〉

현서가 그 말을 꺼낸 것은 콴의 팔에 남아 있던 화상의 흔적을 보았기 때문이다. 그것이 햇빛으로 인해 생겨난 것임을 알기에 만약의 상황을 염려하는 것이었다.

"그래, 문제가 있으면 얘기하마. 기다리고 있을 테니 조심히 내려와."

통화를 마친 콴은 침실로 향했다. 간단하게 외출 준비를 마친 후 차고지로 이어지는 비밀 통로로 다가갔다. 마음 같아선 약속 장소인 차고지까지 걸어가고 싶었다. 개기월식이 일어난 것처럼 낮에도 어두운 하늘을 만나기란 쉽지 않은 일이었으므로. 하지만 그가 외유 중인 것으로 알고 있는 평범한 고용인들을 생각해 그 유혹을 떨쳐 냈다.

"이런 세상에……."

차고지 안, 검정색 세단 앞에서 대기 중이던 혁은 홀연히 나타난 콴을 보고 눈이 흠칫 커졌다.

"정말로 나가시는 겁니까?"

"그게 아니라면 여기에 올 필요가 없었겠지."

"그건 그렇군요."

콴은 세단의 뒷좌석으로 들어가 자리를 잡고 앉았다. 혁은 뒷좌석의 문을 닫아준 후 바로 운전석으로 향했다.

"현서한테 얘길 들었을 때도 전 혹시나 했습니다."

콴이 무리일 수도 있는 일을 감행한 것이 혁은 꽤 의외인 모양이었다. 콴은 그 말에 대해 별다른 대꾸를 하지 않고 현서의 행방을 궁금해했다.

"그런데 현서는?"

"저랑 같이 나오다가 2층으로 다시 올라갔습니다. 뭘 좀 챙길 게 있다면서 갔는데, 오래 걸리진 않을 거라고 하더군요."

"그럼 차를 현관 앞으로 가져가지."

"예?"

반사적으로 되물었던 혁은 곧 알겠다는 대답을 하고 차를 출발시켰다.

현관에서 차고지까지의 거리가 아주 먼 건 아니었다. 날이 맑았다면 산책을 하듯 걸어와도 상관이 없을 정도로 적당한 거리였지만 오늘처럼 비바람이 거센 날엔 우산을 써도 옷이 젖을 확률이 높아지는 거리이기도 했다.

혁이 운전하는 세단이 가까이 다다랐을 때, 마침 현관문이 열렸다. 문밖으로 나와 우산을 펼치려던 현서는 대기 중인 세단을 발견했다. 뒷좌석에 앉은 콴을 바로 알아보곤 우산을 펼 생각도 않은 채 곧장 계단을 뛰어 내려왔다. 콴은 현서가 차에 오를 수 있도록 뒷좌석의 문을 열어주었다. 현서가 타고 멈춰 있던 차가 정문을 향해 출발했다.

"고맙습니다, 팀장님. 고맙습니다, 아저씨."

현서는 운전석에 앉은 혁과 곁에 앉은 콴에게 차례로 고맙다는 인사를 했다.

"조심히 오라니까 왜 그렇게 급하게 와?"

"아저씨를 보니까 마음 급해서요. 저 때문에 시간이 지체된 것도 있고 해서."

현서는 웃는 얼굴로 밝게 말했지만 콴은 작게 한숨을 내쉬었다. 현서의 머리카락과 어깨 부근이 빗물에 젖은 것이 왠지 맘에 들지 않았다.

"그래도 우산은 썼어야지. 비가 이렇게 내리는데."

콴은 수건을 꺼내 현서의 머리카락을 닦아주었다. 괜찮다는 말을 하려던 현서는 그 말을 안으로 삼켰다. 콴의 표정이 심각해서가 아니라 사소한 부분까지 신경을 써주는 것이 기뻐서, 친근하게 쓰다듬어 주는 손길이 설레어서 입을 다물게 된 것이다.

"그런데 뭘 가지러 갔던 거냐?"

"아, 혹시 몰라서 이것저것 챙겨와 봤어요. 햇빛을 가리는 데 도움이 되지 않을까 해서요."

현서가 가방 안에 챙겨온 것은 검정색 캡 모자와 검정색 선글라스, 자외선차단 지수가 높은 선 스프레이와 얼굴을 가려주는 마스크와 흰색 면장갑이었다.

"흠."

콴이 선 스프레이를 들고 이마를 조프리자 현서의 표정이 심각해졌다.

"별로 효과가 없을까요?"

"글쎄."

라고 대꾸했던 콴은 후후 웃음을 터뜨렸다. 그러자 현서가 짧게 한숨을 내쉬었다.

"역시 효과가 없는 건가 봐요."

실망에 찬 목소리를 듣고 현서에게 말을 걸려던 혁은 룸미러에 비친 콴의 표정에 눈썹이 휙 올라갔다. 현서를 챙기는 콴의 얼굴에서 그윽한 미소를 발견했기 때문이다.

콴이 현서의 머리카락을 닦아줄 때만 해도 별다른 생각을 하지 않았다. 사하가 부상을 당했을 때 그가 어떻게 행동했는지 기억하고 있었기에 현서를 챙기는 것이 자연스럽게 느껴졌다. 그러나 지금 콴의 미소는 사하를 비롯한 수하들과 함께 있을 때 보이는 미소와 분명한 차이가 있었다.

그로부터 흘러나와 현서를 에워싸고 있는 기운은 분홍빛을 띠는 따스한 열기와 은은하고 달콤한 매혹의 향기였다. 그것은 누군가를 연모하게 된 사람에게서 나타나는 자연스러운 현상이었다.

오호라. 그런 거였군.

당사자들은 정작 인식하지 못하는, 그래서 더 풋풋하고, 그래서 더 설레는 모습.

혁은 정면으로 눈길을 돌린 채 혼자 남모를 미소를 지었다.

바로 그때 검은색의 기다란 그림자가 혁이 운전을 하고 있는 차량의 앞을 빠르게 스쳐 갔다.

차아아악! 끼이익!

급히 브레이크를 밟는 바람에 차에 탄 세 사람의 몸이 앞으로 획 기울어졌다 튕기듯 뒤로 물러났다. 다행히 도로를 오가는 차량이 드문 곳이라 빗길 위의 추돌 사고는 일어나지 않았다.

"죄송합니다. 갑자기 뭔가가 튀어나와서 브레이크를 밟은 건데."

혁은 간단히 상황을 설명을 하고 서둘러 차에서 내렸다. 한 손을 이맛전에 대고 차량의 주변을 살피기 시작했다. 비가 내리는 중이라 시야가 환하진 않았지만 의심을 가질 만한 형체 같은 건 찾아볼 수 없었다. 차량의 보닛이며 헤드라이트도 흠결 없이 멀쩡한 걸 확인하고 혁은 원래의 운전석으로 돌아왔다.

"아저씨, 괜찮으신 거예요?"

"어, 뭐, 괜찮아. 날씨 때문에 내가 잠깐 착각을 했나 봐."

혁은 콴과 현서에게 놀라게 해서 미안하다는 사과를 덧붙였다.

"아니에요, 아저씨. 아무도 다친 사람이 없는데 왜 미안하다고 하세요."

현서는 걱정하지 마시라는 말을 하며 마른 수건을 건넸다.

"고마워, 현서 학생."

"다시 할 수 있겠나? 힘들면 내가 대신 하지."

콴이 걱정이 되어 말하자 혁은 "아유, 그 정돈 아닙니다"라며 가볍게 손사래를 쳤다.

혁은 젖은 머리카락을 대충 닦아내고 다시 차를 출발시켰다. 역시나 혁이 걱정되어 정면을 주시하던 현서는 콴의 두 팔이 저를 보호하듯 감싸고 있다는 걸 알았다.

아저씨, 저 괜찮아요.

현서는 콴과 눈이 마주치자 그만 알아들을 수 있도록 입술만을 움직여 그렇게 말했다.

소리를 내서 얘기하면 혁이 부담을 가지게 될까 봐 조심을 한 것이었다. 현서의 생각을 이해한 콴은 역시 다른 말을 하지 않고 현서의 한쪽 어깨를 가만히 쥐었다 놓았다. 하지만 그것으론 부족했는지 현서의 관자놀이에 짧게 입술을 눌렀다 뗐다.

운전대를 쥐고 있던 혁은 방금 전에 일어났던 일을 생각하고 있었다. 찰나처럼 짧은 순간이었지만 차량 앞을 스쳐 간 검은 그림자에서 선득하고 불쾌한 기운의 냄새를 맡았다. 단순한 착각으로 넘기기엔 뭔가가 개운치 않고 찜찜했다.

에이, 아니겠지. 날도 어둡고 비도 구질구질하게 오니까 이상한 기분이 든 거겠지.

혁은 잡생각을 떨치고 운전에만 신경을 쓰기로 했다. 목적지의 경로를 탐색해 알려주는 내비게이션의 목소리와 친근한 대화를 나누며 덩굴처럼 무성해지려는 불길함을 싹둑 잘라냈다.

"전 이쯤에서 빠질까 합니다."

쇼핑몰 지하주차장에 차를 세운 혁은 콴과 현서에게 바로 그 말을 꺼냈다.

"지금 가시겠다고요?"

"조금 전에 봐서 알겠지만 오늘 컨디션이 영 아니라서 말이야. 이런 상태로 운전을 했다간 진짜 사고가 날 확률이 엄청 높아. 그래서 예방 차원으로다 빠지는 거야."

"아까 일은 너무 신경 쓰지 마세요. 비도 많이 오고 길도 미끄러워서 그런 걸 거예요."

"그래, 그래서 필히 쉬려고."

혁이 웃음 띤 대꾸했지만 현서는 표정이 시무룩해졌다.

"죄송해요, 아저씨. 이런 날에 나가자고 고집을 부려서요."

"나 원 참, 별게 다 죄송하네. 운전대를 잡고 실수한 사람은 나지 현서 학생이 아니잖아. 비 오는 날 운전한 게 하루 이틀도 아니고. 이렇게 실수도 하고 사고도 나고 하면서 운전이 느는 거야.

아, 몰라. 아무튼 난 집으로 갈 거야. 그러니까 이사장님이랑 좋은 시간 보내."

"좀 있으면 점심시간이니까 식사라도 같이 하고 가세요."

현서는 진심으로 권했지만 혁은 아니라며 고개를 저었다.

"내가 식사를 같이 안 하는 건, 백 집사님이 만들어준 집밥이 먹고 싶어서야. 밖에서 사 먹는 음식에 이골이 나서 그런 거니까 이걸로 또 쓸데없이 섭섭해하지 말고."

혁의 설명을 들은 현서는 웃는 얼굴로 고개를 주억거렸다. 혁은 그런 현서가 예쁘고 귀여워서 누가 봐도 친절하다 느낄 만한 아저씨의 미소를 지었다. 통장을 돌려줄 때의 당찬 모습과는 또 다른 여린 면모를 보이는 소녀에게 걱정하지 말라는 말을 해주듯 어깨를 토닥였다.

그런데 어딘가에서 서늘한 기운이 느껴졌다. 반사적으로 고개를 들자 팔짱을 낀 자세로 저를 주시하고 있는 콴이 보였다. 감히 누구에게 손을 올리고 있느냐고 강하게 질책하는 눈빛이라 어깨 위에 올렸던 손을 슬그머니 내렸다.

"이제 진짜로 갈 거야. 붙잡아도 뿌리치고 갈 거니까 붙잡지 마시라고."

"그게 뭐예요, 아저씨."

현서가 재밌어하며 웃음을 터뜨리자 혁을 바라보는 콴의 눈매가 옆으로 더욱 길어졌다.

시선이 닿은 뺨이 차갑다 못해 따끔하고 아릿해서 혁은 콴의 눈길을 피해 깍듯하게 인사를 했다. 감정적인 느낌이 아니라 실제로 고통이 수반되는 현상이라 출구를 향해 서둘러 발길을 돌렸다.

"남궁 아저씨 괜찮으시겠죠?"

혁의 뒤통수를 못마땅하게 쳐다보고 있는데 걱정 어린 현서의 목소리가 들렸다.

콴은 미간을 좁힌 채 현서에게 눈길을 주었다. 현서는 멀어지는 혁의 뒷모습을 걱정스레 지켜보고 있었다. 인간적으로 염려하는 감정 외에 다른 것이 없다는 걸 알면서도 현서가 다른 남자, 그것도 남궁혁을 신경 쓰고 있다는 것 자체가 탐탁지 않았다.

"현서야."

이름을 부르자 현서가 고개를 돌렸다. 드맑은 눈동자는 저를 향하고 있음에도 몸의 방향은 완전히 돌아서지 않았다. 그 모습에 꼭 화가 난 것처럼 가슴속이 들끓었다.

"나와 있을 때 다른 사람은 신경 쓰지 마라."

"네?"

현서가 되물었지만 콴은 설명을 생략한 채 현서의 얼굴을 감싸 입술을 눌렀다.

갑작스러운 입맞춤에 눈이 커다래진 현서는 두 손을 허공에 든 채로 정지 자세가 되었다.

콴은 현서의 입술 전체를 뒤덮으며 입을 맞췄다. 부드러운 입술을 열어 따스한 입속과 말캉한 혀를 탐하고 싶은 욕망이 고개를 들었다. 하지만 그런 입맞춤이 현서에겐 큰 부담인 걸 알고 있었다. 콴은 초인적인 인내심을 발휘하여 가까스로 입술을 떼어냈다.

입술이 떼어진 잠깐의 시간에도 견디기 힘들 만큼 강렬한 갈증을 느꼈다. 그래서 현서를 강하게 끌어안았다. 미진했던 입맞춤의 아쉬움을 대신하듯 품에 가두어 뜨겁게 끌어안았다.

콴의 키스에 놀라고 당황했던 현서는 숨이 막힐 듯 끌어안는 포옹엔 잠시 어리둥절한 얼굴이 되었다. 그러나 맞닿은 가슴을 통해 듣게 된 심장 소리에 이해할 수 없었던 그의 행동들이 마음으로부터 이해되기 시작했다.

"나와 있을 때 다른 사람은 신경 쓰지 마라."

콴의 말이 되살아나자 심장이 강하게 수축되었다. 지끈한 아픔과 저릿한 떨림이 한꺼번에 느껴지는데 묘하게도 눈물이 날 것 같았다. 현서는 어정쩡하게 들고 있던 팔을 움직여 콴의 허리에 손을 올렸다.

"……앞으론 안 그럴게요."

콴이 알아들을 수 있는 이야기를 건네고서 너른 가슴에 얼굴을 기댔다. 현서를 껴안은 채 고개를 숙이고 있던 콴은 그 말을 놓치지 않고 들었다. 그 순간 그를 괴롭히고 있던 탁하고 뜨거운 응어리가 봄눈이 녹아내리듯 순하게 사그라졌다.

"큰일이다……."

한숨처럼 내뱉은 콴은 현서를 안고 있던 팔을 느슨하게 풀었다.

"갈수록 네가 더 좋아져."

콴의 품에서 물러나 고개를 들었던 현서는 멈칫 눈이 커졌다.

"네가 좋다. 내가 어찌할 수 없을 정도로."

콴은 현서의 눈을 들여다보며 차분하고 명확하게 고백했다.

물기 어린 눈동자가 커다랗게 흔들리던 현서는 느슨히 붙잡고 있던 콴의 팔을 반사적으로 꽉 붙잡았다. 첫 입맞춤에 다리의 힘이 풀렸던 것처럼 받은 충격이 적지 않아서였다. 그럼에도 휘청이며 무너지는 모습을 보이진 않았다. 하지만 콴의 얼굴을 똑바로 쳐다볼 수 없다는 건 여전히 똑같았다.

"이건, 공정하지 않아요."

현서는 바닥으로 눈길을 주며 불규칙해진 호흡을 가다듬었다.

"뭐가 공정하지 않다는 거냐?"

콴이 물었지만 아래에 눈길을 준 그대로 말을 이어갔다.

"오늘 아저씨랑 하려고 했던 일들이 있었어요. 그런데 지금은 아무것도 생각이 나지 않아요. 머릿속이 하얗게 비어버려서……. 이게 다 아저씨 때문이에요."

분명 원망하는 말인데 콴은 그저 미소를 짓고 있었다. 아래로 숙여진 자그맣고 예쁜 머리와 밤색 머리카락 사이로 드러난 붉은 귓등이 사랑스러워서 다시금 입을 맞추고 싶다는 생각이 들 뿐이었다.

"그렇다면 내가 한 얘기도 모두 잊어버리겠구나."

현서는 콴을 붙잡고 있던 손에 힘을 주더니 다급히 고개를 저었다.

"절대 안 잊을 거예요. 꼭 기억할 거예요."

고개를 든 현서의 얼굴에선 애틋한 절절함이 묻어났다.

"염려 마라, 네가 잊더라도 내가 꼭 기억할 테니까."

콴이 다독이듯 말하자 현서의 얼굴에 살포시 미소가 떠올랐다. 그 미소를 따라 미소 지은 콴은 현서의 두 손을 하나로 모아 입술로 가져갔다.

새하얀 손등 위에 콴이 입술을 꾹 누르자 현서의 속눈썹이 파르르 떨렸다. 고귀한 성배에 입을 맞추는 기사처럼 경건하고 아름다운 그의 모습이 그가 한 고백의 진정성을 보여주는 듯했다.

"네가 좋다. 내가 어찌할 수 없을 정도로."

목소리를 타고 흘러나온 진심은 고백을 한 콴에게도 각별한 의미가 되었다. 현서는 더 이상 계약에 의해 지키고 보호해야 하는 의무적인 존재가 아니었다. 자유로운 죽음을 가장 원했던 그에게 누군가와 살아가고 싶은 마음을 다시금 일깨워 준 소중한 존재이자 의미였다.

그럼에도 감정을 표현하는 일엔 절제를 해야만 했다. 현서는 아직 어렸기에 어른인 그가 더욱 참고 기다려야 했다.

"여기 계속 있는 것도 나쁘진 않다만, 네가 하려던 일들이 뭐였는지 궁금하기도 해."

콴의 말에 현서의 눈이 동그랗게 커졌다.

"아직도 생각이 나질 않는 거냐?"

미소를 머금고 묻는 콴을 보며 현서는 가만가만 고개를 저었다. 손등 위의 입맞춤이 효과를 발휘한 것인지 맥박과 호흡이 한결 안정되어 지워졌다고 생각했던 일들이 하나둘 떠올랐다.

"이제 생각이 나요."

"그래?"

"네."

"우리가 가장 먼저 하게 될 일이 뭐냐?"

"네. 우리가 가장 먼저 할 일은."

'우리'라는 말에 심장이 콩닥 뛰어서 현서는 잠깐 말을 멈추었다.

"여기 주차장을 나가서 식당가가 있는 층으로 가는 거예요."

콴은 고개를 끄덕이곤 현서의 손을 붙잡아 자연스레 깍지를 끼었다. 다정하게 손을 맞잡은 두 사람은 지상층으로 향하는 엘리베이터를 타기 위해 나란히 걸음을 옮겼다.

"아저씨랑 다 잘 어울릴 것 같은데. 어떤 게 더 마음에 드세요?"

현서의 양손엔 각기 다른 빛깔의 셔츠가 걸린 옷걸이가 들려 있었다. 하나는 차이나 칼라가 깔끔한 흰색의 긴팔 셔츠였고, 다른 하나는 짙은 푸른색이 산뜻한 느낌을 주는 오픈칼라 셔츠였다.

"흠."

콴이 미간을 좁힌 채 턱을 매만졌고 현서는 그의 선택을 기대하며 눈을 반짝였다.

"그중에서만 골라야 하는 거냐?"

"아니요. 그건 아니에요. 따로 마음에 든 게 있으세요?"

콴의 시선이 검정색 셔츠가 걸려 있는 곳으로 향하자 현서가 곧바로 고개를 저었다.

"검정색은 안 고르셨으면 좋겠어요."

"어째서지?"

"아저씨는 늘 검정색만 입으시잖아요. 물론 검정색도 진짜 잘 어울리세요. 그렇지만 오늘은 아저씨가 다른 색 옷을 입는 걸 보고 싶어요."

이유를 말했는데도 콴은 알았다는 대답을 하지 않았다. 그러자 기대감으로 반짝였던 현서의 얼굴이 표가 나게 풀이 죽었다. 고스란히 감정이 드러나는 현서 때문에 순간 웃음이 나오려고 했지만 콴은 아닌 척 시치미를 뗐다.

"아저씨가 내키지 않으시면 억지로 안 입으셔도 돼요."

"그래?"

콴이 되묻자 현서는 아주 천천히 고개를 끄덕였다.

"네가 정히 원한다면 한 가지는 괜찮을지도."

그 말에 아쉬움이 번지던 현서의 얼굴이 구름이 개이듯 환해졌다.

"그럼 둘 다 입어보시면 안 될까요?"

"그건 싫은데?"

"여기서 하나만 고르는 거라도 두 가지를 다 입어보셔야죠. 그래야 공평해요."

"옷을 입는 일과 공평이란 단어가 어떤 연관이 있는 거지?"

현서의 말대로 할 것이면서도 콴은 괜스레 어깃장을 놓았다. 현서가 커다란 눈을 반짝이며 어떻게든 설득하려 애를 쓰는 모습이 귀엽고 예뻐서 일부러 그렇게 한 것이다.

"눈으로 보는 거랑 직접 입어보는 거랑 차이가 나는 옷이 가끔 있거든요. 그래서 두 가지를 다 입어봐야 된다. 그런 뜻으로 한 얘기였어요."

　콴은 현서의 손에 있던 셔츠를 모두 제 쪽으로 가져갔다. 콴을 설득했다는 것이 뿌듯했는지 현서의 얼굴엔 밝은 웃음이 떠올랐다.

　"그렇게 웃으면 쓰나."

　콴이 말하자 현서는 두 손으로 얼른 입을 가렸다. 행여나 콴의 마음이 달라질까 싶어 웃는 표정을 감춘 것이었다. 그러자 콴이 상체를 숙여 현서와 눈높이를 맞추었다. 자신의 말을 듣는 건지 아닌 건지 감시하는 것 같은 행동이었지만 콴의 눈가엔 웃음이 담겨 있었다.

　콴과의 거리가 가까워지자 현서는 그대로 웃음을 그쳤다. 유백색의 깨끗한 얼굴과 그림을 그린 듯 짙은 눈썹, 그 아래 자리한 검푸른 바다 같은 눈동자를 보고 있으니 저절로 웃음이 그치고 말았다. 아저씨의 눈은 어쩜 저렇게 예쁠까?

　"기다리고 있어라."

　나직한 목소리를 듣고 현서는 크게 고개를 끄덕였다. 돌아선 콴이 탈의실을 향해 멀어지자 입을 가렸던 손을 내렸다.

　"그렇게 말 안 해도 기다릴 건데……."

　혼잣말을 중얼거리는데 쿵쿵 심장이 뛰었다. 콴이 떠난 후에도 사라지지 않는 그만의 향기가 코끝을 부드럽게 간질이자 저절로 그런 반응이 일어난 것이다.

인공적인 화장품으론 흉내 낼 수 없는, 푸르고 서늘하고 아늑해지는 숲의 향기.

심장이 막 두근거리면서도 편안하게 기분이 좋아지는 남자답고 깨끗한 냄새.

현서는 갑자기 휘휘 고개를 저었다. 그가 없는 자리에서 그의 향기를 생각하며 심장이 뛰는 제 모습이 어색하고 민망해서 어쩔 수 없었다.

잠시 후, 흰색 셔츠로 옷을 갈아입은 콴이 현서 앞에 나타났다. 그 모습에 현서의 눈이 몹시 커다래졌다. 저가 고른 것은 무난하고 평범한 셔츠였는데 에디 슬리먼의 작품을 입은 것처럼 근사한 모델이 등장했으니 당연히 놀란 것이다.

콴은 훤칠한 키에 팔다리가 워낙에 길쭉길쭉해서 평소에도 남다른 느낌을 주는 사람이었다. 잘생겼다는 말로는 부족한 아름다운 외모에 움직임에서 우러나는 고상한 기품. 분명 동양인의 얼굴인데도 머나먼 이국에서 온 왕족처럼 신비한 분위기가 느껴져 다가가기가 쉽지 않다는 말을 윤경을 비롯한 선생님들이 한두 번씩 언급을 했다.

"어울리지 않으면 어울리지 않다고 솔직하게 말해도 된다."

"아니에요. 완전 잘 어울리세요. 제가 생각했던 것보다 훨씬 더요."

현서는 제 감상을 말하며 양손 엄지를 모두 들어 올렸다. 현서의 반응에 피식 웃음을 지은 콴은 탈의실로 발길을 돌렸다.

아까워라. 사진이라도 찍어놓을걸.

콴이 사라진 후에 그 생각이 나자 안타까운 한숨이 나왔다. 여유롭고 편안하게 느껴지던 모습에 새삼 반한 나머지 다른 생각을 하지 못한 것이 못내 아쉬웠다.

현서는 콴을 기다리는 동안 휴대전화의 사진함을 살펴보았다. 인물의 사진은 윤경과 사하와 찍은 것이 대부분이었고, 나머지는 현서가 찍은 풍경과 사물들의 사진이 전부였다.

여기에도 아저씨랑 찍은 사진이 하나도 없네.

우연히 콴의 뒷모습을 담았던 폴라로이드 사진을 떠올리며 현서는 옅게 웃음을 지었다.

콴의 사진이 하나도 없다는 걸 확인했음에도 서운한 마음이 크게 생기지 않았다. 그의 모습을 담은 사진을 보며 그리워하는 것이 아니라 실재하는 대상과 눈을 마주치며 교류하고 있었기에 아쉬움이나 부족함이 느껴지지 않는 듯했다.

그래도 푸른색 셔츠를 입은 모습은 간직해 보리라 마음을 먹었다. 하지만 그 생각도 실천을 하지 못했다. 콴이 등장했을 때 이번에도 홀리듯 바라보게만 되어서였다.

"둘 중 어느 것이 더 괜찮으냐?"

"솔직히 한 가지만 못 고르겠어요. 전 둘 다 하셨으면 좋겠는데. 아저씨가 입는 옷이니까 아저씨 마음에 좋은 걸로 하세요."

"녀석, 도움을 달라고 했더니."

콴은 싱긋 미소 지으며 현서의 한쪽 볼을 쥐었다 놓았다. 얼굴에 닿은 손가락이 시원하다 싶을 만큼 서늘했지만 현서의 뺨엔 발그레한 열이 올랐다.

"난 이것이 더 마음에 드는구나."

"그래요? 그럼 아저씨, 그 셔츠, 계속 입고 계시면 안 돼요?"

콴의 눈매가 가늘게 바뀌었지만 현서는 이번엔 쉽게 물러나지 않았다.

"집에 갈 때까지만이라도 입어주시면 좋을 것 같은데. 정말 안 될까요?"

"흠."

"아저씨도 마음에 든다고 하셨으니까 이번만 해주세요. 네? 네?"

소매 끝을 붙잡고 쳐다보는 모습이 어찌나 귀여운지 안 된다는 거절을 할 수 없었다. 콴이 알았다고 고개를 끄덕이자 현서는 바로 얼굴이 환해졌다.

"대신 네가 입을 옷도 고르는 걸로 하자."

"제 걸 왜요?"

"내가 네 의견을 받아준 것처럼 너도 내 의견을 받아줘야지. 그래야 공평한 거 아니겠니?"

"어어. 하지만 그건 계획에 없던 일이에요."

"그렇다면 나도 원래 옷으로 갈아입어야겠구나."

"안 돼요, 아저씨. 그러는 게 어딨어요?"

현서는 탈의실로 가려는 콴의 팔을 얼른 붙잡았다.

"그럼 내 의견을 받아주는 거냐?"

현서는 마지못해 알았다고 대답했다. 약속을 받은 콴은 푸른색 셔츠를 입은 채로 계산을 마쳤다. 매장을 나와 걸어가던 현서는 뭔가 이상한 느낌에 고개를 갸웃거렸다.

조금 전 콴이 셔츠를 고른 장소는 유명한 캐주얼 브랜드의 매장이었다. 백화점과 연결된 쇼핑몰에서 큰 자리를 차지할 정도로 인기가 많아서 평일 낮 시간에도 사람들이 꽤 붐볐다.

그런데 오가는 사람 중 누구도 콴에게 눈길을 주지 않았다. 많은 사람들의 시선을 받는 것보다는 마음은 편했지만 투명인간이 지나가듯 무심한 반응이라 의아한 느낌이 들었다.

사실 그것은 콴이 만들어낸 일종의 착시 효과였다. 주차장을 나설 때부터 자신과 현서를 지극히 평범한 사람들로 보이게 만들어 다른 이들의 시선을 받을 일이 없게 한 것이다.

10. 어느 비 오는 날(3)

백화점의 VVIP가 이용하는 개별 룸.

퍼스널 쇼퍼가 선보인 옷들 앞에서 현서는 난감한 얼굴이 되고 말았다.

꽃무늬가 프린트된 귀엽고 사랑스러운 스타일의 원피스, 섬세한 레이스가 들어간 로맨틱한 디테일의 흰색 블라우스, 셔링이 들어가 여유로우면서도 시원한 느낌을 주는 푸른색의 원피스 등등.

모두 하나같이 고급스러운 원단에 장식된 단추와 주름에도 공을 들인 것이 역력한 옷들은 옷에 대해 잘 알지 못하는 현서의 눈에도 근사하다는 느낌을 안겨주었다. 그래서 현서는 더 난감했다. 이런 옷은 자신처럼 어린 사람이 아니라 고아한 분위기를 가진 성인 여자에게 더 어울릴 것 같았다.

"마음에 드는 게 없는 모양이구나."

"아니에요, 아저씨. 여기 옷들은 진짜 다 근사해요. 하지만 저랑은 안 맞는 것 같아요."

"내가 보기엔 잘 어울리는 것 같다만."

콴이 그렇게 말하자 현서는 눈썹을 모으며 생각에 잠겼다. 콴의 호의를 기분 나쁘지 않게 거절하면서 자신의 느낌을 제대로 표현할 수 있는 적절한 말을 찾아내고 싶었다.

"음. 저랑 어울린다고 해도 제가 입은 옷처럼 편할 것 같지는 않아요. 저기 있는 옷을 입으면 떡볶이랑 짜장면도 편하게 못 먹을 거고, 놀이공원에 놀러 가는 것도 쉽지 않을 거예요."

"효율성이 떨어지는 옷이다?"

콴이 간단하게 정리를 하자 현서는 "네. 맞아요"라고 동의를 했다.

"그런 이유라면 네 생일처럼 특별한 날에 입을 수 있는 용도로 선택을 해봐."

"특별한 날에 입을 수 있는 용도로요?"

"그래."

"그럼 당장 안 입어도 된다는 거네요?"

현서가 뭘 걱정하는지 이해한 콴은 그래도 상관없다고 양해를 해주었다. 옷을 바꿔 입어야 한다는 부담감에서 자유로워진 현서는 얼굴 표정이 금방 밝아졌다.

"감사합니다, 아저씨. 그럼 한 가지만 빨리 고를게요."

"한 가지가 아니라 세 가지를 제대로 골라야 한다."

"아니, 왜요?"

"난 네가 골라준 옷을 갈아입는 수고를 마다하지 않았고, 그중 하나는 입고 있어달라는 부탁까지 마다하지 않았어. 그러니 너도 내 부탁을 들어주는 게 이치에 맞아."

"그래도 세 가지는 너무 많아요."

현서는 사실 그건 이치가 아니라 억지예요, 라는 말을 하고 싶었다. 하지만 그 말을 하게 되면 콴이 또 어떤 주장을 하게 될지 짐작이 되지 않았다. 그래서 소심하게 항의를 한 것이다.

"그것도 많이 양보한 거야."

"하지만 아저씨."

"날 설득할 시간에 옷을 고르는 시간을 줄이는 게 현명할 것 같구나."

의자에 앉아 있던 콴은 긴 다리를 외로 꼬며 부러 근엄한 표정을 지었다. 그가 결정을 번복할 의사가 없다는 걸 인식한 현서는 어찌해야 하나 갈등에 빠졌다.

"남은 일정을 소화하려면 여기서 시간을 끌어선 안 될 것 같다만."

콴이 말을 덧붙이자 현서의 눈동자가 움찔 흔들렸다.

"알겠어요. 여기 일은 아저씨 말씀을 따를게요. 대신 남은 일정은 제가 하자는 대로 해주셔야 돼요. 꼭이요?"

"오늘만큼은 네 말을 잘 따랐다고 보는데."

현서는 순간 말문이 막혔다.

"음. 그럼 지금까지 잘 협조해 주신 것처럼 앞으로도 잘 따라주세요. 아셨죠?"

콴은 알겠노라 고개를 끄덕였다. 들리지 않게 한숨을 지은 현서는 퍼스널 쇼퍼와 함께 탈의실로 향했다. 전문가가 챙겨온 옷들을 차례로 입어보고 그중 세 가지를 골라야 하는 임무가 주어진 셈이라 마음이 저절로 다급했다.

예쁜 옷을 사준다고 해도 부담스러워만 하는 현서 때문에 콴이야말로 좋아해야 할지 싫어해야 할지 조금 난감했다. 선물이란 것이 받는 사람이 기분이 우선이 되어야지 주는 사람의 기분이 우선이 되어선 문제가 생길 수 있었다. 그래도 이 시간에 현서와 외출할 수 있는 기회가 흔치 않다는 걸 알기에 자신의 생각을 그대로 밀고 가기로 했다.

콴은 한쪽에서 대기 중인 여직원을 따로 불렀다. 현서가 입고 나오는 옷들 중 현서와 어울리는 옷을 모두 주문할 것이니, 현서가 눈치채지 않게 처리해 달라고 부탁했다.

"옷을 보낼 때 어울리는 액세서리나 신발도 함께 보낼까요?"

명민한 여직원이 의견을 묻자 콴은 좋은 의견이라며 흔쾌하게 동의했다.

나중에 도착한 물건을 보고 현서가 기함할 수도 있었지만 그 일은 그때 가서 얘기하면 될 것이었다. 여직원이 차를 내오는 동안 현서에게 걸었던 주술을 잠시 풀었다. 현서의 생각이 우선이었으나 경우에 따라 전문가의 의견을 들을 필요가 있다는 생각에서였다.

새하얀 원피스로 옷을 갈아입은 현서가 밖으로 나오자 뒤따라 나온 퍼스널 쇼퍼와 콴의 뒤쪽에 서 있던 여직원이 일제히 놀란 얼굴이 되었다. 조금 전과 전혀 다른 분위기를 자아내는 현서의 모습이 지극히 사랑스러워서 진심 어린 감탄과 칭찬을 아끼지 않았다.

백화점을 나온 콴과 현서는 영화관이 있는 쇼핑몰로 자리를 옮겼다.

어떤 영화를 볼까 함께 고민하다가 할리우드 애니메이션을 보기로 결정했다.

콴이 표를 끊으려 줄을 서자 현서가 그럼 자기가 팝콘과 콜라를 사겠다고 했다. 콴은 그렇게 하라고 선선히 고개를 끄덕였다.

이상하다. 왜 이렇게 사람이 없지?

상영 시간이 가까워져 상영관 내부로 들어간 현서는 안이 텅 비어 있는 걸 보고 고개를 갸웃거렸다. 자리에 앉아 있으면 사람들이 올 거라고 생각했는데, 지루한 광고가 끝나고 다른 영화의 예고편이 나올 즈음에도 들어오는 사람이 없었다.

"아저씨, 이 영화 별로 재미없는 영환가 봐요."

"그래?"

"평일 낮이라고 해도 이 정도로 사람이 없진 않거든요. 사람들 반응도 좋고 전문가들 평점도 높았었는데. 진짜로 재미가 없음 어떡하죠?"

"재미가 없는 것과 별개로 난 오히려 이게 편하구나."

영화 때문에 걱정이었던 현서는 콴의 말에 귀가 쫑긋해졌다.

"사람들이 없는 게 훨씬 편하신 거예요?"

"아무래도 그렇지. 주변에 사람들이 많이 있으면 유혹을 뿌리치기가 쉽지 않으니까."

"아! 죄송해요, 아저씨."

"갑자기 뭐가 죄송하다는 거냐?"

"영화관에 가는 게 곤란할 거란 생각을 미처 못 했어요. 조금만 생각하면 알 수 있는 걸 전 왜 이렇게 생각이 짧을까요?"

콴은 대수롭지 않은 일이라고 신경 쓰지 말라고 했다. 하지만 현서는 마음이 편치 않았다. 함께 있는 시간이 기쁜 나머지 그가 어떤 존재였는지를 간과한 것이 못내 미안했다.

자리를 옮겨야 하나, 생각을 하며 옆으로 시선을 주는데 콴이 현서의 손을 부드럽게 거머쥐었다.

"그냥 내 옆에 있어."

현서가 쳐다보자 콴이 진지하게 다음 말을 덧붙였다.

"네가 떨어져 있으면 그게 더 신경 쓰여."

"……네."

현서는 고개를 끄덕이고 정면으로 눈길을 주었다. 타이틀이 뜨고 영화가 시작되었다.

기대치를 낮게 잡아서인지 스크린 위에서 펼쳐지는 이야기는 갈수록 흥미진진해졌다. 이야기와 어우러진 영상미 또한 독특하고 아름다워서 오래지 않아 그 영화에 빠져들었다.

현서가 영화에 집중하는 걸 보며 콴은 조용한 미소를 지었다. 이 상영관 안에 사람들이 없는 건 이 시간대의 표를 그가 전부 사들였기 때문이다.

그 일은 현서가 팝콘을 사러 간 사이에 즉흥적으로 이루어졌다. 콴이 극장 직원들의 마음을 움직여 적극적인 협조를 하도록 만들었기에 신속한 처리가 가능할 수 있었다. 표를 구매한 관객들에겐 공감할 수 있는 이유와 함께 불만을 가지지 않을 만큼 넉넉한 보상을 해주었다. 물론 그 모든 비용은 콴이 확실하게 지불을 했다.

팝콘을 먹는 것도 잊은 채 영화에 빠져 있는 현서를 관찰하며 콴의 맘은 잠시 복잡해졌다. 영화에 집중하는 현서의 모습을 지켜보는 일에 흥미를 느끼면서도 이렇게 눈길을 주고 있는데도 그걸 알아차리지 못하니 서운한 감정이 들기도 했다.

"영화 재미있어?"

콴은 콜라를 마시며 무심한 듯 말문을 열었다. 현서는 고개를 끄덕이고는 곧바로 콴을 보았다.

"기대를 안 하고 봐서 그런지 더 재밌는 것 같아요."

주변에 듣는 사람이 있는 것도 아닌데 현서의 목소리가 속삭이듯 조그마했다.

"그거 잘됐구나."

속마음과 다른 대답을 하고 의자에 몸을 기대는데 현서가 콴의 팔에 머리를 기대었다.

현서의 시선은 다시 정면으로 향했지만 콴의 눈길은 오롯이 현서에게 머물렀다.

콴은 마음이 가는 대로 현서의 정수리에 입을 맞추었다. 그것으론 부족하단 생각이 들자 현서의 이마에도 꾹 입술을 눌렀다 떼었다. 현서가 고개를 돌려 쳐다보는 게 느껴졌지만 콴은 아무 일도 없었던 것처럼 정면을 응시했다.

현서는 커다란 눈을 깜빡이기만 하다가 콴을 따라 정면을 응시했다. 콴의 입술이 닿은 이마에 손을 올리려다 말고 콜라 컵을 대신 들어 빨대를 입에 머금었다.

아저씨는 영화가 재미없으신가 봐. 또 나 혼자만 신나서…….

머릿속으로 이런저런 생각을 하면서 달고 차가운 콜라를 몇 모금 마셨다. 콜라 컵을 홀더에 내려놓고 콴의 표정을 살피려는데, 콴의 손이 현서의 손등을 덮어왔다. 기다란 손가락이 가볍게 툭툭 손등 위를 두드리자 그곳으로 눈길이 갔다.

"네가 떨어져 있으면 그게 더 신경 쓰여."

반대편에 있는 손을 꼼지락거리다 동글게 말아 쥔 현서는 그대로 고개를 돌려 콴의 뺨에 얼른 입을 맞추었다. 그리고 곧바로 앞의 스크린을 쳐다보았다.

콴은 그런 현서를 흘깃 쳐다보았다. 동근 뺨에 복숭앗빛 물이 든, 기다란 속눈썹이 어여쁜 소녀의 옆모습을 잠시 바라보다 아무런 말 없이 다시 정면을 응시했다. 그러자 현서가 콴의 팔에 머리를 기대왔다. 콴은 스크린을 응시하며 부드럽게 입매를 늘였다. 잠시 머물렀다 떠나간 입맞춤의 온기가 감질났지만 현서와 나란히 앉아 같은 곳을 바라보고 있다는 것이 차츰 만족스러웠다.

"평범한 사람이 되면 아저씬 제일 먼저 뭘 하고 싶으세요?"

영화관을 나오는 길, 현서가 콴에게 질문을 던졌다.

"글쎄, 하고 싶은 일이 한두 가지가 아니라서."

"그럼 지금 떠오르는 것부터 얘기를 해보세요."

"지금 떠오른 것부터……."

콴은 골똘한 얼굴로 미간을 좁혔다.

"우선은 해가 뜨는 순간부터 지켜봐야겠지. 그렇게 아침을 맞은 다음엔 햇빛이 쏟아지는 바닷가로 산책을 나가는 거야."

현서가 고개를 주억거리자 콴이 흐뭇한 얼굴로 말을 이었다.

"그 바다에서 수영을 하거나 서핑을 하면서 놀다가 그늘이 좋은 자리를 찾아 낮잠을 자기도 하면서. 그렇게 하루 종일을 보낸 다음엔 까맣게 그을린 얼굴을 하고서 집으로 돌아오는 거지."

그 얘기를 할 때의 콴의 얼굴은 세상에서 가장 행복한 아이처럼 천진한 미소가 걸려 있었다. 분명 기분이 좋아져야 하는 미소인데, 현서는 가슴이 아릿해서 코끝이 아프게 찡했다. 말을 하지 않으면 눈물이 핑 돌 것 같아서 더욱 밝은 목소리로 질문을 던졌다.

"음. 그리고요, 그다음엔 또 뭘 하고 싶으세요?"

"열대 우림과 북극의 설원 지대와 깊은 바다 속을 차례로 돌아볼 거야. 그다음엔 내가 하고 싶었던 일을 하기 위해서 그것에 맞는 준비를 성실하게 해야겠지."

"그 일은 재단 일과 관련이 있는 거예요?"

"그건 나중에. 벌써 얘기를 해버리면 재미가 없으니까."

어두운 바다를 연상케 했던 콴의 눈동자는 꿈과 비밀에 관한 애기를 할 때만큼은 활기찬 소년처럼 건강한 빛과 생기가 넘쳤다. 비밀이 없는 사람은 가난하고 허전한 사람이란 누군가의 말을 빌리자면, 지금 콴의 모습은 세상에서 가장 넉넉한 꿈을 가진 행복한 부자였다.

"아저씨."

"응?"

"아저씨가 여행을 갈 때 저도 같이 데리고 가주심 안 될까요?"

"내가 하려는 여행은 몸이 많이 고된 여행이라 쉽지 않을 거다. 그러니까 여행은 네가 만나게 될 또래 친구들과 함께하는 게 훨씬 좋을 거야."

"어떤 준비를 해야 하는지 알려주시면 이제부터 준비를 잘할게요. 아저씨의 모든 여행을 다 따라가겠다는 욕심을 부리는 건 아니에요. 그게 어떤 곳이든 제 첫 번째 여행이 아저씨와 함께 가는 거면 좋겠다는 생각이 들어서, 그래서 여쭤본 거였어요."

"스무 살이 되어도 생각이 바뀌지 않는다면, 생각해 보마."

"그 생각은 스무 살이 되어도 바뀌지 않을 거예요."

"네 상황이나 생각이 달라질 수 있으니 미리부터 단정하지 마."

"아저씨도 그러시고 남궁 아저씨도 그러시고, 두 분 다 제 생각이 달라지길 꼭 바라시는 것 같아요. 저랑 여행을 가는 게 그렇게 부담이세요?"

"너랑 같이 가려면 더 많은 준비를 해야 하는데, 당연히 부담이 되지."

현서는 풀죽은 얼굴로 "알겠어요, 아저씨"라고 힘없이 대꾸했다. 콴이 부담된다고 분명하게 말하는데, 그래도 데리고 가달라는 말을 할 순 없었다. 그런데 콴이 후후 웃더니 가만히 걸음을 멈추었다.

"스무 살이 되어도 바뀌지 않겠다는 말, 잊지 말고 기억해라."

콴을 따라 걸음을 멈추었던 현서는 움찔 두 눈이 커졌다. 콴이 상체를 기울여 온 탓에 그와의 거리가 입을 맞출 때처럼 가까워졌기 때문이다.

"그땐 네가 싫다고 해도 억지로 끌고 갈 테니, 그렇게 알아."

"그럼 저랑 같이 가주시는 거예요?"

"그래."

콴이 확실히 대답하자 놀란 토끼처럼 눈이 동그랬던 현서가 이내 티 없이 맑은 웃음을 지었다.

"아저씨한테 부담이 안 되게 열심히 준비할게요. 운동도 열심히 하고, 여행 경비도 알차게 모으고, 외국어 공부도 빼먹지 않을게요."

콴은 기특하다 칭찬을 하듯 현서의 머리를 쓰다듬어 주고서 상체를 바로 세웠다.

"아저씨야말로 마음 변하시면 안 돼요. 저랑 가는 게 귀찮다고 막 포기하고 그러심 안 돼요. 절대로요."

현서는 그 말을 하며 콴의 손을 자연스레 붙잡았다.

"그게 걱정이면 빨리 어른이 돼."

"저도 빨리 어른이 되고 싶어요. 그런데 그건 제 맘대로 되는 게 아니잖아요."

현서는 볼멘소리를 했지만 콴은 이번에도 낮게 웃음을 지었다. 극장에선 뺨에 입을 맞춰주더니 이번엔 처음으로 먼저 그의 손을 붙잡아주었다. 그저 손을 잡아준 것뿐인데도 가슴 안쪽이 따사롭게 찰랑이며 충만하게 채워지는 느낌이 들어 자꾸만 웃음이 나왔다.

"다음엔 어디로 가야 하지?"

콴이 질문을 던지자 현서가 "아, 그건요"라고 곧바로 이야기를 시작했다.

"원래는 해가 질 때까지 여기에 있다가 지하철이나 버스를 타고 한강 둔치에 가볼 생각이었어요. 그런데 그건 안 될 것 같아요. 퇴근 시간이랑 겹쳐지면 사람들이 많아질 거고, 그럼 아저씨가 곤란해질 거라서."

현서는 그 말을 하며 붙잡은 손을 앞뒤로 살랑살랑 흔들었다. 콴은 현서의 목소리에 귀를 기울이며 현서와 함께 주차장으로 향했다. 그사이 비가 거의 그쳐 외부를 보여주는 높다란 창 너머의 하늘이 우윳빛으로 흐릿했다.

승용차를 이용해 한강 둔치에 다다른 콴과 현서는 때마침 출발하는 유람선에 올랐다. 크루즈 안에 먹을거리가 있었지만 간단하게 저녁을 해결하고 온 터라 물과 커피 같은 음료수로 목을 축였다.

해가 완전히 진 후의 한강은 맨질맨질한 표면을 가진 불투명한 검은색의 반고체처럼 보였다. 그러나 그 검은빛은 교각의 특성을 살린 화려한 색의 조명과 크루즈를 밝히는 화사한 조명을 거울처럼 반사해 보는 사람들의 눈을 즐겁게 만들었다.

비는 완전히 그쳐 있었지만 비와 강의 습기를 잔뜩 머금은 바람은 시간이 흐를수록 쌀쌀한 한기를 느끼게 만들었다. 난간에 기대어 풍경을 바라보는 현서의 어깨가 움츠러들자 옆에 서 있던 콴이 현서의 등 뒤로 다가갔다. 그의 두 팔이 망토처럼 어깨를 감싸자 으슬으슬했던 기운이 연하게 사위었다.

"이상해요. 아저씨 체온은 낮은 편인데, 이렇게 있으면 솜이불처럼 포근한 느낌이 나요."

"그래?"

"네."

"그건 아마 네 체온이 높아서 내가 시원하게 느껴지는 걸 거야."

"아저씨 얘길 들으니까 그게 맞는 것 같아요. 전에 윤경 쌤도 제 손이 많이 따뜻하다고 하셨거든요."

"그래. 나는 네가 따뜻해서 더 좋아."

"어, 그럼, 앞으로도 계속 따뜻한 사람이 될게요."

콴은 후후 웃으며 현서를 더욱 감싸 안았다. 나직한 그의 웃음 소리가 듣기 좋아서 현서는 수줍고도 행복한 미소를 지었다. 저를 안온하게 감싸고 있는 두 팔과 상쾌한 향기에 그와 눈을 맞추고 있는 것이 아닌데도 심장이 간질거리며 설레었다.

"아저씨 웃음소리, 참 듣기 좋아요."

"그럼 나도 계속 웃어야 하는 건가?"

"네. 앞으론 제가 많이 웃겨 드릴게요. 그러니까 부담 갖지 말고 웃으시면 돼요."

"그래, 기대하마."

콴은 보조개가 팬 현서의 **뺨**에 입을 맞추고 자신의 **뺨**을 기댔다. 다양한 빛을 반사하며 흔들리는 강물과 한강 주변의 야경을 바라보며 도란도란 이야기를 나누는 둘의 모습이 더없이 다정하고 따스하게 보였다.

야경 크루즈 여행을 마친 후 주차된 차로 돌아왔을 땐 시간이 많이 흘러 있었다. 콴과 현서는 다른 곳에 들르지 않고 곧장 귀가하는 것으로 합의를 보았다. 차가 막히는 시간이 아니었지만 무영시에 도착할 즈음엔 자정이 넘을 듯했다.

"피곤할 텐데 가는 동안 좀 자둬."

"아니에요, 아저씨. 저 하나도 안 피곤해요."

그러나 차가 출발하고 오래지 않아 현서는 꾸벅꾸벅 고개를 떨구었다. 마음은 그렇지 않은데 눈이 저절로 감기는 상황이라 의지로도 제어가 되지 않았다.

"현서야, 괜찮으니까 편하게 자."

"운전할 때 옆에서 자면 안 된다고 들었어요."

"네가 그러고 있으면 운전에 더 집중이 안 돼."

"그럼 아저씨, 저 아주 쪼끔만 졸게요."

"그래, 그렇게 해."

콴의 미소가 신호였는지 현서는 눈을 감자마자 까무룩 잠이 들었다. 콴은 현서가 앉은 시트를 뒤로 젖혀주고서 운전에만 집중했다. 그러다가도 신호에 멈춰 설 때에는 고개를 돌려 현서의 상태를 살폈다.

현서는 많이 곤했는지 차가 대문 앞에 다다를 때까지 한 번도 깨지 않았다.

차를 세운 콴은 현서를 깨우지 않고 대문을 통과해야겠다는 생각을 하며 운전대에 다시 손을 올렸다. 그런데 그때 강한 빛이 콴이 탄 차량의 뒤쪽을 환하게 비쳐들었다. 고개를 돌리고 바라보니 검은색의 대형 세단 두어 대가 콴의 차가 서 있는 방향으로 다가오고 있었다.

콴의 저택으로 들어오는 길은 사유지나 다름없어서 다른 차량들이 나타나는 경우가 흔치 않았다. 게다가 지금은 자정이 넘은 늦은 시각이었다.

어둠에 싸인 공기를 밝게 구별하는 헤드라이트에 눈을 조프렸던 콴은 저만치 떨어진 거리에서 세단들이 멈춰 서자 휴대전화를 귀로 가져갔다. 묘하게 신경을 거스르는 불빛이 아무래도 심상치 않아서였다.

"늦은 시각에 미안하군. 자네가 현서를 데리고 들어갔으면 해서. 지금 대문 앞이니까 최대한 빨리 나왔으면 하네."

남궁혁과 통화를 마친 콴은 이제 현서를 깨웠다.

"현서야, 집에 거의 도착했어. 그만 일어나야겠다."

다정한 목소리에 눈을 뜬 현서는 부스스 몸을 세워 차창 밖을 바라보았다. 눈앞에 보이는 대문이 저택의 대문이라는 걸 깨달은 순간 흐릿하게 남아 있던 잠기운이 깨끗하게 사라졌다.

"아저씨? 어떻게 이렇게 빨리 오셨어요?"

"차가 막히지 않아서 예상보다 빨리 도착한 거야."

"그래도 깨워주시죠. 아저씨 운전하시는데 저 혼자 자버려서 어떡해요."

"다음에 운전할 땐 절대로 안 재우마. 그럼 되는 거지?"

"네. 다음엔 진짜 안 잘게요. 혹시 자더라도 꼭 깨워주세요."

콴은 알았다는 대답을 하고 현서의 머리를 쓰다듬어 주었다. 그 사이 대문을 열고 나온 남궁혁이 운전석의 차창을 똑똑 두드렸다.

"현서야, 팀장님하고 먼저 집으로 들어가라."

"아저씨는요? 아저씨도 같이 가시는 거 아니었어요?"

"난 잠시 처리할 일이 있어서 사무실에 가봐야 해."

"이렇게 늦은 시각예요?"

"그래."

짧게 대답한 콴은 곧장 운전석에서 내렸다. 콴을 대신해 운전석에 앉은 혁은 천천히 차를 출발시켰다. 얼결에 혁과 눈인사를 한 현서는 어둠 속에 홀로 서 있는 콴을 걱정스레 쳐다보았다. 저를 향해 옅게 미소 짓는 얼굴을 보았는데도 이상하게 자꾸 불안한 마음이 들었다.

콴은 현서를 태운 차가 대문 안으로 들어가는 걸 확인하고 나서야 불빛을 향해 발길을 돌렸다. 콴이 혼자가 되자 가장 앞에 서 있던 차량의 운전석 문이 기다렸던 것처럼 열렸다.

덩치가 큰 슈트 차림의 사내는 차에서 내려 신속하게 뒷좌석으로 향했다. 그가 문을 열고 대기 자세를 취하자 뒷좌석에 있던 남자가 차량 밖으로 발을 내렸다.

최고급 수제화에 진회색 고급 슈트로 몸을 감싼 남자는 바로 세운 키가 콴만큼이나 커 보였다. 콴을 향해 성큼성큼 다가오던 남자는 서너 걸음이 떨어진 거리에서 걸음을 멈추었다. 그는 한쪽 손을 배에 대고 깍듯하게 고개를 숙였다 들었다.

[오랜만에 뵙습니다, 마스터.]

정중한 태도로 인사를 덧붙인 어둠 속의 남자는 바로 에릭 클라우스였다.

11. 검은 밤

1층의 개인 응접실.

콴과 에릭은 테이블을 사이에 두고 마주 앉아 있었다.

무려 사십여 년 만의 재회. 악수와 포옹을 나누었지만 우호적인 분위기는 거기까지였다.

[저희를 버리고 가버린 이유가 뭡니까?]

이유를 묻는 에릭의 목소리는 더없이 차분했다. 그러나 푸른 눈 동자엔 콴을 향한 원망이 짙게 드리워져 있었다.

[난 자네들을 버린 게 아니라 그곳을 떠나온 것뿐이야. 내가 떠난 이유를 알고 있으면서도 그렇게 말하는 이유가 뭔지 오히려 궁금하군.]

콴의 대꾸에 에릭은 미간을 좁혔다.

물론 그는 콴이 바라고 원했던 일이 무엇인지 알고 있었다.

콴 그레고리 루이스, 모든 뱀파이어 중 가장 탁월한 능력과 권위를 지녔던 존재.

많은 뱀파이어들이 종교처럼 추앙하고 따랐던 완벽한 존재는 평범한 인간으로 돌아가 순리를 따르는 죽음을 맞이하길 바랐다.

비루하고 천박한 인간의 삶을 벗어나기 위해 뱀파이어가 되는 길을 택한 에릭에게 콴의 열망은 그가 공감할 수 없는 이해 불가의 영역이었다. 콴이 살아온 세월은 자신이 살아온 시간과 비교 불가한 무게를 지닌 만큼 감히 가늠할 수 없는 것이라고 짐작할 뿐이었다.

불로불사의 삶이 주는 쾌락과 환희. 그 화려한 빛의 이면에 어떤 것으로도 해갈되지 않는 고독과 갈증이 어두운 그림자로 존재한다는 걸 에릭도 알고 있었다.

그럼에도 콴의 바람이 이루어지는 것을 원치 않았다. 자신들의 지도자였던 콴이 평범한 인간으로 회귀해 죽음을 맞이하는 일을 결단코 기적이나 축복이라고 인정하고 싶지 않았다.

에릭을 비롯한 대부분의 뱀파이어들은 그런 죽음을 나약한 패배자들이 선택하는 도피처이자 불명예스러운 형벌이라고 단정 지었기 때문이다.

[그래서, 그 바람을 이루셨습니까?]

콴은 대답 대신 옅은 미소를 지었다.

[당신의 파장을 느낄 수 있는 걸 보면 아직은 이루어지지 않았다고 봐야겠군요. 당신의 외모가 제가 기억하던 모습과 달라졌다

고 해도 말입니다.]

[자네 말이 옳아. 난 여전히 뱀파이어로 살아가는 중이지.]

[그럼 그 바람을 포기할 때도 되지 않았습니까?]

[자네가 그렇게 생각하는 것도 무리가 아니야. 하지만 나의 바람은 달라지지 않을 거네. 그러니 포기란 말은 자네의 것으로 만드는 게 좋겠어.]

에릭은 꿈틀 눈썹을 올렸다가 천천히 고개를 주억거렸다.

[좋습니다. 저도 당신의 바람을 인정해 드리죠. 하지만 당신의 자리는 당신이 떠난 후부터 지금까지 여전히 비어 있습니다. 그러니 돌아가서 그 자리를 차지하세요. 그다음엔 당신이 무엇을 원하든 상관하지 않겠습니다.]

[에릭, 난 돌아갈 마음이 전혀 없다. 그들에게 가서 내 말을 전하고 그 자리를 치우도록 해.]

콴의 대구에 대리석처럼 미끈했던 에릭의 이마와 미간은 종이가 구겨진 것처럼 흉하게 일그러졌다. 조금의 주저함도 없이 거절을 말하는 콴 때문에 몸 안의 피가 싸늘하게 식어지는 듯했다.

[그럼 이곳에 계속 머물겠다는 겁니까?]

[그럴 생각이야.]

[대체 왜요? 무슨 이유 때문에 여기 있겠다는 겁니까?]

[이곳을 내가 머물 마지막 장소로 정했기 때문이야.]

[이곳이 당신의 마지막을 맞이할 장소라는 겁니까? 지독한 마늘 냄새에 불쾌한 십자가들이 판을 치고 있는, 이 기이한 나라가요?]

에릭은 전혀 공감이 되지 않는다는 얼굴로 반문했다.

[지내다 보면 익숙해지는 냄새와 풍경들이지.]

[콴!]

에릭이 소리를 높이자 마치 지진이 난 것처럼 응접실의 집기가 흔들렸다. 그러나 콴은 눈썹 하나 까딱하지 않고 에릭을 응시했다.

[이곳의 모든 것이 분명 성에 차지 않을 거야. 자네의 기준으론 함량 미달일 테니까.]

[그렇습니다. 당신은 이런 자리와 전혀 어울리는 존재가 아닙니다. 당신 용모가 동양인처럼 보인다고 해서, 이 땅의 사람들과 어울릴 거란 착각은 버리세요.]

에릭은 격앙된 감정을 누르느라 잇새로 말을 내뱉었다. 그러나 냉정한 입가엔 분노에 따른 떨림이 분명히 묻어났다.

[자네가 어떤 마음이든 이곳에 있는 지금이 가장 마음이 편안해.]

[그 말은, 이곳을 절대 떠나지 않겠다는 거군요.]

[그래, 에릭.]

에릭은 인상을 구긴 채 잠시 침묵을 지켰다. 그리고 무거운 한숨을 내쉬었다.

[이런 일이 일어날 걸 알았다면, 이영우를 살려두지 않았을 겁니다.]

영우의 이름이 나오자 콴의 눈매가 일순 가늘어졌다. 에릭이 영우를 거론하는 것이 어떤 이유이든 좋은 징조가 아니었다.

[이영우를 만나면서부터 당신은 조금씩 달라졌습니다. 그리고 이영우가 떠났던 그해에 결국 우리를 두고 떠나 버렸죠.]

[이영우가 아니었다고 해도 난 언젠가 자네들 곁을 떠났을 거야.]

[이영우가 당신의 결정에 영향을 끼쳤다는 걸 부정하지 마세요.]

[······.]

[난 처음부터 이영우가 맘에 들지 않았어요. 그때 그 느낌을 믿고 그를 제거했다면 당신이 흔들리는 일도, 이런 나라에서 안주하겠다는 너절한 생각도 하지 않았을 겁니다.]

[내가 아무 말도 없이 떠났다고 했지만 자넨 내가 떠난 이유를 정확하게 알고 있었어. 자네가 나의 마음을 헤아리고 있다는 걸 알기에 난 떠날 수 있었어. 그래서 내가 가진 대부분의 재화를 자네와 클라우스 가문 앞으로 남겨뒀던 거야.]

[그것으로 당신의 의무를 다했다고 판단하는 겁니까? 당신이 떠난 후에 우리가 겪었을 혼란과 낭패감은 왜 헤아리지 않는 거죠?]

자네가 그걸 감당할 능력이 된다는 걸 알고 있었으니까. 무슨 말이 더 필요한가? 지금 자네 모습이 내 예상이 틀리지 않았다는 걸 증명하고 있는데.]

에릭은 콴의 생각을 인정하지 않았다. 작은 일부분도 받아들일 수 없었다.

[당신이 떠나고 상위 뱀파이어들이 가지는 능력들이 현저하게 약해졌습니다. 원로회에선 당신의 부재가 어떤 식으로든 연관이 있다고 판단하고 있어요.]

[그 이유 때문에 날 애타게 찾았던 거로군. 내가 그 문제를 해결할 수 있을 거란 생각에서 말이야.]

[비꼬듯 말씀하지 마십시오. 당신은 우리 중 가장 완벽한 피와 능력을 가진 존재였습니다. 그러니 원로회에서 그런 판단을 내리는 게 당연한 거 아닙니까?]

[뱀파이어의 능력이 퇴화되는 건 우리를 둘러싼 환경과 삶의 방식에 변화가 생겼기 때문이야. 우리가 추구하고 누려왔던 안락한 삶이, 우리 주변에서 벌어지는 일들에 신경을 쓰지 않고 우리 것만을 지키려고 했던 삶이, 결국 뱀파이어 전체를 병들게 만든 거지. 이전의 생각과 삶의 방식을 통렬히 돌아보고 개선하지 않는 한 뱀파이어는 인간이 걸어가는 종말의 길을 따라갈 수밖에 없어. 인간의 삶이 그들의 피와 환경을 오염시키는 길을 가고 있는데, 그것에 아무런 영향도 받지 않고 안전하게 살아갈 순 없는 법이야.]

[우리가 그걸 알지 못한다고 생각하십니까?]

[알고 있다면 자네가 그 변화를 주도해.]

[전 할 수 없습니다. 제게 그만한 능력이 있는 것도 아니고, 설령 능력이 있다고 해도 원로회의 동의를 얻는다는 게 쉽지 않을 겁니다.]

[핑계를 대는 걸 보니 그럴 의지가 없는 거로군.]

[제 상황을 알지 못하면서 함부로 예측하지 마십시오.]

에릭은 날 선 목소리로 콴을 힐난했다.

[떨어져 있는 시간이 길었으니 정확하게 헤아릴 순 없겠지. 하지만 자네가 걸어온 길을 보면 자네가 무엇을 마음에 두고 있는지

짐작은 할 수 있어. 자네와 클라우스 가문이 깊게 관여하고 있는 메디컬과 금융 사업, 거기서 창출되는 수익금이 어떤 단체를 후원하고 있는지만 보아도 예상이 가능한 것 거 아니겠나?]

콴의 말에 에릭의 미간이 꿈틀 움직였다. 자신을 포함한 상위 뱀파이어들. 즉, 그들의 수뇌부들이 공을 들이는 대상은 부와 권력을 가진 자들의 편의와 이익을 구축하는 데 힘을 실어주는 정치인들과 사업가들이었다.

메디컬 사업의 한 축을 이루고 있는 신약 개발과 바이오산업 역시 병약하고 가난한 자들에게 필요한 필수 의약품보다 비싼 값을 치를 수 있는 이들에게 필요한 의약품과 치료제를 개발하는 데 많은 자본과 공을 들이고 있었다. 그러니 콴의 생각을 지나친 억측이라 반박할 수 없었다.

[갑자기 궁금해지는군. 내가 돌아가서 자네와 자네들이 쌓아놓은 것을 무너뜨리겠다고 한다면, 그래도 날 반갑게 맞이할 것인지 말이야.]

에릭은 완고한 침묵으로 대답을 대신했다. 콴은 불편한 심기를 드러내는 에릭의 모습에서 외려 편안함을 느꼈다. 바라는 것을 에둘러 말하는 대화보다 솔직한 욕망을 드러내는 대화가 골치가 덜 아팠다.

[자네들과 나와의 사이엔 이미 사십 년이란 시간이 흘렀어. 게다가 우린 생각이 다르고 가려는 길 또한 일치하지 않아. 그래도 자네의 모든 걸 부정하진 않네. 그러니 자네도 내가 가는 길을 그냥 인정하면 돼.]

[당신의 삶이나 생각을 인정한다고 해도 당신과 우리는 전혀 무관해질 수 없습니다. 당신이 살아 있는 한, 그건 절대 불가능한 일입니다.]

[지루하게 반복되는 논쟁을 끝내려면, 내가 평범한 인간이 되거나 한 줌의 재로 사라져야 하는 거로군. 안 그건가?]

콴은 여유로운 미소를 띠고 그렇게 말했지만, 에릭은 그에 호응할 마음의 여유가 조금도 없었다.

[한 나라에 두 왕이 있을 순 없으니까요.]

[난 그 자리에 더 이상 미련이 없어. 그걸 정말 모르겠나?]

[그 얘기를 원로회 앞에서도 똑같이 할 수 있습니까? 인간이 되기 위해 당신의 모든 걸 포기하고 내려놓겠다는 말을 한 자도 빠짐없이 할 수 있다면, 그땐 저도 붙잡지 않겠습니다.]

자신들을 이끌어왔던 수장이 한낱 인간이 되기 위해 모든 것을 내려놓는다고 했을 때 원로회의 반응이 어떠할지 불을 보듯 뻔했다. 그들이 콴에게 바라는 건 무소유를 추구하는 성인군자의 모습이 아니었다. 강력한 카리스마와 무소불위한 권능으로 원로회의 꼭대기에 군림하는 신과 같은 지도자였다. 그러니 기대와 다른 주장을 펼치는 콴을 순순히 두고 볼 리 없었다.

[죽음을 염두하고 그들을 설득하라. 그렇지 않으면 죽임을 당하리라.]

콴은 나직하게 그 말을 중얼거렸다.

[그건 자신이 없으십니까?]

[당장 답을 해야 하는 질문인가?]

[오늘부터 사흘. 그렇게 말미를 드리겠습니다. 당신을 찾아 헤맨 시간이 오래라 그 이상의 시간을 기다릴 수 없다는 걸 이해해 주십시오.]

[사흘. 사흘이라⋯⋯.]

[그 시간을 이용해 이전처럼 떠나는 일은 하지 않길 바랍니다.]

[이곳이 나의 마지막 장소라고 했잖은가. 그러니 그런 걱정은 말아.]

[차라리 신이 되겠다고 말하세요! 하찮은 인간이 되겠다는 말보다 그게 더 설득력이 있으니까요.]

에릭이 짐승처럼 으르렁거리자 공간의 기온이 한겨울처럼 싸늘하게 가라앉았다. 푸른색을 띠던 아름다운 눈동자가 선혈처럼 붉게 변하더니 차가운 분노와 원망이 뒤섞인 살기가 콴의 심장을 향해 곧바로 뻗어 나갔다.

콰직! 파아앗!

그러나 그 기운은 콴의 몸에 부딪치는 순간 전혀 다른 성질로 뒤바뀌어 흐릿한 연기처럼 힘없이 흐트러졌다.

[⋯⋯!]

이마와 관자놀이의 심줄이 흉하게 불거질 정도로 힘을 쏟았던 에릭은 무용지물이 되어버린 기운을 거두어들이며 이를 사리물었다. 콴이 자리를 비웠던 시간 동안 그를 능가하는 수장이 되기 위해 갖은 노력을 다한 그였다. 중하위의 뱀파이어들이 가지고 있는 능력을 흡수해 제 것으로 만들고, 능력을 상실한 그들을 한 줌의 재로 희생시키는 일까지 서슴지 않았다. 그런데 이 순간, 콴의 머리카락 한 올도 상하지 못하게 만들었다는 것이 그를 어지러운 충격으로 몰아넣었다.

[인간을 혐오한다고 말하면서도 자네 역시 인간의 행세를 하며 살아가고 있어.]

[인간의 모습을 갖췄다고 해서 그걸 인간이라고 말할 수 있습니까? 전 인간이 아니라 뱀파이어입니다. 당신처럼 인간이 되고 싶지도 않고, 신은 더더욱 되고 싶지 않습니다. 그저 뱀파이어로서의 삶을 충실하게 살아갈 뿐이죠.]

[에릭.]

[오늘을 포함해 사흘을 드리겠다고 했습니다. 그때 어떤 선택을 하실지 벌써부터 기대가 되는군요.]

[내가 동행을 거부하겠다면 어떻게 할 건가?]

[당신이 동행할 마음이 생기도록 수단과 방법을 가리지 않을 겁니다.]

[수단과 방법을 가리지 않겠다.]

나직하게 되뇐 콴은 짧은 한숨을 내쉬었다.

[당신의 파장을 느낀 후에 곧바로 카일을 보냈습니다. 하지만 당신의 흔적을 찾기가 쉽지 않다고 하더군요. 그런데도 포기가 안 됐습니다. 이 나라가 이영우의 고국이었다는 걸 깨달은 다음엔 더더욱 그랬죠. 그래서 이영우를 파고들면 당신과 관련된 실마리를 적어도 한두 개 정도는 얻을 수 있을 것 같았습니다.]

영우의 이름이 다시 언급되자 콴의 눈빛이 어두워졌다. 에릭은 미묘하게 달라진 그 눈빛을 절대 놓치지 않았다.

[제 판단은 옳았습니다. 이영우에 대해 알아보는 중에 당신의 기운을 다시 느낄 수 있었으니까요.]

[…….]

[특히 오늘은. 아니, 이제 자정이 넘었으니 어제라고 해야겠군요. 당신의 기운을 가장 생생하게 느낄 수 있었습니다. 흔적이 사라질까 조마조마해하면서 허겁지겁 따라갈 필요가 없을 정도로, 아주, 강력했죠.]

천천히 강조하는 목소리를 듣다가 콴은 피식 웃음을 터뜨렸다. 현서를 보호하려던 목적으로 사용했던 주술과 능력이 자신의 행방을 드러내는 역할을 했다는 사실에 저절로 실소가 터져 나왔다. 삶은 늘 예측불허로군.

[난 자네를 소멸시킬 수 있어.]

콴에게서 흘러나온 목소리는 말의 내용과 무관하게 나직하고 감미로웠다.

[자네와 함께하는 그들까지도.]

그 경고가 단순한 위협이 아님을 알기에 푸른색으로 돌아온 눈동자에 한층 차가운 빛이 번득였다.

[당신의 능력이라면 어렵지 않은 일이겠지요. 하지만 이곳에서 마지막을 보내겠다는 바람은 절대로 이뤄지지 않을 겁니다.]

[아마도 그렇겠지. 자네 행방을 알고 있는 이들이 날 다시 찾을 테니까.]

[아주 잘 알고 계시는군요. 맞습니다. 절 제거한다면 당신은 지금과는 다른 도망자의 삶을 살아가게 될 겁니다. 당신뿐 아니라

당신이 소중하게 여기는 사람들이 죽음에 버금가는 고통을 받게 될 테고요.]

콴은 다른 사람의 말을 전해 듣는 것처럼 담담하게 고개를 주억거렸다.

에릭은 콴의 그런 반응이 마음에 들지 않았다. 어떤 말을 해도 흐트러지지 않는 그 모습을 어떻게든 뒤흔들어 깨어버리고 싶었다.

[차 안에 있던 소녀 말입니다. 이영우의 손녀인 것 같던데, 맞습니까?]

에릭이 현서를 운운했지만 콴은 아주 능숙하게 감정을 숨겼다.

[이미 알고 있으면서 뭘 확인하려는 건가?]

여유로운 표정을 하고 되묻자 에릭 또한 대수롭지 않다는 표정을 하고 콴의 말을 받았다.

[혹시라도 착오가 있으면 안 될 일이라 확인을 했습니다.]

한발 물러나는 듯했던 에릭은 이번엔 좀 더 노골적인 질문을 콴에게 던졌다.

[이곳에 머물려는 이유가 그 소녀 때문은 아니겠지요?]

[내 권속들에 대한 관심은 그쯤에서 그쳐 주면 고맙겠군, 에릭 클라우스.]

[알겠습니다. 그 부분 잊지 않고 명심하겠습니다, 마스터.]

콴과 에릭은 옅은 미소를 띤 채 말을 주고받았다. 하지만 그들의 마음속엔 서로에 대한 경계와 불신이 차곡차곡 쌓여가고 있었다.

[그럼 오늘은 이쯤에서 물러가겠습니다, 마스터.]

에릭은 자리에서 일어나 사흘 후 자정에 맞춰 저택으로 오겠다는 말을 덧붙였다.

콴은 고개를 끄덕이는 것으로 대답을 대신했다. 에릭은 처음 등장했을 때처럼 정중한 인사를 한 후 응접실을 천천히 가로질렀다. 문 앞에 다다를 때까지 침묵하던 그는 문을 나서기 전 콴을 다시 돌아보았다.

[콴.]

부르는 소리에 콴은 조용히 눈을 들어 에릭을 보았다.

[당신이 예전의 자리로 돌아오신다면 어떤 문제도 생기지 않을 겁니다. 하지만 뜻을 굽히지 않는다면 어떤 식으로든 문제가 생길 겁니다.]

[……]

[부디 현명한 선택을 하시길 빌겠습니다.]

에릭은 다시 인사를 건넨 후 콴의 응접실을 나섰다.

"방금 나간 길쭉한 외국인 정체가 뭡니까?"

혁의 질문에 현관문을 닫고 돌아서던 동운이 훅, 소리가 나게 숨을 들이켰다. 아무도 없는 줄 알았던 공간에서 혁이 불쑥 나타나 다짜고짜 질문을 던지니 항상 침착함을 유지하던 동운도 놀라고 만 것이었다.

"류 이사장님과 안면이 있는 분이라고 생각하면 됩니다."

"그래요?"

"예."

대답한 동운이 주방으로 걸음을 옮기자 혁도 일단 뒤를 따랐다.

혁은 현서를 방까지 데려다주고 난 다음 자신의 방이 아닌 주방으로 향했다. 안의 분위기가 어떻게 돌아가는 것인지 파악하기 위해 야식을 챙겨 먹는 것처럼 하면서 주방에서 시간을 보낸 참이었다.

때마침 사하가 주방으로 들어왔기에 저택을 방문한 낯선 외국인과 저택의 주인과의 관계에 대해 넌지시 물었다. 사하는 자기는 잘 모르는 일이라는 어설픈 거짓말을 하고는 다른 질문을 할세라 잽싸게 주방을 빠져나갔다. 그래서 동운과 마주치길 고대하며 주방에 머물렀다가 사람이 나가는 인기척을 듣고 스리슬쩍 로비로 나온 것이었다.

"안면은 있지만 사이는 별로 안 좋았나 봅니다. 분위기가 영 썰렁한 걸 보면 말이에요."

"글쎄요, 제가 뭘 알겠습니다."

동운까지 그렇게 나오자 혁은 이게 아닌데, 하며 머리를 벅벅 긁었다. 동운은 사하보다 입이 더 무거운 사람이라 아무리 찔러도 다른 말이 나오지 않을 게 뻔했다.

"늦은 밤까지 수고 많으셨습니다. 그럼 백 집사님, 편히 쉬십쇼."

"감사합니다. 남궁 팀장님도 편안히 주무시길 바랍니다."

인사를 나눈 동운이 뒤돌아서자 혁은 정문으로 이어진 길을 볼 수 있는 창가로 조용하고 재빠르게 다가갔다. 창밖으로 눈길을 주자 저택을 나간 금발의 신사를 태운 세단과 대기 중이던 또 다른 세단이 대문 쪽을 향해 멀어지는 게 보였다.

현서를 데리고 가는 길에 슬쩍 본 것이긴 했지만 방문객이 탄 차량은 한 대에 수억 원을 호가하는 최고급 세단이었다. 금발의 신사는 저택의 주인만큼이나 큰 키와 체격을 가졌고 얼굴 또한 상당히 아름다웠다. 다른 차량에 타고 있던 흑발의 사내도 외모가 출중한 것으로 보아 단순히 외국인이라서 그런 것이 아니란 생각이 들었다.

"저 인간들이 뱀파이어라는 데 내 마지막 담배를 건다."

혁은 혼잣말을 구시렁대곤 창가에서 물러났다. 궁금한 의문이 한 가지도 해결되지 않은 상황에서 방으로 돌아가 침대에 눕는다고 해도 딱히 잠이 올 것 같지 않았다.

어쩌겠나. 목마른 내가 우물을 파서 마시는 수밖에.

자신의 궁금증을 조금이라도 해결해 줄 수 있는 상대를 찾아가기로 마음을 정한 혁은 콴의 응접실 앞까지 단숨에 다가갔다. 노크를 하기까지 잠시 망설이기도 했지만 마음먹었던 대로 과감하게 문을 두드렸다.

이윽고 문이 열리며 콴이 모습을 드러냈다.

기분 탓인지 모르겠지만 콴에게서 한겨울 밤처럼 차갑고 암울한 기운이 훅 끼쳐 왔다.

현서와 함께 있을 때 느껴졌던 다사롭고 향기로운 기운은 찾으려야 찾아볼 수 없는 침울한 기운이라 혁까지도 덩달아 마음이 가라앉을 정도였다. 그리고 그 느낌은 혁이 잠시 잊고 있었던 오늘의 기억을 상기하게 만들었다.

"무슨 일이지?"

"이사장님께 뭘 좀 물어볼게 있어서 왔는데, 그전에 해야 할 말이 떠올랐습니다."

"해야 할 말?"

"낮에 외출했을 때 제가 급브레이크를 밟았던 것 기억나십니까?"

기억하고 있다는 듯 콴이 고개를 끄덕였다.

"그땐 제가 착각으로 실수를 한 거라고 생각했는데, 아무래도 착각이 아닌 것 같아서 말입니다."

"그렇게 생각하는 이유가 있나?"

콴은 그렇게 물으며 안으로 걸음을 옮겼다. 그것이 들어오라는 뜻이라는 걸 알고 혁도 안으로 걸음을 옮겼다.

"낮에 보았던 그림자하고, 조금 전 이사장님을 찾아온 남자에게서 풍겼던 기운이 굉장히 닮았다고 할까요. 선뜩한 느낌만 비슷한 게 아니라 사람을 움츠러들게 만들면서도 자꾸 돌아보게 만드는 기묘한 냄새가 상당 부분 겹쳐져서, 사고가 날 뻔했던 것 때문에 과민반응을 하는 건가 싶기도 하지만 일단 그렇습니다."

"그건 아마 자네 짐작이 맞을 거야."

"그 말씀은 저치들이 우릴 놀라게 하려고 깜짝 등장을 했다는 얘긴데, 그게 맞습니까?"

"그래, 분명히 그런 것 같군."

"그런 것 같다고 인정하는 것으로 끝입니까? 그게 사실이면 가만히 있으면 안 되는 거 아닙니까?"

혁이 물었지만 콴은 무어라 대답을 하지 않았다. 일부러 하지 않는 게 아니라 그에 대해 생각을 하는 그늘진 눈빛이었다.

"낮에 있었던 해프닝하고 오늘 이사장님을 찾아온 외국인하고 관련이 있는 것 같은데, 그 사람들 대체 누굽니까? 이사장님과 비슷한 뱀파이어 맞습니까?"

혁이 정확히 집어 말하자 콴이 어둠침침한 미소를 지었다.

"잠깐 본 거였을 텐데 아주 제대로 파악을 했군."

"역시 그랬군요."

"자네로선 궁금한 것들이 더 있겠지만 오늘 얘기는 이걸로 끝을 맺어야 할 것 같네."

"아닙니다. 이 정도만 해도 충분합니다."

혁은 양손까지 들어 보이며 진심으로 만족해하고 있다는 표정을 지었다.

"조만간 자네와 얘기를 나눌 시간을 갖게 될 거야. 그전에 내 생각이 정리되는 게 순서이니까, 내가 부를 때까지 기다려 주겠나?"

"알겠습니다. 생각이 정리되면 언제든 절 부르세요. 굳이 정리가 안 됐어도 전 상관없습니다. 가끔은 이래저래 얘기를 나누다가 명쾌하게 정리가 될 때가 있으니까요."

"자네 말, 꼭 참고하지."

콴은 점잖게 웃으며 고개를 끄덕였다.

"딱히 편히 쉴 것 같은 분위기는 아니지만, 뭐, 어쨌든 편히 쉬십시오."

혁은 콴과 인사를 나누고 응접실을 나갔다. 콴은 창가로 걸어가 밤하늘을 올려다보았다.

한밤중을 맞이한 하늘은 구름이 여전히 짙게 드리워져 있었다. 창백한 달과 영롱한 별들을 집어삼킨 검은 하늘은 그의 심정을 대변하듯 몹시 막막하게 어두웠다.

✦ ✦ ✦

[얘기가 생각보다 빨리 끝난 거 아냐?]

저택을 나와 차에 오른 에릭이 한동안 말이 없자 카일이 먼저 말문을 열었다. 그런데도 에릭은 가타부타 말이 없었다.

[뭐야, 에릭. 왜 아무 말이 없어?]

카일은 성마르게 에릭을 채근했다. 콴과 인사도 못 나눈 채 저택 외부의 차 안에서 대기했던 상황이 가뜩이나 불만이었다. 그런데 에릭이 대꾸조차 하지 않으니 기분이 상하려고 했다.

[나 궁금해서 죽게 만들 작정이야? 따라가지도 못하게 떼어놓고 갔으면 무슨 말이 있어야 할 거 아냐.]

[……그는 완전히 변했어.]

[뭐?]

[우리가 기억하고 있던 그가 아니야.]

길지 않은 말인데도 에릭이 느끼는 감정이 기쁨 혹은 즐거움과 거리가 먼 것임을 인지할 수 있었다. 원망, 분노, 허탄한 실망이 단단하게 뒤엉킨 표정을 보게 되자 카일은 이걸 어떻게 받아들여야 하나 고민에 빠졌다. 평소 얄미울 정도로 침착한 에릭 앞에서 날것의 감정을 가감 없이 내보이는 건 언제나 카일이었다. 그런데 에릭이 감정적인 반응을 하고 있으니 먼저 걱정이 앞서는 것이었다.

[한두 달도 아니고 무려 사십여 년이야. 그 시간을 떨어져 있었으면 변하지 않는 게 더 이상한 거 아냐?]

[다른 사람은 몰라도 그는 변해선 안 돼.]

에릭의 목소리는 음산했고 눈동자에선 푸른 불꽃이 사납게 이글거렸다.

[에릭, 그건 너무 지나친 생각 같아.]

[지나친 생각이라고? 그는 우리의 기준이자 기꺼이 우리를 수 있는 신과 같은 존재였어. 그런 존재가 무너지는 모습을 변화로 인정하란 거냐?]

[대체 무슨 말을 듣고 온 건데? 그가 무슨 말을 했는지 알아야 같이 화를 내든 원망을 하든 할 거 아냐?]

[우리와 함께 돌아가자고 했더니 딱 잘라 거절하더구나. 평범한 인간이 되어서 순리에 맞는 죽음을 맞는 그 길이 자신의 바람이자 길이라면서 여기 이곳에서 마지막을 보내겠다고 했어.]

[뭐어? 그게 정말이야?]

카일은 몹시 뜨악해하며 한 번 더 사실이냐고 되물었다.

[나도 믿기지 않아서 몇 번씩 같은 질문을 했어. 그런데 그 대답이 아주 한결같았지.]

[이런 세상에! 형이 놀라는 것도 무리가 아니네. 아니, 어떻게 그런 생각을 할 수가 있지? 햇빛 아래서 움직일 수 없다는 게 불편한 건 사실이지만 늙고, 병들고, 결국 죽어야 하는 인간의 삶이 뭐 좋은 게 있다고.]

[……]

[워낙에 고매하고 고결한 양반인 건 알고 있었지만, 내 깜냥으론 이해 불가의 경지인데?]

[카일.]

[어?]

[이현서란 아이에 대해 자세히 알아봐.]

[이현서라면, 이영우인가 했던 한국인의 손녀 아이?]

에릭은 짧게 고개를 끄덕였다.

[알았어. 헤바에게 접촉을 해보라고 말할게.]

[그 아이의 기억만이 아니라 피까지 취해야 한다고 확실히 지시해.]

[피까지 취하는 건 위험하지 않을까? 자칫 잘못하면 죽을 수도 있잖아.]

[만약 죽는다면 우리의 피로 살리면 돼.]

[우리의 피로 살린다는 건.]

카일은 잠시 말을 멈추고 에릭의 표정을 주시했다.

[설마 그 아이를 뱀파이어로 만들 작정이야?]

확인하는 카일의 목소리는 어딘가 조심스러웠다.

[마스터가 거두고 있는 아이를 진짜로 그렇게 할 건 아니지?]

혹시나 하는 마음에 카일은 에릭에게 다시 확인을 했다.

[상황에 따라 그렇게 할 수도 있어.]

[형. 형 마음은 알겠는데, 그건 단순한 문제가 아니야. 누군가의 수하에 있는 사람을 뱀파이어로 만드는 건 그에게 선전포고를 하

는 거나 마찬가지라고.]

차 안에 있는 사람은 자신들과 운전기사뿐이었지만 카일은 숨소리까지 죽여가며 작게 속삭였다.

[그가 자신의 의사를 밝힌 것처럼 나 역시 내 의사를 분명하게 밝히는 거야. 그러니까 문제될 건 없다.]

에릭의 대답은 단단히 벼린 칼날처럼 몹시 단호했다.

[하지만 아직 결정된 게 아무것도 없잖아. 그와는 오늘 만나 잠깐 얘기를 나눈 게 전부라고. 그가 우릴 척결하겠다고 나선 것도 아니고. 물론, 인간이 되겠다는 말을 한 건 꽤 실망스럽긴 해. 하지만 그건 그의 개인적인 바람인 거잖아.]

에릭은 잠자코 카일이 하는 말을 듣기만 했다. 자신의 생각에 동조하며 행동을 부추길 거라 생각했던 카일이 의외의 반응을 보이자 그 말을 더 듣게 되는 것도 있었다.

[이왕 말이 나왔으니 하는 말인데, 그가 원하는 대로 살라고 하면 안 되는 거야? 원로회엔 마스터의 흔적은 있었지만 모습은 찾을 수 없었다. 그렇게 보고하면 되잖아.]

[그렇게 하면 잠시 일단락은 되겠지. 하지만 그를 찾아야 한다는 명제는 계속될 거야. 그가 살아 있는 한, 원로회의 수장 자리는 영영 비어 있을 테고.]

[그거야 형식적인 자리인 거고. 사실 형이 우리 일을 하는 데 큰 걸림돌은 없었잖아. 중하위 뱀파이어들이야 마스터에 대한 미련이 있다고 해도, 상위 뱀파이어들은 형에게 대부분 호의적이라고.]

[그가 돌아오면 그들은 언제고 내게 등을 보일 거야.]

에릭은 조각상처럼 잘생긴 입매를 비틀며 차가운 조소를 흘렸다.

[그래서 그를 꼭 데려가려는 거야?]

[원로회의 멤버들만이라도 그가 전과 다른 존재라는 걸 분명히 알아야 해. 그가 귀환해서 예전과 같은 영화를 되찾아줄 것이라는 꿈을 깨지 않으면 내가 무슨 일을 하든 그와 끊임없이 비교를 하면서 날 무시하려고 할 거야. 그가 불명예스럽게 죽지 않는 한, 그는 살아서든 죽어서든 날 이기는 불패의 존재란 말이다.]

콴과의 만남에서 받은 충격 때문인지, 에릭은 평소였다면 절대 내보이지 않았을 속마음을 카일에게 털어놓고 있었다.

카일은 말을 최대한 줄이고 에릭이 하는 말을 진지하게 경청했다. 에릭의 말을 듣는다고 해서 에릭의 생각까지 전적으로 동의하는 건 아니었다. 그러나 에릭이 내릴 결정들에 자신이 어떤 식으로든 가담하게 될 것임을 모르지 않았다. 에릭은 자신과 피를 나눈 형제였다. 유일한 형제의 심기를 불편하게 만드는 존재는 그에게도 응당 적으로 간주되어야 했다. 설령 그가 콴이라고 해도, 마찬가지였다.

12. 콴의 선택

"정말로 그렇게 하길 바라십니까?"

확인하듯 되묻는 호진을 향해 콴은 그렇게 해주길 바란다고 대답했다.

"아니, 반드시 그렇게 해주어야 해."

콴의 표정은 부드러웠지만 그의 눈빛은 물러남을 허락지 않는 철옹성처럼 강하고 단단했다. 그것을 느끼고 있음에도 호진은 쉽게 대답을 하지 못했다.

여느 때와 같았다면 그대로 이행하겠다는 말이 어렵지 않게 흘러나왔을 것이다. 그러나 오늘 그가 지시한 내용에 대해선 그 말이 좀처럼 나오지 않았다. 콴의 말을 이해하지 못해서가 아니었다. 그동안 그래 왔던 것처럼 이해를 하고도 남음이 있는 말이었으나 어떤 불길한 짐작이 호진의 맘을 불안하게 만들고 있었다.

"이사장님."

침묵하던 호진은 결국 말문을 열었다.

"묻고 싶은 말이 많지만 우선 한 가지만 여쭙겠습니다."

콴은 뭐든 상관없다는 듯 너그러운 눈짓을 보냈다.

"여길 떠나시면 언제 오시는 겁니까?"

"글쎄, 그건 정확하게 대답을 못 하겠군."

"혹시, 아주 못 오실 수도 있는 겁니까?"

콴이 잠시 대답을 망설이자 호진이 초조한 듯 마른침을 삼켰다. 대답을 기다리는 시간이 길지 않았음에도 알 수 없는 불안감이 스멀스멀 커지며 입안이 더욱 말라왔다.

"자네에겐 솔직한 대답을 줘야겠지? 앞으로의 일 처리가 자네 손에 달렸으니까 말이야."

"그 말씀은……."

호진이 더는 말을 잇지 못하자 콴이 "자네 짐작이 맞을 거야"라고 말을 받았다.

"어쩌면 영영 돌아오지 않을 수도 있어."

"……!"

"이런 상황에 자네가 있어줘서 얼마나 다행인지 자넨 아마 모를 거야."

콴은 그 말을 하며 아주 온화한 미소를 지었다. 호진은 콴이 그런 표정을 짓는 것이 진심으로 마뜩하지 않았다. 마지막이 될지도 모른다는 얘기를 하며 초탈한 표정을 짓는 콴 때문에 가슴 깊은 곳에서부터 뜨거운 무언가가 울컥 솟아올랐다.

"저한테 겨우 다행이란 인사치레만 하시고 끝을 내시는 겁니까?"

비탄 혹은 슬픔이라 할 수 있는 감정에 눈시울이 뜨거워졌지만 호진은 그 감정을 추스르며 남은 말을 차분하게 이어갔다.

"그건 절대 안 됩니다. 어떻게든 다시 돌아오셔서 제가 어떻게 일 처리를 했는지 반드시 확인을 하셔야 합니다."

호진은 편안하게 말을 맺었지만 주름이 잡혀 있는 눈가엔 의지로도 막아지지 않는 눈물이 설핏 맺혀졌다.

"자네의 말 명심하지. 하지만 내 결재를 기다리겠다는 핑계로 일 처리를 느슨하게 해선 안 되네. 알겠나?"

콴은 웃음을 띤 채 가벼이 대꾸했다.

"앞으로의 일은 걱정 마십시오. 이사장님이 말씀하신 대로 확실히 처리할 테니까요."

호진은 콴을 따라 웃는 대신 콴이 바라는 말을 분명하게 들려주었다.

"고맙네. 진심으로 고마워."

콴이 인사를 건넸지만 호진은 괜찮습니다, 라는 형식적인 대꾸도 생략한 채 꾸벅 고개를 숙였다.

"나가는 길에 현서를 좀 불러주겠나?"

"예, 알겠습니다."

호진이 목례를 하고 집무실을 나가자 콴은 나직하게 한숨을 내쉬었다.

조금 전 그가 호진에게 지시한 일들은 콴의 명의로 되어 있는 자산의 명의를 누군가의 앞으로 옮기는 것을 포함해 비밀 유지를 해야 하는 중요한 사안들이었다.

　호진의 말에서 짐작할 수 있듯이 콴은 한국을 떠나기로 마음을 굳힌 상태였다. 에릭과 그의 일행을 피해 잠적을 하는 것이 아니라 그들과 함께 미국행 비행기에 오르기로 결론을 내린 것이다.

　그것이 최선인 거냐고 누군가 묻는다면, 자신이 할 수 있는 최선이었다고 당당하게 말할 수 있었다. 그러나 그 결정에 조금의 후회도 없느냐고 묻는다면, 후회가 없다는 말을 자신 있게 할 수 없었다. 그렇다고 해도 자신이 내린 결정을 번복하진 않을 것이다.

　그 결정을 내린 후 주변의 상황을 정리하는 데 사흘이란 시간은 너무나 빠듯했다. 그래서 에릭에게 일주일 후에 저택으로 찾아오라는 일방적인 통보를 했다. 그 기간도 부족하다 여겼지만 어떤 면에선 다행인 점도 있었다. 너무 많은 시간이 주어지게 되면 필요한 결정을 내리는 일에도, 그 결정을 추진하는 과정에서도 마음이 흔들릴 확률이 높아질 테니까 말이다.

　콴의 출국은 단순한 외유가 아니었다. 그것은 그가 인간이 되려는 소망을 완전히 포기한다는 걸 의미했다. 최종 결정을 내리기 전까지 한국에서의 삶을 정리하고 홀연히 사라지는 것에 대한 고민도 물론 있었다. 뱀파이어로 부활한 이후부터 항상 바라고 품어왔던 소망이 이루어지려는 과정에 있었기에 오롯이 자신만을 생각하고픈 욕심이 없을 수 없었다. 하지만 그렇게 하면 남겨진 이들에게 어떤 식으로든 보복이 가해질 것이었다. 동운과 사하는 물론이요, 남궁혁과 현서에게까지 그 영향이 미칠 것이 자명했다.

콴은 앉아 있던 자리에서 일어나며 낮은 웃음을 지었다. 목숨이 위태로웠던 순간에도 끝끝내 움켜쥐고 있던 희망의 끈을 놓아버리자 복잡하게 끓어오르던 가슴과 머릿속에 고즈넉한 평화가 찾아들었다.

살아 숨 쉬는 생명의 붉은 피를 취해도 자신은 결코 생명이 될 수 없는 저주받은 존재.

겉은 그럴듯하지만 속은 그저 텅 빈, 영혼 없는 껍데기와 다름없는 자신이 순리에 맞는 죽음과 삶을 꿈꾼다는 것 자체가 어불성설이자 역리였다.

그래, 이것이 나와 어울리는 길이다.

그렇게 생각을 굳힌 후 갈등과 고민은 단순해졌고 해답은 명쾌해졌다. 그러자 마지막을 준비하는 과정들에 확실한 속도가 붙었다. 호진을 필두로 사하와 동운, 남궁혁에게도 차례대로 지시와 당부를 할 예정이었다. 물론 현서도 예외가 될 순 없었다. 다만 저택의 남자들에게 한 것과 같은 상세한 설명이나 당부는 하지 않을 것이었다. 다만.

거기까지 생각을 되짚고 있을 때 노크 소리가 들렸다. 콴은 성큼 걸어가 문을 열었다. 문밖엔 호진의 연락을 받고 온 현서가 얌전히 서 있었다.

"아저씨가 부르셨다고 하셔서요."

"그래."

"무슨 일로 부르신 거예요?"

조심스레 묻는 현서를 향해 콴은 싱긋 미소를 지었다.

"오랜만에 정원을 걸을까 하는데, 괜찮겠니?"

"네, 좋아요."

현서는 흔쾌히 고개를 끄덕였고 콴은 현서를 향해 손을 내밀었다. 현서는 그의 손을 붙잡았고 그와 함께 걸음을 옮겼다.

"저랑 외출을 하고 온 다음부터요."

응접실을 나와 정원으로 이어지는 유리문을 나섰을 때 현서가 먼저 말을 꺼냈다.

"아저씨가 밖으로 나오지 않으셔서 솔직히 걱정이 됐어요."

"그래?"

"네."

"그럼 연락을 하지 그랬어?"

"안 그래도 고민을 했어요. 그런데 아저씨 상황이 어떤지 모르니까요. 일하시는 데 방해가 되면 안 될 것 같아서 할 수가 없었어요."

"그랬구나. 일 때문에 두문불출했던 건 맞아. 하지만 오늘부로 끝이 났으니까 걱정하지 않아도 된다."

"네, 그럴게요."

현서의 손을 잡은 콴은 현서를 저택 뒤편에 자리한 후원으로 데리고 갔다. 휘어진 모양새가 운치가 있는 등나무 의자에 현서를 앉히고 나서 맞은편에 한쪽 무릎을 세워 앉았다.

"왜 그러세요, 아저씨?"

묻는 현서에게 눈을 맞추지 않고 무릎 위에 모아진 현서의 두 손을 붙잡았다.

현서는 저보다 낮은 위치에서 저의 손을 붙잡고만 있는 콴을 바라보았다. 서늘한 체온과 부드러운 악력을 느낄 수 있는 이 순간이 설레고 기뻐야 하는데, 어둠 속에 홀로 서 있던 그를 보았을 때처럼 심장이 불안하게 두근거렸다.

"현서야."

말없이 잠자코 있던 콴이 이름을 불렀을 때 부드러운 바람이 불어왔다. 그의 목소리처럼 감미로운 바람 속에서 현서는 순하게 "네"라고 대답했다.

콴은 며칠 혹은 한 달 정도의 일정으로 외유를 간다는 말을 하려던 참이었다. 그다지 어려울 것 없는 말이라 여겼다.

……나는 떠나야 한단다.

그러나 시작부터 덜컥 말이 걸렸다.

"나와 같이 떠나줄 수 있겠니?"나 "나와 같이 떠나줄래?"와 같은 다른 의미의 말들이 입안을 맴돌아 자물쇠를 채우듯 입을 꾹 다물었다.

현서는 콴이 손을 내밀었을 때, 늘 그랬던 것처럼 그 손을 주저함 없이 잡아줄 아이였다. 그가 뱀파이어라는 사실을 알고도 도망치지 않았고, 오히려 자신의 피를 마시고 회복하라며 설득을 하던 아이였으니 그의 부탁을 거절할 리가 없었다. 게다가 지금은 콴의 각별한 감정까지 알고 있으니 말해 무엇 하겠는가.

그러나 콴과 얽히게 되면 현서는 더는 평탄한 삶을 살 수 없었다. 설령 콴이 온전한 인간이 된다고 해도 크게 다르지 않을 것이었다.

에릭은 강하고 끈질긴 적이었다. 만약 콴이 자신들을 따르는 것 외의 선택을 한다면 그를 배신자로 낙인찍어 처단하는 일에 앞장설 것이 분명했다. 만약 콴이 떠난다면 모든 것을 동원해 다시 추적할 것이며, 평범한 인간이 되었을 경우 어떻게든 찾아내 조각조각 찢어 죽일 것이었다.

그런 에릭을 상대하려면 전과 같은 뱀파이어의 힘을 유지해야 했다. 그러기 위해선 금혈을 멈추고 흡혈을 해야만 했다. 그렇게 흡혈을 하게 되면 현서가 가진 혈향의 유혹을 끝까지 참아내지 못할 것이었다.

어쩌면 자신도 인식하지 못하는 사이에 현서의 목덜미에 이를 박고 생명이 꺼질 때까지 피를 탐하게 될지도 모를 일이었다. 그리고 그녀를 자신과 다름없는 뱀파이어로 부활시키는 만행을 저지를 수도 있었다. 욕망과 욕심을 인내하는 일은 어렵고 힘들지만 욕망에 굴복해 욕심을 채우는 일은 허무할 정도로 쉽고 간단했다.

현서의 삶과 행복을 생각한다면 그 곁을 떠나주는 것이 가장 좋은 답이었다. 생의 목적이 평안과 안락을 추구하는 것이 전부는 아니라지만, 자신이 아끼고 사랑하는 존재에게 닥칠 수 있는 위험을 감지하면서도 그걸 견디자고 해선 안 될 일이었다. 자신이 할 수 있는 모든 것을 동원해 상대에게 닥칠 수 있는 위험을 제거하고, 그 존재를 지켜내는 것이 마땅했다.

에릭이 현서에 대해 더 많은 것을 알아채기 전에 자신과의 관계를 무(無)의 상태로 되돌릴 필요가 있었다. 그러기 위해선 현서와의 사이에 맺어진 '피의 계약'을 먼저 해지해야 했다. 그리고.

"불러놓고 왜 아무 말도 안 하세요? 아저씨가 그렇게 보고만 있으니까 괜히 불안한 생각이 들어요."

"그냥 보는 거다. 널 보는 게 좋아서. 그러니 불안해할 필요 없어."

콴이 그렇게 말했지만 현서의 얼굴을 밝아지지 않았다.

"무슨 일이 있으신 거죠? 그렇죠, 아저씨?"

현서가 더 묻기 전에 붙잡고 있던 손을 끌어당겨 이마 위에 먼저 입을 맞췄다. 그리고 살짝 벌어진 꽃잎 같은 입술 위에도 입을 맞췄다. 동그랗게 커진 눈을 빠르게 깜빡였던 현서는 콴의 한 손이 목덜미를 감싸왔을 때 스르르 눈을 감았다.

콴은 의식을 잃고 앞으로 쓰러지는 현서를 품에 안았다. 완전히 늘어진 현서를 안아 들고 일어나 눈 깜짝할 사이에 현서의 방으로 이동했다.

콴의 손에 의해 의식을 잃은 현서는 곧 깊은 잠에 빠졌고, 자신의 방 침대 위에 똑바로 눕혀졌다. 콴은 곧바로 계약을 해지하는 의식을 거행했다. 보이지 않는 빛의 글자로 현서를 얽어매고 있던 계약의 힘은 이제 현서를 떠나 콴의 심장 속으로 남김없이 스며들었다.

현서는 콴이 인간이 되지 못할 경우 핏값을 치르게 되어 있었다. 그것은 현서에게만 해당하는 제약이 아니었다. 콴 역시 계약의 기간 안에 현서를 해칠 경우 핏값에 해당하는 대가를 치러야 했다.

하여 콴은 자신의 심장을 걸었다. 현서를 보호함과 동시에 위협할 수 있는 계약을 파기하기 위해선 현서의 피를 건 것과 꼭 같은 조건이 성립되어야 했기 때문이다.

계약을 파기한 자가 상대방이 치러야 할 대가까지 감당해야 했기에 '피의 계약'은 함부로 체결할 수 없는 것이었다. 그토록 까다롭고 위험한 계약을 맺으려는 자들은 그만한 책임을 감당할 수 있는 능력이 있는 존재들—지극히 자비롭거나 피도 눈물도 없는 냉혈한 같은 성품을 가진 자들—이라야 했다.

현서를 감싸고 있던 빛이 사라지고 그녀의 주변을 휘몰아치던 바람이 잠잠하게 가라앉자 콴은 현서를 향해 뻗었던 손을 거두었다. 이것으로 현서는 자신은 알지조차 못했던 계약의 지배에서 해방된 자유로운 몸이 되었다.

콴은 눈을 들어 시각을 확인했다. 벽에 걸린 시계는 자정을 지나고 있었다. 이곳에 머물 수 있는 시간이 온 하루로 줄어든 셈이었다. 편안한 숨을 내쉬는 현서를 한동안 바라보다가 콴은 그대로 방을 나섰다. 계약이 해지됨과 동시에 현서를 보호막처럼 감싸고 있던 주술과 계약의 힘 또한 사라졌다. 그러니 현서를 지키고 보호할 의무를 가진 자를 만나야 했다.

"이 검을 맡기시겠다고요?"

호출을 받아 작업실을 방문한 혁은 미심쩍은 눈을 하고 콴에게 되물었다.

"맡기는 게 아니라 양도하는 거라네."

그 말에 혁의 눈이 번쩍 뜨였다. 원주인인 콴을 빼닮은 검은색의 아름다운 검이 손에 들어온다고 생각하자 웬만한 것엔 동요되지 않던 심장이 제멋대로 쿵쾅거렸다.

"양도라는 건 이걸 완전히 주겠다는 뜻인데, 제 말이 맞습니까?"

"그래, 제대로 알아들었군."

"귀한 검을 주시겠다고 하니 고맙게 받긴 하겠습니다만, 어째 좀 이상한 기분이 든단 말이죠."

"뭐가 이상하다는 건가?"

바로 이유가 떠오르지 않아 혁은 바짝 미간을 좁혔다. 그러다 뭔가 떠올랐는지 곧바로 원탁 위에 있는 검을 가리켰다.

"저 검 말입니다. 전에 봤을 때 칼날이 분명히 부러져 있었는데 어떻게 하신 겁니까? 이곳에 검을 벼릴 만한 장소가 있었던 겁니까?"

"검이 있던 자리에 자네가 맡겼던 검을 내려놓았지. 그런데 자네 검이 녹아들면서 나의 검과 저절로 합쳐지더군."

"제 검이 그런 기특한 역할을 했다굽쇼? 허허. 이거 찜찜한 게 아니라 아주 뿌듯하고 보람 찬 느낌인데요?"

너털웃음으로 기쁨을 표현한 혁은 자리에서 벌떡 일어나 검을 쥘 것처럼 손을 뻗었다.

그런데 정작 검의 손잡이엔 손끝도 대지 못했다. 너무나 진귀한 보배를 발견하면 그것에 감탄하면서도 쉽게 손을 대지 못하는 것처럼, 평소의 모습과 일치되지 않는 소심한 행동에 지켜보고 있던 콴의 입에서 웃음이 새어 나올 정도였다.

콴이 웃는 소리를 듣고 흠흠, 헛기침을 한 혁은 도로 제자리에 앉았다. 무안함이 방화수의 역할을 한 모양인지 흥분으로 들썩거리던 기분이 조금은 차분하게 가라앉았다.

"아닌 밤중에 홍두깨도 아니고, 멀쩡한 검을 왜 준다는 겁니까?"

혁은 진지한 눈으로 이유를 물었다. 혁으로선 당연한 의구심이었기에 콴은 에두르지 않고 솔직히 대답했다.

"그 검을 제대로 감당할 수 있는 사람이 자네밖에 없으니까."

"예?"

혁은 굵은 눈썹을 휙 올리며 말을 되받았다. '제대로 감당할 수 있는'이란 말에 놀란 것은 둘째 치고, 감격 비슷한 걸 느끼는 자신이 적이나 당황스러웠다.

"절 그렇게까지 믿으십니까?"

"검을 앞세워 배신하지 않을 거란 증명을 해 보인 건, 바로 자네였지."

"그건 뭐, 그렇지요."

저가 했던 말이 분명했기에 혁은 별수 없이 고개를 주억거렸다.

"다른 사람을 들이지 않는 곳에 절 다시 부르시고, 귀한 검까지 넘겨주시는 걸 보면 할 얘기가 있으신 게 확실한데, 전에 말씀하셨던 생각이 정리가 된 겁니까?"

"그걸 용케 기억하고 있군."

"당연히 기억을 하지요. 며칠이 지나지도 않은 얘기를 어떻게 잊겠습니까?"

"다른 오해는 말게. 내가 했던 말을 허투루 넘기지 않았다는 게 고마워서 하는 말이니까."

"딱히 인사를 받자고 기억한 건 아닙니다만, 고맙다는 말이 듣기 싫진 않군요."

머쓱하게 반응하는 혁을 보며 콴은 옅은 미소를 지었다.

"이제 뭐든 얘길 해보십쇼. 전 뭐든 들을 준비가 돼 있으니 말입니다."

"지금부터 내가 하려는 말은 자네 입장에선 큰 부담이 될 수 있어. 그렇다고 해서 축소하거나 생략할 수 있는 얘기는 아닐세."

콴은 차분한 목소리로 자신의 상황에 대해 이야기를 시작했다.

"……그래서 그자들을 따라 한국을 떠나야 한다, 그거로군요."

모든 이야기를 듣고 난 혁은 들은 말을 그렇게 되짚었다.

"그래, 난 곧 여길 떠나야 해."

콴의 대답을 듣고 혁은 짧은 한숨을 내쉬었다. 머리로는 콴이 내린 결정이 틀리지 않다고 생각했지만 그것이 최선일까 하는 의문이 사라지지 않았다.

"결정을 내리기까지 많은 고민을 하셨겠죠. 그런데 그게 정말 최선입니까? 물론 전 이사장님이 아닙니다. 그래서 이사장님의 입장을 백 퍼센트 이해한다고 말 못 합니다. 그래도 그것 외에 다른 방법은 없는 건지, 그게 안타까워서 묻는 겁니다."

"날 이해하지 않아도 상관없네. 그래도 이것이 내가 할 수 있는 최선이라는 건 달라지지 않아."

"그 결정에 대해 손톱만큼도 후회가 없습니까?"

"전혀 없다고 하면 거짓말이겠지."

"그렇다면 지금이라도 바꾸세요. 다른 사람의 입장 같은 건 생각하지 마시고 이사장님의 입장에만 입각해서 움직이라 이겁니다."

"……."

"내가 살아야 남도 사는 거 아닙니까? 다들 그렇게 사는데 왜 굳이 어려운 길을 택해서 돌아가려고 합니까? 제가 날개를 잘라버린 것처럼 이사장님을 번민하게 만드는 조건을 과감하게 잘라버리세요. 끊어낼 땐 죽을 것처럼 아프지만 시간이 지나면 또 살아지는 게 인생입니다. 그러니까 생각을."

"날개를 자른 이유가 인간이 되고 싶어서라고 했나?"

콴은 날개에 대한 얘기를 하는 것으로 혁의 말허리를 자연스레 잘랐다.

"정확하겐 인간의 여자와 사랑을 이루고 싶어서라고 했지."

"맞습니다. 하지만 제 사랑의 결과는 아시다시피 해피엔딩이 아니죠."

"자네 말대로 내 주변을 모두 정리하고 나 혼자 살아남게 되는 것이 해피엔딩인가?"

"……!"

"내가 사랑하고, 의지하고, 돌보았던 생명들이 죽음을 맞이하고 나 혼자 버티듯 살아남은 건 이전에도 이미 넘치도록 경험했어. 그런데 그 끔찍한 일을 끝까지 반복하란 건가?"

콴의 목소리는 차분했지만 검고 아름다운 눈동자엔 격랑을 안은 비통이 일렁이고 있었다.

"그럼 현서는요?"

"……."

"이사장님이 그렇게 가버리면 혼자 남은 현서는 어떻게 될지 생각해 봤습니까?"

혁이 현서의 이름을 말할 때마다 콴의 심장에 지끈한 둔통이 거듭 일었다.

"모두를 챙기는 게 어려우면 그냥 현서 하나만 챙기세요. 그렇게 하면 안 된다는 법이 있는 것도 아니니까."

그런데도 콴은 침묵을 지켰다. 혁은 그것이 답답해 원탁을 세게 내려쳤다.

"왜 말이 없습니까? 제 말을 듣고 있긴 한 겁니까?"

"현서는 이제 날 기억하지 못해."

"기억을 못 하다뇨! 그게 무슨 말도 안 되는."

따지듯 말하던 혁은 갑자기 미간을 좁혔다.

"설마, 기억을 지운 겁니까?"

"며칠 후 잠에서 깨어나게 되면 나에 관해선 어떤 것도 떠올리지 못할 거야."

"현서 생각이 어떤지는 들어보지도 않고 일방적으로 기억을 지웠단 겁니까? 그러다 부작용이라도 생기면 어쩌려고요?"

"나에 대한 기억이 완전히 사라지고 일부 기억이 변경되는 것 외에 현서에게 다른 문제는 없을 거야. 그러니 나 때문에 힘든 시간을 보내지도 않겠지."

"그건 순전히 이사장님 기준 아닙니까? 이사장님 눈엔 현서가 어떻게 보이는지 모르지만 내가 겪어본 현서는 그렇게 물러터진 아이가 아니에요. 아픔이든 슬픔이든 충분히 이겨낼 수 있는 씩씩한 아이니까, 할 수 있다면 그냥 원래대로 되돌려 놓으세요."

"현서는 아버지가 돌아가신 후부터 지금까지 연이어 힘든 일을 겪었어. 어머니를 떠나보낸 슬픔에서 마음을 추스른 게 얼마 지나지도 않았는데, 다시 그 아이의 마음을 아프게 만들라는 건가?"

콴의 말에 혁은 제 머리를 거칠게 쓸어 올렸다. 콴의 말에 반박을 못 해서가 아니라 상황이 이렇게 전개되어야만 하는 것이 그저 답답하고 화가 났다.

"현서를 웃게 할 수 없다면 눈물을 흘리게 해서도 안 된다는 게 내 생각이고 결정이야."

"……."

"현서는 날 기억하지 않아야 더 안전하고 행복해질 수 있어."

"그래요. 당신 생각이 옳습니다. 당신이 내린 결정이 백 번 천 번 옳아요."

콴의 말에 수긍했던 혁은 결국 참지 못하고 욕설을 내뱉었다. 그러다 곧 땅이 꺼져라 무거운 한숨을 내쉬었다.

"현서의 기억은 멋대로 지웠다지만 김윤경 선생은 어쩌실 겁니

까? 사하나 백 집사님이야 알아서 입을 다물겠지만. 민 변호사님
도 응당 그럴 테고요."

콴은 혁에게 주려고 준비해 두었던 검정색 상자를 원탁에 올렸
다.

"김윤경 선생에겐 이 알약을 먹이도록 해."

알약이라는 말에 혁은 그 상자를 앞으로 가져왔다. 어린아이의
손바닥만 한 크기의 반지케이스처럼 생긴 상자를 열자 같은 색의
벨벳으로 만든 주머니가 보였다. 혁은 주머니를 꺼내 안에 있던
내용물을 손바닥에 덜어보았다. 알약은 새끼손톱보다 작은 크기
의 물방울 모양의 캡슐로 젤리처럼 말랑한 감촉과 진주알처럼 은
은한 광채를 가지고 있었다.

"그건 망각의 눈물이란 약이야."

"망각의 눈물이요?"

"그래. 그걸 하나 복용하게 되면 약을 먹은 시점부터 일 년 전까
지의 기억이 모두 사라지게 돼. 무색무취한 약이라 음료에 타서
마시게 하면 문제가 없을 거야."

"김 선생이 여기 머문 시간이 일 년이 좀 넘은 걸로 아는데. 하
나 가지곤 안 되는 거 아닙니까?"

"알약은 한 사람에게 하나만 투약을 해야 해. 그 이상을 먹게 하
면 약을 먹은 사람의 기억이 전부 사라지거나 백치가 되어버리는
부작용이 올 수 있어."

"허. 지나치게 효과가 좋은 약이로군요."

혁은 그 알약들을 주머니 안에 도로 넣었다.

"하긴 김 선생이 아무것도 기억하지 못하는 것보단 그게 나을 것도 같네요. 저택에 들어올 때의 일을 기억하고 있으면 현서를 대하는 것도 낯설지 않을 테고. 이사장님 일이야 나나 다른 사람들이 말을 맞추기만 하면 김 선생도 다른 의심을 안 할 것이고."

혼잣말을 하듯 궁싯대던 혁은 알약 주머니를 상자에 담다가 콴을 쳐다보았다.

"그런데 저한테 너무 많은 걸 부탁하는 거 아닙니까? 이 약이며, 저기 있는 검이며, 하나같이 부담스럽고 심란한 물건들이니 원."

"그 검을 자네 것으로 소유하든 헐값에 팔아버리든 그건 자네 맘대로 해. 그 알약을 자네가 어떻게 이용하든 다른 말은 하지 않겠네. 하지만 현서를 지키는 일은 소홀해선 안 될 거야."

"너무 그렇게 부담 주지 마십쇼. 그럼 하려던 일도 되레 하기 싫어지는 수가 있으니까."

"그런 감정이 들 때가 있다 해도 현서의 일엔 최선을 다해주길 바라."

"부담을 주지 말라고 했더니 어째 더 부담을 주시는지 원. 제가 일을 잘 못 하면 가만 안 두실 것 같은 말틉니다?"

혁은 농담을 하듯 가볍게 말을 받았다. 콴은 혁의 태도를 용납할 수 없었다. 자신이 어떤 마음으로 현서를 부탁한 것인지 알아들었음에도 진지하게 반응하지 않으니 그 일을 똑바로 하겠다는 말이 나오도록 강조할 필요가 있었다.

"모쪼록 끝까지 현서를 지켜주게. 만약 그 일을 제대로 수행하지 않는다면, 자넨 죽게 될 거야."

"예에?"

"내가 영영 돌아오지 못하게 된다면, 어둠의 편에 선 이들에게 내 영혼과 날개를 넘겨서라도 기어코 자넬 벌할 거란 뜻이지."

들은 말이 과장이나 허언이 아니라는 걸 증명이라도 하듯 혁은 바로 모골이 송연해졌다.

"이런 융통성 없는 양반 같으니! 분위기가 무거워질까 봐 가볍게 말했기로서니, 아예 공갈협박을 하십니까?"

"민 변호사와 사하에게 자네 일에 지원과 협조를 아끼지 말라고 얘길 해뒀어. 그러니 자네 혼자 감당할 거라고 부담 갖지 말아."

콴은 그 말엔 대꾸도 하지 않고 현서의 일과 관련된 설명을 덧붙였다. 그러자 혁이 불만 어린 얼굴로 인사를 전했다.

"그거 아주 눈물 나게 고맙습니다."

"마지막으로 한 가지만 더 부탁을 하지."

"좋습니다. 마지막 부탁은 뭡니까? 그게 마지막이긴 한 겁니까?"

콴은 혁의 말에 연연하지 않고 남은 말을 이었다.

"지금 자네의 피를 마실 수 있게 해주게."

그 말에 혁의 눈이 흠칫 커졌다. 콴이 뱀파이어라는 걸 알고 있었으니 흡혈에 대해 놀랄 이유는 없었다. 그럼에도 본능적인 경계심과 두려움이 허락의 말을 가로막았다.

"내 피가 얼마나 필요한 겁니까?"

"자네가 죽지 않는 선에서."

"그거 확실합니까? 그러니까 내 말은, 금혈 기간이 짧지 않다고 들었는데 조절이 가능하냐 이겁니다."

"현서의 안위와 경호를 자네에게 맡겼어. 그런데 자넬 죽게 하겠나?"

"그거야 그렇지만 만약에 다른 변수가 생기기라도 하면."

혁이 주저하는 모습을 보이자 콴이 혁을 보며 싱긋 미소를 지었다.

어떤 아름다운 여자보다 요염한 기운이 흐르는 모습이라 혁은 저도 모르게 꿀꺽 침을 삼켰다. 계속 쳐다보고 있으면 홀리기 십상이라 시선을 피하고 싶었지만 그렇게 하지 못했다. 손가락을 튕기는 소리를 듣자마자 의식을 잃고 몸이 앞으로 고꾸라졌기 때문이다.

콴은 시간을 정지시켜 혁의 머리가 원탁에 부딪치지 않게 했다. 그리로 다가가 혁의 머리를 안전하게 내려놓고 늘어져 있던 혁의 한쪽 손을 붙잡아 위로 들어 올렸다.

구릿빛으로 그을린 살갗 아래 핏줄을 투시하는 콴의 눈동자는 붉은 장미처럼 아름다운 적색으로 바뀌었고, 희고 고른 치열에서 두 개의 송곳니가 날카롭게 길어졌다. 그가 고개를 숙여 혁의 손목에 이를 박아 넣었을 때 정지된 시간이 제 속도를 찾아 흐르기 시작했다.

13. Bloody Night (1)

콴은 조용히 떠나고 싶었다. 그러나 현관 앞에선 동운과 사하가
그를 기다리고 있었다.

"지금 가시는 겁니까?"

동운은 힘이 빠진 목소리로 물었다. 콴은 그렇다는 짧은 대답과
함께 옅은 미소를 지었다. 어쩌면 마지막이 될 미소 앞에서 동운
의 눈동자는 커다랗게 흔들렸다. 콴을 배웅하는 일이 한두 번이
아니었건만 오늘따라 동요하는 표정을 감출 수 없었다.

"도착하는 대로 연락을 주십시오. 아무리 바쁘셔도 꼭 하셔야
합니다."

"알겠네."

콴은 문을 열고 나가기 전 수하들을 돌아보았다.

"배웅은 필요 없네."

동운이 무언가 말을 하려 하자 콴은 그만하라는 듯 한 손을 들어 보였다.

"내가 조용히 떠날 수 있게 해주었으면 해."

"하지만 주인님."

콴을 바라보는 사하의 눈가엔 어느새 눈물이 글썽하게 맺혀 있었다. 울컥하는 감정을 주체하지 못해 손을 뻗었다가 차마 붙잡지 못하고 내민 손을 동그랗게 말아 아래로 내렸다.

콴은 사하의 어깨를 두어 번 두드려 주었다가 힘주어 꾹 쥐었다 놓아주었다.

"자네들 자리를 제대로 지켜주게. 그것 말고는 더 바랄 게 없어."

콴은 그 말을 남기고 문을 향해 완전히 몸을 돌렸다. 곧 현관문이 여닫히는 소리와 계단을 내려가는 발소리가 차례로 이어졌다. 차츰 멀어지다 완전히 들리지 않는 기척에 귀를 기울였던 동운과 사하는 안타까운 심정을 안은 채 자신들의 자리에서 한참을 묵묵히 서 있었다.

[가져갈 짐이 하나도 없으시군요.]

콴이 뒷좌석에 앉았을 때 그의 곁에 자리를 잡았던 에릭이 그 말을 꺼냈다.

[손이 무겁지 않아야 떠나는 걸음이 가벼울 게 아니겠나.]

[옳은 말씀입니다.]

에릭은 고개를 끄덕이며 동의를 표했다.

둘의 대화가 일단락되자 운전석에 있던 사내가 차를 출발시켰다. 콴과 에릭을 태운 검정색 세단의 뒤로 수행원들이 타고 있던 또 다른 차량이 일정한 거리를 두고 따라왔다.

[기한을 일주일 후로 늦추겠다고 했을 때 솔직히 크게 기대하지 않았습니다.]

[떠날 것이란 얘기를 하지 않고 훌쩍 떠나게 되면 남은 사람들이 그만큼 힘이 드는 법이라고 자네가 얘기하지 않았던가?]

콴이 미소로 대꾸를 하자 에릭이 신중하게 콴의 진의를 확인했다.

[그 말씀은 우리와 함께하기로 결정을 내렸다는 뜻입니까?]

[그래, 이젠 나와 어울리는 삶을 살기로 결정을 내렸지.]

[잘 생각하셨습니다, 마스터. 참으로 현명한 결정을 내리신 겁니다.]

콴은 다시 옅은 미소를 지었고, 에릭은 같은 미소를 짓는 것으로 콴에게 화답했다.

그때 에릭의 휴대전화가 울렸다. 에릭은 양해를 구하고 통화를 시작했다. 오가는 말의 내용으로 보아 공항에서 그들을 맞이할 상대인 듯했다.

콴은 그사이 창밖으로 눈길을 주었다. 자정을 넘긴 밤하늘은 여느 때처럼 검은빛을 띠고 있었다. 하지만 오늘은 구름이 거의 보이지 않아 하얗게 빛나는 달과 유리 알갱이를 흩어놓은 것처럼 빛나는 별들을 목격할 수 있었다.

별들의 반짝임을 응시하던 콴은 버튼을 눌러 차창을 열었다. 짙은 색으로 선팅이 되어 있던 창이 내려가자 쌀쌀해진 바람이 다툼을 하듯 안으로 밀려들었다. 백로를 앞둔 바람에선 쓸쓸하면서도 따스한 가을의 냄새가 맡겨졌다.

콴은 그 바람을 맞으며 지그시 눈을 감았다. 머리카락을 헝클이는 바람 속에서 그리듯 현서를 떠올렸다.

봄 햇살처럼 몽글몽글하고 포근한 온기를 가진 둥근 뺨과 손끝이 예쁜 기다란 손가락과 고개를 숙이며 수줍은 미소를 지을 때의 그림 같은 옆모습을 차례로 떠올렸다.

그를 부를 때 움직이던 붉은 입술과 풋풋하면서도 다디단 향기가 묻어나던 새하얀 목덜미와 눈이 시릴 만큼 어여쁘게 반짝이던 밤색의 눈동자를 연이어 떠올렸을 땐, 그 모습이 더할 나위 없이 생생해 가슴이 저릿하게 아플 정도였다.

콴은 저택을 나서기 전 현서를 보러 갔었다. 현서는 그가 떠난다는 사실을 모른 채 여전히 잠에 빠져 있었다. 그것은 자연스러운 현상이 아니라 그의 주술에 의해 이루어진 인위적인 수면이었다. 그럼에도 현서의 표정은 아늑하고 편안했다.

그것이 현서를 기억하는 마지막 모습인 것에 콴은 만족하기로 했다. 만약 현서가 깨어 있었다면 그럴듯한 거짓말을 할 수 없을 게 분명했다. 그에 대해 아무것도 기억하지 못하는 텅 빈 눈을 한 현서를 담담하게 바라볼 자신도 없었다. 현서의 기억을 지운 것이 정면 승부를 회피한 비겁한 방법이라고 해도 현서를 위한 결정이었다는 생각은 달라지지 않았다.

현서와 함께 지낸 시간은 그가 다른 존재들과 함께했던 시간에 비해 비중이 미미했다. 수천 피스로 이루어진 퍼즐의 한 조각과도 같은 그 영역은 지금 콴에게 가장 큰 영향력을 행사하고 있었다. 그의 고민과 선택과 결정의 기준엔 현서가 자리하고 있는 것이었다.

잘 지내야 한다, 이현서.

콴은 잠든 현서에게조차 건네지 못했던 작별 인사를 마친 후 감은 눈을 떴다. 당분간 현서에 대한 생각은 하지 않으리라 다짐하며 열었던 창을 완전히 닫았다.

[공항까지 세 시간 정도가 소요될 겁니다.]

통화를 마친 에릭은 콴에게 전달해야 할 사항들은 간단히 보고했다.

간간이 고개를 끄덕였던 콴은 에릭의 말이 끝나자 차창 밖으로 다시 눈길을 주었다.

에릭은 태블릿 PC에 필요한 것들을 메모하다 잠깐 동작을 멈추었다. 눈길은 손에 든 컴퓨터에 가 있었지만 콴의 시선이 밖으로 향하고 있다는 걸 충분히 인식했다.

만감이 교차하는 모양이군.

에릭은 속으로 그 말을 중얼거렸다. 콴이 에릭의 곁을 떠난 시간은 사십여 년.

그중 한국에서 보낸 시간이 절반에 해당하는 이십여 년이라고 했다. 그 세월 동안 그가 어떤 생각을 하며 살아왔는지 알지 못한다. 그럼에도 감상에 젖은 표정을 짓는 것까지 이해할 수 없는 건 아니었다.

당신은 우리와 함께하는 것을 진정으로 원하고 있습니까?

"이곳을 내가 머물 마지막 장소로 정했기 때문이야."

그 말을 했을 때 콴의 표정을 잊을 수 없었다. 그래서 에릭은 콴을 믿지 못했다.

콴은 자신이 바라는 바를 어떻게든 이뤄왔던 존재였다. 수십여 년 전 자신들의 곁을 떠났던 것도 결국 그의 바람이 아니었던가. 그런데 고작 일주일 만에 무엇보다 간절하게 바라왔던 바람을 저버리고 돌아오겠다는 말을 어찌 순수하게 받아들일 수 있겠는가.

에릭이 그러한 불신과 의심을 가지는 건 콴의 생각을 읽어낼 수 없어서였다. 콴과 어깨를 나란히 하고 앉아 있음에도 그의 진짜 생각이 무엇인지 가늠조차 못 하는 것이 못내 갑갑했다.

정히 알고 싶다면 독심술의 능력을 발휘하면 되지만 그 일엔 위험의 요소가 있었다. 자신보다 권능이 높은 뱀파이어들에게 사용할 경우 자신의 생각을 역으로 들킬 수도 있었기 때문이다.

조급함을 버려, 에릭. 그의 본심이 무엇인지는 머잖아 알게 될 테니까.

몇 시간 후에 벌어질 사건을 생각하고 에릭은 가만히 한쪽 입귀를 올렸다. 콴이 그 사건에 어떤 반응을 보이느냐에 따라 그의 진의는 파악될 것이고, 그 결과에 따른 대접을 하면 될 일이었다.

[자넨 날 경계하고 있어.]

콴이 담담하게 지적하자 에릭의 표정이 잠시 흔들렸다. 그러나 그 표정을 능란하게 감추고 예사로이 이유를 물었다.

[왜 그런 생각을 하신 겁니까?]

[자네 표정이 자네의 생각을 보여주더군.]

그에 대해 당신이 오해하고 있다는 주장을 펼치는 것은 무리가 있다 싶었다. 에릭은 우선 콴의 말을 수긍하는 모습을 보이기로 했다.

[아니란 말은 하지 않겠습니다. 하지만 그건 떨어져 있던 시간이 오랜 데서 오는 당연한 거리감일 뿐입니다. 그러니 너무 부정적으로 받아들이지 마십시오.]

에릭은 카일이 했던 말을 제 생각인 양 자연스레 설명했다. 콴은 일리 있는 얘기라고 인정하며 고개를 주억거렸다.

[이해해 주셔서 감사합니다.]

[그래도 노골적인 경계는 어쨌든 불쾌해.]

[죄송합니다. 주의하겠습니다.]

에릭은 정중하게 사과했고, 콴은 형식적인 미소를 짓는 것으로 사과를 받아들였다.

사실 콴이 에릭에게 꺼냈던 말들은 다분히 의도적이라 할 수 있었다. 네가 모종의 일을 꾸미고 있다는 걸 눈치챘으니 섣부른 행동을 삼가라는 일종의 경고였다.

에릭의 생각을 읽지 않았음에도 그런 짐작이 가능했던 건 에릭에게서 흘러나오는 냄새를 통해서였다. 냄새로 상대방의 심리와 감정을 알아채는 건 남궁혁이 가지고 있던 특출한 능력 중 하나였다. 떠나기 전 혁의 피를 취했을 때 그의 능력도 함께 흡수가 되어 그것이 가능했다.

콴에게 다량의 피와 능력을 공급한 탓에 남궁혁은 몸져눕는 상태가 되고 말았다. 떠나는 콴을 배웅할 체력은 없었지만, 치유의 기운을 넣어주러 간 콴에게 욕설 섞인 불만을 표출할 여력은 남아 있었다.

"욕할 기운이 있는 걸 보니 곧 일어나겠군."
"내가 누구 때문에 이 꼴이 됐는데, 그 정도 욕도 못 들어줄 요량이면 내 앞에 얼씬도 하지 마쇼."

불퉁하게 대꾸하던 얼굴이 생각나자 피식 웃음이 흘러나왔다.
웃음소리를 들은 에릭이 눈길을 주었지만 콴은 굳이 설명을 더하지 않았다. 그러자 에릭도 다른 말을 꺼내지 않았다.

⚜ ⚜ ⚜

콴과 에릭 일행은 예상 시간보다 조금 이르게 김포공항에 도착했다.
영우가 이용했던 전용기의 정치장으로도 이용되었던 부지엔 에릭의 전용기가 대기하고 있었다. 미국 동부까지 논스톱으로 운행이 가능한 항공기는 그 가격만 해도 수천억 원을 호가했다. 해가 떠 있는 시각에 운행할 때도 햇빛을 차단한 채 업무 처리와 휴식을 취할 수 있도록 맞춤 설계를 한 것이라 장시간을 요하는 해외 출장 시엔 에릭은 주로 이 전용기를 이용했다.

콴은 에릭과 함께 전용기에 올랐다. 승무원의 안내를 받아 지정 석으로 향하자 안에서 대기 중이었던 카일과 헤바 등이 콴에게 인 사를 해왔다. 콴은 간단하게 인사를 주고받은 다음 자신의 자리에 앉았다.

에릭의 전용기에 탑승할 수 있는 이들은 극히 제한적이었다. 업 무적으로 긴밀한 관계에 있는 인간이 동승을 할 때도 있었다. 하 지만 긴급을 요하는 경우일 때만 해당되는 일이라 사례가 매우 드 물었다. 사방이 막힌 공간에서 인간의 피 냄새를 견디는 일은 상 위 뱀파이어에게도 많은 인내심을 요하기 때문이었다.

그러나 클라우스 가문의 전용기를 운행하는 파일럿은 당연히 평범한 사람이었다. 그들은 별도의 공간에서 일을 하는 것과 마찬 가지라 크게 신경 쓸 필요가 없었다.

조종석의 기장들과 탑승 공간의 고객들을 응대하는 승무원들은 햇빛 아래 운신이 가능한 하프들이었다. 그들은 상위 뱀파이어들 에게 절대적인 충성을 맹세하고 자신들이 보고 들은 모든 것을 외 부에 발설하지 않겠다는 비밀 서약까지 마친 이들로만 구성되어 있었다.

관제탑의 신호를 받은 전용기가 활주로를 따라 움직이자 콴은 눈을 감았다. 귀를 먹먹하게 만드는 압력과 소음 뒤에 묵직한 동 체가 상승하는 것이 느껴졌다. 몸이 뒤로 쏠릴 만큼 가팔랐던 기 운이 다시 평평해졌음에도 콴은 눈을 뜨지 않았다.

순조로운 비행이 한동안 이어진 후에 누군가 다가와 조심스레 말을 걸었다.

[루이스 경, 이 자리가 편안하십니까?]

콴은 눈을 떠 상대를 바라보았다. 동근 얼굴에 상냥한 미소를 띤 삼십대 초반의 여자 승무원은 친절하게 설명을 덧붙였다.

[두어 시간 후면 해가 뜰 시각이라 의견을 여쭸습니다. 몇몇 분은 휴게 공간으로 먼저 이동해서 휴식을 취하고 계시거든요. 휴게 공간의 자리가 훨씬 더 넓고 편안한데, 그리로 옮기시겠습니까?]

[괜찮습니다. 난 이 자리가 마음에 들어요.]

[알겠습니다. 혹시 특별한 음료가 필요하진 않으십니까?]

여승무원이 말하는 특별한 음료가 '인간의 피'를 의미한다는 걸 알기에 콴은 괜찮다는 대답을 해주었다.

[다른 것이 필요한 게 있으시면 언제든 불러주십시오.]

말을 마친 여승무원은 미소로 목례를 한 후 다른 자리로 향했다.

콴은 시간을 확인하기 위해 손목시계로 눈길을 주었다. 그때 왼쪽 손바닥으로 이상한 열기가 몰려들었다. 손이 데일 것처럼 뜨거운 열기를 감지한 콴은 바로 왼손을 들여다보았다.

손 전체를 데우던 열기는 금방이라도 손에 잡힐 것처럼 단단해지더니 검푸른빛을 띠기 시작했다. 심상치 않은 전조를 감지한 콴은 좌석 부근 선반에 있던 담요를 앞으로 가져왔다.

그 행동에도 귀가 밝은 여승무원이 콴에게 고개를 돌렸다. 콴은 별일이 아니라는 듯 옅은 미소를 지어 보였다. 눈초리가 휘어지는 웃음을 지은 그녀는 콴에게서 눈길을 거두었다.

콴은 어두운 색의 담요로 손에서 발산되는 빛을 가렸다. 그의 손에서 흘러나온 빛과 열기는 차츰 길쭉한 형태를 띠는 듯하다가 이윽고 하나의 형상을 완성시켰다.

손을 달구던 열기와 빛이 사위어지자 콴은 담요를 치웠다. 손아귀에 들어온 물체를 확인한 콴의 눈은 멈칫 커졌다 이내 가늘어졌다. 그것은 콴의 양손검 '콘펙토리스 알라(Confectoris ala: 파괴자의 날개)'였다.

"이 검, 진짜 내 것입니다. 내가 당신한테 분명한 핏값을 지불했으니까 빼도 박도 못 하게 확실한 내 것이라 이 말입니다. 나중에 돌려달라느니 어쩌느니 헛소리를 하면 이 검이 당신을 찌를 수도 있으니까 조심하십쇼."

수염이 거뭇하게 올라온 초췌한 얼굴로 소유권을 당당하게 주장했던 혁이 그 검을 돌려보냈다. 그것은 혁의 신변에 큰 문제가 생겼다는 뜻이었다. 혁에게 문제가 생겼다는 것은 그가 돌보고 있는 현서에게도 분명한 위험이 닥쳤다는 의미였다.

콴이 위기를 직감한 것과 동시에 검날이 우웅— 소리를 내며 울었다. 검의 손잡이를 오른손에 옮겨 든 콴은 주저함 없이 몸을 일으켰다. 성큼 걸음을 옮기자 검푸른 검기가 검날을 차르르 휘감았다.

콴이 일어나는 걸 보고 다가가려던 여승무원은 곧 놀란 눈이 되어 그 자리에 멈춰 섰다. 그렇게 부동자세가 된 사람은 그녀만이 아니었다. 다른 승무원들도 자신들의 자리에 멈춰 선 채 그를 향해 한 발짝도 나아가지 못했다. 콴에게서 뿜어져 나오는 서늘한 살기에 온몸이 얼어붙은 것처럼 마비가 돼 옴짝달싹도 할 수 없었다.

[무슨 짓을 한 거냐? 에릭.]

콴의 목소리가 들려온 것과 동시에 에릭의 손에 들려 있던 서류들이 바람이 불어 닥친 것처럼 사방으로 산산이 흩어졌다. 에릭의 근처에 머물고 있던 수행원들은 재빨리 일어나 콴에게 총구를 겨누었다.

에릭은 그들을 향해 한 손을 들어 올렸다. 그만하라는 신호였기에 수행원들은 매그넘을 든 손을 아래로 내렸다. 그러나 콴을 주시하는 그들의 눈동자는 하나같이 경계 어린 붉은색을 띠었다.

[무슨 일이십니까, 마스터?]

그 질문이 끝나기도 전에 양손검의 칼끝이 에릭의 목에 와 닿았다. 너무 순식간에 벌어진 일이라 수행원들은 적잖이 당황했다. 그들은 황급히 손을 들어 다시 콴의 머리를 겨냥했다. 이번엔 에릭도 그들을 만류하지 않았다.

[내 질문에 대답부터 해.]

콴은 검을 쥔 손에 힘을 주며 나직하게 덧붙였다.

[대답이 타당하지 않다면, 넌 죽게 될 것이다.]

차가운 칼끝이 목을 눌러 상처가 생기자 차분함을 유지했던 에릭의 표정이 일순 흔들렸다. 콴에게서 발산된 선득한 기운이 단단한 밧줄처럼 온몸을 휘감아 등줄기에 싸한 소름이 돋아났다.

[화가 많이 나신 모양이군요.]

[그것이 너의 대답인가?]

[이유는 바로 설명하겠습니다. 그전에 자리에 앉으시는 게 어떻

겠습니까? 당신이 뿜어대는 살기를 견디지 못하는 연약한 하프들을 생각하신다면 말입니다.]

[내 화를 돋우려고 일을 꾸민 거라면 넌 제대로 성공을 했어.]

대꾸하는 콴의 눈동자는 어느덧 짙푸른 청색으로 변해 있었다. 흥분과 분노, 폭력적인 욕구와 같은 격정적인 감정을 표출할 때 드러나는 적색이 아닌 어두운 청색.

푸른 불꽃처럼 차갑게 타오르는 청색의 눈동자는 콴이 가진 우월한 힘을 인식시킴과 동시에 압도적인 두려움을 선사했다. 경외심과 공포심을 동시에 불러일으키는 콴의 모습에 심장이 옥죄이는 고통을 느끼면서도 에릭은 환희에 찬 감격을 감출 수 없었다.

너무 오래되어 흐릿한 기억으로만 남아 있던 콴의 모습. 범접할 수 없는 권능과 절대적인 아름다움으로 무장해 상대가 알아서 무릎을 꿇게 만들었던 그 모습을 다시 마주하게 되자 의심과 원망으로 굳어 있던 마음이 어이없을 만큼 흘흘하게 풀어졌다.

[당신이 그곳의 인간들에게 미련을 가지지 않도록 만들어야 한다고 생각했습니다. 그래서 그들을 처리하기로 결심했던 겁니다.]

에릭은 제 감정에 도취된 나머지 자신이 저지른 일을 곧바로 시인했다. 콴이 지금 어떤 감정인지, 그 감정이 어떤 파장을 불러올지 조금이라도 예측했다면 잘못을 시인하기에 앞서 진심 어린 사죄와 용서를 구했을 것이다.

[고작 그 이유로 무고한 생명을 해치려 했던 거냐?]

[물론 그 이유가 전부는 아닙니다. 당신의 능력이 여전히 건재한지 확인하고 싶은 마음이 가장 컸습니다. 당신이 전과 같은 능

력을 가지고 있다면 그들에게 문제가 생겼다는 걸 어렵지 않게 알아차릴 테니까요.]

콴은 에릭을 가늘게 바라보았다. 자신이 어떤 말을 하고 있는지 깨닫지 못한 채 득의양양하게 구는 태도가 기막힌 분노를 더했다.

[당신도 아시잖습니까? 자신보다 힘이 약한 자의 말을 따르고 그를 섬기는 조직은 어디에도 없다는 걸 말입니다.]

그 말을 듣고 난 콴은 에릭의 목에 겨누었던 칼을 거두었다.

[내 권능이 변함없다는 걸 확인했으니 내가 하는 말에 복종을 하겠구나.]

[물론입니다, 마스터.]

[그렇다면 회항을 명해.]

콴의 명령에 웃음기가 번져 있던 에릭의 눈이 흠칫 커졌다.

[안 됩니다, 마스터. 그것은 불가합니다.]

에릭은 단호하게 고개를 저었다.

[내게 복종하겠다는 말을 정면으로 거스르는구나.]

지독하게 낮아 음산하게 느껴지는 목소리를 듣고 에릭은 본능적인 위기감을 느꼈다.

이 상황에서 콴의 명령을 따라야 한다는 걸 알았지만 그의 자만심과 고집은 그 생각을 끝내 외면했다. 만약 콴과 단둘이 있는 자리였다면 에릭은 다른 태도를 취했을 것이다.

그런데 지금은 콴과 자신이 이야기하는 모습을 수행원과 승무원들이 지켜보고 있었다.

노예나 다름없는 취급을 받는 서열이 한참 낮은 하프들과 자신

들의 총알받이 역할을 하는 것과 마찬가지인 수행원들 앞에서 누
군가에게 굴복하는 모습을 보인다는 것이 못내 자존심이 상했다.
게다가 콴의 명령이 정당한 것이란 판단이 되지도 않았다.

[그것이 제대로 된 명령이라고 생각하십니까?]

[그래서, 수행할 수 없다는 건가?]

[한국을 떠날 때 뭐라고 하셨습니까? 저희와 끝까지 함께하겠
다고 말씀하지 않으셨습니까? 그런데 다시 돌아간다는 것은.]

[내가 그곳을 떠나려고 한 건 그들을 살리기 위해서였다.]

[그런 이유라면 더더욱 수행할 수 없습니다! 차라리 저를……!]

에릭은 강하게 반발하다 잠시 말을 잃었다. 검의 손잡이를 쥔
콴의 손이 우아하게 움직이더니 제 목을 사선으로 긋고 지나가는
것을 자신의 눈으로 목격했다.

스겅!

소리가 나더니 에릭의 머리가 그의 몸에서 깨끗하게 분리되었
다. 중력의 법칙을 따라 카펫 위를 나동그라지는 머리통을 보게
된 여승무원들은 일제히 크게 비명을 질러댔다.

[꺄아아악!]

목 부근의 혈관들이 잘려 나가면서 솟구쳐 오른 검붉은 피가 사
방으로 흩뿌려지자 여자들의 비명 소리가 한층 카랑카랑하게 드
높아졌다.

피웅!

수행원들의 매그넘을 벗어난 은색 탄환들이 연이어 발사되었
다. 뱀파이어의 심장을 파괴하는 성결한 은으로 만든 총알들은 콴

의 머리와 심장을 정확히 조준했다. 하지만 공기를 가르며 무섭게 날아오던 총알들은 콴에게 닿기도 전 마치 연기처럼 홀연히 사라졌다.

[……!]

수행원들은 다시금 방아쇠를 당겼다. 그러나 잠시 후, 그들의 몸이 격렬한 충격을 받고 하나둘 쓰러졌다. 총구를 벗어난 총알들이 되레 그들의 심장을 관통했다.

콴은 머리카락 하나 상하지 않은 채 에릭의 수행원들을 모두 섬멸시켰다. 그들은 콴의 상대가 될 수 없었다. 시간과 공간과 물질을 자유로이 지배하는 존재를 이긴다는 것은 애초부터 불가능한 일이었다.

여자들의 비명과 남자들의 신음 소리가 탑승 공간을 뒤흔들자 개별적인 휴식 공간에서 쉬고 있던 상위 뱀파이어들이 밖으로 고개를 내밀었다. 붉은 피가 낭자한 현장에 놀라 뛰어나온 뱀파이어들 중엔 짙은 키스를 나누며 서로를 어루만지고 있던 카일과 헤바도 포함되어 있었다.

육중한 몸집의 수행원들이 심장 부근과 머리에 구멍이 난 채 피를 쏟으며 죽어 있는 걸 본 카일은 두 눈이 휘둥그레져 콴을 쳐다보았다.

[마스터! 이게 무슨 일입니까?]

어리둥절해 묻는 카일에게 눈길조차 주지 않은 콴은 검을 쥔 손잡이를 위로 들어 올렸다.

콴의 짙푸른 눈동자는 아직도 심장이 뛰고 있는 에릭을 주시했다. 심장이 살아 있는 한 에릭의 몸과 머리는 다시 이어져 회생할 것이 분명했다. 결정을 내린 콴은 펄떡이며 뛰는 에릭의 심장 위에 양손검의 칼끝을 내리꽂았다. 날카로운 칼끝이 심장을 관통하자 저만치에 떨어져 있던 에릭의 입에서 검붉은 피가 울컥 쏟아졌다.

츠츠츳! 파악!

혁의 검과 콴의 검이 결합되어 만들어진 영혈검(靈血劍)은 에릭의 심장을 파괴시켰다.

[허억!]

콴이 참수하여 처단한 존재가 누구인지 뒤늦게 깨달은 카일은 두 눈이 시뻘겋게 변했다.

[에리익!]

형의 이름을 큰 소리로 울부짖은 그는 광분한 투우처럼 콴을 향해 달려들었다. 그러나 콴에게 다가서기도 전에 몸이 솟구치듯 떠올라 반대편에 있는 벽으로 사정없이 내던져졌다.

쿠웅!

부딪치는 소리 뒤에 뼈가 부러지는 소리가 뒤를 이었다. 끔찍한 장면을 연상케 하는 소리들에 살아남은 자들의 표정이 모두 창백하게 질려 딱딱하게 굳어버렸다.

붉게 부푼 아랫입술을 잘근거리며 초조해하던 헤바는 망설임 끝에 카일이 쓰러진 곳으로 몸을 돌렸다. 카일과 일을 하는 동안 잦은 의견 충돌이 있었지만 서로에 대한 감정이 미움만이 아니었다는 걸 깨닫게 되었다. 그 후 급속도로 가까운 사이가 되었는데 전혀 예상치 못한 사고가 일어난 것이었다. 콴이 처벌한 카일을 도우려다 자신도 죽을 수 있다는 두려움이 없지 않았지만, 헤바는 신음하며 널브러져 있는 카일을 외면할 수 없었다.

[맙소사……!]

카일에게 다다른 헤바는 손으로 입을 틀어막으며 크게 몸을 떨었다. 카일의 상태가 짐작했던 것보다 훨씬 심각해서였다. 여느 사람이었다면 즉시 절명했을 만한 심각한 부상을 입어 카일은 헤바와 눈을 맞췄음에도 제대로 된 목소리조차 내지 못했다.

두려움과 놀라움에 떨림이 그치지 않았지만 부상이 가장 커 보이는 목 부근과 갈빗대 위에 손을 올렸다. 카일이 가진 치유력으론 복구가 어려울 것이기에 자신이 가진 치유력을 더해 그를 돕기로 한 것이었다.

콴은 헤바가 카일을 돌보고 있다는 걸 당연히 알고 있었다. 그러나 에릭의 마지막을 지켜보는 데에 모든 관심을 집중시켰다. 심장이 파괴된 에릭의 몸이 뜨거운 불길에 휩싸이는 것을, 그 몸이 검붉은 재로 산화해 소멸하는 것을 끝까지 바라보았다.

전소하여 한 줌의 재로 남은 에릭은 눈부시게 하얀 빛의 터널 속으로 급속하게 빨려 들어가 자취도 없이 사라져 버렸다. 카펫을 적시고 있는 검붉은 핏자국이 아니었다면, 백여 년이 넘는 세월을 살아 있었다는 것이 환영처럼 여겨질 만큼 허망한 죽음이었다.

14. Bloody Night (2)

 급속히 회항한 전용기는 무영시 인근의 황무지에 긴급히 착륙
했다.

 엔진 고장이나 기후의 문제가 생겨서가 아니라 콴의 의도에 따
라 그곳에 착륙을 한 것이었다. 인근 공항을 이용하게 되면 일출
시간 전에 현서를 찾는 것이 어려울 수 있었기에 콴은 불시 착륙
을 하는 것으로 결정을 내렸다. 활주로가 제대로 깔린 공항이 아
니었지만 콴의 지배 아래 놓인 비행기는 착륙을 하는 데에 큰 문
제를 일으키지 않았다.

 비행기가 안착하자 콴은 파일럿을 포함한 승무원들을 먼저 내
리게 했다. 그들은 명령이 떨어지자마자 긴급 탈출을 하는 것처럼
신속하게 움직였다.

콴의 뜻을 거슬러 대항하려고 했던 이들이 어떤 최후를 맞이했는지 적나라하게 보았기에 감히 이의를 제기할 수도 없었다. 탈출을 문제 삼을 상위 뱀파이어들이 모조리 산화해 사라진 상태라 충성의 맹세를 지키지 않았다는 이유로 처벌을 받게 될 가능성 또한 매우 낮았다. 그러니 있는 힘껏 달아나는 것이 상책이었다.

하지만 모두가 탈출을 한 건 아니었다. 회복 불능의 상태에 있는 카일과 그의 곁을 떠나지 않는 헤바가 탑승실의 한쪽을 지키고 있었다.

[물러나라, 헤바.]

콴의 말에 헤바가 고개를 들어 그를 올려다보았다. 눈물이 번진 헤바의 진갈색 눈동자가 현서를 떠올리게 만들자 콴은 괴로움에 미간을 좁혔다.

[머잖아 해가 뜰 거다. 그럼 너와 카일은 다른 뱀파이어들처럼 사라질 거야.]

[저는 햇빛을 견딜 수 있는 하프예요. 그러니 그런 걱정은 안 하셔도 됩니다.]

헤바는 공손하게 자신의 생각을 말했다. 그러나 콴을 향한 눈길엔 그에 대한 두려움과 원망, 카일에 대한 걱정이 복잡하게 얽혀 있었다.

[네가 하프라는 건 알고 있다. 하지만 넌 많은 힘을 소모했어. 내 말을 듣지 않는다면 너 또한 한 줌의 재로 소멸하게 돼.]

헤바는 혼란스러운 듯 콴에게 물었다.

[왜 그런 말씀을 해주시는 거죠? 제가 죽는 걸 바라는 게 아니

었나요?]

콴은 대답을 하는 대신 헤바를 향해 손을 내밀었다.

헤바는 단호하게 고개를 저었다. 그에게 도움을 받고 싶지 않아서였다. 그러나 자신의 손이 그의 손을 붙잡았다. 남아 있는 모든 힘을 다해 거부하려고 했지만 제대로 버티지 못하고 콴의 뜻에 따라 몸을 일으켰다.

[절 그냥 놔두세요! 그냥 버려두시라고요!]

소리치며 울기까지 했지만 결국 그가 바랐던 대로 밖으로 나오고 말았다.

콴과 헤바가 땅에 발을 내딛자마자 거대하고 호화스러운 전용기가 쓰레기통에 버려진 휴지처럼 힘없이 우그러졌다. 비행기 내부의 것들이 폭발하는 소리와 두터운 유리창이 박살 나는 소리가 고막을 터뜨릴 것처럼 이어졌다.

헤바는 반사적으로 몸을 움츠렸고, 콴은 보호막을 쳐 헤바의 앞으로 날아오는 파편을 막아주었다.

전용기가 불길에 휩싸여 연기를 뿜어대기 시작하자 아직 어둠에 싸여 있던 황무지의 공간이 환하게 밝아졌다. 그러나 메케하고 기름진 검은색의 연기가 그 빛을 혼탁하게 가리었다.

처참하게 일그러져 불타오르는 전용기를 보게 된 헤바는 그예 울음을 터뜨리며 털썩 주저앉았다. 함께 불타고 있을 카일이 떠올랐기에 눈물이 흘러내리는 얼굴로 천천히 고개를 가로저었다. 그러다 멈칫 눈이 커졌다. 시야를 막막하게 채우고도 넘쳤던 거대한 형체가 눈 깜짝할 사이에 사라졌기 때문이다.

헤바는 자신들의 힘이 여느 인간과는 비교가 되지 않을 만큼 탁월하다는 걸 아주 잘 알고 있었다. 그에 대해 자긍심과 자부심 또한 남달랐지만 콴의 능력 앞에선 경이에 찬 표정을 지을 수밖에 없었다.

그런데 왜?

자신과 같은 하프 따위야 어떤 죽음을 맞이하든 상관이 없을 존재가 저를 보호해 가면서까지 살려두는 이유를 이해할 수 없었다.

[절 살려두신 이유가 뭐죠?]

결국 헤바는 그 이유를 물었다.

[오늘 네가 보고 들은 모든 것을 원로회에 전해라.]

콴은 두려움과 혼란에 휩싸여 떨고 있던 헤바를 향해 분명하게 말을 이었다.

[아무것도 더하지도 덜하지도 말고 있는 그대로 전해.]

[그것이 절 죽이지 않은 이유로군요.]

[그래. 그러니 내 말을 잊지 마라.]

말을 마친 콴은 헤바에게서 등을 돌렸다.

[마스터님은 강하면서도 자애로운 분이라고 들어왔어요. 그런데 이렇게까지 잔인하게 구시는 이유가 뭐죠?]

헤바의 말에 콴은 하는 수 없이 그녀를 돌아보았다. 헤바는 바닥에 주저앉은 모습 그대로 콴을 원망스레 쳐다보고 있었다.

[이것이 나를 포함한 뱀파이어들의 본질이다. 네가 듣고 보았던 자애로운 모습들은 그럴듯한 위장술과 포장술에 불과해.]

[에릭님이나 카일님은 그렇지 않았습니다! 저를 대할 때의 마음

은 확실한 진심이었어요!]

헤바는 눈물을 흘리며 콴을 향해 목소리를 높였다. 극도의 긴장
이 풀리면서 눌러 왔던 감정이 한층 격하게 폭발한 것이었다.

[네가 그렇게 느꼈다면 그런 것이겠지.]

담담히 대꾸하는 그로 인해 헤바의 눈은 동글게 커졌다.

[그럼에도 우리가 생명을 취해 죽음을 연명하는 그림자라는 건
달라지지 않는다.]

헤바는 주먹을 꼭 쥐고 입술을 꾹 다물었다. 꼭 그런 것만은 아
니라고 부정하고 싶었지만 결코 부정할 수 없는 사실과 진실 앞에
서 반박의 말이 떠오르지 않았다.

[우리가 누린 부유함이 우리보다 연약한 생명 위에 기생하고 군
림해 착취한 대가인 것을 너 역시 알고 있을 것이다. 그 방식을 계
속해서 고집한다면, 우리가 지을 죄와 받게 될 벌의 무게는 더욱
무거워질 뿐이야.]

어두운 표정으로 말을 마친 콴은 다시 몸을 돌이켜 걸음을 옮겼
다.

그의 표정처럼 묵직해지는 마음이 버거워 고개를 젓던 헤바는
콴의 등 뒤에서 검은색의 아름다운 날개가 솟아오르는 걸 보았다.
헛것을 본 것이 아닌가 싶어 눈가를 비볐다가 힘찬 날갯짓을 한
후 땅을 박차 올라가는 콴을 다시 목격했다.

순식간에 저 먼 하늘로 날아가 보이지도 않는 그인데 놀란 심장
이 계속 크게 뛰어 헤바는 좀처럼 편안히 숨을 쉴 수 없었다.

콴의 발이 정원의 땅을 밟자 등 뒤의 날개가 조용히 자취를 감추었다.

그가 떠나온 저택과 주변을 에워싼 풍경들은 심해처럼 깊은 어둠에 잠겨 있었다.

본래 콴의 저택과 정원은 해가 지는 즉시 저절로 빛이 들어오는 조명등이 설치되어 있었다. 그런데 지금 이곳엔 밝은 빛마저 삼켜버릴 것 같은 묵직한 어둠만이 존재할 뿐이었다.

이 어둠은 해가 뜨기 직전의 어둠처럼 자연스러운 어둠이 아니었다. 뱀파이어의 사악한 주술과 검은 마력이 결합되어 생성된 두터운 흑암의 가림막이라 할 수 있었다.

자신의 공간을 허락 없이 점령해 친친 감고 있는 어둠을 보자 검을 쥔 콴의 손등에 심줄이 불끈 도드라졌다. 콴은 즉시 검을 들어 처음 맞닥뜨린 어둠의 장막을 가차 없이 베었다.

크어억!

저택과 그 주변 풍경을 집어삼킨 채 그르렁대고 있던 어둠은 불시의 공격을 당한 맹수처럼 기괴한 비명을 질러댔다.

쉬이익!

어둠은 거대한 뱀을 떠올리게 하는 형태로 모습을 바꾸더니 뱀처럼 머리를 높게 들어 콴을 위협했다.

키아아악!

검은 아가리에서 터져 나온 울음소리는 날카롭고 차가운 흉기처럼 살갗이 드러난 콴의 얼굴과 손등 위에 붉은 생채기를 남겼다. 자신의 치유력으로 상처를 아물게 만든 콴은 두려움과 공포를 자아내는 소리들에 아랑곳하지 않고 거침없이 검을 휘둘렀다. 원색적인 적의를 드러내며 대응하던 어둠은 콴의 기세에 밀려 슬그머니 꼬리를 감추었다.

영악한 어둠은 이제 관능적이고 육감적인 여자의 형상을 띠고 콴의 눈앞에 나타났다. 어떤 남자라도 단번에 홀릴 듯한 농염한 여인의 자태에 콴은 긴장하며 한 걸음 물러났다.

어느새 가까이 다가온 여자는 풍만한 가슴골을 내보이며 교태롭게 웃다가 어느 틈에 그의 등 뒤로 가 두 팔로 그를 끌어안았다. 콴의 탄탄한 팔과 가슴을 어루만지며 음탕한 말을 속삭이던 여자는 다시 그의 앞으로 돌아와 두 팔로 그의 목을 끌어안았다.

콴은 여자의 유혹에 넘어간 남자처럼 미소를 짓고는 여자의 허리에 두 손을 올렸다.

칼자루를 쥐고 있던 콴의 손이 제 허리를 붙잡자 여자의 눈에 이채가 떠올랐다.

콴이 천천히 고개를 숙이자 여자는 호응하듯 얼굴을 들어 올렸다. 입을 맞추는 즉시 콴의 숨통을 끊을 수 있는 독약이 스며들 것이기에 승리를 감지한 미소가 벌써 입가에 번졌다. 하지만 그 입맞춤은 성사되지 않았다. 등허리를 쓸어 올리는 콴의 손길에 불에 덴 것처럼 비명을 지르곤 대뜸 물러났기 때문이다.

그따위 얕은수로 우릴 우롱하다니! 우두머리란 자가 참으로 비겁하구나!

어둠이 콴을 책망하듯 소리친 건 콴에게 뒤통수를 맞은 것이 분하고 억울해서였다.

콴은 여자의 본질이 음흉한 어둠인 것을 진즉 알아보았다. 그럼에도 유혹에 넘어간 척 굴며 여자를 방심하게 만들었다. 어둠의 환영을 깨뜨리려면 자신의 피를 이용해야 된다는 걸 알기에 여자의 허리에 손을 올려 감쌀 때 손톱으로 손등을 그어 피가 흐르게 했다.

콴은 어둠의 소리엔 대꾸조차 하지 않고 여세를 몰아 앞으로 나아갔다.

피의 공격으로 잠시 형체가 흩어졌던 어둠은 다시 본색을 드러내며 콴에게 대항했다. 그러나 어둠의 유혹에도 넘어가지 않는 콴을 이겨내기가 쉽지 않다는 걸 알고 있었다.

전세가 불리하다는 걸 감지한 어둠은 콴을 제대로 상대하지 않고 안개가 사라지듯 슬그머니 달아나려 했다. 겹겹이 드리워졌던 장막의 기운이 수그러들었다는 걸 알게 된 콴은 그것들을 한 번에 베고 재빨리 앞으로 나아갔다. 어둠의 심장부와 마찬가지인, 주술사의 검붉은 피로 응결된 결정(結晶)을 찾아 그것이 사라지기 전에 마지막 일격을 가했다.

힘의 근원이 깨어지자 콴의 시야를 가리고 있던 어둠의 장막이 흐릿하게 사위어졌다.

콴은 긴장을 늦추지 않은 채 저택을 응시했다. 저택의 외양은 겉으로는 아무런 문제가 없어 보였다. 그러나 그의 후각은 서늘하고 퀴퀴한 죽음과 비릿한 피 냄새를 함께 맡았다.

저택으로 가까워질수록 어둑한 기운과 기분 나쁜 냄새들의 기세가 한층 강해졌다.

현관문으로 이어지는 계단을 올라가던 콴은 저택 주변의 풀과 나무들이 마치 불에 탄 것처럼 시커멓게 죽어 있는 걸 보았다. 생명이 깃들어 있지 않은 돌벽과 기둥들 또한 폐허가 된 유적지처럼 메마른 금이 가 있는 걸 목격하게 되자 검을 쥔 손에 다시금 힘이 들어갔다.

근원이 된 어둠은 사라졌지만 저택의 내부에 어둠의 잔재가 남아 있는 것이 확실했다.

콴은 남은 계단을 모두 올라가 닫혀 있던 현관문을 활짝 열어젖혔다. 그리고 검을 쥐고 있지 않은 손을 들어 저택의 모든 창문을 열게 만들었다.

외부의 바람이 저택 안으로 불어오자 내부의 구석구석에 숨어 모습을 감추고 있던 잔재들이 먹구름 같은 모습을 드러내며 콴에게 일제히 달려들었다.

콴은 그것들을 피하지 않고 자신의 몸속으로 모두 받아들였다. 시커먼 어둠이 하나 가득 들어차자 칼자루를 쥔 손과 창백한 얼굴에 나뭇가지를 닮은 핏줄들이 선명한 검은색을 드러냈다.

제 안에서 커져 가는 어둠의 기운과 치열한 싸움을 벌이는 동안 고고한 맹수처럼 짙푸른 색을 띠던 콴의 눈빛이 역청처럼 끈적한 검은색으로 바뀌었다. 마침내 흰자위까지 검은색으로 변해 버리자 콴은 어둠에 종속된 것처럼 보였다.

"……투 미히, 논 포테스 임페라레(Tu mich non potes

imperare: 너는 날 지배할 수 없다)!"

콴은 그 말을 외치곤 자신의 칼로 옆구리를 찔렀다. 끈질기게 살아남아 콴을 무너뜨리려던 어둠은 그의 몸에서 흘러나온 피를 타고 바닥으로 뚝뚝 떨어져 내렸다.

츠츠츠! 파앗!

검은 피에 엉겨 힘을 소진한 어둠은 탄소가루처럼 곱게 부서지더니 때마침 불어온 바람에 실려 어딘가로 정처 없이 흘러가 버렸다.

콴은 어둠의 기운이 완전히 사라졌다는 걸 확인하고서야 옆구리에 박혀 있던 칼을 빼냈다. 피가 흘러나오는 부위에 손을 올리고 상처가 아물어지도록 힘을 주었지만 영혈검이 만든 상처는 빠르게 회복되지 않았다. 짧은 시간 동안 너무나 많은 능력을 사용해 회복의 속도가 더딘 것이었다. 하지만 그것을 신경 쓸 겨를이 없었다. 하늘 한 귀퉁이가 어슴푸레 옅어진 것을 보았기에 이를 사리문 채 발길을 옮겼다.

콴이 저택 안으로 들어가자 정전이 된 것처럼 어두웠던 실내의 조명들이 환하게 켜졌다.

그의 의지에 따라 열렸던 창문들이 다시금 닫히고 햇빛을 차단하는 커튼들이 두텁게 드리워졌다. 해가 뜬 뒤에도 운신을 할 수 있는 상황이 되었음에도 그는 성큼성큼 로비를 가로질렀다. 1층에 자리한 자신의 방, 그곳의 문이 활짝 열려 있는 걸 발견한 터라 걸음을 서두를 수밖에 없었다.

방 안으로 들어가 보니 지하층으로 향하는 비밀 통로가 활짝 열린 채 서가의 일부가 뜯겨 나간 것과 거기 있던 책들이 바닥에 떨어져 흩어져 있는 것이 보였다.

콴은 칼자루를 쥔 손에 힘을 주곤 황급히 계단을 내려갔다. 움직일 때마다 상처가 낫지 않은 옆구리가 욱신거리며 아팠지만 그 정도의 고통은 얼마든 견딜 수 있었다.

자신이 늘 머물렀던 지하층으로 내려간 콴이 놀란 얼굴이 되어 다급했던 걸음을 멈춘 곳은 가장 깊은 지하로 내려가는 계단 입구의 문 앞에서였다.

바닥에 쓰러져 있음에도 문을 닫으려 애를 쓰는 모습이 명백한 두 사람이 동운과 사하라는 걸 알았을 때, 심장이 쿵! 소리를 내며 내려앉았다. 믿고 싶지 않은 광경 앞에서 눈동자가 흔들린 콴은 한쪽 무릎을 세워 내려앉고는 검을 바닥에 내려놓았다.

동운의 어깨 위에 손을 올리고 눈을 감자 동운과 사하가 현서와 혁을 피신시키기 위해 사력을 다했던 모습이 그려졌다. 그들이 두 사람의 뒤를 따라가는 것을 막기 위해 애를 쓰다 죽음의 검은 연기를 마시고 질식해 죽어가는 모습을 보게 된 콴은 눈시울과 가슴이 아프게 뜨거워졌다.

마지막을 호소하듯 부릅떠져 있는 동운과 사하의 눈을 차례로 감겨주었지만 그다음엔 어떠한 행동도 쉽게 할 수가 없었다. 그들을 되살릴 수 있는 시간이 지나 버렸다는 걸 인지했기에 착잡함과 괴로움에 한동안 이마를 감싸고 있었다.

콴은 마음을 다잡고 충직했던 수하들의 죽음을 애도하는 묵념을 올렸다. 그들의 주검을 제대로 수습하고 위로하는 의식을 거행

하고 싶었지만 그에 앞서 남궁혁과 현서의 무사 여부를 확인해야
만 했다.

동운과 사하의 기억에 남아 있던 두 사람의 마지막 모습이 계단
을 뛰어 내려가는 모습이었고, 미미하게 남아 있는 현서의 향기
또한 아래로 이어지고 있었기에 검을 의지해 무거워진 몸을 일으
켜 세웠다.

콴이 그들을 떠난 후 얼마지 않아 구름 사이를 뚫고 나온 것처
럼 밝고 강렬한 빛줄기가 동운과 사하의 몸 위에 폭포수처럼 쏟아
져 내렸다. 그 빛이 닿은 순간 인간의 형상을 띠던 그들의 몸이 본
체인 카라칼과 은회색의 아름다운 아랍마[馬]로 서서히 변화되었
다.

유리 가루를 뒤집어쓴 것처럼 반짝거리던 카라칼과 아랍마는
쓰러져 있던 자세 그대로 빛이 시작되고 있는 천장을 향해 딸려
올라가기 시작했다.

내부의 공기는 바람 한 점 없이 잠잠한데도 빛에 이끌려 상승하
고 있는 아랍마의 갈기와 꼬리는 물속을 유영하는 물고기의 지느
러미처럼 우아하고 느릿하게 움직였다.

본래의 모습으로 변한 동운과 사하를 완전히 감싼 그 빛은 사람
의 눈으로 쳐다볼 수 없을 정도로 몹시 눈부시게 빛나더니 신기루
가 사라지듯 순식간에 증발했다.

"현서야! 이현서!"
작업실이 있는 자리까지 단번에 다다른 콴은 문을 세게 두드리

며 현서의 이름을 외쳤다.

콴이 작업실을 만든 것은 어둠의 공간에서 수년 동안 수면의 휴식을 취하게 될 때 무의식중에 발산될 수 있는 힘이 외부로 전해지는 것을 막기 위함이었다.

콴이 금혈 초기에 작업실 안에만 틀어박혀 있었던 것도 그와 같은 이유였다. 자신이 흡혈의 갈증과 금혈의 고통을 견디지 못해 폭력적인 힘을 발산할 경우, 저택 안에 머물고 있는 일반 사람들에게 그 피해가 직접적으로 전해지지 않도록 최소화하기 위해서였다.

그것은 바꿔 말해, 작업실 안에 누군가가 머무는 경우 외부의 충격과 공격으로부터 큰 영향을 받지 않고 안전하게 보호가 될 수 있다는 뜻이기도 했다. 동운과 사하, 남궁혁이 협력해 현서를 작업실로 보내려고 했던 것도 바로 그런 기능을 알고 있었기 때문이다.

"현서야! 대답해, 현서야!"

콴은 현서를 더욱 크게 부르며 굳게 닫혀 있는 작업실의 문을 세게 두드렸다. 그 힘이 어찌나 강한지 두터운 강철로 만들어진 문의 표면이 포탄을 맞은 것처럼 움푹움푹 패이고 둔중한 소리가 천장까지 울릴 정도였다.

이렇게는 안 되겠다 싶어서 아예 문을 뜯어 제거하려는데 검은 가루 아래 가려져 있던 붉은 핏자국이 드러났다. 멈칫한 콴은 검은 연기의 흔적인 그 가루를 닦아내고 가장 먼저 보이는 핏자국 위에 손을 댔다. 그것이 누구의 피인지 확인을 해야 했기에 바로 눈을 감고 정신을 똑바로 집중시켰다.

불행 중 다행이라고 해야 할지, 문의 군데군데에 묻어 있는 핏자국은 모두 혁의 것이었다. 이곳에서 벌어진 일들이 그만큼 치열했다는 증거였지만 어떤 것은 혁이 뚜렷한 의도를 가지고 그린 글자와 그림의 흔적이기도 했다.

혁은 현서를 작업실 안으로 집어 던지듯 들여보낸 후 밖에서 문을 열 수 없도록 문고리를 아예 망가뜨렸다. 그는 칼로 손바닥을 그어 피가 흐르게 한 뒤, 그 피를 이용해 무언가를 급하게 써내려갔다. 그것은 현서를 노리는 검은 연기가 그 문을 통과할 수 없게 하려는 일종의 방어 주문이었다. 하지만 에릭의 사주를 받은 술사들이 만들어낸 검은 괴한들과 어둠의 연기가 금세 뒤를 쫓아와 미처 완성을 못 하고 검을 휘둘러야 했다.

혁은 배수진을 친 전사처럼 처절하게 대항했다. 그러나 자신의 마지막을 예감하고 콴에게 자신의 목숨을 지켜줄 수 있는 검을 보냈다. 무기가 사라져 불리한 상황이 됐음에도 이를 악물고 버티던 혁은 결국 그들 중 누군가에 의해 내팽개쳐지듯 던져지고 말았다.

거기까지 보게 된 콴은 그 즉시 눈을 떠 몸을 움직였다. 그리고 작업실에서 멀지 않은 기둥의 밑단에 처박히듯 주저앉은 자세로 고개를 떨구고 있는 혁을 발견했다. 입고 있던 티셔츠와 바지, 점퍼 자락에 검붉은 피의 얼룩이 무수하게 찍혀 있는 혁은 숨이 완전하게 멈춰 미동도 하지 않고 있었다.

혁에게서 차가운 죽음의 냄새를 맡은 콴이 가까이 다가갔을 때 손안에 있던 검이 우웅, 구슬프게 울었다. 그러자 분명히 멈춰 있던 혁의 심장이 반응하듯 느리게 뛰기 시작했다.

어둡게 침잠되어 있던 콴의 눈에 푸른 불꽃이 다시 피어올랐고, 그의 심장 또한 벅찬 소리를 내며 함께 뛰었다. 콴은 양손검의 칼자루를 혁의 손에 쥐어준 후에 작업실로 발길을 돌렸다.

혁이 그려놓은 표식이 자물쇠의 역할을 하고 있는 상황이라 문을 열기 위해선 물리적인 힘과 영적인 힘이 동시에 필요했다. 콴은 자신에게 있던 모든 힘을 두 손에 집중시켰다.

이윽고 육중한 소리와 함께 바위처럼 단단하게 닫혀 있던 문이 완전히 열렸다. 그 순간 겨우 아물어가던 옆구리의 상처가 터지며 검은 피가 울컥울컥 몸 밖으로 쏟아져 내렸다.

어둠을 떨쳐 내기 위해 칼로 몸을 상하게 한 데다 연달아 강한 힘을 사용한 탓에 콴의 상태는 가히 좋지 않았다. 흡혈을 하거나 제대로 된 휴식을 취하지 않고 계속해서 힘을 쓴다면 회복이 더뎌질 뿐 아니라 전과 같은 상태로 돌아가지 못할 수도 있었다. 콴의 능력이 발휘하는 원천이자 생명을 유지시키는 검은 피가 출혈로 인해 줄어들고 있는 상황이기 때문이었다.

그러나 콴에겐 자신의 회복이나 위험에 대해 생각하는 것이 모두 부질없었다. 억지로 뜯어내다시피 한 문 너머에 홀로 쓰러져 있는 현서를 발견했을 때, 콴의 모든 사고의 회로는 전원이 끊긴 것처럼 일제히 정지되었다.

콴은 현서를 불러야 한다는 것도 잊은 채 천천히 걸음을 옮겼다. 모로 누워 있는 현서의 코앞까지 다가가서는 무릎을 털썩 꿇어앉으며 두 눈을 느릿하게 깜빡이기만 했다.

그의 시야에 들어온 현서는 어둠 속에서도 또렷하게 알아볼 수 있을 만큼 유난히 새하얗다. 조그맣게 벌어진 입술 사이로 흘러내린 핏자국이 보이지 않았다면 누군가를 기다리다 지쳐 잠이 든 것처럼 순하디순한 표정.

"……현서야."

콴은 그제야 겨우 현서를 불렀다. 그러나 현서는 아무런 대답이 없었다.

"……이현서."

다시 한 번 불러보았지만 이번에도 대답이 돌아오지 않았다. 콴은 현서에게로 가만히 손을 뻗었다. 떨리는 손끝에 닿은 현서의 얼굴은 표면을 다듬은 대리석처럼 온기 없이 차가웠다. 심장이 지끈해지는 통증에 손을 꾹 쥐었던 콴은 현서를 향해 다시 손을 뻗었다.

콴에 의해 몸이 들려진 현서는 그의 품에 얌전히 안겼다. 무릎을 꿇어앉은 자세로 현서를 품에 안은 콴은 아프게 눈을 감았다. 생명이 떠나 힘없이 늘어진 현서의 몸은 헝겊으로 만든 인형처럼 너무나도 가벼웠다.

15. Bloody Night (3)

"현서 학생! 빨랑 문 잠그고 아무 말도 하지 마!"

"아저씨! 저 혼자 두지 마세요! 저랑 같이 있어요!"

콴이 현서를 안았을 때 혁과 현서가 나누었던 대화가 고스란히 되살아났다.

"거참, 아무 말도 말라니까! 여기서 무슨 소리가 나도 절대 문 열지 마! 내 말 알아들었어도 절대로 대답하지 마! 그래야 살아!"

알았다고 대답하려던 현서는 손으로 입을 막은 채 혁이 보고 있는 것처럼 고개를 끄덕였다. 현서는 혁의 말을 들은 대로 작업실의 문을 잠갔다.

그렇게 문을 닫아놓았지만 문밖에서 들려오는 소리까지 차단된 건 아니었다.

현서의 귀엔 평소엔 들을 수 없었던 무서운 소리들이 여과 없이 들려오기 시작했다.

금속성 무기들이 살벌하게 맞부딪치는 소리와 누군가가 혁을 저주하는 섬뜩하고 음산한 목소리가 가장 먼저 들려왔다. 이어 자지러질 듯 끔찍한 비명 소리와 고통 서린 신음 소리가 간간이 섞여들었다.

어두운 공간에 혼자 남겨진 현서는 두려움과 공포에 몸을 떨어야 했다. 혁과 저의 뒤를 쫓아오던 사하와 동운의 목소리가 들려오지 않는 것도 그녀의 심장을 불안하게 수축시켰다.

아저씨 혼자서는 힘드신데!

현서는 몹시 초조해 입술을 잘근잘근 깨물었다.

백 집사님이랑 사하 오빠한테도 문제가 생긴 걸까?

아니야, 아닐 거야. 그렇지 않을 거야.

현서는 불길한 생각을 떨치듯 있는 힘껏 고개를 저었다. 그럼에도 계속되는 끔찍한 소리들에 어느새 눈가에 눈물이 흥건해졌다.

손으로 얼른 눈가를 닦은 현서는 더는 소리를 듣지 못하도록 손을 들어 귀를 막았다. 이제 현서의 귓가에 들려오는 건 자신이 내는 거칠고 불안한 숨소리뿐이었다. 혹시나 싶은 마음에 주변을 둘러보았지만 그녀의 마음을 위로해 줄 만한 것은 보이지 않았다.

현서가 서성이고 있는 그곳은 콴이 오래도록 머물던 그의 채취

와 흔적이 가득한 공간이었다. 콴에 대한 기억이 남아 있지 않은 현서는 콴의 향기와 느낌을 알아챌 수 없었다. 밖의 사정이 위급하지 않았다면 그나마 가능성이 있었을 수도 있었다. 하지만.

그때 쿠웅! 하고 무언가가 철문에 부딪치는 소리가 들렸다. 강한 충격에 공간이 울리자 현서는 반사적으로 문을 돌아보았다. 문밖에 머물고 있는 혁이 걱정되었기에 문으로 바짝 다가가 귀를 쫑긋 세워 소리에 집중했다.

현서가 문에 손을 대고 귀를 기울이는 동안 혁이 미처 처리하지 못한 검은 연기가 문틈으로 은밀히 스며들었다. 다리부터 전해오는 선득한 기운에 깜짝 놀란 현서가 황급히 뒤로 물러났지만 이미 때가 늦어버렸다.

현서의 다리를 타고 올라온 검은 연기는 현서의 코와 입으로 재빠르게 스며들었고 이내 몽롱한 졸음을 선사했다. 이대로 눈을 감아선 안 된다는 생각이 들었지만 현서의 눈꺼풀은 아래로 자꾸만 내려앉았다.

생명을 앗아가는 치명적인 독을 안고 있음에도 연기는 아주 달콤한 잠처럼 현서를 무기력하게 마비시켜 갔다. 어둠에 익숙해졌던 시야가 흐릿하게 변하자 현서는 고개를 저으며 잠기운을 떨쳐내려고 했다. 그러나 몸 전체로 독이 퍼지자 그 자리에 털썩 주저앉고 말았다.

바닥에 부딪치는 충격에 잠시 정신이 돌아왔지만 곧 속이 텅 빈 지푸라기 인형처럼 상체가 힘없이 아래로 쓰러졌다. 현서가 눈을 감자 점점 느릿하게 뛰던 심장이 완전히 멈춰졌다. 그리고 잠시 후, 현서의 입에서 검붉은 피가 한 줄기 흘러내렸다. 가느다랗게 이어지던 숨소리가 완전히 사위어지며 분홍빛을 띠던 입술이 파리하게 어두워졌다.

콴은 피투성이가 되어 죽어 있던 혁을 보았을 때도 현서가 무사할 것이란 희망을 버리지 않았다. 그러나 무정한 죽음은 콴이 쥐고 있던 희망의 끈을 냉정히 잘라 버렸다.

"……널 떠나지 말았어야 했다."

자신의 공간에서 무서움에 떨다 죽어간 현서를 생각하자 그대로 눈물이 차올랐다.

"……네 곁에 계속 있어야 했어."

회한에 찬 목소리가 아득하게 흐려지며 고여 있던 눈물이 창백한 뺨을 타고 흘러내렸다.

콴은 현서를 더욱 안으며 깊게 고개를 숙였다. 그칠 줄 모르고 떨어지는 뜨거운 눈물이 그에게 안겨 있는 현서의 얼굴을 투명하게 적시며 번져 갔다.

쿠르르르.

지축이 흔들리면서 나는 소리들에 돌기둥에 기대고 있던 혁이 끄응, 신음을 토해냈다.

퍼질러 앉은 자세 그대로 긴 숨을 내쉬던 그는 바닥에 있던 손을 배 위에 올리며 찡그리듯 눈을 떴다.

살아난 거냐? 꿈을 꾸는 거냐?

혼잣말을 중얼거리는데 목이 꽉 잠긴 것처럼 답답해 목소리가 제대로 나오지 않았다.

다시금 한숨을 내쉰 혁은 제 몸으로 눈길을 주었다. 분명 멀쩡한 티셔츠와 청바지를 입었던 것 같은데, 날카로운 것에 찢기고 뜯긴 흔적과 피가 튀면서 만들어진 얼룩들로 인해 길에 버려도 가져가지 않을 만큼 너덜너덜하게 망가져 있었다.

엄청 독하게 싸우긴 했지.

넝마가 되어버린 셔츠 자락을 잡고 피식 웃다가 아무 일도 없었던 것처럼 괴괴해진 주변을 바라보았다. 입고 있던 옷은 이렇게 엉망이 되어버렸는데 저와 싸웠던 자들의 흔적은 하나도 보이지 않았다. 연탄처럼 검은 가루들이 군데군데 흩어져 있는 것이 보이긴 했지만 사람의 형상을 하고 쓰러져 있는 이들이 없으니 뭔가 찜찜한 기분이 되었다.

혁은 천천히 몸을 일으켜 세웠다. 몸을 감싼 근육과 뼈마디가 뻐근하게 욱신거려 자연스레 욕설과 불만이 터져 나왔다.

"빌어먹을! 거 더럽게 아프네!"

그러나 선명한 고통 덕분에 자신의 몸이 멀쩡하게 살아난 것을 실감할 수 있었다.

그렇게 당하고도 살아나다니. 이름을 아예 야초(野草)로 바꿔 버려?

징글징글하게도 질긴 생명력과 지독한 운에 감탄 아닌 감탄을 하며 굳은 몸을 이리저리 움직였다. 고개를 좌우로 당기고 어깨 근육을 뿌드득 소리가 나도록 풀고 있는데, 갑자기 쩡그렁! 하는 쉿소리가 귓전을 울렸다.

위에서 뭔가가 떨어지는 소리였기에 뒤로 얼른 물러나며 바닥을 살폈다. 그런데 바닥은 조금 전과 별 차이가 없었다. 환청이라고 하기엔 지나치게 컸던 소리라 고개를 갸웃하며 위를 올려다보았다. 깨어날 즈음 느꼈던 진동이 천장이 무너지려는 징후가 아닐까 걱정이 되었다.

두 눈을 가늘게 떠 까마득하게 높은 천장을 살피고, 자신과 가까운 곳에 있는 벽에도 눈길을 주었다. 남들이 부러워하는 시력을 가진 터라 천장과 벽 부근에 군데군데 금이 가 있는 것을 발견할 수 있었다. 그러나 그 선들은 금방이라도 무너져 내릴 것처럼 위태로운 냄새를 풍기지는 않았다.

"거 이상하네? 감각기관이 그새 다 망가졌나?"

양쪽 귀에 손을 번갈아 올리며 진단을 하다가 바닥 쪽으로 다시 눈길을 주었다. 그러다 흠칫 눈이 커졌다. 방금 일어난 자리에서 세 조각으로 분리되어 있는 양손검을 보았기 때문이다.

혁은 얼른 몸을 숙여선 검의 상태부터 확인했다. 나눠진 조각으로 따지니 세 조각이었지, 엄밀히 말해 두 동강이 난 양손검 사이에 자신의 보위나이프가 놓여 있는 모양새였다.

"흠⋯⋯."

미간을 좁힌 혁은 일단 자신의 검을 챙겨 몸을 바로 세웠다. 근사한 하나를 이루었던 두 개의 검이 원래대로 제각각 분리된 것이 아무래도 불길하고 찜찜한 느낌이 들었다.

보위나이프를 허리춤에 차다가 말고 멈칫 얼굴이 굳었다. 자신이 콴에게 보냈던 검이 이곳으로 다시 돌아왔다. 그것도 멀쩡한 형태가 아닌 세 조각으로 나뉜 모습으로!

"이 멍청한 자식! 그걸 이제 알아채면 어쩌란 거야?"

필시 콴에게도 일이 생겼다는 걸 감지한 혁은 작업실 쪽으로 눈길을 주며 곧바로 걸음을 옮겼다. 그러다 작업실의 철문이 심하게 우그러져 입구를 틀어막고 있는 걸 발견했다.

뭐야? 문이 저런 상태면 연기가 고스란히.

그 생각을 하다 얼굴이 뜨악하게 굳었다. 자신이 죽기 살기로 싸웠던 이유가 무엇이었는지 확실하게 떠올랐기에 누군가에게 뒤통수를 맞은 것처럼 정신이 번쩍 들었다.

"현서 학생! 현서 학생!"

구겨진 철문을 두드리며 현서를 찾던 혁은 문의 이음쇠가 뜯겨진 걸 보았다. 가까이에서 제대로 보니 누군가 철문을 억지로 떼어냈다가 급하게 틀어막아 놨다는 느낌을 받았다.

"이런 젠장!"

혁은 허리춤에 나이프를 꽂고 벌어진 틈새로 손을 집어넣었다. 그것을 열기 위해 온 힘을 주었지만 일그러진 모양새로 닫혀 있는 철문은 바윗덩이가 박힌 것처럼 꿈쩍도 하지 않았다.

"야, 인마! 주인님이 고생하는 거 안 보이냐?"

마치 사람에게 하듯 채근하자 혁의 보위나이프가 말귀를 알아들은 것처럼 검푸른 빛을 발산했다. 양손의 손가락 끝에 힘이 모아지는 게 느껴지더니 강력접착제를 붙인 것처럼 자리를 지키고 있던 철문이 조금씩 움직이기 시작했다.

"끄응, 차!"

안간힘을 쓰는 혁의 얼굴은 만취한 사람처럼 벌겋게 달아올랐고, 심줄이 돋은 관자놀이와 이마엔 어느새 커다란 구슬땀이 맺혀졌다.

끼이익, 콰앙!

팔뚝과 손등 위의 심줄이 피부를 뚫고 나올 것처럼 불거졌을 때 마침내 문이 열렸다.

가빠진 숨을 고르며 얼굴에 번진 땀을 손으로 대충 닦아낸 혁은 "현서 학생! 현서 학생!"을 외치며 안으로 들어갔다. 그런데 보이지 않는 무언가에 의해 몸이 투웅! 부딪쳐 뒤로 주춤 물러났다.

"저건 또 뭐야?"

눈을 가늘게 떴다 크게 부릅떠 보아도 혁의 시야에 들어온 건 손에 묻어날 것처럼 시커먼 어둠뿐이었다. 그것은 상대를 공격하기 위해 존재한다기보다 내부에서 벌어지는 일을 알아보지 못하도록 가려놓은 위장막처럼 보였다.

혁은 허리춤에 있던 나이프를 꺼내 손에 쥐고는 다른 손으론 저를 튕겨낸 어둠으로 손을 뻗었다. 어둠의 표면은 마치 유리처럼 매끄럽고 차가웠는데 손바닥에 닿는 촉감이 공기가 빵빵하게 들어찬 고무공처럼 촘촘하고 탄탄했다. 검을 이용해 찌르면 틈이 벌어질 수도 있겠다는 데 생각이 미치자 짧은 심호흡 후 곧바로 칼끝을 박아 넣었다.

됐어!

속으로 외친 혁은 칼자루를 쥔 손에 다른 손을 겹쳐 힘을 주곤 아래 방향으로 힘껏 끌어 내렸다. 두텁고 시커먼 천이 찢기는 것처럼 날카로운 소리가 나더니 짙은 선팅이 된 것처럼 새카맣던 어둠이 마치 담묵처럼 흐릿해져 갔다.

"지금 뭐 하시는 겁니까!"

찢겨진 어둠을 잡아 젖히며 쳐들어가듯 들어온 혁은 콴을 향해 다짜고짜 소리를 높였다.

쩌렁쩌렁한 목소리가 공간을 울리자 콴이 눈을 들어 혁을 바라보았다.

"있는 대로 큰 소리를 내는 걸 보니 멀쩡하게 살아난 모양이군."

보위나이프를 들고 씩씩거리고 있던 혁은 콴의 미소에 순간 당황했다. 자신을 향한 콴의 표정과 말투가 한 점의 적의도 보이지 않는 순수한 반가움이라 그럴 수밖에 없었다.

"예, 보시다시피 또 살아나고 말았습니다. 이게 다 이 녀석이랑 당신 덕분이지만."

혁은 보위나이프를 원래의 자리에 꽂으며 멋쩍게 웃었다. 콴을 보자마자 대뜸 소리부터 지른 것이 무안하고 미안해서 말이 잠시 끊어진 상황이 그저 어색했다. 그러나 조금 전 목격했던 장면들을 떠올리면 자신이 오해를 한 것도 무리가 아니었다.

혁이 찢겨진 틈을 통해 본 것은 검은 옷을 입고 똑바로 서 있는 콴과 그의 앞에 반듯하게 누워 있는 현서였다. 현서는 콴이 손을 내리면 닿을 수 있는 낮은 위치에서 얌전하게 눈을 감고 있었다. 사실 현서가 누워 있는 곳은 평범한 침대 위가 아니라 아무것도 없는 허공이었다.

현서는 미동도 없이 누워 있었지만, 어깨를 넘기는 밤색 머리카락이나 무릎 아래까지 내려오는 새하얀 원피스의 치맛자락이 물결을 따라 일렁이는 수초처럼 느릿하게 움직이고 있었다. 그 움직임 때문인지는 몰라도 현서가 누워 있는 공간이 텅 빈 어둠이 아니라 어두운 심해의 일부처럼 느껴졌다.

평범한 사람들의 눈엔 현서의 모습이 분명 기이하게 다가왔을 터였다. 그러나 혁은 콴이 가진 힘에 대해 충분히 알고 있었다. 그러니 그런 모습이 전혀 이상하지 않았다.

다만 심상치 않다고 느낀 것은 현서를 바라보고 있는 콴의 눈빛이었다.

그때 콴의 눈은 혁이 익히 보아왔던 차분한 검은색이 아니라 바닥을 알 수 없는 무저갱처럼 심오한 검은색을 띠고 있었다. 언뜻 보기엔 별 차이가 없는 듯했으나 그 눈에서 풍기는 기운은 죽음을 주재하는 사신(死神)의 것처럼 모골이 송연해지는 오싹한 한기를 품고 있었다. 그런 그를 현서 곁에 그냥 둔다면 현서에게 어떤 식으로든 해를 끼칠 것 같았다.

"현서, 어떻게 된 겁니까?"

혁은 그 말을 하며 앞으로 나아갔다. 머릿속의 생각이 깔끔하게 정리되지 않아서인지 입속이 모래알을 씹은 것처럼 텁텁하게 서걱거렸다.

"어떤 것 같나?"

콴은 혁이 던진 질문을 그에게 되돌렸다.

"지금 제 생각을 묻는 겁니까?"

콴은 고개를 끄덕이는 것으로 대답을 대신했다. 혁은 몇 걸음 더 걸어가 누워 있는 현서를 내려다보았다. 거리가 가까워지자 밀랍인형처럼 창백한 현서의 하얀 얼굴과 핏기 없이 파리한 입술이 먼저 눈에 들어왔다. 쉽게 부인할 수 없는 죽음의 징후들이 고스란히 느껴지자 숨을 들이켜는 소리가 거칠어졌다.

"현서는 죽지 않았어. 그저 심장이 멈춰 있는 것뿐."

콴은 혁의 머릿속을 읽은 것처럼 차분하게 말했다. 현서가 죽지 않았다는 말에 안도했던 혁은 심장이 멈췄다는 말엔 다시 혼란함을 느꼈다. 그럼에도 콴이 현서를 포기하지 않을 것이란 생각은 흔들리지 않았다. 분명 방법이 있을 것이기에 저리도 차분하게 대꾸를 하는 것이라 믿고 있었다.

"그 말은, 현서를 살릴 방법이 있다는 얘기겠죠?"

콴은 천천히 고개를 끄덕였다.

"그렇죠? 분명히 방법이 있는 거겠죠? 하하, 그럼 그렇지."

어설픈 안도의 웃음을 지은 혁은 기대감을 안고 콴을 바라보았다. 그러다 콴이 서 있는 자리에서 멀지 않은 곳에 있던 독서대에 눈길을 주었다. 정확하겐 그 위에 펼쳐져 있는 두텁고 큼직한 고서, 거의 뒤쪽에 해당되는 것으로 보이는 펼친 면의 글자들이 마치 살아 있는 등불처럼 빛을 발하고 있어서 눈길이 가지 않으려야 않을 수가 없었다.

연금술사나 주술사들이 사용했던 것으로 보이는 특수한 글자들에 흥미가 동한 혁은 두 눈을 가늘게 뜨곤 가장 먼저 들어온 문장을 속으로 읽어 내렸다. 그리고 그 문장의 뜻을 파악하려는 찰나, 콴이 현서의 손목을 붙잡아 입가로 가져가는 게 보였다.

"설마, 피를 마시려는 건 아니겠죠?"

곧장 고개를 돌린 혁은 농담인 듯 그 말을 건넸다. 하지만 콴은 가타부타 대꾸를 하지 않았다. 그 반응에 수상쩍은 느낌이 들기도 했지만 콴에 대한 믿음을 저버릴 순 없었다.

콴이 흡혈을 하는 뱀파이어라는 건 혁도 잘 알고 있었다. 하지만 콴에게선 기분 나쁜 피 냄새를 맡았던 적이 거의 없었다. 천사의 피가 흐르는 몸이어서인지, 계속 금혈을 해서인지 몰라도 다른 뱀파이어들을 만났을 때처럼 불편한 위화감이나 적개심을 느끼지 않았다. 심지어 자신의 피를 흡혈했던 때에도 그러했다.

에이, 아무렴, 현서를 뱀파이어로 만들어서 살리려는 거겠어?

그런데 그 짐작이 짐작으로만 그치지 않을 것 같았다. 현서의 손목에 입을 대는 콴의 입술, 그 아래로 드러난 희고 날카로운 송곳니를 확인한 순간 머리카락이 쭈뼛하게 솟아올랐다.

"거기 잠깐! 거 일단 정지 좀 합시다."

분명 소름 끼치게 역겨운 행동을 하고 있음에도 사람의 눈을 홀려 판단을 흐릿하게 만드는 사특한 아름다움. 그 거짓된 아름다움에 휘말리지 않기 위해 혁은 일단 버럭 소리를 질렀다.

"아, 진짜! 말로 할 때 그만하라니깐!"

콴은 말리는 혁을 비웃기라도 하듯 현서의 손목 깊숙이 이를 박았다. 혁의 눈이 흠칫 커지고 당혹감과 분노로 입가가 떨리는 걸 보았음에도 되레 보란 듯이 흡혈을 시작했다.

상처가 난 자리를 통해 새어 나온 붉은 피가 희고 여린 손목을 타고 아래로 주르륵 흘러내리자 혁은 더는 참을 수 없다는 듯 콴을 향해 욕지거리를 퍼부었다.

"야, 이 미친 새끼야! 당장 그만 안 둬?"

혁이 호통을 치며 달려드는데 콴이 으르렁 소리를 내며 혁을 노려보았다. 성난 짐승처럼 시퍼런 안광이 혁의 어깨를 겨냥하자 사납고 거친 기운이 그의 어깨를 부러뜨릴 것처럼 세게 강타했다.

「이 일을 방해하는 즉시 네놈의 숨을 끊을 것이다.」

바닥에 쓰러지지 않고 겨우 버티고 선 혁에게 콴이 던진 살벌한 경고가 머릿속을 깨뜨릴 것처럼 강하게 울렸다.

"이런 우라질! 이럴 거면 날 왜 살린 거야? 이런 어이없는 꼴이나 보고 있으라고 살린 거냐고?"

지독한 두통이 엄습한 머리를 한 손으로 감싼 혁은 미간을 잔뜩 찡그린 채 콴을 나무랐다. 이래 죽으나 저래 죽으나 어차피 죽을 목숨, 까짓것 하고 싶은 말이라도 속 시원하게 해보자 싶은 마음이 들어 겁이 나지도 기가 죽지도 않았다.

콴은 그런 혁에게 다시금 날 선 눈길을 주었다. 단지 눈길만 주었을 뿐인데 이번엔 아예 벽으로 날아가 차가운 돌바닥에 꼬라박히고 말았다. 얼굴이 바닥에 닿은 걸 알고 혁은 반사적으로 욕설을 내뱉었다. 그리고 곧장 일어나려고 했지만 현기증이 가시지 않아 눈앞이 핑핑 어지러웠다. 혁은 별수 없이 양 무릎을 꿇고 앉은 자세를 하고 일단 눈을 감았다.

"아이고, 삭신이야. 아이고, 머리야아."

그가 머리를 감싸 쥐고 정신을 차리려 애를 쓰는 동안 콴은 현서의 손목에서 입을 떼 흡혈을 멈췄다. 입술에 묻은 피를 혀로 핥아 없앤 다음 잇자국이 남은 현서의 손목을 손으로 감싸 가만히 힘을 주었다.

그러자 콴의 손끝에서 시커먼 그림자를 닮은 검은 기운과 황금색의 찬란한 빛이 동시에 흘러나왔다. 콴에게서 나온 빛과 어두운 기운은 누워 있는 현서의 손목부터 시작해 그녀의 몸 전체를 서서히 휘감았다.

「내 안의 빛과 그림자를 모두 받아들이면, 현서는 나와 같은 뱀파이어로 부활할 것이다.」

겨우 두통이 사라져 눈을 뜬 혁의 머리로 콴의 전음이 다시금 들려왔다. 혁은 머리를 감싼 한 손을 슬쩍 내려 허리춤에 있던 보위나이프의 칼자루를 움켜쥐었다.

천사의 혼과 힘이 담긴 검아! 너의 선한 능력에 의지하노니 어둠의 숨통을 단번에 끊어다오!

간절한 염원이 담긴 기도로 보위나이프의 힘을 최대치로 끌어올린 혁은 힘껏 검을 내던졌다. 보위나이프는 검푸른 빛을 강하게 발산하며 콴을 향해 곧장 날아갔다.

콴은 현서를 바라보고 있었지만 혁의 검이 심장을 향해 날아오고 있다는 것 또한 알고 있었다. 하지만 그 검을 막지 않았다. 신성한 힘을 가진 검이 자신의 심장에 치명상을 입혀야만 현서를 원래대로 되살릴 수 있기 때문이었다.

피잉! 콰악!

보위나이프의 칼날이 심장 한가운데에 날아와 박히자 검푸른 빛이 콴의 심장을 옥죄듯 휘감았다. 강렬한 불길에 타들어가는 것 같은 극렬한 고통이 온몸을 점령했지만 콴은 힘겨운 신음까지 안으로 삼키며, 제 안에 존재하는 빛과 어둠의 기운을 현서에게 모조리 쏟아부었다.

콴이 전한 빛과 어둠이 현서를 온전히 채우자 조용히 죽어 있던 현서의 심장이 소리를 내며 뛰기 시작했다. 그 소리에 혁은 경악했지만 콴은 바라던 바를 이룬 사람처럼 흡족한 미소를 지었다. 시퍼렇게 죽어 있던 현서의 입술이 다시금 붉게 피어나는 걸 보았으니, 지금의 고통만이 아니라 이후의 고통까지도 얼마든지 참아낼 수 있었다.

"어쩌려고 이런 참람한 짓을 하는 겁니까? 대체 어쩌려고!"

혁은 콴을 원망스레 바라보며 크게 탄식했다. 현서의 심장이 다시 뛰게 된 걸 마냥 기뻐할 수도, 그렇다고 마냥 슬퍼할 수도 없는 이 상황이 너무 기가 막혀서 머리와 심장이 한꺼번에 터질 것 같았다.

"현서를, 밖으로 데려가."

콴은 심장에 박혀 있는 보위나이프의 칼자루를 누르며 그렇게 말했다. 그의 몸속의 검은 피가 혁의 검을 밀어내려 했기에 칼날이 빠져나가지 않도록 완력을 사용해야만 했다. 검을 누르는 힘과 튕겨내려는 힘이 마찰하며 칼날이 심장을 후비는 고통이 더해졌지만 다만 숨을 고르며 해야 할 말을 천천히 이어갔다.

"여긴 머잖아, 무너지게 된다. 그러니, 어서 나가."

"심장에 칼을 맞더니 이젠 머리까지 이상해진 거요? 온 천지가 태양 빛이 작렬인데 현서를 데리고 밖으로 나가라고?"

"현서를, 살리고 싶다면, 내 말을 들어."

"이 양반아! 뱀파이어는 태양 빛을 쐬는 즉시 소멸된다는 걸 그새 잊었소!"

"현서는, 내게 있던 빛과 그림자, 두 가지를, 모두 가지고 있어."

어둠의 힘이 빠져나간 콴의 몸 곳곳에서 검은 출혈이 일어나기 시작했다. 콴은 잠시 말을 멈추었다가 다시금 말을 이었다. 검은 피가 살아 있는 동안 자신이 해야 할 일을 마쳐야 했기에 시간을 오래 지체할 수 없었다.

"내가 소멸하면, 현서 안에 있는 어둠의 기운도, 소멸하게 돼."

"어둠의 기운이 소멸하게 된다고?"

"그래도 현서는, 죽지 않아. 현서 안엔, 빛의 기운도 존재하고 있으니. 그 기운은, 광명한 빛을 만날 때, 온전해진다."

"그러니까 당신 말은, 당신이 하란 대로 해야 현서가 인간으로 되살아날 수 있다, 그거요?"

혁은 다급해지려는 마음을 누르며 자신이 들은 말을 침착하게 확인했다.

"그래."

콴은 짧게 답하고 고개를 크게 끄덕였다.

"젠장!"

혹여 현서가 더 위험해지는 건 아닐까 염려됐지만 혁은 일단 콴의 말대로 움직이기로 했다. 허공에 떠 있는 현서를 두 팔로 안아 들고는 누가 쫓아올세라 황급하게 몸을 돌려 작업실을 빠져나왔다. 위층으로 올라가야 좋을지, 차고지와 연결이 되는 통로를 이용하는 것이 좋을지 고민하던 혁은 갑작스러운 깨달음에 주춤 눈이 커졌다.

설마, 하는 얼굴로 고개를 돌리자 단검의 칼자루를 붙잡아 아래로 누르고 있는 콴이 보였다. 그 순간 독서대 위에 펼쳐져 있던 책자에서 스치듯 읽었던 문장이 떠올랐다.

─한 생명을 뱀파이어로 부활시킨 존재가 빛의 힘에 의해 소멸되면 부활한 생명을 지배하는 어둠의 힘도 자연히 소멸하게 된다.

"내가 소멸하면, 현서 안에 있는 어둠의 기운도, 소멸하게 돼."

"그래도 현서는, 죽지 않아. 현서 안엔, 빛의 기운도 존재하고 있으니. 그 기운은, 광명한 빛을 만날 때, 온전해진다."

콴이 했던 말과 읽었던 문구가 일치되어지며 모호했던 의미가 온전한 하나로 이해되어졌다. 그러자 혁의 눈동자가 충격으로 크게 흔들렸다.

"……당신이 날 위협하고 자극했던 게, 그 이유 때문이었어?"

"더는 시간이 없다! 서둘러, 남궁혁!"

콴의 말이 떨어지기 무섭게 혁이 서 있던 바닥이 크게 진동했다.

쿠르르! 소리가 지하 공간을 울리더니 지하층 천장의 일부가 쩌억! 소리를 내며 갈라졌다.

벌어진 틈으로 굵은 흙먼지가 소나기가 내리듯 후드득 떨어졌고, 기둥과 벽에 나타났던 희미한 실금들은 금방이라도 쪼개질 것처럼 위태로운 선을 그리며 그 범위를 넓혀갔다.

더는 미적거릴 시간이 없음을 깨달은 혁은 현서를 바짝 안으며 얼른 발길을 돌렸다.

혁에게 완전히 기대 있는 현서는 규칙적인 숨을 내쉬고 있었다. 여느 때와 같은 체온을 회복한 건 아니었지만 생명이 떠나 있던 모습과 비교하면 실로 놀라운 변화이자 기적이었다.

지독한 인간! 현서 살리자고 자기가 가진 걸 다 버렸다, 그거야?

그런데 그냥 허무하게 보내겠다고? 제대로 된 인사도 없이, 그냥 이렇게?

혁은 부담감을 이기지 못해 다시 발길을 돌리려고 했다. 그때 균열이 심한 천장의 일부가 아래로 우르르 무너져 내렸다. 재빨리 몸을 돌이켜 뛰어가는 혁의 귓가에 묵직한 돌덩이가 떨어지는 둔탁한 소리와 파편이 튀어 오르는 소리들이 너무나 생생하게 들려왔다. 그 소리는 마치 더는 미련을 갖지 말고 떠나라는 콴의 독촉만 같았다.

"그렇게 안 밀어도 갑니다, 가! 그러니까 고만 좀 떠미쇼!"

혁이 그렇게 말한 건 보이지 않는 어떤 힘이 자신을 보호하며 따라오고 있다는 걸 느꼈기 때문이다. 겉으론 불만인 듯 툴툴거렸지만 주름이 깊어진 혁의 얼굴엔 슬픔이라 할 수 있는 감정이 아프게 묻어나고 있었다.

뒤에서 혁을 호위하던 그 힘은 이제 지상층으로 가장 빨리 나아갈 수 있는 통로로 혁을 붙잡아 이끌었다. 그곳을 통하면 정원으로 나갈 수 있다는 걸 감지한 혁은 현서를 고쳐 안고 냅다 뛰기 시작했다. 그러자 혁을 따라오던 그 힘도 더는 그를 상관치 않았다.

다급해진 움직임만큼 빨라진 혁의 심장 소리와 격랑이 이는 것처럼 흔들리는 몸의 움직임에 고른 숨을 내쉬며 자고 있던 현서의 의식이 서서히 깨어났다.

어느 순간 눈을 뜬 현서는 깊은숨을 들이마셨다 내쉬곤 두 눈을 느릿하게 깜빡였다. 시야가 점점 맑아지면서 너덜하게 뜯겨진 회색 티셔츠와 얼룩이 묻어 더러운 점퍼 자락이 차례로 눈에 들어왔다. 아직 옷을 입은 사람의 얼굴을 본 것이 아닌데도 그가 남궁혁이라는 걸 알 수 있었다. 그와 더불어 그가 어떤 감정을 느끼고 있는지도 고스란히 느낄 수 있었다.

"……괜찮아요, 아저씨."

현서가 하는 말에 깜짝 놀란 혁은 그 즉시 걸음을 멈추곤 현서의 안색을 확인했다.

"현서 학생, 나 알아보겠어?"

"그럼요. 아저씨는 남궁혁 아저씨가 맞으시잖아요."

"어! 맞아! 허허! 아주 정확하게 아주 제대로 알고 있고만!"

"아저씨, 저 진짜 괜찮으니까요. 제 걱정은 안 하셔도 돼요."

현서는 차분하게 대꾸하더니 자신을 그만 내려달라는 말을 덧붙였다.

"진짜 그래도 되겠어?"

"네. 여길 빨리 나가야 하는 거잖아요."

"그거야 물론 그렇지만."

"그러니까 얼른 내려주세요. 제가 정신이 없으면 모르겠는데, 이런 상태로 안겨 있는 건 민폐 같아요."

혁은 하는 수 없이 현서를 내려주었다. 그러나 앞장서 가기 전 현서의 한 손을 붙잡고 가는 걸 잊지 않았다. 그에 고마운 듯 미소를 짓는 현서의 눈동자가 루비처럼 붉은색을 띠며 반짝이고 있었지만, 그것을 개의치 않았다.

현서는 콴이 모든 것을 버려가면서까지 지키고 보호하려던 아이였다. 그러니 현서를 대하는 마음이 콴에 못지않은 정성과 애정이 기울여지는 모양이었다.

"여기서부턴 각자 올라가는 게 더 빠르겠어. 아저씨가 먼저 갈 테니까 뒤처지지 말고 잘 따라와."

혁은 현서의 손을 꾹 쥐었다 놓고는 먼저 계단을 올라갔다. 정원으로 향하는 통로의 계단은 콴이 혼자 사용했던 것이라 폭이 그리 넓지 않았다. 두 사람이 나란히 올라가기엔 무리가 있었기에 혁이 먼저 앞서 가면서 뒤에 있는 현서를 이끌기로 했다.

"뒤돌아보지 말고 무조건 앞만 보고 와. 알았지?"

"네."

현서는 씩씩하게 대답했지만 계단을 올라가는 속도가 차츰 느려졌다. 좁고 가파른 계단을 올라가는 일이 힘이 부쳐서가 아니라 저 아래에 중요한 무언가를 두고 온 것처럼 뒤통수가 당겼기 때문이다.

잠깐 보는 건 괜찮지 않을까?

현서는 잠시 걸음을 멈추고 뒤를 돌아보기로 했다. 자신의 등 뒤에서 무슨 일이 벌어지고 있는지 보게 되면 쓸데없는 호기심이 더는 생기지 않을 것 같았다.

현서의 짐작은 그다지 틀리지 않았다. 비스듬히 돌아선 시야에 들어온 것은 벽과 기둥이 무너지며 생겨난 자욱한 흙먼지 구름이 짙은 어둠을 헝클이고 있는 탁하디탁한 혼돈뿐이었다.

"무조건 앞만 보고 오라니까 아저씨 말 안 들을 거야?"

혁이 재촉하는 소리에 현서는 움찔 놀라 몸을 돌렸다.

"앗! 죄송해요, 아저씨!"

현서는 곧바로 사과하고 더욱 벌어진 간격을 서둘러 좁혀갔다.

"걱정이 돼서 그런 거지, 야단친 거 절대 아니야."

혁은 마음이 착잡했지만 그럼에도 자상하게 현서를 타일렀다.

"지금부턴 아저씨 옷을 잡고 올라와. 그럼 훨씬 더 수월할 거야."

그렇게 하면 현서가 설령 다시 뒤를 돌아본다고 해도 걸음을 멈추거나 늦추거나 하진 않을 것 같았다.

"네, 그럴게요."

현서는 혁이 시킨 대로 그의 점퍼 자락을 꼭 붙잡았다. 혁은 지체된 시간만큼 서둘러 계단을 올라갔다. 혁을 따라 계단을 올라가던 현서는 조금 전 자신이 보았던 흐릿한 혼돈을 떠올렸다.

슬로우 화면처럼 느릿하게 피어오르던 먼지구름과 담묵이 번진 것처럼 희미한 어둠.

특별한 무언가를 보았다고 말할 수도 없는 그 장면이 왜 지워지지도 않고 자꾸만 생각나는 것인지 알다가도 모를 일이었다.

꿈이라서 그러는 걸까?

제 몸을 타고 스며들던 섬뜩한 검은 연기와 방금 목격했던 지하층의 풍경도.

실제로 겪고 있는 일이라고 하기엔 영화의 한 장면을 보는 것처럼 비현실적인 장면들이라 그런 생각이 들 수밖에 없었다.

아무래도 꿈이 맞는 것 같아.

백 집사님이랑 사하 오빠도 안 보이고, 윤경 쌤이랑 민 변호사님도 안 보이잖아.

그 생각을 확인이라도 하듯 다시 뒤를 돌아보았다. 혁의 옷자락을 쥐고 있는 상태라 걸음이 다소 늦춰졌지만 등 뒤의 풍경을 바라보는 것엔 딱히 불편함이 없었다.

그러다 갑자기 두 눈이 커다래졌다. 어둠과 흙먼지가 한데 뒤섞인 흐릿한 혼돈이 지금껏 올라온 계단을 중반 이상이나 침범한 것을 보고 놀라서가 아니었다. 급작스레 덩치를 불린 혼돈, 두터운 먼지와 어둠이 뒤섞인 그 속에서 고개를 숙인 채 홀로 서 있는 남자의 실루엣을 분명하게 보았기 때문이다.

"……아저씨."

"응?"

"저 아래 사람이 있는 것 같아요."

현서의 말에 앞서 가던 혁의 발길이 주춤 늦추어졌다.

"그럴 리가. 돌기둥 그림자 같은 걸 착각해서 그런 거겠지."

혁은 대수롭지 않은 듯 대꾸를 했지만 옷자락을 쥐고 있던 현서의 손을 자신의 손으로 얼른 감싸 쥐고 다시 발길을 재촉했다.

"그렇겠죠? 제가 잘못 본 거겠죠?"

"그렇다니까. 저 아래 사람이 있을 리가 없잖아. 안 그래?"

혁이 확실히 선을 긋자 현서도 더는 다른 말을 꺼내지 않았다.

현서가 다른 생각을 할 수 없도록 혁은 더욱 빠르게 계단을 뛰어 올라갔다.

"후아! 거의 다 와간다, 거의 다!"

빨라진 걸음만큼 계단을 오르는 혁의 숨소리도 자연히 거칠어졌다. 하지만 현서는 혁을 쫓아가는 것이 그다지 힘들지 않았다. 이 정도로 극심한 먼지가 일어났다면 시야가 흐리며 눈이 따가운 것은 물론이요, 숨을 쉬는 것 또한 편치가 않아 대화가 불가능해야 마땅했다. 그런데 이렇게 많은 계단을 올라왔는데도 다리가 후들거리며 아프지도, 혁처럼 숨이 차지도 않았다.

맞아. 난 지금 꿈을 꾸고 있는 거야.

자신의 몸이 뱀파이어로 변화되어 가능해진 일임을 알 리 없는 현서는 지금의 상황을 지극히 사실적인 꿈의 연장이라고 더욱 확신하게 됐다.

그사이 밖으로 나갈 수 있는 문 앞에 다다른 혁은 입고 있던 점퍼를 벗어 현서에게 내밀었다.

"현서 학생, 이거 가지고 있어."

"네? 이걸 왜?"

현서가 의아해서 쳐다보자 혁이 나름의 이유를 설명했다.

"어두운 데 있다가 밖으로 나가면 눈이 많이 부시잖아. 그러니까 가지고 있으라고."

"그건 아저씨도 마찬가지잖아요."

"아저씬 남자고, 이런 일에 경험이 많아서 큰 상관이 없거든."

"아아, 네."

알았다는 대답을 하고 점퍼를 받아 들었지만 현서의 표정엔 여전히 의아함이 남아 있었다.

혁도 그걸 알아보았음에도 더는 부연 설명을 하지 않았다.

뱀파이어로 변이한 현서의 몸이 햇빛을 과연 견딜 수 있을지. 콴의 말이 조금이라도 어긋나게 된다면 어떤 문제가 생기게 될지. 당장 눈앞에 닥친 문제들이 훨씬 더 다급하고 중요한 것이라 그에 대한 걱정만으로도 시간이 턱없이 부족했다.

까짓 거 일단 나가 보자. 그래야 문제가 해결되든 문제가 더 커지든 알 게 아니냐고.

판단을 내리자마자 어깨에 체중을 실어 닫힌 문을 힘껏 부딪쳤다.

쿠웅! 소리와 함께 닫혔던 문이 활짝 열렸다. 밖으로 뛰어나가는 두 사람의 머리 위로 그야말로 눈부신 햇살이 강한 소낙비처럼 한꺼번에 쏟아져 내렸다.

"앗!"

현서는 저를 공격하는 따가운 햇살에 본능적으로 몸을 움츠렸다. 혁은 현서가 들고 있던 점퍼를 빼앗듯이 가져와선 현서의 머리 위에서부터 푹 뒤집어씌웠다.

"현서 학생, 꽉 잡아!"

혁이 두 팔로 재빨리 저를 안아 들자 현서도 그의 목을 얼른 끌어안았다. 현서를 단단히 받쳐 든 혁은 나무 그늘이 짙게 드리워진 후원의 숲을 향해 힘차게 뛰기 시작했다.

혁의 품에 안겨 있는 현서는 갑작스러운 오한에 온몸이 덜덜 떨렸다. 햇빛에 드러났던 얼굴과 팔다리가 화상을 입은 것처럼 욱신거리며 아픈데, 한겨울에 찬물을 뒤집어쓴 것처럼 몸이 시리고 춥다는 게 너무 이상했다.

"진짜 거의 다 왔어! 조금만 버텨! 조금만!"

이가 딱딱 소리를 내며 부딪치는 바람에 현서는 알았다는 대답도 할 수 없었다. 잠깐 사이에 통증과 오한이 너무나 극심해져서 눈을 똑바로 뜨고 있는 것조차 힘겨울 정도였다.

진짜 이상해. 갑자기 왜 이렇게 아프지?

통증으로 찡그려진 현서의 눈에 햇살을 받아 더욱 하얗게 빛나는 저택의 모습이 들어왔다. 그러나 웅장하고 당당했던 석조 건물은 거대한 바위에 좌초되어 침몰하는 선박처럼 아래를 향해 서서히 허물어지고 있었다.

그것을 목격했을 때 하나로 정의할 수 없는 복잡한 감정이 현서의 심장을 아프게 옥죄었다. 자신의 기억 속에 남아 있는 건물이 저토록 허무하게 무너져 내리는 마지막을 확인하는 것이 꿈이라고 해서 좋을 순 없었다. 그럼에도 꺼져 가는 생명을 속수무책으로 바라볼 때처럼 가슴 저미는 슬픔을 느끼는 것은 지나친 반응이라 생각되었다.

만약에, 내가 보고 있는 저 장면이 꿈이 아니라면.

내가 느끼고 있는 이 감정들이 현재 진행 중인 실제의 감정이라면.

그에 대한 결론을 내리기도 전에 후두둑 눈물이 떨어졌다. 뜨거운 눈물이 뺨을 적시며 흘러내리는 순간 저가 현실에 서 있다는 걸 문득 깨달았다. 그러자 마음의 모든 축이 무너져 내린 것처럼 아득한 눈물이 터져 나왔다.

「더는 울지 마라.」

눈물을 주체할 수 없어 처연하게 울고 있는 현서의 귓가에 나직하고 부드러운 남자의 목소리가 들려왔다.

「너의 고통은 이제 끝이 날 거야.」

현서는 눈물이 그렁한 채로 소리가 나는 곳을 바라보았다. 그러나 그녀의 눈에 보이는 건 어느새 거대한 돌무덤으로 변해 버린 석조 건물의 잔해들뿐이었다.

⚜ ⚜ ⚜

천장이 붕괴되고 벽이 무너지며 생겨난 틈으로 햇살이 다툼을 하듯 떨어져 내린다.

그 빛 아래 드러난 콴의 몸을 보호하기 위해 한 쌍의 날개가 솟아오른다. 그러나 아름다운 검은 날개는 햇살이 닿은 즉시 황금색 불꽃으로 타오르기 시작한다.

콴의 날개를 집어삼킨 불꽃은 이제 콴의 몸을 장악해 간다. 태양을 닮은 황금색 불길에 휩싸인 그는 가슴에 품고 있던 칼날을 뽑아낸다. 지혈 역할을 하고 있던 칼날이 사라지자 상처가 생긴 틈을 타고 검은 피가 분수처럼 솟아오른다.

아래로 떨어지던 핏물은 콴이 서 있는 땅을 흥건히 적시며 그 영역을 차츰 넓혀간다.

콴은 고개를 들어 머리 위 하늘을 올려다본다. 본래의 짙푸른 눈동자로 돌아온 눈에 그토록 그리워했던 푸른 하늘이 오롯이 들어온다. 그 푸른빛을 쳐다보며 입매를 늘여 부드럽게 웃는다. 그리고 하늘을 향해 미소 짓는 모습 그대로 검붉은 재로 완전히 산화한다.

금속 조각처럼 반짝이는 빛을 지닌 한 줌의 재가 되어버린 콴의 몸은 어디선가 불어온 바람을 타고 부유하듯 하늘을 향해 날아오른다.

그의 흔적이 완전히 사라져 버리자 지하층의 지반이 낮은 곳으로 급속히 침하한다. 지반이 꺼져 내리며 만들어진 거대한 구멍 속으로 저택의 모든 것이 빨려 들어가듯 무너져 내린 후에야 땅은 우레 같은 울음을 조용히 그친다.

이파리가 무성한 나무들이 만들어놓은 짙은 그늘에 안착한 혁은 햇빛이 하나도 들어오지 않는 그늘을 찾아 거기에 현서를 내려놓았다. 그래도 혹시 몰라서 점퍼를 둘러준 그대로 현서의 상태를 살폈다.

현서는 눈을 감은 채 거친 숨을 내쉬었다가 그 숨소리가 차츰 잠잠해지더니 더는 몸을 떨지 않았다. 그럼에도 혁은 완전히 마음을 놓을 수 없었다.

"아저씨."

"응?"

"너무 죄송한데요, 물 좀 가져다주시면 안 될까요? 웬만하면 제가 가고 싶은데, 지금 너무 힘이 들어서요."

미안해하며 혁을 쳐다보는 현서의 눈동자가 짙은 밤색으로 돌아온 걸 알았을 때, 혁은 그제야 비로소 안도의 숨을 내쉬었다.

16. 7년 후에

외출 준비를 마친 현서는 휴대전화와 가방을 챙겨 방을 나왔다.

약속 장소인 강남역까지의 시간을 생각하자 현관으로 향하는 발걸음이 저절로 빨라졌다.

손목시계로 시각을 확인하고 신발장에서 운동화를 꺼내 신는 현서는 흰색 티셔츠에 청바지, 크림색 카디건을 걸친 단출한 옷차림이었다.

어깨를 넘기는 밤색 머리카락을 하나로 묶어 작고 하얀 얼굴이 유난히 도드라져 보이는 현서의 모습은 대학을 졸업한 스물다섯의 성인이 아니라 엊그제 입학한 새내기처럼 풋풋하고 앳됐다. 또래 친구들이 옷이며 화장이며 한창 멋을 부릴 나이, 작은 별 모양의 크리스털 귀고리에 옅은 화장을 한 것이 저를 꾸민 전부였다.

그런데도 현서는 예뻤다. 완벽한 화장이나 화려한 장신구로 치장을 한 것이 아닌데도 현서가 길을 걸어가면 사람들의 눈길이 자연스레 그녀에게 머물렀다. 단아하고 청신한 외모에 고상하면서도 음전한 태도, 소녀에서 숙녀가 된 여자들이 가지게 되는 여성스러운 분위기가 조화롭게 어우러진 모습이라 누구나 사랑스러운 눈길로 바라보게 되는 것이었다.

현서가 신발장 문을 닫고 돌아서는데 누군가 현관문의 자동도어 번호를 눌렀다.

잠금장치가 해제되어 문이 열리고 윤경과 혁이 두런두런 얘기를 나누는 목소리가 먼저 들려왔다.

"응? 현서, 지금 나가니?"

먼저 들어온 윤경은 외출 준비를 끝낸 현서를 보더니 두 눈이 바로 동그래졌다.

"네. 저녁 약속 때문에 지금 나가 봐야 해요."

"진짜? 네가 모처럼 내려와서 쌈밥이랑 잡채랑 만들어 먹으려고 했더니만."

윤경의 뒤를 이어 들어온 혁의 양손에 묵직한 장바구니가 들린 걸 보고 현서는 곧 미안한 얼굴이 되었다.

"죄송해요, 선생님. 저도 웬만하면 안 가려고 했는데요. 오늘 모임은 가보는 게 좋을 것 같아서 마음을 바꿨어요. 동아리 선배 중에 '국경없는의사회'에서 일하는 선배가 있는데, 그 선배가 얼마 전에 한국에 들어왔대요."

현서가 윤경에게 설명을 하는 동안 혁은 장바구니를 들고 주방으로 성큼 걸어갔다.

"워낙 오랜만에 들어온 거라서 한국에 있는 동안에도 스케줄이 꽤 바쁘다고 하더라고요. 동아리 사람들 만나는 건 오늘이 아니면 어려운 것 같다고 해서, 총무 선배가 필히 참석하라고 전화까지 왔었어요."

"에고, 그렇구나. 그럼 오늘 많이 늦겠다. 그치?"

설명을 듣고 이해는 했지만 윤경의 얼굴에선 어쩔 수 없는 아쉬움이 묻어났다.

"선배 환영회 겸 동아리 모임 겸 해서 같이 모이는 거라 아무래도 좀 늦을 것 같아요."

"하긴 저녁 먹고 맥주 한두 잔씩 하고 그러면 12시 넘어서 끝날 수도 있겠다. 그럼 모임 끝나고 서울 집으로 바로 가는 거니?"

"네, 아마도요."

현서가 현재 살고 있는 곳은 서울 마포에 있는 작은 빌라였다. 서울에 방을 얻은 건 대학에 들어가면서부터였는데, 그전엔 여기 아파트에서 김윤경과 함께 지냈다. 무영시와 가까운 거리에 있는 아파트는 이제 부부의 연을 맺은 남궁혁과 김윤경의 아늑한 보금자리였다.

"모임 장소가 어디냐?"

조리대 위에 장 봐온 것을 내려놓은 혁이 대뜸 장소를 물었다.

"서울 압구정동이요."

"여기서 압구정까지 가려면 얼추 두 시간은 걸리겠네?"

"네. 그래서 지금 출발하려고요."

현서의 대답을 들은 혁은 이번엔 윤경을 향해 컨디션이 어떠냐고 물었다.

"나는 뭐, 아주 좋아요. 그런데 그건 왜요?"

"현서 서울까지 데려다줄 건데, 돌아오는 길이 혼자면 심심할 것 같아서."

혁의 말이 떨어지기 무섭게 현서는 "아니에요, 아저씨"라며 바로 손사래를 쳤다.

"저 혼자 충분히 갈 수 있어요. 그러니까 무리하지 마세요."

"너 혼자 갈 수 있는 거 누가 몰라 그러나. 서울 올라간 김에 우리 윤경 씨랑 모처럼 주말 데이트나 해야겠다 싶어서 얘길 꺼낸 거지. 윤경 씨, 우리 오랜만에 영화관도 가고, 근사한 식당에 가서 맛있는 저녁도 먹고 그럽시다."

"어머, 정말요? 그럼 저야 좋죠."

혁의 제안에 윤경은 진심으로 기뻐하며 활짝 웃었다.

"당신은 웃는 모습이 참 고와. 당신이 그렇게 웃으면 덩달아 기분이 좋아진다니까."

혁은 진심으로 윤경을 칭찬했고, 윤경은 그에 수줍은 소녀처럼 얼굴을 붉혔다.

서로 사랑해 마지않는 두 사람 사이에서 현서는 잠시 존재감이 전혀 없는 투명한 인간이 되어버렸다. 이런 상황에선 어떻게 하는 게 좋은가, 고민하고 있는데 혁이 현관 앞까지 성큼 걸어와 넌지시 현서를 불렀다.

"이현서야."

"예?"

"윤경 씨랑 장 본 거 정리하고 내려갈 테니까 먼저 주차장에 가 있어라."

혁은 현서의 손 위에 자동차 열쇠를 턱 올려주었다.

"아니에요, 아저씨. 저도 같이 도울게요."

현서가 윤경을 따라 신을 벗으려 하자 혁이 "어허!" 소리를 내며 현서의 앞을 막아섰다.

"아저씨가 내려가 있으라고 하면 내려가 있어야지, 왜 그렇게 눈치가 없으신가."

"예? 그게 무슨."

"네가 있으면 내가 애정 표현을 하고 싶어도 할 수가 없잖냐."

무슨 말인가 싶어 혁을 보았던 현서는 그 말을 듣고 바로 미간을 좁혔다.

"어우, 제 앞에서 꼭 그렇게 티를 내셔야겠어요?"

"네가 눈치가 없으니까 이렇게라도 티를 내는 거 아니냐. 안 그래?"

"제가 눈치가 없는 게 아니라 아저씨가 과하단 생각은 안 드세요?"

"아니, 전혀."

씩 웃으며 대꾸하는 혁을 보고 못 말리겠다는 듯 고개를 저은 현서는 재빨리 현관을 빠져나갔다. 이따금 짓궂은 장난을 치는 혁 때문에 당황할 때도 있었지만 부모님처럼 믿고 의지해 온 두 어른이 서로를 아끼고 사랑하는 모습은 언제든 보기가 좋아서 주차장으로 걸어가는 동안 계속 미소가 머물렀다.

"귀국했다는 선배, 만나는 사람은 있다니?"

윤경은 안전벨트를 매다가 생각난 듯 현서에게 물었다.

"네. 올가을에 결혼할 예정이라고 들었어요."

"저런!"

그녀가 한탄하는 사이 혁이 부드럽게 차를 출발시켰다.

"동아리 선배나 동기들 중에서 괜찮은 사람 없어?"

윤경은 뒷좌석에 앉아 있는 현서에게 고개를 돌린 채로 계속 말을 이었다.

"동아리 사람들이야 다 좋죠. 제가 다른 과로 편입했을 때도 다들 절 챙겨줬거든요."

"아니, 그런 거 말고. 현서 네가 이성적으로 끌리는 사람이나 너한테 이성적으로 다가오는 사람이 없었냐고."

"입학해선 진도 따라가느라 바빴고, 나중엔 전과(轉科) 준비하느라 바빠서 그런 데 신경 쓸 여유가 없었어요."

현서는 웃는 얼굴로 편안하게 얘기했지만 현서의 사정을 알고 있는 윤경은 현서처럼 웃지 못했다.

사실 현서는 Y대 의대에 무난히 합격을 했다. 그러나 기초의학을 공부하던 본과 1학년 때 자퇴를 결정하게 되었다. 해부학 실습 이후 원인을 알 수 없는 흉통과 호흡곤란을 겪게 되면서 더는 학업을 진행할 수 없었다. 흉통과 호흡곤란의 원인이 심리적인 문제라는 진단까지 받게 되면서 의사가 되는 길을 결국 포기해야만 했다. 현서는 고민 끝에 전과를 결정했고, 현재 같은 대학에 있는 문헌정보학과에 재학 중이었다.

"아무리 그래도 그 나이 먹도록 남자친구 하나 없었다는 건 말이 안 되지 않니? 네가 얼굴이 안 예쁘길 하니, 성격이 나쁘길 하니. 일할 때 책임감 확실하고, 사람 사이에 의리 있고. 암튼! 좀 있으면 여름방학이고 하니까 무조건 연애부터 해. 동기니 선후배니 가리지 말고. 알았어?"

윤경이 열을 올리며 칭찬을 하자 현서가 머쓱해서 얼굴을 붉혔다.

"선생님, 저 예쁘게 봐주시는 건 감사한데요. 연애가 하고 싶다고 되는 게 아니더라고요."

"아니야, 얘. 연애는 네가 진짜 하고 싶은 마음이 생겨야 할 수 있는 거야. 그래야 너한테 관심 있는 사람도 네가 관심이 가는 사람도 보이는 거라고."

혁은 잠자코 얘기를 듣고만 있다가 넌지시 말을 꺼냈다.

"우리 현서가 눈이 높은가?"

"현서는 눈이 높은 게 아니라 관심이 없는 거라니까요. 전에 현서 친구가 그러는데 현서 좋다고 대시하는 학생들이 여럿 있었는데 현서가 바쁘다면서 죄 거절을 했대요."

"현서야, 정말 그랬어?"

혁이 묻자 현서가 겸연쩍은 듯 휴대전화를 만지작거렸다.

"그때는 진짜 공부하느라 여유도 없었고, 관심이 안 가기도 했어요."

"현서 관심을 못 끈 녀석들인 걸 보니까 진짜로 별로였나 보구만그래."

"아니라니까요. 현서 친구 말로는 진짜 괜찮은 학생들도 있었다고 했어요."

"그래?"

혁과 얘기를 주고받던 윤경은 다시 현서에게 집중했다.

"현서야, 내가 전에도 말했지만 사람이 하는 일 중에 그나마 이로운 일이 누군가를 위해 기도하고 사랑하는 일이야. 네 눈에 차지 않는 사람이라고 해도 그 사람이 너한테 진심으로 다가오는 게 느껴지면 그땐 한 번 기회를 줘봐."

"그래, 그건 아줌마 말씀이 맞아. 그 사람이 어떤 사람인지 제대로 알려면 그 사람을 만나봐야 아는 거거든."

윤경과 혁은 미리 얘기를 맞추기라도 한 것처럼 연애의 필요성과 장점에 대해 부지런히 의견을 피력했다.

두 어른의 듣기 좋은 잔소리가 저를 생각해서 하는 것임을 알기에 현서는 별다른 이의를 제기하지 않았다. 현서의 마음속엔 운명적인 사랑을 꿈꾸고 있는 순수한 친구, 근영처럼 심장이 먼저 알아보는 운명의 상대를 만날 수 있다면 좋겠다는 생각보다 그런 일이 실제로 있을까 하는 회의적인 생각이 더 많은 자리를 차지하고 있었다.

혁이 운전하는 SUV가 서울로 향하는 고속도로에 진입했다.

정면을 보며 운전 중이던 혁은 백미러를 통해 휴대전화로 통화

중인 현서를 흘깃 쳐다보았다. 모임에 나오는 친구와 통화를 하는 모양인지 현서의 얼굴엔 미소가 어려 있었다.

현서가 웃는 모습을 확인하고 설핏 미소를 지었지만 혁의 마음 한켠엔 묵직한 돌덩이를 안은 것 같은 부담감과 죄책감이 존재했다. 현서가 자퇴를 결정하게 될 정도로 심각했던 흉통과 호흡곤란이 현서에게 먹였던 망각의 눈물 때문일지도 모른다는 생각 때문이었다.

혁은 현서와 윤경에게 망각의 눈물이 녹아든 음료를 마시게 했다. 혁이 현서에게도 약을 먹인 건 콴이 죽음을 맞이했던 그날의 일을 기억하지 않길 바라서였다.

저택이 무너지기 전 근무했던 이들도 신경이 쓰였지만 그들에겐 굳이 처방을 하지 않았다. 콴과 콴을 수행했던 동운과 사하가 미국으로 함께 외유를 갔다가 사망하고 현서가 그 일로 기억까지 잃게 되었다는 소문이 나면서 그들과 만나게 될 가능성이 낮아진 것도 그런 이유 중 하나였다.

지반 침하로 인해 저택이 완전히 붕괴되고 안에 있던 것들이 전소되면서 현서와 윤경 그리고 혁에겐 새로이 머물 보금자리가 필요했다. 그때 일을 해결해 준 사람이 바로 민호진 변호사였다.

저택의 남자들이 모두 사망하고, 혁과 현서가 회생을 경험했던 그날.

호진과 윤경은 아무런 피해도 입지 않았다. 그날 그 자리에 없었기 때문이다.

호진은 본래 저택이 아닌 다른 곳에 거처가 마련되어 있었다.

그래서 희생양이 되지 않은 것이었고, 윤경은 어머니가 교통사고를 당해 입원 중이라는 연락을 받고 급작스레 해남으로 내려가게 되어 사고를 피하게 된 것이었다.

어머니를 퇴원시킨 후 무영시로 돌아온 그녀는 부재중에 일어난 크나큰 사고 앞에서 당연히 할 말을 잃었다. 하지만 현서와 같이 망각의 눈물을 마시게 되어 어머니의 일 때문에 고향에 다녀온 일까지 지워지게 되었다.

1년간의 기억이 한꺼번에 지워진 윤경과 현서는 초기엔 자신의 상황들을 받아들이지 못해 당연히 어색함이 있었다. 그러나 사고의 충격으로 기억을 잃었다는 공통점을 가진 서로에게 안타까운 공감과 친밀감을 가지게 되었다.

윤경은 현서에 대한 초기의 기억이 남아 있는 상태라 현서를 챙기는 것이 어색하거나 부담스럽지 않았다. 현서가 류환 이사장에 대해서 어떤 것도 기억하지 못하는 걸 알고는 못내 안타까워했다. 그렇다고 해서 그걸 억지로 기억하라는 부담은 주지 않았다.

망각이란 의식의 문과 창들을 일시적으로 닫는 것이며, 망각이 없다면 행복이나 명랑함도, 자부심이나 현재도 있을 수 없다는 니체의 말을 응용해 현서의 상태를 자연스러운 것으로 인지시켜 주었다. 양친을 모두 잃고 먼 친척 아저씨 집에 오게 된 현서가 마음을 다쳐 그런 것이라 이해를 하고 현서에게 더 많은 사랑과 관심을 쏟아주었다. 저를 진심으로 아껴주고 챙겨주는 윤경의 마음을 현서 역시 순수하게 받아들이면서 두 사람은 예전처럼 화목하고 돈독한 관계를 금방 회복할 수 있었다.

그런 일들과 별개로 혁은 윤경의 어머니가 당한 교통사고를 우연한 것으로 생각하지 않았다. 현서와 오랜 시간을 지냈던 윤경이 현서의 상태가 평소와 같지 않다는 걸 눈치채게 될까 봐 콴이 부러 일을 꾸민 것이 아닐까 하는 생각을 버릴 수 없었던 것이다. 그리고 그 짐작은 후일 호진과 속 깊은 얘기를 나누게 되었을 때 짐작이 아닌 사실로 확인되었다. 사고 이전에 진행되고 있었던 얘기들을 호진을 통해 듣고 혁은 "참으로 징글징글한 인간"이라고 콴을 욕했다.

콴은 한국을 떠날 결심을 한 순간부터 에릭이 보이게 될 반응과 김윤경 선생의 상황, 혹여 자신이 잘못될 경우 저택의 사람들과 재단 일을 어떻게 처리할 것인가에 대해서 이미 만반의 준비를 마친 상태였다.

콴이 다양한 경우의 수에 대비해 치밀하고 세세한 준비를 하도록 미리 지시한 덕에 호진은 일련의 사고들에 대한 충격을 미리 예비할 수 있었다고 했다. 그렇다고 오랜 시간을 함께했던 존재들의 죽음과 그로 인한 상실의 슬픔이 줄어든 것은 물론 아니었다. 하지만 그런 준비 덕에 무사히 살아남게 된 사람들은 큰 불편함 없이 평온한 삶을 살아갈 수 있었다.

어떻게 살 것인가만이 아니라 어떻게 죽을 것인가에 대해서까지 생각하고 있었던 콴을 생각하느라 혁은 한 며칠을 홀로 술만 마셨다. 숙취 해소를 위해 사우나에 갔다가 양쪽 팔과 등 뒤에 문신처럼 새겨져 있던 그림과 글자들이 말끔하게 지워진 것을 목격했다. 그럼에도 아직 술이 덜 깨서 그런가 보다 생각을 했다. 그러다 냄새를 통해 상대방의 감정이나 생각을 읽어낼 수 없다는 것까지 알게 되었다. 자신 안에 있던 특별한 기운이 완전히 사라졌다는 걸 깨달았을 때, 아깝다는 생각보다 차라리 잘되었다는 후련함이 훨씬 더 컸다.

이제 진짜로 평범한 인간이 되었으니 그에 어울리는 삶을 살자고 결심한 혁은 그때까지 가지고 있던 나머지 망각의 눈물들을 깊은 강물에 모두 던져 버렸다. 그것을 가지고 있으면 사용하고 싶은 유혹을 느낄 것이기에 미련 없이 버리는 길을 택했다.

그로부터 무려 7년이란 시간이 정말 쏜살같이 지나갔다.

그사이 콴의 저택이 있었던 자리는 어린이들이 이용하는 도서관과 그들을 위한 공연과 전시가 상설되는 공연장과 전시장이 새롭게 지어졌다. 저택 주변을 에워싸고 있었던 거대한 정원은 청림재단의 이사장이었던 류환, 이젠 고인이 된 그의 뜻에 따라 생태공원과 수목원으로 조성이 되어 무영시의 시민들과 외지인들에게 대부분 개방되었다.

콴의 뒤를 이어 청림재단의 이사장이 된 호진은 혁과 윤경에게 재단의 일을 함께해 달라고 도움을 청했다. 혁과 윤경은 그의 부탁을 거절하지 않고 흔쾌히 받아들였다. 류환 이사장의 죽음 뒤에 호진이 대표를 맡게 된 것에 이런저런 입방아를 찧는 사람들 때문이라도 그에게 힘을 실어주고 싶었기 때문이다.

이제 콴과 현서, 동운과 사하 등이 함께 어우러져 지냈던 시간을 전부 기억하는 이는 혁과 호진밖에 없었다. 윤경에게도 그들에 대한 기억이 남아 있었으나 저택에 들어온 지 얼마 지나지 않았을 때의 일이라 혁과 호진의 심정을 그저 어렴풋하게 공감할 뿐이었다.

✤ ✤ ✤

"인수 선배 길거리에서 만났으면 진짜 못 알아봤겠는데?"

"그렇지? 니들도 그렇게 느꼈지?"

오늘 모임의 주인공인 정인수가 등장하자 그를 기다리고 있던 선후배 동기들이 너나 할 것이 그 말을 꺼냈다. 아프리카 수단에서 일을 했다는 정인수의 귀국 환영회가 있던 장소는 식사와 술을 한 번에 해결할 수 있는 압구정동의 한 한식집이었다.

선후배들의 호들갑스러운 반응이 아니라도 정인수는 예전 캠퍼스에서 보았던 그 사람이 맞는가 싶을 만큼 비쩍 말라 있었다. 얼굴이며 팔이 유독 검게 그은 상태라 아프리카 출신의 이국인이라고 해도 어색하지 않을 정도였다.

간단한 안부 인사들이 오간 후 정인수가 한가운데 자리를 잡고 앉았다. 그러자 기다린 것처럼 다양한 질문들이 쏟아졌다.

수단은 어떤 나라냐? 그 나라 말고 또 어떤 나라에서 일을 해봤느냐? 거기서 선배가 하는 일이 정확하게 뭐냐? 사람이 살 만한 동네냐? 등등.

"수단은 남북으로 나뉘어 현재 내전 중에 있어. 돈이 되는 석유는 남부에 있는데, 정치, 행정, 경제, 교육 등 모든 것이 북부에 집중되어 있으니까 남부 측이 기분 좋을 리가 없지. 그래서 독립을 요구하는 남부와 이를 막으려는 북부가 싸우는 통에 국민들만 죽어나는 중이라고 보면 돼."

맛있는 음식으로 배를 채우고 시원한 맥주와 음료수로 입가심을 한 정인수의 입에선 평소엔 듣기 쉽지 않은 이야기들이 끊임없이 흘러나왔다. 그가 들려준 이야기에 요즘 우리 사회와 정치에 관한 얘기가 덧입혀지면서 식당 안은 시끌벅적 열띤 토론의 장이 되었다.

선배들이 나누는 얘기에 귀를 기울이며 조용히 고기를 굽고 있던 현서는 인수 선배가 가지고 온 사진들에 눈길이 머물렀다.

"선배, 이 사진들 제가 봐도 돼요?"

"당연히 되지."

정인수는 미소로 사진을 건넸고 현서는 그것을 받아 하나씩 찬찬히 넘겨보았다.

현서의 눈에 들어온 첫 번째 사진은 나무나 풀이랄 게 없는 황량하게 드넓은 붉은 사막이었다. 진흙으로 벽을 쌓아 마른 풀잎으로 지붕을 얹은 둥그런 집들과 흑인 꼬마들이 이를 드러내며 환하게 웃는 모습을 담은 사진. 물동이를 지고 가는 여인네들을 찍은 사진과 그 나라의 고유한 음식을 담은 사진들을 계속 넘겨보다 현서는 멈칫 두 눈이 커졌다.

현서의 눈길을 사로잡은 건 국경없는의사회의 로고가 그려진 하얀 조끼를 입은 사람들의 모습을 담은 사진이었다. 신중하고 진지한 표정으로 자신의 일에 집중하고 있는 그들의 표정은 정인수가 들려준 경험담보다 더욱 강렬한 충격을 현서에게 안겨주었다.

지극히 열악한 환경과 생명의 위협까지 감수해야 하는 고달픈

현장에서 자신의 소신대로 살아가고 있는 사람들. 안정된 직장과 직업, 위험 요소 없이 부요한 미래가 행복의 조건이라 믿고 있는 세태 속에서 그런 흐름과 아랑곳하지 않고 고집스레 움직이는 그들의 모습에서 현서는 심장이 덜컥 내려앉는 것 같은 충격과 자극을 받았다.

「당신도 이곳으로 와야 해.」

한 장의 사진을 통해 얻게 된 메시지가 너무나 분명했기에 그 사진이 눈앞에서 사라진 뒤에도 손끝과 심장이 계속하여 떨리는 것만 같았다.

✤ ✤ ✤

"어려운 사람을 돕고 싶으면 여기 우리나라에서 도와. 우리 재단에서 청소년들을 위한 사업을 하고 있는 거 너도 알고 있잖니?"

현서가 휴학을 하고 국경없는의사회의 일을 해보겠다고 얘기하자 윤경은 반대 의견을 표명했다.

"선생님이 무슨 말씀을 하시는지 저도 알아요. 그런데 우리나라는 어려운 사람들을 도와주는 단체나 정부가 있지만 파키스탄 같은 곳은 정부가 무슨 일을 하고 싶어도 힘이 없대요. 그래서 하루에도 수천 명이나 되는 사람들이 죽어가고 있다고 들었어요."

"세상에! 그런데도 그 일을 하겠다는 거니?"

"네, 꼭 해보고 싶어요, 선생님. 그러니까 안 된다고만 마시고 건강하게 잘 다녀오라고 얘기해 주셨으면 좋겠어요."

"윤경 씨. 우리, 현서 부탁 들어줍시다. 거기 가야겠다고 마음을 먹은 후부터 악몽도 꾸지 않고 흉통도 줄어들었다고 하는데."

혁이 현서의 편을 들고 나서자 윤경이 현서에게 바로 확인하듯 물었다.

"정말이니? 아저씨 말씀이 사실인 거야?"

현서는 그렇다고 고개를 끄덕였다.

"선생님도 아시잖아요. 제가 계속 비슷한 꿈을 꾸는데, 그게 어떤 내용인지 기억을 못 해서 많이 힘들어했던 거."

"그건 나도 알고 있지. 분명히 같은 꿈인 건 아는데 깨고 나면 아무것도 생각이 나지 않고, 그럴 때마다 가슴이 찢어지게 아프고 해서 많이 힘들었잖아."

"예. 그런데 요즘은 어떤 꿈도 꾼 적이 없었어요. 그래서 흉통도 일어난 적이 없었고 잠도 아주 편안하게 잘 잤어요."

현서가 두 눈을 반짝이며 이야기하자 윤경은 현서가 고집을 꺾지 않을 거란 느낌을 받았다. 흉통의 원인을 밝혀내기 위해 유명하단 병원은 다 찾아가 보았지만 명확한 이유도, 이렇다 할 치료 효과도 없어서 현서가 얼마나 힘들어했는지 잘 알고 있었다.

결국 마음의 문제라는 걸 알고 그와 관련된 치료를 받으면서 확실히 호전이 되었지만 아주 완전하게 나은 건 아니었다. 그런데 현서가 이젠 아프지 않다면서 저토록 강력하게 허락을 요구하고 있으니 더는 안 된다는 말을 할 수 없었다. 그럼에도 현서에 대한 걱정이 사라지지 않아서 윤경은 못내 속이 상했다.

"제가 하고 싶다고 해서 바로 일할 수 있는 건 아니에요. 면접도

봐야 하고 파리에서 교육도 받아야 해요."

현서는 윤경의 손을 꼭 잡으며 구김살 없이 밝은 미소를 지었다. 정인수 선배가 가져왔던 사진을 보았을 때 받았던 감격과 떨림을 절대 모른 체하고 싶지 않았다. 누군가는 논리적이고 이성적인 결정이 아니라 할 수 있었지만, 그 느낌을 따라 움직여야 한다는 생각만은 이상하게도 흔들리지 않았다.

결국 윤경은 현서의 휴학과 출국을 인정해 주었다. 그러나 면접을 통과한 현서가 파리로 교육을 받으러 갈 때까지도 어린아이를 물가에 내놓은 것 같은 불안한 표정이 좀처럼 사라지지 않았다.

국경없는의사회는 1971년 12월 20일 파리에서 설립된 단체로 전쟁, 기아, 질병, 자연재해 등으로 고통받는 세계 각지 주민들을 구호하기 위해 설립한 국제 민간 의료 구호단체였다.

그러한 단체를 처음 생각해 낸 사람들은 1970년 나이지리아 전쟁 당시 바이아프라 지역에서 국제적십자 자원봉사자로 일하던 의사들이었다.

나이지리아 군대가 바이아프라 지역민들을 포위하고 모든 공급을 끊은 상태에서 포위된 사람들을 타깃으로 하여 살인과 폭력을 자행하고 있었다. 그 지역에서 활동하고 있던 국제적십자는 나이지리아 군대의 협력 없이는 피해자들을 도울 수 없다고 판단하고, 자원봉사자로 온 의사들에게 절대중립과 침묵을 요구했다. 이에 반발한 의사들과 이를 취재하던 기자들이 정치, 종교, 경제력 등에 상관없이 피해자들을 도울 수 있는 단체를 창립하기로 결심하면서 설립된 것이 바로 국경없는의사회였다.

이 단체에서 일을 한다는 것은 마실 물이 모자라 머리도 감을 수 없는 열악한 환경에서 근무해야 한다는 것까지 각오해야 한다는 의미도 포함되어 있었다.

컨테이너로 만든 사무실에서 서너 명이 함께 잠을 자고, 영하 20도로 내려가는 한겨울에도 찬물로 샤워를 하고, 기온이 40도를 넘어 50도에 가까워지는 날에도 선풍기 하나 없이 일을 하거나 밤잠을 청해야 하는 환경을 견뎌야 한다는 그런 의미. 때문에 첫 번째 발령을 받은 후 두 번째 발령을 받는 사람의 비율이 30%도 안 된다는 얘기가 왠지 모르게 수긍이 되는 곳이 그곳이었다.

윤경의 바람과 달리 거뜬히 면접을 통과하고 파리에서 교육까지 마친 현서는 교육이 끝나고 한 달 후, 파키스탄으로 첫 번째 발령이 났다. 열악한 환경과 상황에 대해선 이미 마음의 준비를 많이 해서인지 생각보다 어렵지 않게 행정 담당 일을 해낼 수 있었다.

일을 마치고 한국에 돌아와 잠시 휴식을 취한 현서는 두 번째 발령지인 나이지리아로 다시 출국을 했다. 그리고 그곳에서 독일 출신의 정형외과 의사인 요한 프리드리히 미켈슨을 만나게 되었다.

요한이 포트하코트 병원에 온 것은 현서가 일을 시작하고 며칠이 지나서였다. 본부에서 보내온 스케줄표에 따르면 그는 이른 아침 공항에 도착해 마중 나간 운전사와 함께 병원에 오는 것으로 되어 있었다. 그런데 아침 10시가 지났는데도 그가 나타나지 않았다. 비행기가 연착한 데다 도로 사정이 좋지 않아서 원래 시각보다 훨씬 늦게 도착한 것이었다.

대표가 부탁한 예산서를 만들고 있던 현서는 요한이 도착했다는 연락을 받고 부랴부랴 걸음을 옮겼다. 대표가 사용하는 집무실 문을 열고 들어가자 흰색 셔츠에 청바지를 입은 팔다리가 길쭉한 흑발의 남자가 대표와 이야기를 나누고 있는 것이 보였다.

[닥터 미켈슨, 저 아가씨가 이곳의 행정 담당자 현서 리예요.]

대표의 설명에 그가 고개를 돌려 현서를 보았다.

[리. 여긴 요한 프리드리히 미켈슨 씨.]

요한이란 이름을 듣고 게르만족의 특징을 갖춘 백인 남자를 생각했던 현서는 새카만 머리카락에 진감색의 눈동자를 가진 동양계의 혼혈 미남자와 마주하게 되자 잠시 할 말을 잃었다.

[당신이 행정 담당 이현서로군요.]

[아, 네.]

얼결에 고개를 끄덕인 현서는 그가 이현서란 이름을 정확하게 발음한 걸 듣고 두 눈이 동그래졌다. 현서란 발음이 쉽지 않아 대부분의 사람들이 그녀의 성을 따라 '리' 라고 발음했기 때문이다.

[제 이름을 정확하게 발음하시네요?]

그것을 신기해하며 미소 짓는 현서를 보며 요한은 싱긋 웃었다. 옆으로 기다래서 서늘해 보였던 눈매가 부드럽게 휘어지자 그의 주변을 감싸고 있던 공기가 바로 온화하게 바뀌어졌다.

요한의 아름다운 웃음에 잠잠하게 뛰던 현서의 심장이 두근 반응을 보였다. 그에 당황한 현서는 자신이 가지고 있던 서류파일로 얼른 눈길을 주었다.

집무실에서 간단하게 인사를 나눈 두 사람은 대표에게 인사를 하고 집무실을 나왔다.

요한과 나란히 걸어가게 된 현서는 그에게서 받아야 할 서류를 떠올리곤 먼저 말을 걸었다.

[닥터 미켈슨, 여기에서의 안전 설명이나 행정 관련 안내는 다 받으셨나요?]

"나와 둘이 있을 때는 한국어를 사용해도 됩니다."

요한의 입에서 정확한 모국어가 다시 흘러나오자 현서의 눈이 다시 커다래졌다. 듣기 좋은 저음에 또박또박 정확한 발음이라 놀라움이 클 수밖에 없었다.

"한국어를 정말 잘하시네요?"

"거기서 꽤 오래 살았거든요."

"아, 그래요?"

"예."

요한의 말을 듣고 고개를 주억거렸던 현서는 그럼에도 신기한 생각이 들어 옆에 선 그를 쳐다보았다. 현서의 키는 165㎝ 정도였는데, 가까이에 선 그의 키가 꽤나 큰 편이라 눈을 보고 제대로 얘기하려면 고개를 치켜들어야 할 정도였다.

시선을 느낀 요한은 현서 쪽으로 살짝 고개를 기울였다. 그 순간 짙은 나무숲에 들어온 것처럼 청쾌한 냄새가 현서의 코끝에 와 닿았다. 그 냄새는 한증막에 들어온 것처럼 덥고 습한 지역에서 한 줄기 서늘한 바람을 만났을 때처럼 기분 좋은 냄새였다. 그런데 심장이 불길한 소식을 들었을 때처럼 쿵쿵 크게 뛰었다.

자꾸 왜 이러지? 혹시 흉통이 재발한 걸까?

요한과 인사를 나누었을 때도 심장의 반응이 있었던 터라 현서
는 그것이 왠지 걱정이 됐다. 저도 모르게 아랫입술을 깨무는데,
요한의 목소리가 들려왔다.

"포트하코트에서 일을 하는 게 벌써 세 번쨉니다. 몇 달 사이에
특별히 바뀐 게 있습니까?"

요한의 질문에 생각을 멈춘 현서는 "그건, 저도 알아봐야 해요"
라고 솔직하게 대답했다.

"그럼 우선, 귀국 비행기 티켓과 의대 졸업장, 의사 면허증 사본
만 챙겨주세요. 다른 건 몰라도 그건 꼭 필요하거든요."

"그건 이따 저녁때 내 방으로 와서 받아가요. 이현서 씨가 필요
로 하는 서류들, 그때 전달해 줄 수 있으니까."

"어? 지금 주실 순 없으세요?"

"지금은 곤란합니다. 바로 수술해야 하는 환자가 있다고 들었
거든요."

"그래도 절차인데, 그건 지켜주셔야 하지 않을까요?"

"절차란 가끔 어기라고 있는 겁니다."

"예?"

황당함에 두 눈이 커진 현서를 보고 한쪽 눈을 찡긋한 요한은
"그 정도 유연성은 있어야 일이 덜 힘들 겁니다"라며 개구지게 웃
었다.

제 입장을 곤란하게 만드는 사람의 웃음엔 기분이 상해야 마땅
한데, 그것이 싫기는커녕 오래전부터 알고 있던 사람을 보는 것처
럼 친근함을 느끼다니. 그런 제 모습이 왠지 적응이 되지 않아 현

서는 이번엔 미간을 찡그렸다.

"그렇게 자꾸 찡그리면 주름 생깁니다."

요한은 검지 끝으로 현서의 미간을 톡 건드렸다. 분명 가벼운 접촉인데 심장을 건드린 것처럼 뭉클한 감정이 느껴지려 하자 현서는 뒤로 물러나며 떨치듯 고개를 저었다.

"그럼 몇 시쯤 가야 하나요?"

사무적인 얼굴을 하고 딱딱하게 묻는데 그가 피식 입술을 허물어뜨리며 웃었다. 현서는 그가 왜 웃는 건지 잘 이해가 되지 않았다.

"아직 정확한 시간이 나오지 않았으니 우선은 저녁 7시쯤으로 정해놓도록 하죠. 변동이 생기면 다시 연락할 테니까. 그때까지는 날 기다려 줬으면 좋겠군요."

요한은 현서의 눈을 보며 정중하고 부드럽게 요청했다.

"어, 물론 기다릴 거예요. 그쪽 서류를 받는 게 저의 일이니까요."

"고마워요. 이현서 씨가 양해해 준 덕분에 수술이 더 잘될 것 같은 기분입니다."

"네. 그럼, 수술 잘하세요."

현서는 꾸벅 인사를 하고 얼른 뒤돌아섰다. 기다려 줬으면 좋겠다는 말에 괜스레 얼굴이 붉어지는 건 한국어를 오랜만에 듣게 돼서 기분이 들떠 그런 것이라고 생각하며 도망치듯 걸음을 옮겼다.

요한은 그 자리에서 서서 총총히 멀어지는 현서를 지켜보았다.

밤색 머리카락을 하나로 단정하게 묶은 현서가 모퉁이를 돌아 완전히 보이지 않을 때까지 서 있다가 "이따 보자, 이현서"라고 혼잣말을 중얼거렸다.

그리고 다시 걸음을 옮기는 요한은 현서의 기억 속에서 완전히 지워진 첫사랑, 현서의 콴이었다. 지난 수년간 요한이란 이름을 가진 의사로 살아왔던 콴은 현서와 이렇게 재회하게 된 것에 심장이 저릿해질 만큼 커다란 기쁨을 느끼고 있었다. 그러나 그 심정을 백분의 일, 아니, 천분의 일도 제대로 표현하지 않고 참아냈다.

그동안 기다려 온 시간을 잊지 마라, 콴.

현서가 널 기억해 낼 때까지 조금 더 인내해.

벅차오르는 감정으로 뻐근해진 심장을 지그시 누르며 콴은 걸음의 속도를 더욱 높였다.

네가 아무것도 기억하지 못한다고 해도 상관없다. 내가 널 기억하고, 이제 네 곁에 있을 테니. 그걸로 충분해.

콴은 창을 통해 들어온 강렬한 햇살을 당당히 통과해 수술실로 성큼 걸어갔다.

인간과 인간으로 재회한 그와 그녀와의 사이에 새로운 이야기를 쌓아갈 시간이 무수히 남아 있었다.

에필로그 1. Between you and me (1)

세 번째 발령지였던 소말리아에서의 미션을 마치고 현서가 한국에 입국한 시기는 국경없는의사회의 일을 시작한 후 1년여의 시간이 지난 12월 중순경이었다.

크리스마스와 연말을 함께 보내지 않으면 새해부턴 얼굴을 절대 보여주지 않을 것이라는 윤경의 메일을 받았기 때문이다. 현서의 생각이 워낙 확고해 허락을 하긴 했지만, 현서가 근무했던 나라들에 관한 정보를 알게 되면서 윤경의 걱정은 점점 더 커졌다.

소말리아의 수도인 모가디슈에서 자살폭탄테러가 발생했다는 뉴스를 접했을 때엔 현서와 통화가 되자마자 당장 입국을 하라고 성화하는 통에 무사하다는 안부를 전하는 것조차 어려웠다.

"선생님, 그만 화 푸세요. 저 무사하게 돌아왔잖아요."

"무심한 기집애. 사람 걱정하는 맘도 모르고 연락도 자주 하지도 않고."

현서는 윤경을 보자마자 두 팔로 꼭 끌어안고서 어린 송아지처럼 마구 얼굴을 비비댔다.

"시간대도 그렇고, 어쩌다 통화가 되면 빨리 들어오란 얘기밖에 안 하시니까 할 수가 없었어요."

서운함과 걱정으로 단단하게 삐쳐 있던 윤경은 소말리아는 앞으론 가고 싶어도 가지 못할 것이라는 현서의 말과 현서만의 애교에 핫케이크 위에 올라간 버터처럼 녹아내렸다.

"이번에도 한두 달만 있다가 다시 나가는 거니?"

"아뇨. 당분간은 집에서 좀 편하게 있으려고요."

"구체적으로 얼마나 있을 건데?"

"봄이 올 때까진 아무것도 하지 않고 쉬려고요. 따뜻한 이불 속에서 뒹굴면서 베짱이처럼 놀기만 할 계획이니까 보기 싫다고 내쫓으심 안 돼요."

그 말에 윤경의 표정이 눈에 뜨이게 밝아졌다.

"내쫓긴 왜 내쫓니? 내가 늘 말하지만, 넌 너무 놀 줄 몰라서 탈이야."

"그런데 걱정이에요."

"걱정이라니, 뭐가?"

"선생님은 제가 여기 있는 걸 괜찮다고 하시지만 아저씬 안 된다고 하실 텐데, 저 때문에 두 분이 부부 싸움하시면 어떡해요?"

"얘, 아저씨가 얼마나 이해력이 넓은 사람인데. 너 바깥에 나가 있는 동안 나보다 더 걱정한 사람이 아저씨야. 네가 여기서 편하게 있다가 간다고 하면 나만큼이나 안심할 거야. 그러니까 너는 뭐 하면서 재미나게 놀지 그것만 신경 써. 알았지?"

현서가 고개를 끄덕이자 윤경이 칭찬해 주듯 현서의 엉덩이를 툭툭 토닥였다.

사실 현서는 긴급구호팀에서의 일을 염두에 두고 있었다.

긴급구호팀은 2010년 지진이 발생한 아이티와 내전이 발생했던 리비아, 대통령 선거가 잘못돼 내전 상황으로 치달았던 코트디부아르처럼 극적인 위험이 있는 곳으로 향하는 팀이었다. 그들의 인생을 국경없는의사회와 맞바꿨다고 할 정도로 극한 상황에 처하게 되는 일이라 인사국의 담당자도 생각할 시간을 좀 더 가져보라고 조언할 정도였다.

이런 상황에서 구호팀에 대한 얘기를 꺼낸다는 것은 겨우 다독여 놓은 윤경의 마음을 흔들자는 것밖에 되지 않았다. 구호팀에서 일했던 사람들의 경험담을 좀 더 자세하게 들어도 봐야 했고, 한국에서의 일과 앞으로의 일에 대해서도 생각을 정리해야 했다. 한동안 만나지 못했던 친구들과 약속을 잡아 실컷 수다를 떠는 것도, 밀린 영화와 읽고 싶었던 책을 챙겨 보는 것도 빼먹지 않을 생각이었다.

"이렇게 다 같이 모여서 식사하는 거 진짜 오랜만이다. 그렇죠?"

윤경의 말에 한 식탁에 둘러앉은 사람들이 동의하듯 고개를 끄덕였다. 현서의 입국과 크리스마스 파티를 기념해 윤경이 마련한 저녁 식사 자리엔 재단 일로 바쁜 연말을 보내고 있는 호진도 참석을 하고 있었다.

현서와 윤경, 혁과 호진. 모인 사람은 넷밖에 되지 않았지만 워낙 오랜만에 만나는 얼굴들이라 식사를 하는 동안에도 다양한 이야기와 즐거운 웃음소리가 끊임없이 이어졌다.

"그나저나 음식이 잘 안 맞았을 텐데. 용케 잘 견뎠구나."

호진이 말을 건네자 현서가 웃음 띤 얼굴로 그의 말을 받았다.

"저만 그런 게 아니고 다른 사람들도 다 같은 거라서 많이 힘들진 않았어요."

"그래?"

"네."

현서를 기특하게 바라보던 호진은 그래도 먹고 싶었던 게 있었을 것 같다면서 어떤 게 가장 먹고 싶었는지 물었다.

"기온이 높아서 그런지 콩나물이 잔뜩 들어간 매콤한 쫄면이나 시원한 물냉면이 그렇게 생각나더라고요."

"아아, 저런."

"한 번은 쫄면이 너무 먹고서 그걸 막 그림으로 그리고 있는데, 저랑 같이 근무했던 행정 직원이 그게 뭐냐고 관심을 보이는 거예요. 그래서 그 직원한테 쫄면에 대한 설명을 해줬어요. 그 직원은 오스트리아에서 온 남자였는데, 중국 음식이니 일식이니 이런 동양 음식을 한 번도 먹어본 적이 없대요. 그래서 제가 쫄면에 대해 설명을 해도 전혀 이해를 못 하더라고요."

"전혀 이해를 못 해?"

윤경이 두 눈이 동그래져 묻자 현서가 그렇다고 크게 고개를 끄덕였다.

"면을 뜨거운 물에 삶았다가 찬물에 씻는 것도, 거기에 고추장을 넣어서 비벼 먹는다는 것도 아예 상상을 못 해서 그냥 토마토 소스가 들어간 파스타가 먹고 싶은 거랑 비슷한 거라고 마무리를 해야 했어요."

"저런!"

윤경은 얼굴도 모르는 그 직원을 꽤 안타까워하며 손뼉까지 쳤고, 혁은 충분히 그럴 수 있다고 그를 이해했다.

"남자들은 좀 단순해서, 그게 생전 처음 들은 음식이면 그 맛을 상상하는 게 쉽지가 않아요."

"그래요?"

"그렇지. 근데 윤경 씨."

"왜요?"

"현서 말을 들으니까 콩나물이 잔뜩 들어간 쫄면이 먹고 싶어지네."

지극히 단순한 혁의 감상에 윤경을 포함한 나머지 사람들이 너나 할 것 없이 웃음을 터뜨렸다.

제법 길었던 식사를 마친 후 거실로 자리를 옮긴 멤버들은 과일과 간단한 안주에 맥주를 마시며 대화를 더 이어갔다.

"거기서 일하는 의사들은 어떤 사람들이니?"

"제가 보아왔던 의사선생님들이랑은 조금은 다른 느낌이에요."

호진의 물음에 현서가 말문을 열자 윤경의 눈치를 보느라 궁금한 것을 참고 있었던 혁도 어떻게 다르냐고 질문을 더 했다.

　　"한눈에 봐도 의사선생님 같은 깔끔한 분들도 계시는데요, 반바지에, 후줄근한 티셔츠 차림으로 환자를 보는 분들도 적지 않으세요. 제가 제일 신기했던 의사선생님은 의학용어를 영어로 발음하는 데는 서투르신데, 그 나라 환자들한테 병증에 대한 설명을 할 때는 그 사람들이 사용하는 언어를 이용해서 아주 명확하게 설명을 해주시던 선생님이셨어요."

　　두 남자가 현서의 이야기를 듣는 동안 윤경은 혁의 빈 잔에 맥주를 채워주었다.

　　"거기도 일이 끝나면 같이 모여서 술도 마시고 그러니?"

　　"네. 술 마시는 걸 금하는 나라가 아니면 자주 모이는 편이에요. 같은 부서 사람끼리 어울릴 때도 있고 미션에 참가한 사람들이 다 같이 모일 때도 있는데, 술은 주로 가벼운 맥주를 마셔요. 그날 일을 얘기하면서 가벼운 농담을 하기도 하고 기분 좋게 취해서 춤을 추거나 노래를 부르기도 하고요."

　　"같이 일했던 사람들이랑 찍은 사진 같은 거 있어?"

　　조용히 듣고만 있던 윤경이 관심을 보이자 현서가 "그럼요"라며 휴대전화를 들었다.

　　"많이 찍지는 못했는데, 한번 보실래요?"

　　현서가 보여준 몇 장의 사진을 눈여겨보던 윤경은 여러 사람이 함께한 사진 중에서 누군가를 콕 집어 물었다.

　　"여기 덩치 좋은 동양인 청년도 있네. 이 청년은 누구니?"

"아, 그 사람은 세이지 야마모토라고 일본에서 온 정형외과 의사예요."

"일본인 정형외과 의사?"

"네. 야마모토 씨는 수술 전에 꼭 클래식을 틀어놓고 집도를 한다고 해요."

나이지리아와 소말리아 등에서 근무했던 사진을 윤경에게 보여주며 사진에 얽힌 이야기를 하고 있으니 정인수 선배가 가져왔던 사진을 보며 강한 끌림을 느꼈던 예전의 일들이 자연스레 떠올랐다.

"현서 얘기를 듣고 사진을 보고 있는데도 잘 믿기지가 않아. 우리 현서가 머나먼 나라에 가서 그렇게 훌륭한 일을 하고 왔다는 게 말이야."

혁은 현서를 마냥 대견해하며 칭찬을 아끼지 않았다. 호진도 혁의 말에 동조를 했지만 한편으론 걱정되는 마음이 없지 않았다. 현서가 전과했다는 걸 알고 있었기에 나이지리아의 병원에서 일이 힘든 건 아니었을까 마음이 쓰였다.

"병원에서 일하는 건 정말 괜찮았어?"

혁의 물음에 현서는 밝은 얼굴로 그렇다고 대답했다.

"전 주로 사무국에서 일을 해서 다치는 사람들을 직접 치료하거나 만지지는 않았어요. 다급한 경우엔 환자를 옮기기도 했었는데, 다행히 호흡곤란이나 구토 증세 같은 건 느끼지 않았거든요."

"그랬어?"

"네. 위급 상황이 지난 다음에 그걸 알고 저도 신기하다고 느꼈을 정도였어요."

"그거 진짜 다행이구나."

혁과 현서가 얘기를 좀 더 나누고 있을 때 현서의 친구, 근영에게서 전화가 걸려왔다.

"저 잠깐만 통화하고 올게요."

현서는 어른들께 양해를 구하고 작은 방으로 향했다. 그러자 윤경도 화장실을 다녀오겠다면서 자리에서 일어났다.

"남궁 실장님, 나도 이만 일어나야겠습니다."

"예에? 아니, 술도 몇 잔 마시지도 않고 뭐 벌써 일어난다고 하십니까?"

"지금처럼 기분이 딱 좋을 때 일어나야지, 여기서 더 마시면 꾸벅꾸벅 졸게 될 것 같아서 말입니다."

"나 원 참. 졸리면 주무시고 가면 되죠. 우리 집에 방이 없는 것도 아니고, 내일 출근하는 것도 아니면서 뭘 그렇게 애를 쓰시는지 원."

혁이 만류하는데도 호진은 기어이 소파에서 일어났다.

"나 보기보다 예민한 사람입니다. 잠자리가 바뀌면 쉽게 잠을 못 잔다 그 말이에요."

"엊그제 환갑 넘은 양반이 잠자리 투정을 하면 씁니까?"

겉으론 툴툴거리면서도 혁은 호진을 다정하게 부축했다. 때마침 자리로 돌아온 윤경은 혁과 호진이 나란히 서 있는 걸 보고 무슨 일인가 싶어 두 눈이 동그래졌다.

"대표님이 피곤하다고 하셔서 집까지 바래다 드리려고요."

혁이 설명을 해주자 호진이 윤경에게 고맙다는 인사를 했다.

"김 선생님, 오늘 저녁 맛있게 잘 먹었습니다. 앞으론 이런 시간 자주자주 만들어주세요."

"대표님 스케줄도 있으시니까 자주는 아니고 가끔 만들어볼게요. 미리 말씀드릴 테니까 다음에도 꼭 와주세요."

"김 선생님이 부르시면 열 일 제치고 올 겁니다. 언제든 얘기만 해주세요."

"아유, 말씀이라도 감사합니다. 그런데 지금 바로 가시려고요?"

"일어난 김에 가야지 그러는데, 왜 그러십니까?"

"가실 땐 가시더라도 현서 얼굴은 보고 가셔야죠."

"아, 그렇지요. 우리 현서를 보고 가야지요."

"현서 불러올 테니까 잠시만 기다려 주세요."

윤경은 현서를 부르러 가려고 몸을 돌리는데, 통화를 마친 현서가 방에서 나왔다.

"현서야, 아저씨 간다."

호진은 걸어오는 현서를 향해 작별 인사를 하듯 한 손을 가벼이 흔들었다.

"네? 벌써 가신다고요?"

"내일 오전에 약속이 있어서 이만 가봐야 해. 너 시간 좋을 때 미리 연락해. 아저씨가 점심 맛있는 걸로 사주마."

"네, 그럴게요."

"어디, 가기 전에 우리 현서 좀 안아보자."

현서가 다가가자 호진은 두 팔로 현서를 안고는 가만히 등을 토

닫였다.

"만나서 반가웠다, 현서야."

"저도 진짜 반가웠어요, 아저씨."

"아저씨가 제대로 신경도 못 썼는데, 잘 지내줘서 고맙다. 정말 고마워."

호진의 눈가가 붉어진 것을 발견한 혁은 그에 덩달아 마음이 울컥해졌다.

혁은 호진을 부축해서 아파트를 나와 엘리베이터로 향했다. 정문으로 가기 위해 1층 로비의 버튼을 누르는데, 호진이 갑자기 한숨을 내쉬었다.

"왜요? 속이 불편하기라도 한 겁니까?"

"아니요. 속은 아주 편합니다."

"그런데 웬 한숨이세요?"

"그냥 기분이 좋으면서도 착잡해서요."

"혹시, 재단에 무슨 문제라도 있습니까?"

혁이 넌지시 묻자 호진이 아니라며 짧게 고개를 저었다.

"현서를 이렇게 보니까, 그분 생각이 나서요."

호진이 말하는 '그분'이 콴을 가리킨다는 걸 알기에 혁은 허허로운 웃음을 터뜨렸다.

"갑자기 그분 얘길 다 하시고. 보기보다 많이 취하신 모양입니다."

엘리베이터에 오른 두 사람은 로비를 지나 밖으로 나가기까지 한동안 말이 없었다.

택시를 잡기 위해 택시정류장으로 걸어가는데, 호진이 뭔가 생각난 듯 혁을 불렀다.

"남궁 실장님."

"예."

"현서가 류 이사장님에 대한 말을 꺼낸 적이 없었습니까?"

"있기야 있었죠. 그런데 아시잖습니까, 현서 기억 속에 류 이사장님에 대한 기억은 하나도 남아 있지 않다는 걸요."

"물론 알고 있습니다. 그래도 혹시나 싶어서요."

콴에 의해 기억의 일부가 지워지고 변경된 현서는 친부모님이 교통사고로 돌아가신 후 아버지의 먼 친척뻘인 아저씨를 따라 무영시로 와서 살게 되었다고만 기억을 하고 있었다.

돌아가신 친할아버지가 국내 굴지의 사업가였다는 것도, 친아버지가 불의의 교통사고로 돌아가셨다는 것도, 자신의 어머니가 죄책감 때문에 자살을 했다는 사실도 당연히 기억하지 못했다.

어린 시절의 기억은 남아 있지만 무영시에 오기 전과 이후의 일들을 제대로 기억하지 못하는 건 부모님의 갑작스러운 사고와 사망 소식을 접한 충격의 후유증 때문에 그런 것으로 이해를 했다. 만약 현서 혼자만 기억을 잃은 상태였다면 그것을 인정하기가 어려웠을 것이다. 자신을 가르쳤던 재택교사 윤경까지 기억의 일부가 지워진 상태였기에 기억을 잃은 것에 대한 거부감이나 의아함이 그나마 상당 부분 덜어진 셈이었다.

때마침 택시가 도착해 두 사람은 뒷좌석에 나란히 올랐다. 택시가 목적지를 향해 출발하자 혁이 잠시 끊어졌던 말을 이었다.

"윤경 씨한테서 이사장님 얘길 듣긴 했어도 현서는 기억 자체가 아예 없으니까 따로 궁금증이 생기지 않는 것 같았어요. 윤경씨도 류 이사장님을 자주 만난 게 아니었고, 그나마 있던 초기의 기억도 8, 9년이 되어가니까 많이 희미해졌고."

"그렇군요. 그때 일이 벌써 그렇게나 오래되었다니."

호진은 다시금 나직한 한숨을 내쉬었다.

"실은 나도 대표님이랑 비슷한 생각을 했습니다. 오늘 모인 자리에 류 이사장님이나 백 집사님, 천 실장이 같이 있었으면 얼마나 좋았을까, 그런 생각 말입니다."

"연말이 돼서 그런가요. 오늘따라 그분들이 더 생각이 나고, 보고 싶어지고."

"연말인 데다가 술까지 마셨으니 그러는 거지요."

혁이 맞장구를 쳐주자 호진이 허허 웃으며 고개를 끄덕였다.

"대표님."

"뭘 그리 은근하게 부르십니까?"

"진짜 이대로 집에 가실 겁니까?"

"아니, 왜요?"

"많이 취하신 게 아니면 우리끼리 한 잔 더 했으면 해서요. 내일 약속 때문에 부담되는 거면 저 혼자라도 마시고 가려고요."

"좋습니다. 우리끼리 한 잔 더 하고 가죠, 뭐."

"금방 좋다 하시니 저야 좋지만 괜히 무리하시는 거 아닙니까?"

"실은, 아침 약속은 핑계였어요. 현서를 보니까 자꾸 그분 생각이 나서 말이죠. 그냥 일어나면 붙잡힐 것 같아서 일 핑계를 댔어요. 그때 안 일어났으면 아마 지금쯤 현서를 붙잡고 그분 얘기를 하고 있을지도 몰라요."

"역시, 그러셨군요."

"근데 실장님은 진짜 괜찮습니까? 괜히 나 때문에 싫은 소리 듣는 거 아닌가 모르겠네."

"우리 윤경 씨, 그런 걸로 싫은 소리 하는 사람 아닙니다. 대표님하고 상의할 일이 있어서 늦어진다고 하면 알았다고, 조심히 들어오라고 할 사람이죠."

"실장님 이제 보니 은근히 공처가 기질이 있으십니다."

"공처가면 어떻고 애처가면 뭐 어떻습니까? 우리 윤경 씨가 날 좋다고 하면 누가 뭐라고 해도 난 신경 안 씁니다."

혁의 너스레에 호진이 웃음을 짓는 사이, 현서는 윤경 대신 상을 치우고 설거지를 할 준비를 했다.

"현서야, 그냥 둬. 설거지는 내가 할게."

"오늘 저녁 준비하느라 고생하셨잖아요. 설거지랑 뒷정리랑 제가 확실하게 할 테니까 마음 푹 놓고 쉬세요."

"설거지가 산더민데 혼자 괜찮겠어?"

"베짱이처럼 놀기 전에 제대로 일하는 거니까 절대로 말리지 마세요."

"으이그, 그래. 알았어. 그럼 나 먼저 들어갈게. 아까 맥주를 마셨더니 좀 졸리기도 하고."

윤경은 하품이 나오는 입을 가리면서 안방으로 향했다.

혼자 조용히 설거지를 마친 현서는 마무리까지 완벽하게 한 후 주방을 나왔다. 호준을 배웅하고 돌아올 혁을 생각해 거실의 불을 켜놓은 다음에 자신의 방으로 사용하고 있는 작은 방으로 향했다.

방에 딸린 샤워실에서 샤워를 하고 나와선 잠시 방 안의 창문을 열었다. 윤경이 보일러를 세게 틀어놓았는지 방 안의 공기가 따뜻하다 못해 후끈해서였다. 실내 기온을 조절한 현서는 무영시에 내려올 때 가져온 트렁크를 열고 정리를 시작했다. 여기 아파트에서 새해를 맞이한 다음엔 곧장 서울 집으로 올라갈 생각이라 작은 크기의 트렁크 하나만을 챙겨온 참이었다. 지내는 동안 갈아입을 옷과 노트북, 화장품 같은 것들을 꺼내 필요한 위치에 놓은 다음엔 창문을 닫고 방 안의 불도 완전히 껐다.

창밖으로 보이는 다른 아파트와 상가 건물들에서 흘러나오는 불빛들이 제법 환해서 불을 끈 상태인데도 방 안이 어둡지 않았다. 커튼을 칠까 하다가 그냥 두고 누웠다.

엊그제까지 머물렀던 나라는 날이 너무 무더워서 에어컨이 아니라 선풍기 하나만 있어도 감사하다는 말이 나오는 곳이었는데, 깨끗한 물에 몸을 씻고 편안한 침대 위에 누워 있으니 그것이 감사하면서도 또 마냥 기쁘지만은 않았다. 자신은 본국에 돌아오면 끝이었지만 그곳에 살고 있는 사람들은 열악한 환경과 목숨이 위협을 받는 위험한 상황들이 계속하여 이어지고 있는 셈이니 말이다.

땀이 흐르다 못해 탈수증상을 일으키게 된 남자직원이 에어컨을 좀 사면 안 되냐는 말을 했을 때 난민촌의 의료센터에서 근무했던 여의사가 했던 말이 떠올랐다.

[선풍기로도 충분한데 웬 에어컨 타령이야? 이 정도 더위도 못참겠으면 당장 짐 싸서 에어컨이 있는 너희 집으로 돌아가.]

그토록 매정하게 행정 직원의 요구를 야박하게 묵살했던 여의사는 의료센터에 들어온 어린아이 둘이서 침대 하나에 누워 선풍기를 나눠 쓰고 있는 걸 보고는 당장 선풍기 하나를 더 마련하란 요구를 해왔다. 행정 직원은 더위에 지쳐 쓰러져도 눈썹 하나 까딱 안 하던 그녀가 병원에 실려온 환자나 피난민을 위해서라면 남극에서 얼음이라도 공수하려는 열성적인 모습을 보인 것이다.

언뜻 들으면 대수롭지 않게 들릴 말이겠지만, 그곳에서 선풍기를 추가로 가져오기 위해선 무장 경호 차량을 타고 사무실에 다녀와야 했다.

경호팀이 자리를 비우게 되면 여의사를 비롯한 다른 직원들과 환자들은 무장 세력의 공격을 받을 수 있는 위험에 아무런 방어막 없이 고스란히 노출되는 것과 마찬가지였다. 자신을 포함한 사람들의 안전이 위협받는 상황이 벌어질 수 있음에도 그녀는 한 침대에 누워 선풍기를 나눠 쓰는 두 아이의 처지를 더욱 딱하게 여겼던 것이다.

그런 면에서 보면 나이지리아에서의 미션은 근무지의 환경이 그나마 나은 편이었다.

포트하코트병원은 국경없는의사회가 운영하는 병원 중 그 규모가 세계에서 두 번째로 큰 곳으로 운영 예산도 많았고 환자 역시 그만큼 많았다.

병원은 기름이 많이 나는 삼각주 지역에 위치해 있었는데, 정부나 석유 회사가 자신들의 이익만 챙길 뿐 지역 발전에는 관심을 두지 않아서 그곳 지역 사람들이 무장 단체를 조직해서 맞서 싸우는 통에 총상과 폭발 사고 등으로 심하게 다친 사람들이 많았다.

그렇게 다친 환자들에게 정형외과 시술을 해주는 병원이다 보니 의료진의 수준이 꽤 높았다. 그리고 그런 의사들 사이에서도 요한의 존재감은 단연 돋보였다.

그는 후진국의 의료 상황을 누구보다 잘 이해하는 정형외과의사로 국경없는의사회의 보물 같은 존재라는 평을 듣고 있었다. 값비싼 의료 장비인 MRI나 CT가 없이도 X레이 사진과 손에 의한 촉진으로 부상 정도를 판단하고, 로보닥 같은 첨단기계의 도움 없이도 수술을 훌륭하게 해내서 거의 모든 사람이 요한이 수술하는 모습을 보고 싶어 할 정도였다.

현서 역시 그가 수술하는 장면이 궁금해서 수술실에 들어간 적이 있었다. 이전의 미션지에서 부상당한 환자들을 대할 때, 호흡 곤란을 일으킨다거나 혼절을 했던 적이 없었기에 용기를 내 들어갈 수 있었던 것이다.

집도의인 요한의 허락을 받고 수술실에 들어갔지만 혹시 모를 상황에 대비해 수술하는 의료진 곁에서 최대한 멀찌감치 떨어져 있었다.

요한은 환자의 부상 부위를 점검하더니 수술용 칼을 들어 정강이 윗부분의 살을 잘랐다. 그러곤 옆에 있던 톱을 들어 무릎 위를 켜기 시작했다. 전기톱이면 시간이 짧게 끝났을 테지만 손으로 톱을 켜다 보니 시간이 걸릴 수밖에 없었다.

그 모습을 차마 볼 수 없어 현서는 결국 눈을 돌렸다. 하지만 톱이 뼈를 켜는 소리는 귓가에 고스란히 들리는 통에 다음 장면이 저절로 상상이 되고 말았다. 그 이상은 견딜 수가 없을 것 같아서 조용히 수술실을 빠져나가려 할 때였다.

[한 번 나가면 다시 들어올 생각 마세요. 여긴 관광하러 오는 곳이 아니니까.]

현서는 걸음을 멈추고 뒤를 돌아보았다. 현서에게 그 말을 한 사람은 요한과 함께 수술에 참여하고 있는 다른 의사였다.

"이 친구 말 신경 쓰지 말고 이현서 씨가 좋은 대로 해요."

요한은 현서만이 알아들을 수 있는 한국어로 그 말을 했다. 수술실에 있던 다른 사람들은 물론 그 말을 알아듣지 못했다. 집도의인 요한이 허락을 한 것이니 지금 밖으로 나간다고 해도 큰 문제는 없었다. 하지만 무슨 이유인지 그가 수술하는 모습을 끝까지 봐야겠다는 오기가 생겼다. 몸을 움츠러들게 하는 소리를 듣지 않으면 그래도 나을 것 같아서 손으로 귀를 막고 버텨보았다. 하지만 두 시간이 넘는 시간을 버티며 모든 과정을 지켜보는 일은 절대 쉽지 않았다.

수술을 마친 요한은 그 수술이 어떤 수술이었는지 현서를 비롯한 사람들에게 설명을 해주었다. 말을 들을 땐 고개를 끄덕이며 경청했지만 수술실을 나오는 순간 다리의 맥이 확 풀렸다. 그 자리에 주저앉고 싶지 않아서 벽에 얼른 몸을 기대고 정신이 추슬러

지길 기다렸다.

현서는 탈의실로 가 수술실에 들어갈 때 착용했던 마스크와 모자, 녹색 옷들을 빠르게 벗었다. 수술실이 시원했던 탓에 바깥의 공기가 숨이 턱 막히는 것처럼 답답하게 느껴졌다. 섭씨 40도를 육박하는 폭염에 습도까지 높은 곳이라 어디를 가든 한증막에 들어온 것 같은 기분이 들 수밖에 없었다.

평상시에 입는 옷으로 갈아입은 현서는 곧장 식당으로 향했다. 에어컨은 고사하고 선풍기도 잘 돌아가지 않는다는 건 어디나 비슷했지만, 의자에 앉아 물을 마시고 있으니 그래도 좀 살 것 같았다.

"이현서 씨."

듣기 좋은 목소리가 이름을 불러 고개를 돌렸더니 수술실에서 보았던 요한이 서 있었다.

무슨 일인가 싶어 쳐다보는데 그가 바로 옆에 자연스레 자리를 잡고 앉았다. 높은 곳에 있는 얼굴을 올려다볼 필요가 없어져 고개가 아플 일은 사라졌지만 거리가 순식간에 가까워지자 심장이 덜컥 내려앉는 듯했다.

"괜찮아?"

"네, 괜찮아요."

아무 일도 없었던 것처럼 태연하게 대답하고 싶었는데 목소리가 살짝 떨리고 말았다. 그것이 왠지 민망해서 물컵을 쥔 손에 괜스레 힘이 들어갔다.

현서를 잠깐 쳐다본 그는 그녀 앞에 콜라병 한 개를 내려놓았다. 유리병 표면에 투명한 물방울이 잔뜩 맺혀 있는 콜라병은 현서의 눈을 번쩍 뜨이게 할 만큼 무척이나 시원해 보였다. 요한은 눈짓으로 의향을 물었고 현서는 망설일 새도 없이 고개를 끄덕였다.

그는 비어 있는 물컵에 가득 차도록 콜라를 따라주었다. 수많은 기포가 톡톡 터지면서 흘러나오는 시원한 소리와 콜라 특유의 향기와 빛깔이 감각기관을 자극해 오자 말라 있던 입안에 군침이 확 고였다.

"고맙습니다. 잘 마실게요."

현서는 먼저 인사를 하고 콜라를 한 모금 마셨다. 차고 달고 짜릿한 음료가 입안을 적셔오자 방전된 것처럼 늘어져 있던 몸에 활기가 차오르는 것 같았다. 금방 잔을 비우고 컵을 기분 좋게 내려놓는데 그가 "필요하면 더 마셔"라고 말을 건넸다.

"아니에요. 이거면 충분해요."

옅게 웃으며 대꾸를 하는데 그가 상체를 기울여 왔다. 검고 짙은 눈썹 아래 자리한 그의 눈동자가 너무나 가까워져서 현서의 눈이 움찔 커다래졌다.

정면으로 마주한 그의 눈동자는 깊고 푸른 바다처럼 진감색을 띠고 있었다.

그 눈을 보았을 때 예쁘다 혹은 아름답다와 같은 형용사가 가장 먼저 떠올랐다.

남자의 키와 체격, 외모에서 풍기는 이미지가 곱상하고 연약한 것과는 거리가 먼 것임에도 불구하고 그것 외에 다른 말이 떠오르지 않았다. 이곳에서 일을 하면서 다양한 나라의 외국인을 만났지만 한눈에 '아름답다'라는 느낌을 받았던 눈동자는 그가 처음이었다.

하지만 그 눈을 오래 바라볼 수 없었다. 그 눈을 계속 바라보게 되면 그의 눈 속으로 빨려 들어갈 것 같은 위태로운 기분이 들었다. 그래서 뒤로 물러나려는데 그의 입술이 이마에 와 닿았다. 부드럽게 눌렸다 떼어지는 짧은 입맞춤인데, 저도 모르게 숨이 멈추어졌다.

"이번엔 내가 마실 차례로군."

얼음처럼 굳어 있는 현서를 보며 나직하게 중얼거린 그는 현서의 턱을 붙잡고는 그대로 고개를 숙였다.

에필로그 2. Between you and me (2)

요한의 입술이 제 아랫입술을 머금자 놀란 현서가 입술을 달싹였다.

그 순간 그의 혀가 미끄러지듯 그녀의 입안으로 파고들었다. 차가운 음료를 마셔 서늘해진 입안으로 따스하고 매끄러운 혀가 들어오자 청량음료를 마셨을 때처럼 찌르르한 전류가 척추를 휘감아 오는 듯했다.

그에 당황해 고개를 뒤로 빼려 했지만 그의 손이 뒷머리를 감싸며 더욱 깊게 입술을 눌렀다. 입술이 빈틈없이 밀착되면서 숨결과 호흡이 하나로 뒤섞여졌다. 현서는 눈을 질끈 감으며 그를 밀어내려고 했다. 하지만 그런 생각을 읽기라도 한 것처럼 그의 기다란 팔이 등허리를 강하게 끌어안았다.

요한의 키스는 한층 집요하고 열정적으로 바뀌어갔다. 농밀한 키스가 만들어낸 자극이 한층 짙어지면서 심장의 박동과 호흡이 빨라져 갔다. 현서는 손에 닿은 그의 옷깃을 움켜쥐며 가녀린 신음을 흘렸다.

그는 맞물린 입술을 떼어내며 그녀가 숨을 쉴 수 있도록 만들었다. 요한의 품에서 달뜬 숨을 내쉬게 된 현서는 눈동자가 커다랗게 흔들리고 있었다. 허락을 구하지 않은 무례한 키스에 불쾌한 감정을 느껴야 했다. 대체 무슨 짓을 한 거냐고 따져 물으며 그의 뺨을 때려야 할 정도로 화가 나야 정상이었다.

그런데 그런 말들이 입 밖으로 흘러나오지 않았다. 갑작스러운 키스에 놀라고 당황했지만 불쾌한 감정이 조금도 느껴지지 않았다. 아주 오랫동안 기다려 왔던 사람과 열정적인 재회의 인사를 나누기라도 한 것처럼 심장이 뻐근하게 아프고 저릿하게 떨리는 느낌만이 가득했다.

금방이라도 눈물이 쏟아질 것 같은 기분을 느끼는 것에 곤혹스러웠던 현서는 느슨해진 그의 품에서 얼른 벗어났다. 자신이 느끼는 감정을 들키고 싶지 않아서 그에게서 완전히 고개를 돌렸다.

그때 그의 손등이 현서의 한쪽 뺨을 천천히 어루만졌다. 경계가 가득한 어린 짐승을 다루는 것처럼 다정하고 자상한 손길에 현서는 다시 그에게로 고개를 돌렸다. 그녀와 눈을 맞춘 그는 옅은 미소를 짓고는 길고 아름다운 손가락으로 입가를 닦아주었다.

저를 어루만져 주는 그의 손이 멀어지는 순간 그에게서 달아나고 싶었던 마음을 비웃기라도 하듯 가슴 한쪽에 묘한 아쉬움이 느꺼졌다.

"이현서."

그가 이름을 부르자 그녀의 심장이 대신 대답을 했다.

"……당신은 대체."

두근거리는 심장 위에 손을 올리곤 현서는 잠시 말을 멈추었다.

"……누구예요?"

"요한 프리드리히 미켈슨."

분명한 대답을 들었는데도 현서의 눈빛은 혼란스럽게 흔들렸다. 그를 마주할 때마다 느껴졌던 심장의 반응이 자신이 걱정했던 흉통과 다른 종류의 것임을 깨달았기 때문이다. 하지만 그것을 인정하고 싶지 않았다. 그래서 떨치듯 고개를 저었다.

"이현서."

걱정이 담긴 그의 목소리에 심장이 다시 반응을 보였다. 현서는 그것을 애써 무시하며 그에게 분명히 물었다.

"저한테 왜 이러는 거죠? 제가 미켈슨 씨가 오해할 만한 행동을 했나요?"

"아니, 그런 적 없어."

"그런데 왜."

"내가 이현서를 좋아해서. 그래서 그런 거야."

그게 무슨 말이냐고 되물으려는데 이어진 그의 말이 현서의 말문을 막아버렸다.

"당신과 마주쳤을 때 심장이 터질 것 같았어."

현서는 그 말이 끝나기도 전에 눈을 감아버렸다.

"알아, 내 말이 너무나 갑작스러울 거라는 거."

그는 현서의 손 위에 자신의 손을 올리곤 말을 이었다.

"그래서 당신이 놀라지 않게 천천히 다가갈 생각이었어. 여기 내려온 건, 아까 수술실에서 많이 지친 것 같아서, 시원한 걸 마시게 해주자는 생각뿐이었어. 콜라만 전해주고 올라갈 생각이었는데, 내 앞에 있는 이현서가 너무 예뻤던 거지."

눈을 감고 있음에도 그가 어떤 표정을 지으면서 말하고 있는지가 선하게 그려졌다. 현서는 결국 눈을 떴고 그는 붙잡은 손에 힘을 주며 덧붙였다.

"내가 너무 서둘렀다는 건 인정해. 하지만 당신을 생각하는 내 마음은 절대 즉흥적인 게 아니야. 그러니 부디 날 오해하지 않았으면 해."

"그런데 왜, 말이 짧아진 거죠?"

엉뚱하다 할 수 있는 현서의 반응에 그는 크게 소리를 내어 웃었다. 시원하게 웃는 그 모습에 심장이 간질거리는 느낌을 받았지만, 현서는 이번에도 애써 그것을 인정하지 않았다.

"그럼 이현서 씨도 편하게 얘길 해."

"정말 그 얘길 하려고 내려온 거였어요?"

"그래, 이제 다시 수술실로 가봐야 해."

자리에서 일어난 그는 눈도장을 찍듯 현서를 바라보다가 그때까지 붙잡고 있던 현서의 손을 겨우 놓아주었다. 뒤돌아선 그가 멀어지는 걸 멍하게 바라보던 현서는 제 입술을 가만히 매만졌다가 얼른 손을 내렸다.

그날의 키스 이후에 현서는 그와 따로 만나지 않았다. 일이 바빴던 이유도 있었지만 현서 쪽에서 의도적으로 그를 피했기 때문이다. 그가 찾아와 이야기를 하자고 했지만 현서는 그렇게 하고 싶지 않다고, 이곳에서 지내는 동안 불편하게 지내고 싶지 않다고 확실하게 선을 그었다.

그는 현서의 의사를 우선 존중해 주었다. 현서와 함께 있게 된 자리에서도 그녀를 불편하게 하는 말이나 행동을 일절 하지 않았다. 그곳에서의 일정이 생각보다 일찍 끝나면서 현서는 한국으로 입국했고, 두어 달도 채 안 돼 다시 소말리아로 지원을 했다.

그와의 입맞춤이 싫었던 것도 아니었는데 왜 그렇게 거리를 두려고 했을까.

그에게 얘기했던 것처럼 너무나 적극적인 모습이 감당하기 어려울 만큼 부담스러운 것도 있었다. 다들 최선을 다해 일을 하는 장소에서 다른 사람에게 집중하게 될 자신의 모습을 보여주고 싶지 않은 마음이 가장 크다고 할 수 있었다. 그를 만난 장소와 상황이 달랐다면 그를 대하는 일에도 분명 차이가 있었을 것이다.

왜 자꾸 그 사람 생각을 하는 거지?

이미 지나간 일을 미련처럼 곱씹고 있는 자신이 마음에 들지 않았다. 눈을 꾹 감고 잠을 청하려 했지만 잠은 쉽게 오지 않았다. 누운 자리에서 몇 번이나 뒤척이다 결국 일어나 침대 밖으로 나왔다.

현서는 충전 중인 휴대전화를 챙겨와 침대 가장자리에 등을 기대앉았다. 휴대전화의 시각을 확인하니 12시가 조금 넘어 있었다.

친구와 통화를 하기엔 너무나 늦은 시각이라 휴대전화에 있던 음악파일을 찾아 듣기로 했다.

이어폰을 꽂고 플레이 버튼을 눌렀다. U2의 'With or without you'를 시작으로 하는 록발라드와 팝송들을 들었다. Sara Bareilles의 'Gravity'란 노래를 듣고 있는 중에 문자메시지 한 통이 수신되었다.

―지금 집 앞에 와 있어. 잠깐 나올 수 있나? 요한.

문자의 내용을 읽고 이어폰을 귀에서 뺐다. 발신자의 이름을 확인하지 않았다면 누군가 잘못 보낸 문자라고 생각했을 것이다. 그러나 메시지 말미에 적힌 '요한'이라는 이름 앞에서 두 눈이 커다래질 수밖에 없었다.

음악 파일을 정지시킨 현서는 저도 모르게 자리에서 일어났다. 9개월여 만에 날아온 한 통의 문자는 불면의 시간을 보내고 있던 현서를 충분히 흔들어놓았다. 그가 어떻게 주소를 알아냈을까 생각하다가 자신이 있는 곳이 서울이 아니라는 데 생각이 미쳤다.

결국 현서는 그가 문자를 보내온 번호로 전화를 걸었다.

"미켈슨 씨, 지금 있는 곳이 어디예요?"

〈이현서가 확실한 목소리로군. 오랜만에 들으니 아주 좋은데?〉

애타는 마음을 아는지 모르는지 그의 목소리에선 여유가 넘쳤다.

"지금 그게 중요한 게 아니잖아요. 대체 내 전화번호는 어떻게 안 거죠? 그리고 우리 집 주소는 또 어떻게."

〈당신 얼굴을 보여줘. 그럼 어떻게 알게 된 건지 모두 말해줄 테니까.〉

수화기를 통해 전해지는 그의 목소리는 나직하고도 감미로웠다. 그를 만나서 그 궁금함을 해결하고 싶다는 생각이 들었다. 하지만 그를 만나러 나가게 되면 그에 대한 자신의 감정을 이국땅에서처럼 제어할 수 없을 것 같았다.

〈당신을 만나기 위해 12시간 비행기를 타고 왔어.〉

침묵이 길어지자 그가 다시 말을 이었다.

〈그렇다고 그 시간을 모두 달라는 건 아니야. 원래는 좀 더 일찍 찾아올 생각이었는데 무영시까지 내려오느라 12시가 넘어버렸어.〉

그가 혹시라도 헛걸음을 했을까 봐 걱정이 되어 전화를 했던 터라 무영시란 말에 현서는 다시금 놀란 얼굴이 되었다.

"무영시에 와 있다고요?"

〈그래.〉

"대체 어떻게. 무영시 주소는 또 어떻게 안 거죠?"

〈그게 궁금하면 내려와 보라고 했잖아.〉

그의 목소리에선 장난기가 가득한 소년처럼 밝은 미소가 어려 있었다. 그 미소를 직접 보고 싶은 마음과 외면하고 싶은 마음속에서 갈등하느라 대답을 하지 못하고 잘근 입술만 깨물었다.

〈나에게 5분도 허락해 줄 수 없는 건가?〉

대답을 요구하는 질문 앞에서 더는 침묵을 유지할 수 없었다.

"……정말 아파트 앞에 와 있는 거 맞아요?"

〈5단지 앞 놀이터 근처에 와 있어.〉

그가 진실을 말하고 있다는 걸 깨달은 현서는 결국 고개를 끄덕이고 말았다.

"알았어요. 조금 있다 내려갈게요."

통화를 마친 현서는 방 안의 불을 껐다.

딱 5분 만이야. 5분이라고 했으니까. 그 생각을 하며 우선 옷을 갈아입었다. 커다란 모자에 길이가 허벅지까지 내려오는 두툼한 패딩 점퍼를 챙겨 입고서 조심스레 방문을 열었다. 거실의 불이 켜져 있는 걸 보니 아저씨가 아직 돌아오지 않은 모양이었다.

안방 앞으로 걸어간 현서는 잠깐 나갔다 온다는 말을 해야 하나 망설이다가 그냥 조용히 돌아섰다. 멀리 가는 것이 아니라 아파트 단지 안에 있는 놀이터에 가는 것이었으니 곤하게 자고 있을 사람을 깨우지 말아야겠다는 결론을 내렸다.

엘리베이터를 타고 1층으로 내려간 현서는 출입문을 통과해 밖으로 나왔다. 따뜻한 점퍼를 입어 몸엔 한기가 들지 않았지만, 얼굴에 닿는 바람은 맵싸하니 차가웠다.

그가 어디쯤에 있을까 주변을 보는데, 검정색 롱 코트를 입은 기다란 실루엣이 저만치에서 나타났다. 단지의 출입구와 경비실이 있는 자리에 가로등이 켜져 있었지만 대낮처럼 시야가 밝을 순 없었다. 그런데도 자신을 향해 걸어오는 남자가 누구인지 단번에 알아볼 수 있었다. 그와 통화를 할 때부터 두근거리던 심장이 그를 발견하자마자 더욱 크게 뛰었기에 모르려야 모를 수가 없었다.

"……어떻게 된 거예요?"

요한이 한 발 앞까지 다가왔을 때 현서가 말문을 열었다. 그러

자 그가 큰 키를 숙여 그녀와 먼저 눈을 맞추었다. 그러곤 나직한
목소리로 대답했다.

"이현서가 보고 싶어서."

"……!"

참으로 간단명료한 대답인데 가슴이 뻐근할 만큼 아릿해지는
느낌을 받았다. 한 가지 질문에 대한 대답을 들은 것뿐인데, 다른
질문들에 대한 대답까지 모두 들은 것처럼 불안한 의문들이 사라
지는 기분이었다.

내가 왜 보고 싶었어요? 나는 당신을 거절했었는데, 도대체 왜요?

그가 반가우면서도 왜 지금에서야 찾아온 거냐는 원망스러운
마음이 들기도 하는 자신이 혼란스러워서 앞에 선 그의 얼굴을 똑
바로 쳐다보았다.

오랜 시간에 걸려 이곳에 도착했다는 걸 말해주듯 그의 얼굴선
은 이전보다 더욱 날카롭고 또렷해져 있었다. 그러나 짙은 눈썹
아래 자리한 그의 눈동자는 현서의 심중을 꿰뚫어 볼 것처럼 형형
하게 아름다웠다.

"다른 질문을 받기 전에 좀 안아봐도 될까?"

그는 지극히 정중히 요청했고, 현서는 천천히 고개를 끄덕였다.
저가 거절을 말했을 때 상처를 입게 될 그의 표정을 적어도 오늘
만큼은 보고 싶지 않았다.

허락이 떨어지자 그의 얼굴에 부드러운 미소가 번졌다. 주변의
분위기를 따스하게 바꿔 버리는 그의 미소는 여전한 위력을 발휘
했다. 그런 미소를 가진 남자가 저가 보고 싶어 찾아왔다는 말을

그대로 믿기로 했다. 그를 마주할 때마다 두근거리는 심장의 반응이 그것을 인정하라는 표식이었다는 생각이 들었기 때문이다.

가녀린 현서의 어깨를 껴안으며 그는 깊게 고개를 숙였다. 현서를 품에 안은 순간, 뭐라 말할 수 없는 감격이 그의 심장을 저릿하게 옥죄었다. 현서에게 부담을 주고 싶지 않았지만 그녀의 향기를 맡은 순간 두 팔에 저절로 힘이 들어갔다.

"현서야. 이현서……."

숨이 막힐 정도로 꽉 껴안는 그 때문에 답답함을 느낀 현서는 그가 저를 부르는 목소리에 두 눈이 멈칫 커졌다. 뒷머리를 어루만지는 커다란 손길과 듣기 좋은 목소리는 분명 따스한 것인데 그와 키스를 나누었을 때처럼 가슴이 다시 아파오는 것이 아무래도 이상했다. 얼굴에 닿은 그의 가슴에서 심장이 뛰는 소리를 들었을 때엔 너무나 그리운 마음이 들어 기어이 눈물이 차오르고 말았다.

"……이상해요."

현서의 목소리에 요한은 그녀를 안고 있던 팔을 느슨하게 풀었다. 현서의 얼굴을 들여다보다가 눈가에 맺힌 눈물을 발견하곤 바로 미간을 좁혔다.

"미켈슨 씨와 있으면 자꾸만 슬픈 마음이 들어요. 왜 이런 마음이 되는 거죠? 대체 왜?"

그는 혼란한 눈물이 어린 현서의 얼굴을 두 손으로 감싸고는 그녀의 눈을 깊이 들여다보았다.

"그건, 당신도 날 원하고 있기 때문이야."

그 말에 심장이 쿵 내려앉았다. 현서는 아니라고 고개를 저었다. 그러자 그가 현서의 이마에 입을 맞추었다.

"당신은 날 좋아해, 내가 당신을 좋아하는 것처럼."

현서의 눈을 보며 나직하게 선언한 그는 그녀의 입술에 입을 맞췄다.

다정하고 따스한 키스를 받으며 현서는 그대로 눈을 감았다. 다시금 저를 껴안는 아늑한 품에서 따사로운 열기와 달콤한 설렘을 느꼈다. 현서는 그의 옷깃을 쥐고 있던 손을 들어 그의 목을 껴안았다.

둘의 가슴이 빈틈없이 맞닿으며 두 개의 입술이 하나로 겹쳐졌다. 숨결과 타액이 자연스레 뒤섞이고 저릿한 전율이 서로의 심장을 관통했다.

"……미켈슨 씨 말이 맞는 것 같아요."

그가 키스를 멈추었을 때 현서가 그 말을 꺼냈다. 그는 현서의 이마에 자신의 이마를 내리며 속삭이듯 나직하게 말했다.

"앞으론 이름을 불러줘."

"그냥 요한이라고 불러도 괜찮아요?"

"물론이지. 하지만 나와 둘이 있을 땐 콴이라고 불러줘."

"콴, 이라고요?"

"그래."

현서가 고개를 끄덕이자 콴이 다시금 입을 맞췄다. 이제껏 해온 것과 전혀 다른 그녀의 전부를 집어삼킬 것처럼 강렬하고 뜨거운 키스에 현서는 작게 신음하며 그를 겨우 따라갔다. 누군가 현서의 이름을 부르지 않았다면 두 사람의 키스는 좀처럼 멈춰지지 않을 듯했다.

✤ ✤ ✤

"그러니까 자네 이름이 뭐라고?"

"요한 프리드리히 미켈슨입니다."

맞은편 의자에 앉아서 또박또박 이름을 밝히는 청년을 혁은 못마땅하게 바라보았다.

그도 그럴 것이 어젯밤, 정확하겐 오늘 새벽, 택시에서 내려 아파트로 향하는 길에 딸과 다름없다고 생각하는 현서가 저 녀석과 입을 맞추고 있는 걸 보았기 때문이다.

가히 충격이라 할 수 있는 장면이라 호진과 마셨던 술이 다 깰 정도였다. 그래도 주먹부터 날아가지 않은 건 우선 현서가 스물여섯 살의 성인이라는 것이었다. 그리고 윤경과 자신이 무조건 연애부터 하라고 노래를 불러온 것을 잊지 않아서였다.

술이 깨었다고는 하지만 맑지 않은 정신으로 사람을 제대로 판단하긴 어렵다고 생각했다. 그래서 내일 무조건 인사를 하러 오라는 말을 하고 현서를 데리고 일단 아파트로 들어갔다.

현서에게 뭐 하는 녀석이냐고 물었더니 국경없는의사회에서 만난 의사라는 말을 해주었다. 거기까지만 듣고 다른 것은 물어보지 않았다. 스치듯 짧게 본 인상이 나쁘진 않았지만 그때만큼은 딸 같은 아이를 통성명도 제대로 못 한 녀석에게 빼앗기게 되었구나 하는 박탈감이 들어 가히 기분이 좋지 않았다.

"나이가 몇인가?"

"양친은 살아 계시고?"

"독일에서 태어났다면서 한국말은 왜 이렇게 잘하는 건가?"

"국경없는의사회인지 뭔지는 계속할 생각인가?"

혁은 형사가 범인일 취조하듯 질문을 던졌다. 지금의 혁은 직함에 걸맞은 외양과 옷차림을 하고 있어 얼핏 보면 편안한 사무원처럼 보였다. 그럼에도 그의 눈빛은 웬만한 남자들이 똑바로 쳐다보기가 쉽지 않은 기운이 서려 있었다. 그런데 눈앞의 청년은 혁의 기운에 짓눌리거나 긴장하는 바 없이 자연스럽고 차근하게 대답을 하고 있었다.

"여보, 우리 지금 현서 손님과 인사 나누는 자리거든요."

두 남자가 앉아 있는 자리에 다과를 가져오던 윤경이 싸울 것 같은 얼굴로 앉아 있는 혁에게 결국 한마디를 했다.

"현서 손님인 거 누가 모르나."

"그걸 아는 분이 어쩜 그렇게 딱딱하게 구실까요?"

혁을 넌지시 타이른 윤경은 응접테이블 위에 다과를 내려놓은 다음 아예 혁의 옆자리에 자리를 잡고 앉았다.

"저 친구가 어제 현서한테."

"현서한테 뭘 했는데요?"

"됐어."

혁은 심통 난 아이 같은 표정을 짓고는 찻잔을 입으로 가져갔다.

"현서야, 너도 이리 와서 같이 얘기해."

윤경의 말에 주방에서 찻잔만 매만지고 있던 현서가 "저도요?"라고 대꾸했다.

"당연이 네가 와야지. 네 남자친구가 아저씨한테 구박받고 있는 거, 보고만 있을 거야?"

"구박은 무슨. 현서를 가장 아끼는 어른으로서 몇 가지 궁금한 걸 물은 것뿐이고만."

"맞습니다. 저도 그렇게 생각합니다."

요한이 흔쾌히 동의하자 혁은 움찔 눈썹을 올렸고, 윤경은 그런 요한을 아주 흡족하게 바라보았다.

"그나저나 미켈슨 군, 미켈슨 군이 맞죠?"

"예, 맞습니다. 그냥 편하게 요한이라고 부르셔도 됩니다."

"알았어요. 요한 군이 요한이라고 부르라니까 그냥 부를게요."

"예."

윤경이 요한과 이야기를 나누는 동안 현서가 쭈뼛쭈뼛 다가와 그의 옆에 앉았다.

"세상에, 두 사람이 나란히 앉아 있으니까 선남선녀가 따로 없네. 어때요, 여보? 진짜 보기 좋죠?"

다소곳하게 앉아 있는 현서와 그런 현서에게 부드러운 눈길을 주고 있는 요한의 모습은 혁의 눈에 보기에도 부족함 없이 조화로운 한 폭의 아름다운 그림 같았다.

"자네 말이야."

"예."

"우리 현서랑 앞으로 어떻게 할 생각인가?"

혁이 다짜고짜 질문을 던지자 현서는 "아저씨"라며 혁을 곤란한 듯 보았다.

어제 겨우 마음을 확인한 사람에게 앞으로 어떻게 할 거냐는 생각을 묻는 것은 너무나 앞서 가는 질문이기 때문이었다.

"전 당연히 결혼하고 싶습니다."

그 대답에 혁과 윤경의 눈이 동그래졌지만, 가장 놀란 사람은 바로 현서였다.

"현서 씨는 제 평생을 함께 보내고 싶은 사람입니다. 그런 사람을 만났는데 당연히 결혼을 할 생각입니다."

"요한……."

"현서 씨는 아직 내 마음과 같지 않다는 거 알고 있어. 지금 바로 내 마음을 따라와 달라고는 안 할게. 하지만 내 마음이 이렇다는 건 꼭 알아줬으면 해."

다정한 눈길로 현서를 바라보는 요한과 떨리는 눈으로 그를 바라보는 현서를 지켜보고 있던 혁은 두 눈을 가늘게 조프렸다. 사랑에 빠진 것이 분명한 두 사람의 모습이 왜인지 낯설지 않은 것이 참으로 기이했다.

그러한 느낌은 비단 혁만이 느낀 것이 아닌 듯했다. 이야기가 길어져 요한과 점심을 먹고 현서가 그를 배웅하러 집을 나섰을 때, 윤경도 오늘 처음 만나는 사람인데 예전에 만났던 사람처럼 편안한 느낌을 받았다는 말을 꺼냈기 때문이다.

"당신도 봤지만 요한 군 외모가 흔하고 평범한 외모는 아니잖아요."

"그건 그렇지."

"저 키에 저런 외모를 가진 사람을 어디서 봤었더라."

윤경은 고개를 갸웃거리며 곰곰이 생각을 하더니 해답을 찾은 것처럼 소리 나게 손뼉을 쳤다.

"여보, 요한 군 말이에요. 예전에 류환 이사장님이랑 분위기가 비슷하지 않아요?"

"응?"

"생김새는 조금 다른데 풍기는 이미지가 상당히 닮지 않았어요? 내 느낌은 그런데 당신은 어때요?"

"당신 말을 들으니까 그런 것도 같고."

"어쨌든 나는 현서 신랑감으로 요한 군이 나쁘지 않은 것 같아요. 솔직히 너무 마음에 들어요."

"김윤경 여사, 이건 연애가 아니라 결혼이야. 현서 인생이 걸린 일인데 사람을 한 번 만나고 무슨 결정이 그렇게 빠르신가?"

"요한 군이 그랬잖아요. 결혼하게 되면 독일이 아니라 한국에 와서 살 거고, 거기 가족들도 그 생각에 이미 동의를 했다고요. 과가 다르긴 해도 현서 아플 때 돌봐줄 수 있는 의사고, 친할머니가 한국인이라서 한국 문화에도 익숙하다고 하고. 당신도 얘기해 봤지만 단어 사용하는 게 웬만한 한국 사람보다 낫잖아요."

윤경이 조목조목 장점을 이야기하자 혁은 딱히 반박할 말이 떠오르지 않았다. 그래서 찾아낸 것이 두 사람의 나이 차였다.

"그래도 나이가 너무 많아."

"현서보다 열 살이 많긴 하지만 외모로 보면 그 정도로 차이가 나 보이진 않는데요, 뭘."

"당신 수상해. 나 만나기 전에 그 친구 먼저 만나서 얘기라도 한 거 아냐?"

"네에? 아유, 당신은 무슨 농담을 그렇게 진지하게 해요?"

"당신이 너무 그 친구 편을 드니까 그런 생각이 드는 거라고."

계속 뚱한 표정을 짓고 있는 혁을 보며 윤경은 외려 밝은 미소를 지었다. 혁이 그만큼 현서를 많이 아끼고 있구나 하는 생각이 들었기에 그의 반응이 나쁘게 느껴지지 않았다.

"다른 건 몰라도 요한 군이랑 있을 때 현서 표정, 당신도 봤잖아요. 충분히 사랑받고 충분히 행복해하는 표정을요."

"그래. 뭐, 그건 그랬지."

그 부분에 대해선 혁도 마지못해 수긍을 했다.

"결혼이 인생에 있어 중요한 일이라는 걸 왜 모르겠어요. 하지만 결혼을 했다고 해서 늘 행복한 것도 아니고, 이혼을 했다고 해서 완전히 불행한 것도 아니라는 걸 당신도 나도 잘 알고 있잖아요. 이혼 경험이 있는 우리가 다시 부부의 연을 맺기로 했을 때, 당신이 했던 말 기억나요?"

"당연히 기억하지."

"그래요. 이전에 우리가 했던 실수들 되도록 반복하지 말자고 그랬었죠."

"그래, 그렇게 말했어."

"그 말 지키려고 당신이 더 많이 양보하고, 더 많이 이해해 준다는 거 너무 잘 알아요."

"그게 나만 노력한다고 가능한 일인가. 당신도 그만큼 마음을 써주니까 가능한 거지."

"이럴 때 보면 내가 진짜 결혼을 잘한 것 같아."

"누가 할 소릴."

"여보."

윤경이 다정하게 부르자 혁이 "왜?"라며 은근하게 윤경을 보았다.

"나는 우리가 현서가 내린 결정을 존중해 주는 게 가장 좋다고 생각해요. 요한이란 친구가 우리를 실망시키지 않는 게 가장 좋은 거겠지만, 그 친구가 혹 실망스러운 행동을 한다고 해도 그건 그때 해결할 수 있는 방법이 충분히 있다고 생각해요. 그리고 두 사람이 정말 결혼을 하게 되면 멀리 타국으로 가는 게 아니라 여기 한국에서 우리와 가깝게 지낸다고 했잖아요. 그럼 현서가 어떻게 지내는지 자연스럽게 알게 될 거예요. 그러니까 미리 걱정해서 현서를 불안하게 만들지 말자고요."

혁은 윤경의 말에 결국 알았다고 고개를 끄덕였다. 윤경이 그런 부분까지 헤아리고 있었다는 것에 적잖은 감동을 받기도 했고, 자신의 좁은 생각에 대해 반성을 하기도 했다.

윤경의 말대로 현서와 요한과의 만남을 최대한 좋게 받아들이기로 마음을 정했지만 오늘 요한이 말한 것들이 진짜 사실을 말하는 것인지 혹 불리하거나 숨겨야 하는 일들을 감추고 있는 것은 아닌지 조사해 봐야 한다는 마음은 달라지지 않았다. 윤경은 당연히 동조를 하지 않을 것이기에 현서를 자신만큼이나 아끼고 걱정하는 호진에게 부탁하기로 생각을 정리했다.

에필로그 3. Love Affair

"정말 결혼까지 생각하고 여길 온 거였어요?"

현서의 물음에 콴은 당연한 것이 아니냐는 듯 현서를 보았다.

"내가 싫다고 하면 어쩌려고 그랬어요?"

"허락해 줄 때까지 계속 설득할 생각이었어."

콴은 담백하게 대답을 했고 현서는 후, 허탈한 웃음을 지었다.

"왜 그렇게 웃지?"

"당신 하는 말이 너무 선수 같아서요."

"내가 선수 같아 보여?"

"여자가 무슨 말을 듣고 싶어 하는지 너무 잘 알잖아요."

"그 말, 칭찬으로 들을게."

"너무 자신만만한 거 아니에요?"

현서가 밉지 않게 흘겨보자 콴은 그녀를 향해 싱긋 미소를 지었다.

"당신 같은 사람을 얻으려면 당연히 자신만만해야지."

그 말을 하고서 가볍게 입을 맞춘 그는 현서의 손을 붙잡아 깍지를 끼웠다.

주차장에 다다른 두 사람은 맞잡은 손을 놓치 않은 채 서로를 가만히 바라보았다.

그는 현서를 만나기 위해 한국에 왔고, 지금 서울의 한 호텔에서 투숙 중이었다. 현서를 만나러 오기에 앞서 독일에서의 일을 정리하고, 한국에 들어와 근무를 할 수 있는 대학병원까지 알아놓은 참이었다. 현서가 나이지리아를 떠났을 때 곧바로 따라오고 싶었지만, 무작정 움직여선 안 된다는 생각에 그런 준비를 차근차근 해왔다는 말을 듣고 현서는 마음이 뭉클했었다.

"운전 조심하세요."

"응."

콴은 대답했지만 운전석에 오르지 않고 현서를 계속 바라보았다.

"이현서."

"네."

"나랑 같이 올라가지 않을래?"

"지금이요?"

"응."

그는 편안하게 대구했지만, 현서는 당혹스러움을 숨길 수 없었다.

"하지만 아무것도 가지고 나오지 않았는걸요."

"두 분께 전화하는 거야 내 휴대전화를 사용해도 되고, 당신이 필요하다고 하는 건 내가 다 마련할 거니까 크게 부담을 가질 필요도 없어."

"그거야 그렇지만."

"나랑 둘이만 있는 게 안심이 안 되는 건가?"

콴의 질문에 현서는 꾸밈없이 솔직한 대답을 하기로 했다.

"그건 잘, 모르겠어요."

"내 말에 흔들리긴 한다는 말이로군."

"네, 맞아요. 당신이 하는 말에 정말 많이 흔들리고 있어요. 당신에게 끌리는 마음 때문에 그러는 거겠지만. 하지만."

콴은 현서를 향해 편안하게 얘기하라는 눈짓을 보냈다.

"이 설렘이 얼마나 오래갈까 불안하기도 해요. 내가 당신을 실망시키면 어떡하나. 당신이 나를 실망시키면 어떡하나. 불안한 마음도 있고요."

"그건 나도 마찬가지야. 당신을 보고, 이야기를 나누고, 이렇게 손을 붙잡고 있는데도 그걸론 부족하단 마음이 들어. 나의 이런 불안감은 당신이 내 사람이 되어야 온전하게 채워질 거야."

"내 전부를 알고 있는 게 아니면서 어떻게 그렇게 확신을 해요?"

"난 당신을 오랫동안 기다려 왔어. 당신이 아는 것보다 훨씬 오래전부터. 그래서 당신을 만나게 되었을 때, 당신을 꼭 붙잡고 싶었어."

콴은 현서의 손등을 어루만지며 말을 이었다.

"그래서 당신을 향한 내 마음엔 어떤 의심이나 불안함도 없어. 내 마음은 변하지 않을 테니까. 그 마음을 믿고, 날 따라와 주었으면 해."

"당신은 정말 이상한 사람이에요."

"그말 역시 칭찬으로 들을게."

콴의 대꾸에 현서는 결국 웃음을 짓고 말았다.

"그럼 나와 함께 있어주는 건가?"

"네."

콴의 입술이 다시 현서의 입술에 닿았다. 짧은 키스였지만 농도가 짙고 깊은 키스라 입술이 떼어졌을 때의 호흡은 더없이 뜨겁고 친밀했다.

✤ ✤ ✤

콴과 현서의 결혼식은 서울의 한 예식장에서 진행되었다.

혁이 혼주가 된 결혼식엔 청림재단의 대표인 호진이 주례를 맡았다. 한국에서 식을 마친 다음엔 유럽으로 신혼여행을 떠나고, 독일의 가족들 앞에서 한 번 더 식을 올린 후에 한국으로 돌아올 예정이라고 했다.

결혼 예식은 신랑과 신부의 의견에 따라 가족과 절친한 친구들만 함께하는 경건하고 소박한 규모로 치러질 예정이었다. 그러나 혁과 호진이 현서의 결혼식을 그렇게 넘어갈 순 없다고 강력하게 주장한 덕에 많은 하객이 모인 가운데 성대하게 치러졌다.

웨딩드레스와 턱시도에서 화사한 한복으로 옷을 갈아입은 두 사람은 피로연장에서 식사를 하고 있는 하객들에게 일일이 감사의 인사를 전했다. 예식 전에 혼인신고를 마쳐 완벽한 부부가 된 두 사람은 예식을 준비하는 데 도움을 준 양가 어른들과 친구들에게 깍듯하게 인사를 한 후 웨딩카에 올랐다. 그러곤 서울에 마련한 보금자리에서 하룻밤을 보낸 후 신혼여행을 떠날 것이기에 공항이 아닌 서울로 곧장 출발을 했다.

결혼식 날짜를 잡고 혼인신고를 하기 전 콴은 현서가 머물고 있는 무영시의 아파트로 예장함을 가지고 갔다. 함이 들어올 때, 대부분은 친구들을 불러 왁자하게 행사를 치르지만 혁과 윤경은 신랑 될 콴이 함을 들고 찾아오는 것으로 단출하게 상황을 정리했다.

그날 혁과 단둘이 술상을 받았던 콴은 그에게서 뜻하지 않았던 이야기를 들었다.

"내가 오래전에 알고 지내던 사람이 하나 있었네. 사고로 돌아가신 분이지만, 자네를 보고 있으면 왠지 모르게 그 양반이 자꾸 생각난단 말이지."

혁의 말에 콴은 은근히 놀랐지만 조금도 내색하지 않았다. 그저 "그렇습니까?"라고 담담하게 대꾸하기만 했다. 그런데 혁이 집요하리만큼 빤히 쳐다보기 시작했다. 다른 때 같았으면 그의 시선을 피하지 않았겠지만 그날은 콴 쪽에서 먼저 혁의 눈길을 피했다.

"……어떻게 환생을 한 겁니까?"

다짜고짜 날아온 질문에 콴은 술잔을 들던 손을 주춤 멈추었다.

"무슨 말씀을 하는 건지 모르겠군요."

콴은 차분하게 대답하곤 잔을 도로 내려놓았다.

"내가 말입니다, 우리 현서 신랑 될 사람이 어떤 사람인지 궁금해서 조사를 좀 해봤습니다. 전에 그런 일을 하면서 밥을 먹고 살았던 터라 그 분야의 전문가한테 도움을 청하는 게 크게 어려울 게 없었죠."

"그럼 저에 대해서 자세히 알고 계신다는 말씀인데, 왜 그런 얘길 꺼내시는 건지 더 모르겠습니다."

"다른 건 딱히 걸리는 게 없었어요. 그런데 그쪽이 10년 전에 교통사고를 당하고 혼수상태로 입원해 있었다는 걸 알게 되었다, 이 말이죠."

콴은 한쪽 눈썹을 쓱 올렸지만 그에 대해선 아무 말도 하지 않았다.

"가족들이 거의 포기하다시피 한 상황에서 기적처럼 의식을 되찾았더군요."

"깨어난 다음 재활 치료를 확실하게 받았고, 다시 병원에 복귀할 정도로 건강을 되찾았습니다. 그런데 그게 문제가 된다고 생각하시는 겁니까?"

"그건 절대 문제가 아니지요. 생사의 갈림길에 서 있던 앞길이 구만리 같은 청년이 극적으로 깨어났는데 그게 왜 문제겠습니까?"

그렇다면 뭐가 문제인 거냐고 눈빛으로 이유를 물었다.

"요한이 혼수상태에서 깨어난 날짜와 내가 알고 있던 사람이 사망한 날짜가 확실히 일치를 해서 말이죠."

"한국과 독일과 시간 차가 얼마나 나는 줄 아십니까? 단지 날짜가 일치한다는 것 때문에 환생이란 얘기를 꺼내시다니. 보기보다 재미나신 어른이시군요."

콴은 옅은 웃음을 짓고는 내려놓았던 잔을 들어 술을 마셨다.

"친할머니가 한국 분이신 건 맞지만 한국어를 제대로 못 하는 분인 건 어떻게 생각합니까? 현서 말로는 요한이 한국에 오래 살아서 그런 거라고 하던데, 제가 알아본 바로는 한국에서 머물렀던 기간이 1년도 채 되지 않더군요."

그에 대해 콴이 해명하려 하자 혁이 "아직 더 할 말이 있으니까. 우선 그것부터 들어봐요"라며 콴의 말문을 막았다.

"요한이 혼수상태에서 깨어났을 때 식구들을 제대로 몰라봤다고 했어요. MRI나 CT상으론 뇌 쪽에 아무런 이상이 없었는데도 말이죠. 사고가 나기 전에 요한은 굉장히 독선적이고 자기밖에 모르는 이기적인 성격이었다고 했는데, 다시 깨어난 후엔 누구나 좋아할 만큼 다정하고 자상한 성격으로 변했다고 하더군요."

"……."

"국경없는의사회와 같은 단체에 의무적인 봉사 시간이 있는 것에 불만을 가졌던 사람이 휴가 기간을 반납해 가면서까지 열심을 다해 일을 하는 것도 예전의 그라면 상상도 못 했던 일이라는 말도 있었고요."

"큰 사고를 겪은 후 깨어난 사람이 이전과 다른 모습을 보이는 경우가 아주 없었던 것도 아니지 않습니까?"

"그렇다면 현서를 보는 당신 모습은 어떻게 해석해야 합니까?"

"그건 제가 현서 씨를 좋아하기 때문이라고 생각합니다만."

"현서가 당신을 부르는 이름이 요한이 아닌 건 또 어떻고요."

그제야 콴은 눈매가 가늘어졌고, 혁은 얼마든 변명을 해보라는 듯 가슴 앞으로 팔짱을 끼었다.

"자꾸 아니라는 이유만 붙이면 현서를 붙잡고 얘기를 하는 수가 있습니다."

혁의 말에 콴의 검남색 눈동자가 번득 빛을 떠올렸다.

"자, 이제 인정을 하시고 어떻게 된 건지 얘기를 좀 해보시지요."

"내가 특별히 해줄 얘기는 따로 없어."

콴이 이전처럼 말을 놓자 혁이 눈썹을 올렸다 이내 빙그레 미소를 지었다.

"생각보다 인정이 빠르십니다."

"자네가 현서 이름을 들먹이니 그럴 수밖에."

"저런. 그럴 줄 알았으면 진즉에 현서 얘기를 하는 건데 그랬습니다."

장난스레 말을 받은 혁은 비워진 콴의 잔에 술을 따라주었다.

"거 뭐냐. 눈을 떠보니까 요한이란 청년의 몸이었다, 그겁니까?"

콴은 천천히 고개를 주억거렸다.

"그런 경우라면 요한의 기억이 지워졌어야 할 텐데요."

"깨어나고 나서 사흘간은 아무것도 생각나는 게 없더군. 그런데 나흘째 되던 날부터 요한의 기억이 나타나기 시작했어. 하지만 그 기억이 내 본래 기억들에 지장을 줄 정도는 아니었지."

"본래의 기억을 회복했으면서도 왜 굳이 요한으로 살아간 겁니까? 그동안 한국에 잠시 들렀어도 상관없는 일 아니었습니까?"

"현서를 부활시킬 때 내 모든 것이 소멸되었다는 걸 자네도 알 거야."

"예, 알고 있습니다. 덕분에 제게 있던 능력도 완전히 지워졌으니까요."

"요한의 몸에서 눈을 떴을 때 어떤 신성한 힘이 내 영혼을 소멸시키지 않고 거두어주었다는 걸 느낄 수 있었네. 그것이 나를 소멸시켜 현서를 살린 대가이자 인간으로 살아갈 수 있는 또 다른 기회라는 것도 알 수 있었지."

"저 위에 계신 분께서 기회를 허락하신 모양이군요."

"아마도 그렇겠지."

"당신이 요한으로 깨어난 이유가 다른 이들의 목숨을 구하는 일을 하면서 살아가야 하는 것으로 해석을 한 겁니까?"

"인간이 되기 위해 금혈을 하고, 태양 빛으로 겉과 속이 피처럼 붉게 익은 열매의 즙을 마셔야 했던 것처럼, 내가 할 수 있는 일을 최선을 다해 해내야 한다는 게 내가 인간으로 환생한 조건이란 생각이 들더군. 어느 누가 큰 소리로 말을 해준 것도, 네 길이 그것이다라고 분명하게 써진 글귀를 읽은 것이 아닌데도, 마음으로 그걸 느낄 수 있었지."

"그래서 목숨이 위험한 상황도 마다하지 않고 의사회의 일을 한 겁니까?"

혁의 질문에 콴은 짧게 고개를 끄덕였다.

"당신 얘길 들으니 현서가 국경없는의사회의 일을 하겠다고 했던 게 그저 우연이 아니었다는 생각이 드는군요."

"그래, 그건 절대 우연이 아니었어."

"그러니까 우리 현서, 진짜로 많이 아끼고 사랑해 줘야 합니다. 당신이 더는 울리고 싶지 않다면서 기억까지 죄 지워놨으니 앞으론 그 아이가 웃을 일만 만들어주라, 이 말이에요."

"그건 염려하지 마십시오. 제 모든 걸 걸고서라도 반드시 그렇게 할 테니까요."

콴은 혁을 향해 진심이 담긴 맹서의 말을 전했다. 그에 혁은 "자넨 뭐든 진지한 게 탈이야"라며 괜스레 콴을 나무랐다.

"무슨 생각을 그렇게 해요?"

"어? 아니야, 아무것도."

현서를 향해 미소를 지은 콴은 어깨에 기대오는 현서의 손을 부드럽게 어루만졌다.

첫눈처럼 하얀 웨딩드레스를 입은 현서의 아름다운 모습을 보고 자신과 현서의 손에 끼워진 결혼반지를 보았음에도 아직은 확실한 실감이 나지 않았다.

둘만의 보금자리가 있는 집 앞에 다다른 두 사람은 얼른 차에서 내렸다.

작은 마당과 화단이 있는 단층집은 햇빛과 바람이 잘 드는 곳으로 한여름에도 크게 무덥지 않고, 한겨울에도 큰 추위가 없다고 했다. 집을 장만한 후 집 안의 곳곳을 함께 손보고, 필요한 가구와 집기들을 채워 넣으려 자주 방문을 했다. 그런데 식을 올린 후 다시 방문을 하게 되니 현서는 더욱 마음이 떨렸다. 그도 그럴 것이, 콴이 차에서 내린 순간부터 현서를 번쩍 안아 들고 대문과 마당을 통과해 걸어갔기 때문이다.

현서를 안고 현관을 통과한 콴은 그녀를 집 안에 내려놓자마자 키스를 퍼부었다.

"……콴."

"……응?"

"우리, 먼저 씻어야 하지 않을까요?"

"아니. 더는 기다릴 수 없어."

"하, 하지만."

현서가 다른 말을 할 수 없도록 그의 입술이 다시 와 닿았다. 그의 힘에 의해 주춤주춤 밀려간 현서는 콴의 목을 감싸며 입을 열었다. 콴은 한층 집요하고 열정적으로 현서의 입술을 탐하기 시작했다.

"아."

달콤하고 찐득한 감각이 온몸을 넝쿨처럼 옥죄이자 현서에게서 가녀린 신음이 흘러나왔다. 콴에 의해 몸이 번쩍 들린 현서는 이

내 새하얀 시트가 깔린 침대 위에 눕혀졌다.

잠시 떼어졌던 두 사람의 입술이 다시 겹쳐지며 숨결이 하나로 섭슬렸다. 그녀의 입속으로 들어온 그의 혀가 따스하고 촉촉한 입 안을 무람하게 휘저으며 그녀의 혀를 제 것인 양 얽어매 빨아들였다.

온몸이 흐물흐물해지고 저릿해지는 감각에 콴의 어깨를 붙잡고 있는 현서의 손가락에 저절로 힘이 들어갔다. 하지만 무릎 아래엔 묘하게 힘이 들어가지 않았다. 긴장과 느슨함, 불안함과 뜨거움이 마구 뒤섞이며 몸 안 깊은 곳에 있던 무언가가 희고 강한 불빛을 내며 폭발을 일으키는 것 같았다.

콴이 체중을 실으며 거듭 입을 맞추자 현서의 온몸에 자꾸 열이 오르고 방금 달리기를 마친 것처럼 심장이 마구 뛰어올랐다. 그때 콴의 입술이 턱 선을 지나 목덜미에 와 닿았다.

"하으."

그의 손길과 뜨거운 입맞춤에 몸의 모든 감각들이 일제히 예민하게 반응을 보였다. 이전에 알지 못했던 관능이 심줄과 혈관을 가득이 채워고 세포 하나하나가 동글게 부풀어 차오르는 듯했다.

"……사랑해."

나직한 목소리가 그 말을 건넸을 때 현서의 얼굴이 와락 붉어졌다. 한계치의 감정이 들어찬 심장이 터질 것처럼 크게 뛰어서 어떤 대답도 할 수 없었다.

"사랑한다, 이현서."

한 번 더 선언한 콴은 물기 어린 현서의 눈가와 콧날과 뺨 위에 차례로 입을 맞추었다.

　그가 입술 위에 키스를 하는 동안 뜨거운 열기와 저릿한 전류가 현서의 척추를 타고 온몸으로 쏟아져 내렸다. 배 아래가 저릿하게 뜨거워지고 다리 사이에도 뜨거운 열기가 흐르는 게 느껴졌다. 그가 자신을 원하는 것처럼 자신도 그를 원하고 있다는 걸 현서는 자연스레 깨달았다. 그러자 그와 자신과의 사이를 가로막고 있는 옷이 불편한 장애물처럼 여겨졌다.

　현서의 얼굴을 들여다보고 있던 콴은 상체를 일으켜 세우고는 입고 있던 옷들을 빠르게 벗어 던졌다. 반듯하고 너른 어깨와 탄탄한 가슴, 군살 하나 없이 늘씬하고 강인한 팔을 가진 그의 상체는 눈이 부실 정도로 아름다웠다.

　콴은 현서가 입고 있는 블라우스의 단추를 하나씩 풀어가며 현서의 입술에 계속해서 입을 맞추었다. 이윽고 실오라기 하나 걸치지 않은 그의 몸과 그녀의 몸이 빈틈없이 맞닿았다. 그의 탄탄한 팔다리와 희고 가녀린 그녀의 팔다리가 하나로 뒤엉키며 이제 막 관능에 눈을 뜬 연인들을 뜨거운 열기로 사로잡았다.

　콴을 상대하는 것에 버거워하면서도 현서는 제 모든 것을 온전히 열어 그를 받아들이려 애를 썼다. 그가 만들어내는 감각의 파도와 강렬한 소용돌이에 차츰 거세게 휩싸여 크게 흔들리다 말할 수 없이 아찔하고 황홀한 절정에 아득히 정신을 잃어버렸다.

새근새근한 숨소리에 눈을 뜬 콴은 자신의 품에 안겨 있는 현서를 사랑스레 바라보았다.

　붉게 부풀어 오른 입술과 새하얀 목선과 가슴께에 남아 있는 열꽃의 흔적을 발견하자 그간의 욕망을 제어하지 못하고 그녀를 뜨겁게 안은 일이 자연스레 떠올랐다.

　그녀가 처음인 걸 알면서도 손가락 하나 꼼짝할 수 없도록 강하게 몰아붙였다가, 욕실로 데려가 씻겨주면서 다시 안아버렸던 일이 연이어 떠올랐다. 몸의 중심으로 다시 뜨거운 피가 몰리자 콴은 곤혹스러움에 미간을 좁혔다.

　곤하게 잠이 든 현서를 깨워 안을 수도, 그렇다고 아무렇지도 않은 척 잠을 청할 수도 없었다. 여기 계속 머물렀다간 현서를 깨우게 될 것 같아서 조용히 침대를 빠져나갔다.

　차가운 물로 샤워를 하고 밖으로 나오는데, 아직 어두운 창 너머로 소담한 눈송이가 하나둘씩 떨어져 내리는 게 보였다. 달력의 날짜는 3월인데 한겨울처럼 펑펑 내리는 눈을 첫눈이라 해야 할지, 춘설이라 해야 할지 감이 오지 않았다. 그럼에도 결혼 초야에 찾아온 눈이 하늘의 축복인 것처럼 느껴져 반가운 마음이 일었다.

　"현서야."

　"으응?"

　"잠깐 일어나 봐."

　콴의 목소리에 겨우 눈을 뜬 현서는 그의 손이 가리키는 방향으로 눈길을 주었다.

　"지금 눈 오는 거 보여?"

침대 가장자리에 걸터앉은 콴의 말에 현서가 졸음이 남아 있던 눈을 비비고는 창밖을 보았다. 커다란 눈을 빠르게 깜빡이던 현서는 이내 반가운 감탄사를 터뜨렸다.

　"……우와! 진짜 눈이 오네요?"

　새하얀 눈을 보며, 눈처럼 맑은 소리로 웃음을 지은 현서는 창가로 가기 위해 침대에서 일어났다. 그러나 저가 아무것도 입지 않은 상태라는 걸 깨닫고는 금세 얼굴이 붉어졌다.

　"괜찮아."

　현서를 부드럽게 다독인 콴은 그녀의 몸을 포근한 이불로 감싸 제 품에 그대로 안아 들었다. 콴에게 안겨 창가로 간 현서는 "고마워요"라고 속삭이곤 콴의 뺨에 살짝 입을 맞추었다. 어두운 하늘에서 떨어지는 새하얀 꽃잎들이 검은 땅을 하얗게 뒤덮는 것을 콴과 사이좋게 바라보던 현서는 문득 그를 바라보았다.

　"……저기, 나 무겁지 않아요?"

　"전혀."

　편안하게 대답했던 콴은 현서의 얼굴을 살피며 물었다.

　"혹시, 몸이 불편한 거야?"

　"네, 조금이요."

　"아, 미안."

　콴은 현서를 바닥에 딛게 해주고 다시 한 번 표정을 살폈다.

　"이렇게 서 있어도 괜찮아?"

　"네, 이건 괜찮아요."

　"다행이군."

부드럽게 미소 지은 콴은 현서의 등 뒤로 가 어깨를 가만히 감싸 안았다. 현서는 저를 감싸고 있는 콴의 손 위에 제 손을 올리고 꼼지락 손가락을 움직였다.

"콴."

"응?"

"……많이, 좋아해요."

"알아."

나직한 대답을 듣고 현서는 살포시 수줍은 미소를 지었다.

"그래도 나는 널 사랑해."

"나도 곧 그럴 거예요."

나직하게 웃은 콴은 현서를 감싸 안은 팔에 힘을 주며 다정하게 입을 맞췄다.

두 사람은 그렇게 서로를 안고 서서 같은 방향을 함께 바라보았다.

⟨END⟩

작가 후기

이 이야기는 꽤 오래전부터 구상했던 이야기였다.

죽기 위해 인간이 되려는 특별한 존재, 영원을 살아갈 수 있음에도 그것을 거부하고 평범하게 살아가려는 존재의 이야기는 유한한 삶을 살아가기에 영원을 추구하려는 인간과 언뜻 다른 것처럼 보이지만 서로가 가지지 못한 것을 바라고 원한다는 점에서 기묘하게 닮아 있다고 생각했다.

이 소설을 통해 이야기하고 싶은 것이 여러 가지가 있었지만, 그것은 글을 읽는 독자님들의 몫이기에 더 이상의 이야기는 생략하기로 했다.

그리고픈 이야기를 풀어갈 때, 내가 선택한 길이 가장 적합한 길인지 고민하느라 한 줄도 넘기지 못했던 순간들. 그 고비를 넘기지 못해 힘겨워했던 순간들이 쌓이고 쌓여 작가의 말을 적는 시간에까지 이르렀다.

새로운 이야기를 그리는 일로 환하게 부풀었던 마음이 한 장의 백지 앞에서 무참하게 쪼그라드는 경험은 앞으로도 계속될 것이기에, 육체와 정신이 모두 건강한 작가가 되겠노라 다시 한 번 다짐을 하며 짧은 후기를 마무리하려 한다.

이 글을 쓰는 동안 땅이 꺼지는 한숨 소리를 참아준 애정해 마지않는 나의 글벗님들.

"괜찮아, 여기까지 잘 걸어왔어"라고 응원을 아끼지 않아준 고마운 지희 선배.

슬픔은 나눠주고 기쁨은 더해주는 밥*먹자와 유*누님의 유쾌한 멤버분들.

손이 느린 작가의 글을 기다리느라 고생 많았던 문혜영 부장님을 비롯한 청어람 출판사의 관계자 여러분들.

주인공 콴과 현서를 멋지고 아름답게 표현해 주신 일러스트레이터 기어님.

국경없는의사회의 경험담을 상세하고 친절하게 풀어주셨던 신창범님.

라틴어 감수를 해주신 라틴어 광장의 운영자, 요안님.

그리고 이 글이 나오기까지 가장 많은 도움을 주었던 고마운 J에게 지면을 빌어 감사의 인사를 전한다.

마지막으로 내가 살아가는 이유가 되어주는 우리 가족과 내 곁에 있어주는 소중한 사람들에게 고맙고 사랑한다는 말을 전하는 것으로 여덟 번째 장편의 후기를 마친다.

2015년 1월
김진영

참고 서적 및 사이트

-국경 없는 괴짜들(신창범. 한겨레 출판 2013년)
-실낙원(John Milton, 조신권 옮김. 문학동네 2010년)
-라틴어 광장(Forum Latinum)
 http://blog.naver.com/joannes4u